사업관계
적

사업적 관계

초판 1쇄 찍은 날 | 2014년 06월 10일
초판 1쇄 펴낸 날 | 2014년 06월 17일

지은이 | 김희진
펴낸이 | 서경석

편 집 장 | 권태완
편집책임 | 장미연
디 자 인 | 이혜정

펴낸곳 | 도서출판 청어람
등록번호 | 제387-1999-000006호
등록일자 | 1999. 5. 31
어람번호 | 제5-0376호

주소 | 경기도 부천시 원미구 부일로 483번길 40 서경B/D 3F (우) 420-822
전화 | 032-656-4452 팩스 | 032-656-4453
http://www.chungeoram.com
E-mail | chungeorambook@daum.net

ⓒ 김희진, 2014

ISBN 979-11-316-9061-1 03810

김희진 장편 소설

C h u n g e o r a m   r o m a n c e   n o v e l

사업과 적 관계

청어람

Contents

프롤로그

2월 14일, 밸런타인데이.

수많은 사람들이 사랑을 고백하고 확인하며 핑크빛 하트를 쏘아대는 날. 남산 아래 한강을 굽어보며 아치형으로 쭉 뻗은 리버스 호텔의 22층 대연회장에서 서현은 이 호텔의 대표이자 한강그룹의 장남인 강성하의 아내가 되는 의식을 치르는 중이었다. 사랑과는 무관한, 사업상의 계약과도 같은 결혼. 그래서인지 신부는 수줍음이나 두근거림 따위 전혀 느껴지지 않는 듯 무감각한 얼굴이다.

"신부 최서현 양은 신랑 강성하 군의 아내로 기쁠 때나 힘들 때나 평생 사랑할 것을 맹세합니까?"

"네, 맹세합니다."

조금의 망설임도 없이 틀에 박힌 문구의 결혼 서약에 답하는 서현의 목소리는 표정만큼이나 무심하고 건조했다. 옆에 선 신랑의 피식거리는 소리가 희미하게 들리는 듯했으나 주례의 넥타이 매듭만 응시하고 있는 서현의 눈동자는 조금도 흔들리지 않았다.

주례사가 끝나고 사회자가 하객들 앞에서 신랑이 신부에게 진한 키스로 확실한 도장을 찍어야 한다며 짓궂게 말했지만 정작 두 사람은 전혀 그럴 생각이 없어 보였다. 어색한 미소 한 자락도 비추지 않고 무표정하게 눈을 내리깔고 있는 신부와 빨리 진행하지 않으면 그냥 알아서 퇴장하겠다는 눈빛으로 쳐다보는 신랑 때문에 당황한 건 오히려 사회자였다.

"하하, 강성하 군이 조금이라도 빨리 신부랑 단둘이 있고 싶은 모양입니다."

하객들도 조금씩 따라 웃으며 뭔가 색다른 걸 기대하는 듯 사회자를 보았지만, 신랑, 신부는 공손히 절만 한 번 올리고는 그대로 퇴장해 버렸다.

잠시 후, 20층에 위치한 스위트룸 객실에서 서현은 심플한 라인의 오프숄더 형식의 드레스를 벗고 베이지색 비즈니스 정장으로 갈아입었다. 신부 화장도 이미 깨끗이 지워진 상태이고 우아한 스타일로 볼륨을 살려 한쪽 어깨로 늘어뜨렸던 머리칼도 단정히 하나로 올려 묶여져 있다. 결혼식을 막 끝낸 신부가 허니문을 떠나기 위해 차려입은 게 아니라는 건 누가 봐도 알 수 있을 정도였다. 거기에 노트북이 들어 있는 서류가방까지 챙겨 든 서현의 모습은 전형적인 비즈니스 우먼으로 보였다.

서현은 탁자 위에 놓아둔 선글라스를 들고 신혼 첫날밤을 보내기로 되어 있는 방을 마지막으로 한 번 둘러보았다. 검붉은색의 벨벳 장미 모양이 누벼진 진홍빛 공단 시트는 한 치의 흐트러짐도 없이 메이드가 정리해 놓은 상태 그대로였다. 내일 아침, 이 상태를 유지하고 있을 침대를 보고 메이드가 무슨 생각을 하고 어떤 소문을 내든 서현이 상관할 바는 아니다. 그렇다고 그가 직원들의 뒷말에 일일이 신경 쓸 타입도 아니고.

괜히 웃음이 새어 나와 서현은 어깨를 한 번 으쓱하고는 선글라스를 꼈다. 그러다 문득 그가 설마 다른 여자를 여기로 데려오지는 않을까 하는 의문이 스치자 방문 손잡이를 잡은 손에 힘이 들어갔다.

'신경 쓰지 마! 내가 상관할 일이 아니잖아? 어차피 이 결혼은 사업적 거래일 뿐.'

서현은 다시금 피식거리려는 입술을 애써 굳히며 방문을 열었다.

맞은편 방에서 이미 샤워를 끝낸 성하는 맥주 한 캔을 들고 창밖을 응시하고 서 있었다. 루즈한 핏의 연갈색 니트와 데님바지는 187㎝의 신장에 완벽히 조화를 이루며 남성적인 매력을 유감없이 발휘하는 뒷모습을 선보이고 있다.

그러니 여자들이 얼을 빼고 달려드는 걸 테지. 하룻밤 수백만 원 하는 호텔방도 제집 드나들 듯 마음대로 이용할 수 있고, 명품

백 한두 개쯤은 슈퍼에서 껌 사듯 살 수 있는 남자가 비주얼까지 완벽하니 누구라도 침을 흘릴 수밖에. 아, 물론 그녀 자신만은 그 많은 여자들 중 예외이다. 그를 알아온 지난 이십여 년 동안 마음이 설렌 적은 단 한 번도, 아니, 딱 한 번뿐이니까. 잠깐 멈춰 서서 그를 보던 서현은 이내 휙 몸을 돌렸다.

"일주일 정도면 될 거예요."

"편할 대로."

성하는 창으로 비치는 그녀의 모습을 보고 있었다. 조금 전까지 드러내고 있던 뽀얀 살결의 둥근 어깨는 갑옷과도 같은 정장에, 한때 반짝이던 빛을 발하던 눈동자는 검은 선글라스에 가려져 있다. 저도 모르게 눈살이 찌푸려지려 하자 성하는 맥주를 한 모금 들이켰다.

"내 짐은 내가 알아서 정리할 테니 따로 손댈 필요 없다고 일러 줘요."

"그러지."

무심코 답하듯 툭툭 뱉어내는 그의 말에 구두로 갈아 신으려던 서현의 몸동작이 잠시 멈칫거렸다. 남들은 신혼여행을 떠났을 거라 생각할 일주일 동안 그는 뭘 할 건지 물어볼까 하다가 쓸데없는 관심은 보이지 않기로 했다.

서현은 달칵 문을 열며 한마디 더했다.

"나중에 봐요."

그리고 그의 답이 들리기 전 문을 닫아버렸다.

그녀가 사라진 문을 창을 통해 바라보는 성하의 눈동자가 서늘해졌고, 들려 있던 맥주 캔은 그의 손아귀에서 빠직 하며 찌그러졌다. 그녀는 방금 전 치른 결혼식 따위엔 아무런 의미도 두지 않는다는 뜻을 허니문을 대신한 출장으로 완벽히 표현한 셈이다. 결혼을 결정하며 어디까지나 사업적 관계일 뿐이라고 차갑게 말하는 서현에게 당연하다는 듯 응수하긴 했지만 사실 성하에게 이 결혼은 그 이상의 의미를 담고 있었다.

한데, 결혼식 당일 출장이라……. 그녀의 냉정함에 치가 떨릴 법도 했으나 성하는 여유 있는 미소를 그리며 어깨를 으쓱거렸다.

"그래, 상관없어. 어쨌든 당신은 내 아내가 되었으니까."

성급할 필요는 없었다. 오랜 시간 지켜봐 온 그녀를 자신의 사정거리 안에 둘 수 있게 됐으니 지금은 이 정도로도 충분했다. 어차피 그녀는 이제 그의 아내이자 파트너로서 언제든 그의 곁에 있을 테니까.

#1

5개월 후, 명동 중심부에 자리한 HL백화점 본점.

9층 식당가에 중앙을 빙 둘러 가림판이 설치되어 있고, 그 앞에 '오렌지 가든 오픈 준비 중'이라는 간판이 세워져 있다. 시끄러운 소음이 발생하는 공사가 진행 중이라 작업은 백화점이 문을 닫은 늦은 시각에 이뤄졌다.

"샐러드 바의 위치는 모든 테이블에서의 동선을 고려해야 하는 거 명심하세요. 그리고 오렌지 컬러가 주가 되지만 산만해선 안 되니까……."

서현은 현장소장과 대화 중 핸드폰이 울리자 말을 멈췄다. 이 시각에 전화할 만한 사람은 가까이 지내는 몇 되지 않은 친구들 중 한 명일 게 뻔했다. 그녀의 예상대로 액정 위에 '은정'이란 이름이 뜨자 소장에게 잠시 기다리라는 손짓을 하고는 전화를 받았다.

"여보세요?"

소음을 피해 밖으로 나온 서현은 어두운 곳을 지나 조금이나마 불빛을 받을 수 있는 계단 쪽으로 향했다.

〈아직 현장이야?〉

"그렇지, 뭐."

〈언제까지 있을 건데?〉

"글쎄…… 진행 상황 봤으니까 곧…….."

〈그럼 여기로 올래?〉

급한 성격답게 서현의 말이 끝나기도 전에 은정의 목소리가 들려왔다. 픽 웃으며 서현은 반짝이는 불빛이 가득 찬 명동 거리를 내려다보았다.

"어딘데?"

〈어딘지가 중요한 게 아니라 누구랑 있는지가 더 중요할걸.〉

의미심장한 말투에 목적 없는 시선을 던지던 서현이 미간을 모았다.

"누구?"

〈말하면 놀랄 텐데?〉

쿡쿡 웃음소리를 내던 은정이 짜잔 하는 식으로 말을 이었다.

〈형준 선배 귀국했다!〉

순간 서현의 미간에 더 깊은 주름이 생겨났다.

〈야, 왜 반응이 없어? 너무 놀라 기절이라도 한 거야?〉

"지금 같이 있다고?"

굳은 표정과는 달리 서현의 목소린 덤덤했다.

〈응. 좀 전에 동기랑 밥 먹고 헤어지는데 정말 우연히 마주쳤다니깐. 지금 화장실 와서 통화하는 거니까 너한테 전화하는 줄은 모를 거야. 여기 대학로니까 후딱 올 수 있지? 이야, 선배 유학 물먹더니 스타일이 근사해졌던걸? 궁금하지 않아?〉

"좀 늦었는데……."

〈아직 10시도 안 됐는데 뭐가?〉

서현의 반응이 기대한 것과는 달라서 그런지 은정의 목소리 톤도 조금 낮아졌다.

〈남편 벌써 퇴근했어?〉

"아냐. 갈게."

서현은 남편이란 존재 때문에 귀가를 서두른다는 티를 내고 싶지 않아 곧바로 답했다. 지난 5개월간의 결혼 생활 동안 남편과 한 집에서 밤을 보낸 건 두어 달이나 될까 말까 하고, 단둘이 마주 앉아 식사를 한 경우도 많지 않았다.

결혼 전 두 사람은 이건 명목상의 결혼이고 어디까지나 사업적 관계일 뿐이라는 걸 합의한 상태라 서로의 사생활 터치도 없었고, 외박이나 퇴근이 늦어지는 일에 대해서도 일체의 간섭 또한 없었다.

다만 공식적인 자리나 양가의 집안 행사엔 되도록 함께 참석하며 부부 행세를 하긴 했지만, 굳이 금슬 좋은 부부처럼 보이려 애쓰진 않았다. 양측 집안 사람 대부분이 두 사람의 결혼이 일종의 거래라는 걸 알기에 둘의 신혼생활이 얼마나 화기애애할까 하는 관심 따윈 별로 없었다. 따라서 형준이 떠난 후 독신을 원하던 서현은 지금 이렇게 사는 것이 혼자 독립해서 사는 것처럼 지극히 편했다.

단 한 가지 마음에 걸리는 게 있다면 그녀를 어린 시절부터 예뻐해 주시는 시어머니였다. 사랑보다 조건으로 한 결혼이라도 함께 살다 보면 자연스레 정이 생길 거라 믿으며 두 사람이 하루라도 빨리 서로를 바라보길 원하고 계셨다.

하지만 서현에게 있어 그는 어린 시절 한차례 앓고 지나간 홍역과도 같았다. 그로 인해 느낀 아픔을 다시는 겪고 싶지 않았고, 누군가를 마음에 담을 여유도 없었다. 그 역시 철딱서니 없는 꼬맹이로 알아오던 그녀를 한 여자로 바라보고 싶진 않을 터.

"이딴 정신 나간 짓 하는 여자앤 관심 없으니까 그만 가라. 니 얼굴도 이젠 보고 싶지 않다."

벌써 10년도 더 지난 일인데 그가 던진 차가운 거절은 아직도 서현의 머릿속에 남아 다시는 그를 향해 품었던 핑크빛 감정이 되살아나지 않도록 제어해 주고 있었다. 그러니 그와 정이란 걸 나누며 서로를 바라보게 될 일은 없을 거라 장담했다.

현장소장에게 꼼꼼하게 일 처리할 것을 한 번 더 당부한 뒤, 서현은 백화점을 나섰다. 차를 타고 나오며 20층 높이의 백화점 건물을 바라본 서현의 입매가 희미하게 비틀렸다. 10층까지는 백화점과 사무실로 사용되고 11층부터는 리버스 레지던스로 운영되고 있었다. 주로 사업상의 용도로 이용하는 사람들이 대부분이지만, 가족이나 소규모 그룹의 외국 관광객들에게도 점차 인기가 높아져 1년 내내 공실률 제로에 가깝다고 들었다. 그리고 저 위 어딘가 층에 남편이 있을 거란 걸 알기에 서현의 표정이 시니컬하게 변했다.

조금 전 공사 현장을 보려고 왔을 때 남편의 비서와 우연히 마주쳤고, 그가 업무상 미팅을 위해 여기 왔다는 말을 전해 들었다.

'남들은 퇴근하는 저녁 시간에 레지던스에서 미팅이라……. 과연…….'

물론 있을 순 있는 일이다. 다만 다른 룸에서는 그의 미팅이 끝나기를 기다리는 여자가 있을지도 모른다는 점이 문제였다.

'혹시 이진주?'

미간을 살짝 찌푸리던 서현이 머리를 저었다.

'그렇다고 해서 뭐? 뭘 신경 쓰는 건데? 이제까지처럼 나와는 상관없는 일이야.'

서현은 그가 누구와 함께 있든 전혀 개의치 않는다는 듯 기세 좋게 차를 몰고 나갔다. 형준 선배를 4년 만에 만나는 것도 불편하게 생각할 것만은 아니다. 귀국했다면 언제 어떻게든 마주치게 될 수도 있는 일이고, 그에게 남은 감정의 찌꺼기도 이미 사라졌으니까.

서현이 바에 갔을 때 테이블엔 은정과 형준, 그리고 처음 보는 남자가 한 명 더 있었다.

"서현아……."

은정에게 말을 듣지 못했다는 듯 서현을 본 형준의 두 눈이 동그랗게 커졌다. 서현은 아무렇지도 않게 다가가 살짝 고개를 까딱해 보였다.

"오랜만이네, 선배."

"어, 그래. 오랜만이야."

조금은 당황한 듯 어색하게 답하던 형준이 이내 환한 미소를 그렸다. 한때는 형준의 저 미소가 멋지다고 생각한 적도 있는데 이젠 아무런 감흥도 느껴지지 않았다. 어찌 보면 그녀가 그를 사랑한다고 여기던 감정은 일종의 반항 심리나 마찬가지였으니 그럴 만도 했다.

사업에 하등 도움도 안 되는 남자와 결혼하겠다고 나서면 사업만 생각하느라 딸이 어찌 지내는지 관심도 보이지 않던 아빠가 어떤 반응을 보일까 궁금했다. 그래서 구애를 펼치는 형준을 선택했지만 구체적인 결혼 이야기가 나오기도 전에 그는 '돈'의 위력에 먼저 무릎을 꿇고 곧바로 유학을 선택해 버렸다.

갑작스런 유학을 통보하며 이별을 말할 때 설마 하는 의심을 하긴 했었다. 혹시나 싶어 아빠에게 돈을 쓰신 것이냐 물었고, 그렇다는 답을 듣게 되었을 때의 황당했던 기억은 아직도 남아 있었다. 그러나 배신감보다는 쓸쓸함이 더 컸고, 자신이 나아갈 방향을 제시해 준, 어찌 보면 고마운 사건이었다.

사실 사랑 놀음 따윈 애초부터 그녀와 맞지 않았다. 새엄마의 눈치를 보며 항상 움츠린 채로 살아온 탓에 누군가를 사랑하고 가슴에 담기엔 감정이 너무 메말라 버린 건지도 몰랐다. 그저 아무나 좋으니 새엄마에게서 도망칠 명분을 만들어주길 바라던 어리석은 생각도 더 이상은 하고 싶지 않았다. 회피하는 것이 아니라 부딪쳐 이겨내 '힘'을 기른 뒤 '돈'의 위력을 발휘할 수 있는 자리에 올라 떳떳하게 '독립'하고 싶었다.

그래서 선택한 게 요식업계의 거물이라 불리는 부친이 맡기는 사업체 하나를 군말 없이 받아들이는 거였고, 1년 전 '오렌지 가든' 이라는 뷔페식 퓨전 레스토랑을 오픈했다. 그 사업의 성장을 위해 서현은 한강그룹 강성하와의 결혼도 망설임 없이 덤덤하게 받아들였다. 서로의 조건에 맞춰 행하는 계약과도 같은 결혼이니 철부지 시절 그에게 받은 상처 때문에 기회를 놓치고 싶진 않았던 것이다.

　"잘 지냈어?"

　형준의 말에 서현이 부드럽게 미소를 지었다.

　"응, 아주 잘 지내고 있어."

　"그렇다면…… 다행이네……."

　희미한 붉은 기가 형준의 볼에 번지는가 싶을 때 은정이 끼어들었다.

　"에이, 두 사람 무지 오랜만에 보는 건데 왜 이리 서먹해? 아, 여기는 제 친구 최서현이라구 해요."

　은정이 서현을 소개하자 형준의 옆에 앉은 남자가 명함을 한 장 건네며 웃는 낯으로 인사했다.

　"반가워요. 나석우라고 합니다."

　"안녕하세요."

　서현 역시 예의 바른 미소와 함께 명함을 두 장 꺼내 석우에게 먼저 주고 형준에게도 주었다. 서현의 명함이 다소 뜻밖인지 형준의 얼굴엔 또 한 번 놀란 표정이 어렸다.

　"오렌지 가든? 너 여기서 일해?"

　직함이 찍히지 않은 명함이라 형준의 눈에 궁금증이 일었다. 서현의 아버지가 부동산 재벌에다 요식 전문업체인 ㈜미림의 회장님이라는 건 알지만, '오렌지 가든'이란 레스토랑은 익숙하지가 않았던 것이다.

"에이, 선배. 지난주에 귀국해서 모르구나? 서현이가 거기 사장이잖아. 작년에 새로 오픈한 레스토랑인데 요즘 완전 인기 짱이라구."

"아, 그래?"

뭔가 만감이 교차하는 듯한 표정이 형준의 얼굴에 스치는 걸 보았지만 서현은 태연히 미소 지으며 석우가 건넨 명함을 보았다.

"나승하우징이면……?"

"이름 그대로 주택 전문 건축회사입니다. 그나저나 오렌지 가든 어디 점포예요? 매장명이 안 찍혔는데. 거긴 다 직영점 아닌가요?"

은정이 말한 '사장'이라는 호칭이 나석우라는 남자에게도 호기심을 일게 한 것 같았다. 설마 젊은 여자가 '오렌지 가든'의 대표일 거라고는 생각지 못한 듯했다. 서현은 대답 대신 싱긋 웃는 얼굴로 물었다.

"오렌지 가든 가보셨어요?"

"그럼요. 몇 달 전에 분당점이 새로 오픈해서 회식차 가봤습니다."

"그래요? 거긴 어때요? 분위기나 맛, 직원 태도 등등 다 만족스러웠나요?"

서현의 물음에 답을 하려 입을 열던 석우가 혹시나 하는 눈빛으로 쳐다보았다.

"설마 분당점?"

그러자 은정이 쿡쿡 웃음을 터뜨렸다.

"석우 씨 대답 여하에 따라 내일 분당점장의 상황이 결정될 것 같네요."

무슨 소리냐는 듯 은정을 보는 석우와는 달리 형준이 조심스레 물었다.

"혹시 네가 관리하는, 그러니까 네가 그 오렌지 가든이란 레스토랑의 대표라는 거지? 사업할 생각은 없다고 했던 것 같은데……."

"보고 배운 게 어떻게 하면 돈을 많이 벌 수 있을까 연구하는 건데, 달리 할 일이 있겠어?"

"서현 씨가 거기 대표라고요?"

석우의 눈이 동그래지며 반짝 빛을 발했다.

함께 유학했던 형준이 귀국했다며 찾아왔을 땐 반갑기도 했지만 무슨 부탁을 하려나 싶어 불편한 감도 있었다. 그러다 우연찮게 합석하게 된 학교 후배라는 아가씨가 귀염성도 있어 적당히 데이트를 즐기기에 나쁘지 않을 거라 생각하던 참이었다. 그런데! 그보다 더 세련되고 미인형인데다 재력까지 겸비한 여자까지 후배라고 나타나다니!

'형준이 이 자식, 인맥이 괜찮은 정도가 아닌데?'

서현이 미소를 지으며 고개를 끄덕이자 석우의 상체가 좀 더 앞으로 다가왔다. 그 반응에 은정의 표정이 약간 찡그려졌으나 서현은 여전히 미소를 유지하고 있었다.

"분당점에 대한 제 평가 점수는 별 다섯이라 해두죠. 저희 여사원들도 산뜻한 분위기가 아주 좋다면서 다음 회식도 거기로 가자고 하더군요."

"그래요? 다행이네요."

"한데 그렇게 큰 업체를 관리하는 일이 만만치 않을 텐데 젊은 아가씨가 대단하네요. 애인이랑 데이트할 시간도 없죠?"

넌지시 애인 있느냐고 묻는 소리다. 형준 역시 그 점이 궁금한지 석우처럼 슬쩍 테이블에 팔을 걸치며 상체를 가까이 했다.

서현은 피식 소리가 새어 나오려는 걸 참으며 미소 띤 얼굴로 왼손을 들어 보였다. 네 번째 손가락에서 스퀘어 다이아가 박힌 화이트 링이 반짝하고 빛났다. 순간 두 남자의 미간이 좁혀졌고, 은정이 옆에서 대신 설명하듯 말했다.

"얘 올 초에 결혼했어요."

"결혼…… 했어? 누구랑?"

뜻밖의 소식을 접한 사람처럼 형준이 묻자 서현이 웃음을 지어 보였다.

"설마 여자랑 했을까."

"정말 결혼한 거야? 누군데? 어떤 남잔데?"

"야, 형준이 네가 왜 발끈하는 건데?"

형준의 굳은 표정과 목소리에 분위기가 어색하다 느껴졌는지 석우가 끼어들었고, 은정도 한마디 했다.

"어머, 선배. 왜 서현이한테 그래?"

'서현이 버리고 홀라당 유학 가버릴 땐 언제고, 이젠 좀 아깝단 생각이 들어요?' 라고 묻고 싶은 얼굴이다.

"내가 뭘? 누구랑 결혼했는지 묻지도 못해?"

"그게 아니라 따지듯이 물으니까 그렇지. 얘 남편은요…….'"

"선배도 알 거야. 리버스 호텔 강성하라고, 예전에 본 적도 있을 걸."

은정의 말을 받아 서현이 말하자 형준의 눈매가 더욱 찌푸려졌고, 석우는 쩍 하고 입을 벌렸다.

"리버스면…… 한강그룹? 거기 큰아들이라는 강성하? 정말이에요? 형준이 너, 그런 사람하고도 알아?"

"은정아, 언제 갈 거야? 들어가는 길에 태워다 줄게."

이 자리가 재미없다는 듯 백을 들고 일어서는 서현의 손목을 형준이 잡았다.

"정말 강성하, 그 남자랑 결혼했어?"

"선배, 이 손은 좀 놓고 말하지?"

서현이 차갑게 노려보며 손을 뿌리치자 형준이 다시 물었다.

"너 그 남자 안 좋아했잖아. 무섭다며?"

"내가 그랬어? 언제?"

전혀 기억에 없다는 태도를 보이는 서현을 보며 형준이 헛웃음을 터뜨렸다.

"하, 설마 그 남자가 좋아졌다는 거야?"

그때 은정이 얼른 두 사람 사이를 비집고 들어왔다.

"선배, 왜 그래? 잘살고 있는 서현이한테. 우리 먼저 갈게요. 만나서 반가웠어요."

은정인 석우에게도 까딱 인사를 해 보이고는 서현의 손을 잡고 몸을 돌렸다. 은정이와 함께 돌아서던 서현이 잠깐 멈춰 서더니 형준을 다시 돌아보았다.

"내 인생에 있어 우선순위를 뭐로 정해야 하는지 깨달은 거야. 조건을 맞추다 보면 트러블 생길 일이 없으니까 사랑이란 감정도 결국은 따라오더라고. 선배도 좋은 일 있으면 알려줘. 축의금은 두둑이 준비해 둘 테니까."

서현은 가볍게 손을 들어 보이고는 도도한 자태로 휙 몸을 돌려 바를 빠져나갔다.

엘리베이터 앞에 서자 은정이 서현을 힐끗 보며 물었다.

"너 정말이야?"

"뭐가?"

"……사랑이 따라오더라는 말……. 네 남편이랑……."

행복한 결혼 생활을 하고 있는 게 아니란 걸 알기에 은정은 서현이 아직도 형준을 잊지 못하고 있는 건 아닐까 염려한 적이 많았다. 형준과 사귈 당시 뜨겁게 사랑했던 것은 아니라 해도 캠퍼스 내에서도 유명한 선남선녀 커플로 잘 어울린다는 말을 듣곤 했던 것이다. 때문에 서현이 정도 되는 애가 뭐가 아쉬워 그런 냉랭한 남편이랑 살아야 되나 싶었다.

'사업 잘되겠다, 돈도 잘 벌겠다, 까짓 이혼해 버리면 어때?' 라는 생각을 하기도 했다. 그래서 형준 선배를 보게 되자 서현이를 당장에라도 불러서 두 사람을 만나게 하고 싶었던 건데 괜한 오지

랊을 띤 것 같아 걱정이었다.

"알잖아, 우리 부부 사이는 언제나 평행선이라는 거. 지금 이대로가 딱 좋아."

"그럼 형준 선배는……."

"나하고는 상관없는 사람이지."

"내가 오늘 널 오라 한 건 괜한 짓을 한 거고?"

"뭐, 나쁘진 않았어. 다른 사람을 통해서라도 내 소식을 들으면 만나고 싶어 했을 수도 있으니까."

"아까 보니까 형준 선배는 좀 아쉬워하는 눈치던데? 널 아직 마음에 두고 있긴 하나 봐."

은정의 말에 동의하고 싶지 않아 서현은 입술을 비틀었다.

'예전에도 그가 마음에 담았던 건 내가 아닌 내가 사용 가능한 돈이었지. 사업 같은 건 관심도 없고 그냥 아빠에게서 벗어나 조용히 살고 싶다던 날 위로해 주는 척, 아버지 곁을 떠나면 되겠냐고 타이르던 것도 내 수중에 돈이 떨어지면 어쩌나 싶어 그랬던 거니까. 그랬던 내가 턱하니 사업체를 운영한다니 아쉬울 만도 하겠지.'

서현은 피식 웃으며 엘리베이터에서 내렸다.

"태워다 줄게."

"정말? 넌 한참 돌아야 할 텐데?"

은정이 활짝 웃으며 서현의 팔에 팔짱을 꼈다.

"그래 봐야 3, 40분 차이밖에 안 나는데, 뭘."

"매번 신세만 져서 어떡하나?"

"친구 사이에 신세는 무슨."

서현이 우이동을 거쳐 한남동으로 돌아오는 길에 한 방울씩 떨어지기 시작한 빗줄기가 집에 도착할 때쯤 되자 앞이 보이지 않을 정도로 세차게 뿌려댔다. 한강변을 내려다보는 언덕배기에 위치한 고급 빌라촌으로 서현의 차가 조심스레 들어서더니 지하주차장으로 내려갔다.

차량이 도착했다는 알림이 울리자 창밖을 응시하고 서 있던 성하의 경직된 어깨가 조금은 느슨해졌다. 힐끗 돌린 그의 시선에 11시 45분을 가리키는 시계바늘이 들어왔다. 굵어진 빗줄기가 창을 두드리며 흘러내리는 궤적을 따라 손가락을 움직이는 성하의 표정이 한결 편안해졌다.

"흠, 자정은 안 넘기는 건가?"

저도 모르게 안도의 한숨을 내쉬며 중얼거리던 성하는 픽 웃음을 흘린 후 서재로 들어갔다. 그녀가 집 안으로 들어오는 걸 보고 싶기도 했지만 설마 기다리는 중이었냐며 놀랄 얼굴을 마주하고 싶진 않았다.

상하이의 재정이 부실한 호텔을 인수하는 작업에 착수한 직원들을 격려할 겸 명동에 잠시 들렀을 때 그녀가 레스토랑 공사 상황을 점검하러 왔다는 말을 전해 들었다. 업무가 끝난 후 혹시나 싶어 현장에 가보았지만 그녀는 진즉 돌아간 상태였다.

그런데 정작 그가 집에 도착했을 때 그녀는 아직 귀가 전이었고, 비는 점점 거세지고 있었다. 그녀의 운전 경력이 무사고 9년 차라지만 이렇듯 세찬 비가 내릴 땐 경력이 얼마나 됐든 위험하다는 걸 알기에 슬슬 걱정이 되던 참이었다.

성하는 서재 한편에 설치되어 있는 미니바에서 잔을 하나 꺼내 얼음 몇 조각 넣고 코냑을 조금 따랐다. 잔을 빙글 돌리던 그는 안락의자에 몸을 묻고 탁자 위로 다리를 올렸다.

최서껏. 이제껏 그가 알아온 여자 중 가장 지독한 여자.

부부로 지낸 5개월여 동안 그녀는 그에게 그 어떤 관심도, 궁금증도 내보이질 않았다. 아무 연락이나 메시지 없이 며칠 동안 집을 비워도, 하루 온종일 집 안에서만 어슬렁거려도 그녀의 관심을 유발시키진 못했다. 서로가 추진하는 사업에 걸맞은 조건들을 파악하고 합의하며 결혼까지 별다른 반대 없이 동의한 여자다웠다. 그래도 한때 누군가를 사랑하는 마음도 가져봤으니 완전히 얼음 심장만은 아닐 텐데…… 그 생각을 하는 성하의 눈살이 약간 찌푸려졌다.

'사랑하는 마음이라……. 열다섯 살의 사춘기 시절과 스물둘 성인이 되어 품었던 감정 중 진짜 사랑은 어느 쪽일까? 풋내 나는 서투른 선망이 아닌, 모든 걸 다 포기할 각오로 선택한 이가 진짜일 테지.'

성하의 눈매가 더욱 날이 서더니 코냑을 벌컥 들이켰다. 그렇게 보잘것없이 허우대만 멀쩡한 놈을 애인이랍시고 함께 다닌 걸 보면 그녀의 남자 보는 눈은 형편없는 축에 속했다.

'그럼 그런 여자를 가져 보겠다고 나선 나 또한 형편없다고 해야 하나?'

피식 하는 소리가 입가로 새어 나왔다. 5개월 동안 한 지붕 아래 살면서 아내에게 손 한 번 대지 않았다는 걸 남들이 알면 형편 없는 사내 녀석이 맞는다고 할 터. 혹시 그녀 쪽에서 먼저 한발 다 가오지는 않을까 기대하기도 했는데, 지금껏 지켜본 바에 의하면 그럴 가능성은 거의 없어 보였다. 그렇다고 옛 애인을 그리워하는 것처럼 보이지도 않았다. 정말 사업적인 욕심만 남은 건가 궁금하기까지 했다.

그때 현관 안쪽 유리문이 열리는 소리가 들리는가 싶었는데 곧 아무런 소리도 들리지 않고 조용했다. 현관에서 거실로 들어가는 복도 중간에 서재가 위치해 있어서 까치발을 하고 조심조심 걷는 게 아니라면 발소리가 들릴 법도 한데 아무 소리도 없었다.

'서현이 아닌 건가? 그럼 대체 누가?'

성하는 잔을 테이블에 올려두고 가만히 문으로 다가갔다. 현관 비밀번호를 아는 건 성하와 서현, 그리고 가사 도우미뿐이다. 그런데 이리 조용하다는 건…….

성하가 서재 문을 벌컥 열고 나감과 동시에 서현의 꽉 막힌 비명 소리가 울렸다.

"헉!!"

살짝 몸을 움츠린 채 복도 끝에서 거실을 내다보고 있던 서현은 생각지도 못한 그의 등장에 놀라 그대로 풀썩 주저앉고 말았다.

"뭐 하는 거지?"

성하가 찌푸린 눈으로 쳐다보자 서현이 두 눈을 깜박이며 물었다.

"……왜 여기 있어요?"

"뭐?"

늦은 밤 집에 있는 사람에게 왜 여기 있느냐고 묻는 건 대체 무슨 경우? 성하의 미간에 주름이 더 깊어지며 다가오자 서현은 얼른 일어났다.

"아무도 없는 줄 알았는데 거실에 불이 켜져 있어서 좀 놀랐을 뿐이에요."

"내가 집에 들어와 있는 게 당신에겐 이상한 건가?"

"아뇨, 난 그냥……."

당연히 그 리버스 레지던스에서 친구임을 가장한 정부 진주와 뒹굴고 있을 거라 여겼다는 말은 할 수 없었다. 서현은 가볍게 어깨를 으쓱이는 동작으로 말을 얼버무리고는 자연스레 몸을 돌렸다. 그러다 그가 팔을 잡아 세우는 바람에 움찔 놀라고 말았다. 이제껏 이런 갑작스런 접촉은 하지 않던 그이기에 더 그랬다.

"같이 한잔 어때?"

순간 서현은 잘못 들었나 싶었다. 같이 한잔하자니? 그 생각이 표정에 그대로 드러났는지 그의 입꼬리가 희미한 곡선을 그리며 올라갔다.

"사업 얘기도 할 겸."

"……지금요?"

"왜, 너무 늦어서? 어차피 한 시 전에는 잘 안 자잖아?"

그의 말에 서현의 눈동자가 또 의아하게 빛났다.

"당신 방의 불이 그전에는 꺼지지 않던데?"

태연하게 답하는 그를 보며 서현은 저도 모르게 약간 눈살을 찡그렸다.

"상하이 호텔 인수 건 관심 없나?"

넌지시 꺼낸 말이 효과를 발휘하며 그녀의 눈을 반짝이게 만들었다.

"그쪽에선 중국 기업으로 넘길 거라는 말이 나왔다면서요."

"어차피 가격 경쟁인 셈이지. 와인 하나 따놓을 테니 씻고 나와."

성하는 서현의 팔을 놓아주며 주방으로 향했다. 그의 뒷모습을 보는 서현의 얼굴에 잠시 망설이는 기운이 어렸다. 어차피 그리 피곤하지도 않으니 가볍게 와인 한잔하며 호텔 인수 건에 대한 이야기를 듣는 것도 나쁘지 않을 거란 생각이 들었다. 잘하면 '오렌지 가든' 해외 1호점을 그 호텔에 오픈할 수도 있으니까.

와인 셀러에서 서현이 좋아하는 피노누아 중 하나를 골라 마개를 따던 성하의 입매가 곡신을 그렸다. 현장에서 나와 어디를 다녀온 건지 궁금하기도 했지만 굳이 묻고 싶진 않았다. 술을 마셨으면 모범택시를 타지 굳이 대리를 불러 차를 가져오지는 않을 여자란 걸 알기에 잠시 볼일이 있었던 거라 여겼다.

성하의 머릿속엔 서현이 사업 외의 목적으로 다른 남자를 만나는 일은 절대 없을 거란 믿음이 깔려 있기 때문이다.

'그나저나 이 야밤에 아내와 술 한잔을 같이하기 위해 사업 얘기를 하자 청하다니. 홋, 남들이 들으면 배를 잡고 웃겠군.'

치즈 몇 조각과 크래커를 담은 접시를 아일랜드 식탁 옆에 연결된 바 테이블에 올려놓고 글라스를 꺼냈다. 상차림을 끝내고 핸드폰로 잠시 해외 주식시장 현황을 보고 있을 때 은은한 향을 풍기며 서현이 다가왔다.

"유럽 시장은 좀 어때요?"

"별다른 변동은 없어."

성하는 핸드폰을 내려놓으며 그녀를 돌아보았다. 어깨를 덮는 살짝 젖은 머리칼과 촉촉하게 빛나는 얼굴이 상큼했다. 깔끔한 디자인의 흰색 반소매 셔츠와 쉬폰 치마가 편안해 보였고, 화장기 없는 맨얼굴을 마주하니 그녀를 가로막던 막이 한 꺼풀 벗겨진 듯 느껴졌다. 단, 저 무심한 표정을 미소로 바꾼다면 훨씬 더 사랑스러워 보일 테지만.

"앉지."

성하가 옆자리 바 의자를 꺼내주자 서현이 좀 더 뒤로 빼내 그와의 거리를 두고 앉았다. 그 동작이 성하를 자극하기엔 충분했다.

"내 앞에서 몸을 사리는 건 여전하군."

그의 목소리가 아까와는 달리 차갑게 들려와 서현은 흠칫했지만 와인을 따르라는 듯 태연하게 잔을 그 앞으로 밀었다.

"그런 적 없어요."

그를 대하기 어렵긴 하지만 대놓고 몸을 사린 기억은 없다. 이렇게 집 안에서 가까이 있으면 좀 불편할 뿐.

"내 몸에 닿기만 해도 움찔 놀라고 최대한 멀찍이 떨어져 있으려는 태도가 그거 아닌가?"

성하는 서현의 잔을 채워준 뒤 다시 그녀 앞으로 스윽 밀어놓았다.

"터치가 아무렇지도 않을 만큼 서로 친한 사이는 아니잖아요?"

"사업 관계자와 필요 이상으로 가까워지고 싶지는 않다는 당신 생각은 동의하지. 하지만……."

그가 말을 끊고 싱긋 웃어 보이자 서현의 눈썹이 살짝 올라갔다.

"당신은 사업 관계자와 이리 늦은 시각에 단둘이 앉아 술 마시는 일은 없지 않나?"

"……무슨 뜻이에요?"

"말 그대로 그렇다는 뜻."

성하는 그녀의 잔에 가볍게 잔을 부딪치고는 한 모금 들이켰다. 굳어진 그녀 얼굴을 보니 당장에라도 자리를 박차고 일어나 방으로 사라질 것 같아 화제를 전환했다. 새털처럼 많은 시간이니 큰 걸음으로 단번에 다가가기보다는 차근차근 거리를 좁히는 게 나았다.

"HL 명동점이 일주일 후 오픈 예정이던가?"

"네."

"직원들 교육은? 잘되고?"

"물론이에요."

와인잔을 빙글 돌리며 향을 음미하던 서현이 그를 보았다.

"아까 김 비서가 중요한 미팅 때문에 명동에 들렀다던데, 상하이 인수 건이었어요?"

"미팅이랄 것까진 아니고, 진행 상황 보고도 받고 겸사겸사 저녁도 먹을 겸."

자연스레 업무 쪽으로 대화를 이어가며 그녀의 시선이 그를 향해 있자 성하의 미소가 진해졌다. 딱딱한 사무실 공간이 아닌 집 안에서, 갑옷과도 같은 비즈니스 정장 대신 편안한 차림으로 나누는 이 대화가 그는 마음에 들었다. 가끔 이런 자리를 마련하기 위해 그녀의 호기심이 동할 정도의 사건이나 핵심 내용 등을 조금씩 남겨두는 것도 괜찮을 듯싶었다.

"우리나라 관광객들에게 인기 많은 호텔이라 이왕이면 리버스가 매입하면 좋을 텐데요."

걱정하는 듯한 말투지만 실상 그녀가 원하는 건 '오렌지 가든'을 좀 더 쉽게 해외에 오픈하는 일이라는 걸 성하는 알고 있었다.

"어쨌든 우리가 우선 협상 대상으로 지목되었으니까 가능성은 높아졌다 볼 수 있지."

"잘되길 바랄게요."

진심이라는 듯 어지간해선 잘 보이지 않는 미소까지 연하게 보여주는 서현에게 성하는 피식 웃음이 새어 나오려는 걸 참으며 간단히 고개를 끄덕여 주었다.

"걱정 마, 잘될 테니."

문득 이번 건을 성공리에 마무리하고 그녀를 좀 더 애태우면 어떨까 하는 생각이 스쳐 지나갔다. 그녀의 집안이 현금 동원력이 좋은 건 맞지만 한강그룹의 리버스가 손을 내밀 만큼 절박하지는 않았다. 물론 결혼 전에는 서로가 윈윈할 수 있는 비즈니스 상대라는 점을 강조하기 위해 조금은 과장된 바람을 내보이긴 했지만, 그건 어디까지나 그녀를 얻기 위한 하나의 전략이나 마찬가지였다.

대신 그녀는 현재 부친의 그늘에서 조금씩 벗어나기 위해 한강그룹에 많이 의존하는 편이었다. 직영점으로 운영하는 '오렌지 가든'의 지방 첫 매장을 한강그룹의 모태라 할 수 있는 HL백화점에 오픈함으로써 최고 상권에 손쉽게 들어섰고, 이젠 명동의 HL백화점 본점에까지 자리하게 됐으니 약간은 그에게 고마움을 느끼지 않을까도 싶었다. 하나 그녀가 보여주는 최고의 호의는 저런 희미한 미소뿐.

그렇다면 이제부터는 그녀가 원하는 대로 따라주기보다는 조금 방향을 달리 해보는 건 어떨까? 자고로 너무 쉽게 얻게 되면 흥미도 금방 떨어지는 법. 사업이란 게 지금까지처럼 순탄하게만 흘러간다면 그녀 또한 재미없을 테니 약간의 브레이크를 걸어주는 것도 좋을 성싶었다.

부부의 연을 맺은 지 어느덧 5개월. 그녀가 원하던 '오렌지 가든'의 HL백화점으로의 입점은 순조롭게 진행되고 있으니 슬슬 아내로서의 역할도 충실하도록 미끼를 던지는 것도 나쁘진 않겠지.

성하는 이제 명목상이 아닌 서현의 진짜 남편이 될 생각이었다.

#2

"그냥 매장 하나 오픈하는 건데 내가 꼭 가야……."

"바쁜 일이라도 있어?"

서 여사의 말을 자르며 최 회장이 찌푸린 눈으로 물었다. 넥타이 매듭을 손봐주던 서 여사는 남편의 음성에 실린 못마땅함을 감지하고는 잠시 숨을 고르다가 천천히 입을 열었다.

"해인이 기말고사 기간이라 일찍 끝나는데 픽업하러 가야죠. 저녁에 학원도 태워다 줘야 하고……."

"버스 타고 오라면 되지 밤도 아닌데 무슨 픽업씩이나 해? 그리고 학원까지 일일이 태워다 줘야 하나?"

"정류장에서 여기까지 거리가 얼만데 그런 소리예요?"

"그럼 택시 타라고 해! 용돈이 궁하지도 않을 텐데."

"어머, 요즘 세상이 얼마나 흉흉한데 여고생 혼자 택시를 타라고 해요? 남들은 기사 딸린 차까지 척척 내주며 딸들 챙긴다는데, 당신 정말 해인이한테 그럴 거예요?"

서 여사는 입술을 오므린 채 금방 촉촉함으로 젖어든 눈을 들어 남편을 흘겨보았다. 그러자 최 회장의 찌푸린 눈매가 다소 풀리며 서 여사의 어깨를 다독였다.

"오래 앉아 있으라는 것도 아니고 잠깐 얼굴이라도 비치면 좋잖아. 해인이 학원 데려다 주기 전에 잠시 들르면 되는데, 왜?"

"편한 자리가 아니잖아요."

"또, 또 그 소리. 대체 서현이가 뭐가 어렵다고 그래? 그게 엄마가 할 소리야?"

최 회장의 말에 서 여사는 넥타이를 휙 놓으며 한 발 뒤로 물러섰다.

"날 엄마로 대하는 애라면 내가 이러겠어요? 정말 당신에게 이런 말 하는 것도 질리네요. 어서 출근이나 해요."

"여보."

"난요, 정말……."

서 여사는 최 회장의 손길을 뿌리치며 눈물을 감추려는 듯 몸을 돌렸다. 서 여사의 어깨가 가늘게 떨려오자 최 회장은 낮은 한숨을 내쉬며 가만히 그녀를 안아주었다.

"내 알지. 당신이 서현이한테 잘해주려고 노력하는 거 내가 왜 모르겠어."

"결혼한 뒤론 날 대하는 게 어찌나 매정한지……. 다른 사람들은 그렇다 쳐도 사부인 앞에서 내 체면이 말이 아니라고요."

"그래, 그래, 서현인 내가 다시 한 번 타일러 볼게."

서 여사는 눈물 젖은 눈으로 남편을 올려다보며 말했다.

"오늘은 정말 얼굴만 비치고 올 거니까 그리 알아요."

결국 최 회장은 고개를 끄덕여 줄 수밖에 없었다. 아내와 서현의 어긋남이 언제부터인지 확실하진 않지만 어쨌든 그 모든 책임은 최 회장 자신에게 있었다. 다정했던 친어미를 사고로 잃은 어린 딸에게 가장 필요한 건 새로 마음 붙일 새엄마를 들이는 거라 여긴 점, 그리고 세대 차가 나지 않은 젊은 엄마가 딸과 더 잘 맞을 거라 생각한 게 잘못이라면 잘못이었다. 이십대 파릇한 아가씨에게 전처 자식을 맡기고, 사업을 핑계로 나 몰라라 일에만 파묻혀 지낸 지난날이 딸과 아내 모두에게 항상 미안함으로 남아 있었다.

금요일 오후, 명동 한복판에 위치한 HL백화점 주변은 구름떼처럼 모여든 사람들로 북적이고 있었다. 남녀노소를 불문하고 가족 단위, 연인 단위로도 즐겨 찾는 '오렌지 가든'의 오픈 축하를 위해 한강그룹의 메인 광고 모델들이 대거 참석할 거라는 소문이 돈 탓이다. 말 그대로 소문일 뿐이지만 한강그룹과 오렌지 가든과의 관계에 대해선 누구나가 알고 있기에 정말일 거라 사람들은 철석같이 믿고 있었다.

아니나 다를까, 연예인 차라 불리는 밴이 복잡한 도로를 유유히 빠져나오더니 백화점 앞에 멈춰 섰다. 사람들은 누가 내릴까 기대하며 두 눈을 동그랗게 뜨고 밴 앞으로 모여들었다.

잠시 후, 차 문이 열리고 건장한 남자 한 명이 먼저 내리더니 그 뒤를 이어 선글라스를 낀 여자가 내렸다. 세련된 스타일의 단발머리를 옆으로 넘기며 도도한 자태로 선 여자는 한강어패럴의 모델이자 영화나 드라마 모두 캐스팅 1순위에 속하는 배우 이진주였다.

꺄악거리며 언니를 외쳐 대는 사람들 틈 사이를 미소 띤 얼굴로 지나간 진주는 매니저와 단둘이 타게 된 엘리베이터에서 짜증스레 선글라스를 벗었다.

"사람들이 나 잡아당기며 만지는 거 싫다고 했잖아."

"하지만 누나가 꼭 정문에 세우라고……."

"당연히 정문에 세워야지, 내가 뒷문으로 들어올 군번이야?"

찌릿 노려보는 진주의 눈초리에 건장한 체구와는 어울리지 않게 매니저 김 군의 어깨가 움츠러들었다.

"그럼 사람들이 많은 건 감당……."

"야! 너 자꾸 말대꾸할 거야? 너 이제 내가 만만하니? 로드 그만두고 싶어?"

"아뇨! 아뇨, 누나. 암말 않고 있을게요."

김 군은 입을 앙다물며 손으로 지퍼를 채우는 시늉까지 해 보였다. 그런 김 군에게 눈을 흘기며 진주는 다시 선글라스를 끼고는 벽면의 거울을 통해 전체적인 옷매무새를 정돈했다. 그러곤 엘리베이터의 문이 열리기 전 생긋 웃는 얼굴이 되었다.

깔끔한 크림색 정장 차림의 서현이 점장과 함께 손님들에게 인사하며 매장을 돌고 있을 때 웅성거리는 소리와 함께 진주가 나타났다. 서른을 넘긴 나이라 믿기지 않을 정도의 뽀얀 아기 피부를 지닌 곱상한 외모의 진주는 같은 여자가 보기에도 참으로 사랑스러웠다. 하지만 그녀를 바라보는 서현의 표정은 다른 사람들처럼 감탄이 아닌 냉랭함뿐이다.

서현 옆에 선 점장의 얼굴이 진주를 보자마자 더더욱 환해졌다.

"설마 올까 했는데 정말 왔네요."

지극히 정상적인 성인 남자가 진주를 실제로 본 반응이라 할 수 있다.

"그러게요. 우리로선 고마운 일이죠."

서현의 시니컬한 대답도 들리지 않는 듯 점장은 진주에게서 눈을 떼지 못했다. 점장의 눈빛이 너무 강렬했던 걸까? 서현은 못 본 척 돌아서려 했는데 진주가 먼저 그들을 보고 웃는 얼굴로 다가왔다. 옆에 선 점장은 좋아서 어쩔 줄 몰라 하더니만 꾸벅 허리까지 숙여 보인다.

"안녕하십니까! 점장 차민수입니다. 뵙게 되어 영광입니다."

하지만 진주는 호들갑을 떠는 점장에겐 눈길조차 주지 않고 서현 앞에 섰다.

"안녕하세요. 오픈 축하드려요."

선글라스도 벗지 않은 채 까딱 고개만 흔들어 인사를 건네는 진주에게 서현 역시 가벼운 고갯짓으로만 응수했다.

"바쁘실 텐데 와줘서 고마워요."

"고맙긴요. 성하의 베프인데 당연히 와야죠."

"제 남편은 퇴근 후에나 들를 것 같은데, 그때까지 기다릴 수 있 겠어요?"

"걱정 말아요. 좀 전에 통화했으니까. 아마 곧 도착할 거예요."

생긋 웃는 진주의 도발에 서현은 반응하고 싶지 않았지만 저도 모르게 얼굴이 굳어지고 말았다. 그때 누군가 '최 대표'라고 불러 주어 서현은 고개를 돌려 표정을 감출 수 있었다.

"그럼 즐거운 시간 보내시길 바랄게요."

서현은 그만 가봐야겠다는 듯 간단히 인사를 한 후 그 자리를 벗 어났다. 형식적인 미소를 입가에 걸고 다른 손님들을 맞이하는 서 현의 머릿속엔 진주의 당당하고 도도한 자태가 계속 남아 있었다.

자신 있게 남편의 베프라 말하는 진주는 정부라 칭하는 게 더 정확하지 않을까?

지난달 리버스 호텔에서 열리는 집안 행사에 부부 동반으로 참 석하기 위해 서현은 퇴근 후 곧바로 그의 사무실을 찾은 적이 있 었다. 비서가 자리를 비운 상태로 문이 조금 열려 있자 별생각 없 이 그대로 문을 더 열며 안으로 들어서려 했다. 그리고 성하의 목 에 두 팔을 휘감은 채 매달려 있는 진주를 보게 되었다.

"언제나 널 원해왔다는 건 알잖아."

그의 어깨에 얼굴을 묻고 하는 말이었지만 서현의 귀엔 똑똑히 들렸다. 그리고 진주의 허리에 양손을 올리고 선 성하의 입꼬리가 비스듬히 올라가는 것도 분명히 보였다.

그를 좋아하는 여자들이 많다는 건 결혼 전부터 알고 있었다. 아빠를 따라 사업상 모임에 참석했을 때 그의 곁엔 매번 다른 얼굴의 파트너가 함께했고, 그 여자들은 그를 바라보는 눈길 속에 담긴 뜨거운 열정을 숨기질 않았다.

서현이 처음 보는 여자도 있었지만 대부분 그와 동행한 여자들은 한강그룹 산하 계열사의 모델로 활동하고 있는 여배우들이었다. 그의 여자가 되는 걸 열렬히 원하고 있다는 듯한 눈빛, 그리고 너무도 당연하게 그 여자들의 허리를 휘감고 있던 그의 자신만만하던 태도는 항상 서현의 눈살을 찌푸리게 만들곤 했다. 상관없는 사람이라 여기고 신경 쓰지 않으면 그만일 테지만, 어떤 모임이나 파티에서든 그의 존재감은 다른 이들을 압도했기에 자꾸만 시선이 향했고 그런 스스로가 못마땅했다.

그런데 그의 아내라는 위치에서 그가 누군가를 저렇게 안고 있는 모습을 접한 건 처음이라 서현으로선 상당히 충격일 수밖에 없었다. 그래서 엉겁결에 뒷걸음질을 치다 구두 굽 소리를 내게 되었고, 깜짝 놀란 듯 돌아보는 두 사람의 시선을 마주하고 말았다. 아내 된 입장이라면 당연히 지금 뭐 하는 짓들이냐고 따져야 했지만 서현은 그러지 못했다.

"……!!"

"잠깐! 기다려!"

진주를 밀쳐 내며 그가 소리치는 것도 귀에 들리지 않았다. 스스로 너무나 당황스럽기도 했거니와 자신이 끼어들 자리가 아니라는 생각이 앞선 탓에 그대로 문을 닫고 나와 버렸다. 다행히 엘리베이터는 좀 전에 서연이 내린 상태로 멈춰 있었고, 그가 그녀를 잡기라도 할 것처럼 쫓아왔을 땐 이미 엘리베이터 문은 닫혀 아래로 움직이고 있었다.

남편을 사랑하진 않았다.

열다섯 반항기 충만하던 사춘기 시절, 남몰래 흠모해 온 아는 오빠이던 남편에게 구구절절한 러브레터를 쓴 적이 있었다. 두근거리는 마음을 고스란히 담은 편지와 직접 만든 초콜릿을 가지고 밸런타인데이에 용기를 내어 찾아갔건만 그에게 듣게 된 건 차가운 거절이었다. 그 후부터 그에겐 눈곱만큼의 애정도 없었다. 더군다나 하씰이년 가출하던 것까지 들키는 바람에 철딱서니 없는 애로 낙인찍혀 버려 그를 마주하는 것조차 피해왔었다. 그러니 필요에 의해 결혼했을 뿐 그에게 남다른 감정 같은 건 조금도 느끼지 않는다고 여겼다.

하지만 정작 진주의 날씬한 허리 위에 손을 얹고 씩 미소 짓던 그를 보게 되니 뭔가 날카로운 것에 베인 듯 가슴 깊숙한 곳에서부터 따끔거림이 느껴졌다. 그냥 아내라는 위치에 있는 여자라면 당연히 느끼게 되는 그런 자존심에 난 상처라 치부하며 애써 모른 척하려 했다. 집안 모임은 갑작스런 일정 때문에 참석이 어렵겠다고 연락한 뒤 곧바로 집으로 향했다.

행여 그가 따라와 변명을 늘어놓으면 어떤 반응을 보여야 할지 걱정스러웠지만 그건 기우였다. 오히려 그는 그날 이후 이틀 연속 집에 들어오지 않았고, 며칠 만에 얼굴을 마주하게 되었을 때도 일체의 언급이 없었다. 그런 그에게 진주와의 관계에 대해 묻는다는 건 그나마 남은 자존심에 더한 생채기를 내는 거나 마찬가지라 전혀 신경 쓰지 않는다는 태도를 취해왔다.

그렇듯 무심하게 지내려 노력해 왔지만 아내인 자신보다 남편의 일상에 대해 더 잘 알고 있으면서 그러는 게 당연하다는 듯 말하는 여자를 마주하는 게 아무렇지 않을 순 없었다. 결혼을 결정하며 사적인 면에 관해선 서로 상관하지 않기로 암묵적인 합의를 본 상태라 해도 말이다.

십여 분이나 지났을까? 진주의 말대로 성하가 나타났다. 아침 출근할 때 지나는 말로 퇴근 시간 전에는 들르기 힘들 거라 했던 그가 왔다?

'바쁜 스케줄을 쪼개 방문한 애인을 실망시키고 싶지 않아서겠지.'

서현은 쓴웃음이 번지려는 걸 참으며 그를 외면했다. 그가 왔다고 해서 먼저 다가가 가식적인 미소로 맞이하고 싶진 않았고, 그도 그녀보다는 보고 싶은 진주를 찾을 테니 모른 척하는 게 나았다. 대충 주요 손님들에겐 인사를 했으니 더 이상 매장 안을 지킬 필요는 없다는 생각에 서현은 안쪽 점장실로 향했다. 많은 사람들 앞에서 성하와 진주 두 사람의 친밀한 모습을 보고 싶진 않았다.

성하는 인사를 건네는 사람들에게 간단히 대꾸하며 매장을 빙

둘러보며 서현을 찾았지만 보이지 않았다. 손님을 맞이하는 점장의 모습뿐 서현은 어디에도 없었다.

"오셨습니까!"

점장이 재빨리 다가와 성하에게 꾸벅 인사했다.

"어디 갔습니까?"

성하가 묻는 게 누군지 모를 리 없는 점장이 사무실 쪽을 가리키며 재깍 답했다.

"머리가 좀 아프다고 잠시 들어가셨습니다."

아프다고? 성하의 미간에 주름이 잡히더니 알겠다는 듯 고개를 끄덕이고는 사무실 방향으로 발걸음을 옮겼다. 그때 깜짝 놀라게 해주려는 듯 갑자기 다가온 진주가 그의 팔에 팔짱을 휙 끼었다.

"성하야!"

하지만 진주의 노력과는 달리 성하는 그다지 놀라지 않은 채 그녀의 손을 풀어냈다.

"그래, 와줘서 고마워."

지극히 사무적인 어투로 말하고 성하는 돌아섰다. 너무나 황당했는지 진주의 눈살이 찌푸려지더니 표정을 감추려 얼른 다시 선글라스를 꼈다. 촬영 스케줄 때문에 일주일 넘게 해외에 머물다 와서 간만에 보는 얼굴인데도 이리 매정하게 돌아서 버리는 성하가 얄미웠다.

분명 아까 전화상으로는 귀국한 것이냐 물으며 이따 보자고 했으면서. 근데 어딜 가는 거지?

삐죽 입술이 튀어나오려는 걸 참으며 진주는 멀어지는 성하의 뒷모습에서 시선을 거두질 못했다.

가슴 앞으로 팔짱을 낀 채 창밖을 보고 있던 서현의 귀에 문이
열리는 소리가 들렸다.

"조금만 더 있다가 나갈 테니까 잠깐 자리 비웠다고 하세요."

그녀를 찾는 손님이 있어 점장이 데리러 온 거라 생각한 서현이
돌아보지 않은 채 말했다.

"아프다며?"

생각지도 못한 음성에 서현의 어깨가 움찔거렸다.

"앉아서 쉬지 않고?"

그의 목소리가 더 가까워지자 서현은 필요 이상 거리가 좁혀지
지 않도록 책상 뒤편으로 자리를 옮겼다. 뻔히 보이는 그녀의 태
도에 성하의 눈썹이 위로 휘었다.

"퇴근 시간 되려면 아직 멀었을 텐데, 일찍 왔네요?"

차단막을 설치하듯 표정까지 딱딱하게 만든 서현을 보자 성하
의 입꼬리가 살짝 비틀렸다.

"어차피 이 위에서 약속이 있거든."

레지던스를 가리키는 성하를 서현은 잠시 응시하다가 천천히
고개를 끄덕였다.

"그렇군요. 그럼 일 보세요."

누구와 무슨 약속을 잡은 건지 대강 그림이 그려지자 싸한 기운
이 번지는 것만 같다. 차라리 리버스 호텔로 데려가지 이 건물에서
정사를 벌이겠다? 명목상이라 해도 아내라는 여자가 뻔히 아래층에

있는데? 그가 뭘 하든 상관하지 않겠다, 간섭하지 말자 다짐했건만 이런 상황은 서현의 감정을 동요시켰고, 너무하지 않느냐고 따지게 될 것만 같았다. 그럴 바엔 모른 척 무시해 버려야 하는데…….

"무슨 생각을 하는 거지?"

서현의 표정이 이상하다 여겼는지 그가 예리한 눈초리로 그녀를 살폈다.

"아니면 무슨 일이라도 생긴 건가?"

"아무 생각도 안 했고, 아무 일도 없어요. 그냥 편두통 때문에 쉬러 들어온 것뿐이니까 혼자 있게 해줘요."

"많이 아픈 거야? 약은?"

자신에게 조금은 미안한 마음이 들어 일부러 걱정해 주는 척한다는 생각에 서현은 그만 짜증스런 목소리를 내고 말았다.

"내 일은 내가 알아서 하니까 당신은 그만 진주 씨한테나 가봐요."

서현의 반응에 그 또한 놀랐는지 잠시 아무 말 없더니 피식 웃음소리를 냈다.

"당신 편두통의 원인이 진주였나? 이거 재미있군."

서현은 괜한 소리를 뱉어낸 입술을 벌하듯 지그시 깨물었다가 한층 차분해진 어조로 말했다.

"사생활 터치는 안 하기로 했지만 기본적인 예의는 갖춰줘요. 오늘 밤 영업이 끝날 때까진 난 여기 있을 거예요. 그러니까 진주 씨하고는 다른 곳으로 가요."

"당신 말대로라면 내가 이후 시간 동안 진주와 함께 있게 된다는 거로군."

재미있어하는 그의 말투에 서현은 발끈하고 싶지 않아 차분함을 유지했다.

"이 건물만 아니면 어디로 가든 상관 안 할 테니까 마음대로 해요. 이제 그만 나가줄래요?"

"그러지."

싱긋 웃으며 고개를 까딱거린 그는 일체 다른 말 없이 여유로운 동작으로 몸을 돌려 사무실을 나갔다.

가볍게 탁 하고 닫히는 문소리와 동시에 서현의 몸이 힘이 풀린 듯 책상으로 기대섰다. 혹시라도 자신이 그를 달리 생각하고 있다 여기게 되는 일만은 없어야 하는데 괜한 반응을 보인 것 같아 후회스럽다. 그냥 그 여자나 데리고 나갈 것이지 왜 여기까지 들어와서 심사를 뒤틀리게 만드는 건지! 서현은 짜증스레 머리를 쓸어 올리며 낮게 숨을 내쉬었다.

그의 앞에선 이미 오래전 찢겨진 자존심이지만 두 번 다시는 경험하고 싶지 않은 만큼 그에겐 절대 관심 같은 건 갖지 않을 생각이었다. 그러니 이제 다시는 그가 누구와 뭘 하든 신경 쓰지 않아야 했다.

점장실을 나오는 성하의 입가엔 희미한 미소가 걸려 있었다. 서현이 이런 식으로 다른 여자에 대해 예민하게 군 것은 처음이다. 남남처럼 사업적인 이야기 외엔 말도 잘 섞지 않으려 하던 여자가 아내의 입장에 서서 기본적인 예의를 갖춰달라고 했다는 건 정말 뜻밖의 반응이었다.

지난달 그의 사무실로 찾아온 진주를 봐서일까? 그날 진주의 애정 공세와 포옹이 서현에게서 이런 반응을 이끌어낸 거라면 부부다운 생활을 시작하는 것은 그리 오래 걸리지는 않을 듯했다.

"성하야."

그가 나오길 기다렸다는 듯 진주가 방긋거리는 얼굴로 그에게 손을 뻗었다. 하지만 그는 팔짱을 끼려는 진주의 손을 자연스레 피하며 물었다.

"식사는 했어?"

"너랑 먹으려고 기다리고 있었어."

"저런, 난 다른 약속 때문에 나가야 해서 같이하기는 어렵겠는걸."

"뭐니? 아까 내가 전화했을 땐 여기서 보자고 했잖아."

"그래서 지금 이렇게 보고 있잖아. 오픈 날 맞춰 오는 거 힘들었을 텐데, 고마워."

싱긋 웃는 그를 흘기며 진주는 곱게 칠해진 입술을 삐죽거렸다.

"오랜만인데 나 안 보고 싶었어? 너랑 같이 있고 싶단 말이야."

"오늘은 바쁘니까 안 되겠다."

"언제 끝나는데? 기다릴게."

그의 소맷자락을 손끝으로 살짝 잡으며 진주는 한 발 더 가까이 다가와 낮게 속삭였다.

"날 계속 모른 척할 거니? 내 마음 너도 알잖아."

진주의 말에 미소를 유지하고 있던 성하의 눈썹이 휙 올라갔다. 그런 그를 진주는 그윽하게 올려다보며 말했다.

"너희 부부 관계가 어떻다는 건 누구나 다 아는데, 뭘. 서로 쿨한 사이 아냐? 저번에 나 보고도 아무 말 않고 자리를 피해준 아내인데 뭐가 문제야?"

"문제는."

성하는 진주의 손을 떼어내고 무심한 눈으로 내려다보며 말을 이었다.

"내가 널 원하지 않는다는 거야."

"……!"

"벌써 세 번째 말하는 것 같은데 다시 말해줘? 너와 나, 고교 동창 그 이상은 아냐."

"정말 날…… 한 번도 원한 적 없어?"

최고의 여배우로 등극한 후 이런 식으로 내침을 당해본 적이 한번도 없는 진주이기에 성하가 자신을 거부한다는 사실을 받아들일수가 없었다. 사람들에게 여신이라 불리는 자신이 여러 차례 구애를 하는데도 이렇게 계속 밀어낸다는 건 말이 안 되는 일이었다.

"성하 네가 원하기만 하면 난 얼마든지 너만의 여자가 될 거야."

"모르나? 난 내가 원하는 건 뭐든 가질 수 있다는 걸. 하지만 넌 아냐."

성하는 씨익 입꼬리를 올려 보이며 덧붙였다.

"어쨌든 네겐 여러모로 고맙단 생각이 들어. 모쪼록 편히 즐기다 가. 다음에 보자."

"강성하 너 정말……!"

벌겋게 달아오른 얼굴로 그를 불렀지만 성하는 이미 성큼성큼

멀어져 버렸다. 사람들이 눈치챌까 더 이상의 큰 소리를 낼 수 없었던 진주는 두 주먹을 쥔 채 파르르 떨 뿐이었다.

'강성하! 네가 갖고 싶은 건 뭐든 가질 수 있는 것처럼 나 역시 그래! 지금 내가 갖고 싶은 건 바로 너란 것만 명심해!'

진주는 거친 손놀림으로 선글라스를 낀 후 또각또각 매장을 빠져나갔다.

✳

레지던스에서 업무를 마치고 성하가 내려온 시각은 백화점 영업이 종료된 뒤였다. 하지만 오렌지 가든의 영업 시간은 10시까지였기에 9층 식당가는 환하게 불이 켜진 상태였다. 아직도 많은 사람들이 북적이는 걸로 봐선 서현도 꽤나 바쁠 듯했다. 들어갈까하다가 성하는 픽 웃으며 발걸음을 돌렸다.

그가 다시 나타나면 그녀는 적잖이 당황하며 '진주와 있을 거라 생각했는데 여긴 왜 왔지?' 하는 의아스러운 표정을 지어 보일게 뻔했다. 한편으론 서현의 얼굴에 드러난 생각을 읽고 싶기도 했지만 어디까지나 영업장이고 고객들을 상대하고 있을 테니 그런 식으로 놀라게 하고 싶진 않았다. 퇴근 후 그가 먼저 집에 들어와 있는 걸 보고도 충분히 놀랄 테니 그녀와 마주하는 건 잠시 뒤로 미룰 생각이다.

주차장으로 바로 가는 엘리베이터 앞에 섰는데 마침 땡 소리가 나며 문이 열렸다. 예닐곱 명쯤 되는 사람들이 우르르 내리자 옆으로 비켜서 있던 성하의 눈에 낯익은 얼굴이 스쳐 지나갔다.

'박형준?'

휙 고개를 돌려 보았지만 사람들 틈에 가려 잘 보이지 않았다. 확인하기 위해 저도 모르게 쫓아가려던 성하의 발걸음이 멈칫했다. 4년 전, 다시는 서현 앞에 나타나지 않겠다고 철석같이 약속하고 미국으로 날아간 사람이 아닌가! 하지만 4년이라면 유학을 마치고 귀국할 정도의 시간은 되었다.

설마 서현을 만나기 위해? 성하의 눈매에 날카로움이 어렸다. 사람들이 우르르 들어간 오렌지 가든 입구를 한동안 응시하던 성하는 휙 고개를 돌리고 엘리베이터에 올랐다.

"서현이 아빠의 재산을 포기하고 사업도 물려받지 않을 거라면 더 이상 관심 없습니다. 어차피 내겐 성공을 위한 디딤돌 역할이나 마찬가지인데, 그 많은 재산을 포기하면 무슨 필요가 있겠습니까? 차라리 이 돈이 지금 내겐 더 필요한 거죠."

서현의 곁을 떠나라며 성하가 던져 준 돈 봉투를 기껍게 받아들고 그처럼 뻔뻔스럽게 말한 작자가 다시 얼굴을 내비칠 리가 없다. 게다가 서울 바닥으로 돌아와 서현을 수소문했다면 누구와 결혼했는지도 알게 됐을 터. 자신과 마주할 배짱이 있지 않고서야 그녀 앞에 나타날 생각은 하지 못할 것이라 여겼다.

조금 전의 남자가 박형준이든 그와 닮은 남자이든 간에 성하는 인생에서 가장 짜증스런 인물을 떠올리게 된 것 자체가 기분 나빴다. 행여 서현이 그를 보게 되면 옛 추억에 마음이 흔들리게 될까봐 염려가 된 탓이다. 그를 완전히 잊긴 한 걸까?

지하주차장을 빠져나가는 성하의 차는 운전자의 기분 상태를 반영하듯 굉음을 내며 거칠게 질주했다.

*

오렌지 가든이 명동 한복판 황금 상권의 중심인 HL백화점에 입점한다는 소식은 일부러 찾아보지 않아도 자연스레 귀에 들어온 뉴스였다. 때문에 석우가 당연히 가봐야 하는 거 아니냐며 형준을 부추겼고, 형준도 못 이긴 척 석우 일행을 따라나서게 되었다.

사실 형준은 귀국 후 적당한 일자리를 물색해 보았지만 어디나 유학파는 넘쳐 나는 터라 쉬이 구하지 못하던 중이었다. 그러다 유학 시절 한솥밥을 먹고 지내던 석우가 부친이 경영하는 중견 건축설계회사에 몸담은 걸 알고 연락했던 것이고, 그때 마침 은정과 서현을 만나게 된 것이다.

솔직히 석우 입장에선 형준이 일자리를 부탁하는 게 달갑지만은 않았을 테지만, 최서현이라는 짱짱한 인맥과 연결이 된 걸 알고 나더니 흔쾌히 수락했다. 어찌 보면 서현의 배경이 된 한강그룹 강성하와는 두 번 다시 마주치지 말아야 할 관계였지만, 형준으로선 이런 기회를 놓치고 싶진 않았다.

4년 전, 강성하란 남자가 내보인 으름장은 아직도 생생했으나 그가 서현의 남편이 되었다는 소식은 형준에겐 호기심과 함께 약간의 도전 의식도 느끼게 했다. 서현이 모든 걸 버리겠다는 각오로 선택한 사랑은 다른 누구도 아닌 박형준 자신이었고, 어쩌면 지금도 그때의 감정이 남아 있을 거라 여겼다. 꼴도 보기 싫다고, 쳐다보는 눈길도 무섭다고 하던 남자와의 결혼은 어디까지나 필요에 의해서였을 터. 서현이 현재 남부럽지 않은 재력을 지닌 이상 성하와는 상관없이 그녀만 잘 공략하면 될 거라는 생각이 은연중에 깔리게 되었다.

"선배만 있으면 난 아무것도 필요 없어. 모두 다 포기하고 선배와 함께하고 싶다고. 그냥 우리끼리 멀리 떠나. 응?"

오래전 서현이 속삭이던 말을 떠올리는 형준의 입매가 여유롭게 휘었다. 이젠 서현의 마음 한 자락만 다시 일깨우면 될 일이었다.

형준과 석우 일행이 테이블을 잡고 앉아 주위를 두리번거릴 때 서현은 점장에게 그만 퇴근하겠다고 말하던 참이었다. 성하와 진주가 함께 있는 모습이 자꾸 뇌리에 떠올라 편두통이 일었던 것이다.

자신과는 상관없는 일이라 생각하려 해도 지난번 진주가 성하의 목에 팔을 두르고 매달려 있는 장면이 사라지질 않았다. 그 당시엔 못 본 척 태연히 넘기고 애써 내색하지 않았지만, 최근 며칠간 성하와 이런저런 사업상의 이야기를 하며 물리적 거리가 좁혀진 탓인지 알게 모르게 그를 더 의식하게 된 것 같았다.

지끈거리는 머리를 지그시 손끝으로 지압하듯 누르며 퇴근 준비를 위해 점장실로 가려는데 누군가 한쪽에서 손을 번쩍 치켜들며 '서현 씨!'라고 큰 소리로 외쳤다. 저렇게 이름을 대놓고 부른다는 건 필시 가까운 지인일 터. 서현은 미소를 지으며 그쪽으로 몸을 돌렸다.

하지만 그녀의 눈에 들어온 이는 다른 누구도 아닌 형준이었다. 손을 들며 이름을 부른 건 그 옆의 나석우라는 남자였지만 서현의 눈엔 그보다 익숙한 얼굴인 형준이 먼저 들어왔다.

처음 든 생각은 형준 선배가 의외로 뻔뻔한 구석이 있다는 것이었다. 어떻게 아무렇지도 않게 여길 찾아올 수 있는지 궁금하기까지 했다.

"솔직히 난 자신 없다. 네가 날 선택하고 아빠를 등지면 행복할 수 있겠니? 네가 날 그만큼 좋아해 주는 마음은 정말 고맙지만 난 너한테 가족을 버리라는 말은 못해. 그럴 바엔 차라리 내가 떠나는 게 낫지. 그리고 어차피 유학을 갈까 생각하는 참이었는데…… 내겐 여러모로 기회가 될 것도 같아. 널 잊기 위해서라도 멀리 떠나는 게 나을 테니까. 이해하지? 널 좋아하기 때문에 널 위해 떠난다는 거. 나 때문에 네가 모든 걸 포기하는 일은 없어야 하잖아?"

꽤나 멋진 모습으로 기억되고 싶었는지 형준은 이별을 통보하며 그렇게 말했었다. 그 당시엔 이미 떠나는 조건으로 아빠가 찔러준 돈 봉투를 받은 후였을 것이다. 그러니 뜬금없이 유학 얘기를 꺼내며 널 위해 멀리 떠난다고 말했겠지.

서현은 형준이 이곳에 온 진짜 속내가 무언지 조금은 알 것도 같았다. 과거 그녀가 싫은 티를 팍팍 내던 강성하와 결혼했다는 것과 지금 이렇듯 잘나가는 레스토랑 오너가 되어 있다는 것, 거기에 혹시나 형준 자신을 좋아하던 마음이 조금은 남아 있지 않을까 하는 기대감이 복합적으로 작용했을 터. 한번 찔러나 보자는 마음이 없진 않을 것이다. 서현의 입매가 피식 비틀렸지만 애써 손님을 맞이하는 예의상의 미소로 가장하며 그들에게 다가갔다.

"오셨어요?"

"당연히 방문해야죠! 정말 근사합니다. 오픈 축하드려요, 서현 씨."

과장스럽게 친근한 척 이름을 불러대는 석우의 태도가 서현의 신경을 거슬리게 했지만 티를 내진 않았다. 그녀와 조금이라도 친해져 보겠다고 이렇게 구는 사람을 한두 번 겪은 것도 아니기에 적당히 예를 갖추되 거리를 유지하면 그만이다.

"좋아 보인다, 서현아."

싱긋 미소를 지으며 인사를 건네는 형준에게도 서현은 태연히 고개를 끄덕여 보였다.

"고마워요. 모쪼록 즐거운 시간 보내고 가시길 바랄게요."

그렇게 돌아서는 서현을 형준이 다시금 불러 세웠다.

"서현아, 잠깐⋯⋯."

그러더니 아예 자리에서 일어나 그녀에게로 다가온다.

"제가 좀 바쁜데 왜 그러시죠?"

"나한테까지 그렇게 격식 갖추며 말할 건 없잖아. 아주 잠깐이면 되는데, 이야기 좀 하자."

그 말에 서현의 입꼬리는 위로 향했지만 눈동자엔 조금의 미소
도 담기질 않았다.

"미안하지만 선배, 나 지금 일하는 중이거든. 할 얘기 있으면 다
음에 미리 약속하고 찾아와."

"내가 아직도 원망스럽니?"

"⋯⋯뭐?"

"그 당시엔 그게 널 위한 최선이었어."

"선배, 잠깐⋯⋯."

서현이 눈살을 찌푸리며 손을 들어 보였지만 형준은 말은 계속
되었다.

"나 때문에 네가 모든 걸 포기하게 둘 순 없었어."

징밀이지 귀가 따갑게 들어온 소리가 아닌가! 다 너를 위해서다,
자식 이기는 부모 없다지 않느냐, 그러니 아빠를 설득할 생각을 해
야지 왜 풍족한 삶을 포기하려는 것이냐며 걱정을 가장해 제 잇속
을 챙기려 했던 말들. 여전히 그 말에 속을 거라 생각하는 건가?

서현은 찌푸렸던 인상을 펴고 생긋 미소를 지어주었다.

"그래, 그래서 원망이 아니라 고마워하는 중이야. 말하지 않았
어? 선배 덕분에 내 삶의 우선순위가 무엇인지 깨닫게 되었다고.
설마 고마움의 표시를 따로 해줘야 하는 거야?"

조금은 시니컬하게 들리는 말투에 형준의 표정이 굳어졌다.

"우리 레스토랑의 손님으로선 대환영이지만 그 밖의 일로 얼굴
마주칠 일은 없었으면 해. 알다시피 난 남편이 있는 유부녀거든.

그이에게 괜한 오해를 사고 싶진 않아."

　왼손을 들어 결혼반지를 살짝 만지작거린 서현은 미소를 유지한 채 그 자리를 벗어났다. 점장을 비롯해 그녀를 아는 몇몇 사람들이 호기심 어린 눈으로 쳐다보는 게 느껴졌다. 대화 내용이 들리진 않았겠지만 사업상 이야기를 나누는 것처럼은 보이지 않았을 터. 저 남자는 누구인지 궁금해하는 그들의 얼굴에 서현은 더 머리가 지끈거리는 것만 같았다.

　"오늘은 이만 들어가 볼 테니 잘 마무리한 후 퇴근하세요."

　서현의 말에 점장이 고개를 푹 숙여 보였다.

　"걱정 마시고 들어가 쉬십시오. 이 HL 명동점은 언제고 제가 책임지겠습니다."

　"그래요. 수고하세요."

　과장스런 점장의 태도가 서현으로선 맘에 들지 않았지만 모른 척하며 그대로 돌아섰다. 매장을 지날 때 형준의 시선이 따라오는 게 느껴졌으나 의식하고 싶지도 않았고 쳐다볼 생각도 없었다. 그래도 저 정도 남자라면 아빠 곁을 떠나는 충분한 이유를 찾을 수 있을 거라 여겼던 적이 있다니. 쯧! 쓴웃음이 번지려 하자 서현은 머리를 저으며 엘리베이터에 올랐다.

　주차장으로 들어서자 여름 장마 뒤끝의 후텁지근함이 몰려들었다. 멀지 않은 곳에 주차된 차에 올라 서현은 곧바로 출발했다. 무더운 날씨였지만 뜨거운 목욕이 간절했다. 어차피 남편은 집에 없을 테니 모처럼 느긋이 목욕을 즐기고 와인 한 잔을 마신 후 잠자리에 들고 싶었다.

순간 남편의 목을 끌어안고 있던 진주의 모습이 그려지자 핸들을 쥔 서현의 손에 잔뜩 힘이 들어갔다. 쓸데없이 왜 그 장면이 튀어나오는지! 상상하기도 싫은 두 사람의 친밀한 모습을 떠올리는 자신이 못마땅했고, 진주를 의식하는 과민 반응을 보여 버린 스스로가 한심할 따름이다.

'최서현! 정신 차려!! 그에게 넌 사업상의 가치 외엔 조금의 관심도 없는 사람이야! 그건 너도 마찬가지 아냐? 우린 서로 비즈니스 파트너일 뿐, 그 이상은 아니라고!'

피어오르는 짜증을 달래려는 듯 서현은 헤비록 노래가 담긴 CD를 선택해 볼륨을 크게 높였다. 한참 높아지는 고음부를 따라 부르며 리듬에 맞춰 핸들을 툭툭 두드리는데 노래 사이로 띠링띠링 하는 소리와 함께 블루투스로 연결해 놓은 핸드폰에 전화가 왔다는 표시가 떴다. 그다지 반갑지 않은 아빠였다.

살짝 미간을 찡그린 서현은 볼륨을 낮추고 전화를 받았다.

"네, 여보세요."

〈나다. 통화 괜찮니?〉

"말씀하세요."

〈잠깐이라도 들르려 했는데 못 가봐서 미안하다. 엄마는? 들렀다가 금방 가던?〉

서현은 서 여사가 보낸 난 화분 하나와 함께 보내온 카드에 적힌 간단한 메모를 떠올렸다.

―해인이 시험 기간이라 학원 시간이 변경되어서 픽업해 주려면 거기

들르기 힘들겠다. 솔직히 너도 내 얼굴 보는 거 별로잖니? 네 아빠가 물으면 잠깐 들렀다고 해주렴.

새 매장 오픈을 축하한다는 말은 한마디도 없었다.

아, 맞다. 난 화분에 둘러진 리본에 틀에 박힌 축하 문구는 적혀 있었지.

"워낙 바쁘신 분이잖아요."

서현은 두 분 사이에 말다툼이 일든 말든 상관없었지만 그런 부탁 하나도 안 들어주는 못된 년이라는 서 여사의 전화를 받고 싶지 않아 들렀다는 식으로 답했다.

〈식사라도 하고 오지 사람 하고는. 어쨌든 오픈 축하한다. 강 서방에게도 안부 전해주고.〉

"네."

짧게 답하는 서현과의 통화가 못내 아쉬운지 최 회장은 잠시 뜸을 들인 후 말했다.

〈그래, 언제 주말에 한번 들르마.〉

"네, 끊을게요."

통화를 끝낸 서현의 입매가 비틀렸다. 휴일엔 대부분 서 여사와 해인, 영인의 스케줄에 맞춰 움직여야 하는 분이 과연 주말에 따로 시간을 내실 수 있을지 의문이다. 불혹의 나이에 띠동갑 꽃다운 처녀와 재가한 덕분에 아직까지 고딩, 초딩 딸내미들 뒤치다꺼리하느라 바쁘실 테니 말이다. 서현은 피식 웃으며 다시금 볼륨을 높였다.

열한 살, 엄마를 사고로 잃고 1년이 채 지나지 않아 서현에겐 새엄마가 생겼다. 평소 아빠와 친하게 지내오던 거래처 사장의 비서로 근무하던 젊은 아가씨였다. 엄마와 돈독한 정을 나누며 자라온 딸에게 가장 필요한 게 '엄마'라는 존재라고 착각한 아빠는 젊은 아가씨의 유혹에 너무나 쉽게 무너졌고, 회사 일에 쫓기고 출장이 잦은 아빠보다 젊은 새엄마가 서현에겐 친구처럼 함께하기 좋은 상대라 믿은 것이다.

하지만 새엄마가 들어온 후부터 서현에게 아빠는 예전의 아빠와는 다른 존재가 되어버렸다. 동화에서 나오는 못된 새엄마 이미지와 별 오차를 보이지 않는 서 여사라는 다리를 한 번 건너야 닿을 수 있는 곳에 위치하게 되었고, 살가운 정보다는 두둑한 용돈으로 아빠라는 존재감을 보여줄 뿐이었다.

떠올리고 싶지 않은 옛 기억에 전방을 응시하는 서현의 눈매가 더욱 딱딱하게 굳어져 갔다.

초등학교를 졸업하던 날, 서현은 혼자였다. 지방 점포에 문제가 생겨 갑자기 출장을 떠나야 했던 아빠에겐 아무 걱정 말라고 했던 서 여사는 해인이 핑계를 대며 학교에 오질 않았다. 5개월을 갓 넘긴 갓난애를 그 사람 많은 곳에 데려갈 엄두가 안 난다는 거였다.

"유치원생도 아니고, 집에 혼자 올 수 있잖니?"

"사진도 찍고 하려면……."

"너 핸드폰 있잖아. 그걸로 친구들이랑 같이 찍으면 되지 뭐가 걱정이야? 넌 애가 정말 너밖에 모르구나? 그 강당에 어떤 사람들이 모일지 모르는데 우리 해인일 꼭 데려가야겠니? 날도 추운데 감기라도 걸리면 네가 책임질 거야?"

졸업생 대표로 답사까지 하게 되어 있던 서현이었지만 축하해 주는 가족 한 사람 없이 졸업식을 마쳤다. 아빠에겐 역시나 해인이가 열이 올라 부득이하게 참석하지 못해 동영상도 찍지 못했다며 서 여사는 본인이 더 아쉽다는 듯 가식적인 모습으로 서현의 마음에 더 큰 상처를 주었다.

그 이후로도 그런 일은 비일비재하게 일어났다. 돌이 지나고 혼자 걷기 시작한 해인이 가장 가고 싶어 하는 곳은 아기자기한 물건이 많은 서현의 방이었고, 서현이 학교에 가 있는 동안 그곳은 놀이터가 되었다. 그러면서 서 여사는 해인이를 돌본다는 핑계로 서현의 방 물건들을 스스럼없이 뒤적이며 감시 아닌 감시를 했다.

"넌 언니잖아! 중학생이나 되어서는 어린 동생이 가지고 노는 것도 싫으니? 참, 그리고 서랍에 보니까 못 보던 머리핀 있던데, 그거 백화점 브랜드 아냐?"

"제가 산 게 아니라 저번에 생일 선물로 받았던 거예요."

"너한테 누가 그런 걸 사줘? 네 아빠가 사주던?"

"아뇨. 평창동 이모가……."

"어머, 어머! 얘는 누구보고 이모라는 거야? 너 한 여사님한테 버릇없이 그딴 식으로 말하니? 애가 정말 철이 없어도 유분수지.

남들이 들으면 누굴 욕하겠니? 그게 다 네 아빠 흉인 거야! 어쨌든 학교에 그렇게 비싼 거 하고 다니면 위화감만 조성해서 못써. 네가 그러니까 친구가 없는 거야."

친구가 없는 게 아니라 집에 데려오는 친구가 없을 뿐이다. 저런 새엄마와 함께 산다는 걸 누구에게 보여주고 싶겠는가!

점점 입을 닫고 혼자 방 안에만 있으려 하는 서현을 걱정하는 아빠에게 서 여사는 저맘때 여자애들은 누구나 그렇다면서 그래도 다른 애들이 비하면 얼마나 착하고 얌전하냐는 식으로 칭찬했고, 원만한 모녀 관계 조성을 위해 노력하고 있다는 태도를 취했다.

서 여사의 그런 이중적인 모습에 서현은 집을 벗어나고 싶어졌고, 아내의 말만 곧이곧대로 믿으며 섣불리 딸의 생활에 간섭하기보다는 아낌없는 용돈으로 사랑을 표현해 버린 아빠에게 실망만 쌓이게 되었다.

'어쨌거나 이젠 그 지긋지긋한 집안에서 벗어났으니 다행이잖아?'

지워 버리고 싶은 옛 기억을 털어내듯 고개를 휘저은 서현은 운전대를 똑바로 움켜쥐었다. 만 서른 살 생일에 외가 쪽 유산을 상속받게 되면 '오렌지 가든'도 ㈜미림에서 완전히 독립해 나올 생각이니 그땐 정말 인연을 끊고 살아도 무방할 터였다.

#3

샤워를 마치고 나온 성하의 머릿속엔 여전히 박형준이란 남자가 남아 있었다. 아까 레스토랑에서 봤던 이가 생각만으로도 짜증을 동반하는 그 남자가 맞는지 확인했어야 하는데……. 솔직히 그 자와 대면하고 놀랄 서현의 얼굴을 보고 싶진 않았다. 행여 반가워하는 표정이라도 짓는다면 그 자리에서 그녀의 손목을 붙들고 나와 버렸을지도 모르니까.

미간을 찡그리며 젖은 머리칼을 쓸어 넘긴 성하는 냉장고로 성큼성큼 걸어가 시원한 물을 들이켜고는 얼음 조각까지 우적우적 씹어 삼켰다. 만에 하나 아까 그자가 정말 박형준이고, 일부러 서현을 찾아온 거라면 이쪽에서도 그에 맞는 액션을 취해줄 생각이다.

그때 차량이 도착했다는 알림이 울렸다. 벌써? 시계를 보니 아직 열 시도 채 되지 않았다. 그녀가 오픈 날 문을 닫기도 전에 들어오다니, 정말 두통이 심한 건가 싶다. 아니면 다른 이유가 있던가. 성하는 생각지도 않았던 서현의 이른 귀가의 원인이 무언지 궁금해지자 그녀를 기다리듯 현관 안 유리문을 열어둔 채 기대어 섰다.

잠시 후, 번호키를 빠르게 누르는 소리에 이어 현관문이 벌컥 열렸다. 안으로 들어오려다 그를 보고 놀란 서현이 우뚝 멈춰 서자 성하가 싱긋 웃음을 보였다.

"어서 와."

"……?"

"왜 또 집에 있는 거냐고 묻고 싶은 얼굴인데?"

그의 말에 서현은 별 내색 없이 굳은 표정으로 들어와 문을 닫았다. 방금 샤워를 끝낸 듯 보이는 그의 젖은 머리칼이 괜한 상상을 하게 만들며 바닥으로 시선을 향하게 했다. 하지만 그가 벗어둔 신사화 외에 다른 여자의 신발은 보이지 않았다. 하긴, 백화점 건물만 아니면 다른 곳은 상관없다고 말했다 해도 그 여자를 집 안으로 들이는 파렴치한 짓을 할 사람은 아니다.

'그럼 벌써 밀회를 끝내고 들어온 건가? 설마 이렇게 일찍?'

서현이 무슨 생각을 하는지는 행동과 눈빛만으로도 알 수 있었다. 성하는 여전히 미소를 머금은 채 한쪽 눈썹만 살짝 올려 보였다.

"생각보다 퇴근이 빠른데, 두통이 여전한 건가?"

"맞아요. 그러니 좀 쉴게요."

서현은 구두를 벗고 그를 지나쳐 가려 했지만 이내 그의 손에 붙잡혔다.

"묻고 싶은 게 있으면 피하지 말고 그냥 묻지?"

너무 가까워. 요즘 들어 성하의 터치가 너무도 자연스레 이뤄지고 있는 게 서현으로선 불편하게만 느껴졌다. 그는 최대한 거리감을 두고 대하는 게 여러모로 안전했다.

"쉬고 싶다고 했잖아요."

서현은 그의 눈을 보는 대신 자신의 팔을 잡고 있는 손을 보며 차분히 말했다. 더 이상 진주를 언급하는 일은 없을 테니 그만 놔달라는 듯이.

하지만 그는 팔을 놓는 대신 다른 손으로 서현의 턱을 치켜 올려 시선을 마주하게 했다.

"그럼 내가 묻지."

"왜 이러……."

찡그린 눈으로 그를 보던 서현은 곧바로 이어진 그의 말에 입을 다물었다.

"박형준을 만났나?"

"그걸 어떻게 알아요?"

서현의 되물음에 성하의 눈매가 가늘어졌다.

"역시 그자가 맞았군."

"선배를 봤어요?"

"선배……. 오빠라는 살가운 호칭은 아니니 다행인 건가?"

"지금 무슨 말이 하고 싶은 거예요?"

"반가웠나? 아니면 솟구치는 감정을 주체할 수 없어 피하려고 일찍 온 건가?"

"대체 무슨 말을⋯⋯."

짜증스레 대꾸하려던 서현은 그의 눈빛이 강렬하게 자신을 응시하고 있자 더 이상 말을 잇지 못하고 그만 굳어버리고 말았다.

설마 내가 형준 선배를 아직도 잊지 못하고 있다고 생각하는 건 아니겠지?

"그자가 당신을 떠난 이유를 모르진 않을 텐데? 그 당시 느낀 배신감 따윈 이미 사라져 버렸나?"

"당신이 상관할 일이 아니잖아요."

일종의 자그마한 복수였다. 아내 된 여자가 옛 연인을 만나 무슨 감정을 느꼈는지 궁금증을 드러내는 남편에게 던지는 한 방. 물론 큰 타격을 입진 않을 테지만 자신이 진수로 인해 느낀 불쾌함 정도는 그도 느끼길 바랐다. 서현은 그의 눈썹이 미세하게 움직이며 눈동자가 더욱 예리하게 변하는 걸 알 수 있었다.

성공했다! 묘한 쾌감이 일자 서현은 입술 끝을 올려 미소를 그렸다.

"당신 말대로 너무도 복합적인 감정이 밀려와 차분히 생각을 정리할 필요를 느껴 일찍 온 거예요."

"해서, 그자를 앞으로도 계속 보겠다?"

그의 말투에 섞인 빈정거림에 서현 역시 지지 않고 받아쳤다.

"말했잖아요, 생각의 필요성을 느끼는 중이라고."

"내가 허락하지 않는다면?"

뭐? 서현은 지금 잘못 들은 건가 싶은 표정으로 그를 보았다.

"사업상 외의 이유로 다른 남자를 만나는 건 내가 허락 못해."

"지, 지금 허락이라고 했어요? 그러니까 내가 당신한테 허락을 받아야 한다고요?"

너무도 어이가 없어 서현은 더듬거리기까지 하였다. 자기는 이제껏 마음대로 즐기고 놀아났으면서 뭐라고?

"난 내 아내에게 남자친구가 생기는 걸 그냥 보고 있진 않을 거거든."

당황스러워 얼굴까지 빨개진 서현의 뺨을 손끝으로 가볍게 쓸며 성하는 경고조로 말을 이었다.

"한 번만 더 그자와 만났다간 내가 어찌 행동하는지 기대해도 될 거야."

성하는 서현의 어깨를 한 번 힘 있게 쥐었다 놓은 후 서재로 들어가 버렸다. 탁 하고 닫히는 서재 문을 멍하니 쳐다보던 서현의 입에서 헛웃음이 튀어나왔다.

"하! 뭐, 뭐라고?"

그가 한 말을 자신이 제대로 들었나 싶다. 그에게 보기 좋게 한 방 먹이려고 한 건데 그의 반응은 완전 오버이지 않은가! 서현은 이해할 수 없다는 표정으로 그가 들어간 서재 문을 보다가 눈살을 찌푸렸다. 갑자기 그의 손길이 지나간 볼에 화끈거림이 느껴지자 손으로 감쌌다. 그와의 사이에 반듯하게 그어져 있던 평행선이 조금 틀어진 것 같아 묘한 전율이 일면서 무언가 가슴 깊숙한 곳에서 삐쭉 튀어나올 것처럼 불안함까지 몰려들자 서현은 서둘러 자신의 방으로 들어갔다.

그의 반응은 남편으로서의 자존심을 지키려는 것, 단지 그뿐일 것이다.

분노가 들끓었다.

'박형준! 허우대만 멀쩡한 놈인 줄 알았더니만 배짱까지 두둑하군! 감히 다시 나타나?'

4년 전 그가 던져 준 돈 봉투를 받으며 두 눈을 휘둥그레 뜨던 형준의 탐욕스런 표정을 성하는 잊지 않았다. 어찌 보면 차라리 그런 남자라는 게 성하로선 다행스러웠다. 아버지의 재산 따윈 필요 없다고 그냥 떠나자고 하는 서현보다 성하가 건네준 돈이 훨씬 더 구미가 당긴 듯 주저하지 않고 받아 챙긴 남자. 그럼에도 그 녀석은 서현을 위해 자신이 떠나는 게 맞다고 생각한다며 겉멋을 잔뜩 부리며 성하의 제안에 동의했었다.

"두 번 다시 서현이 앞에 나타나는 일은 없어야 해."

"떠나는 마당에 당연히 그래야지요. 한데, 왜 당신이 나서서 이러는지 물어도 됩니까? 서현인 당신을 엄청 싫어하던데."

형준의 말에 성하는 가슴속 한 켠에 빠직 금이 가는 게 느껴졌지만 태연하게 응수했다.

"답해줄 필요가 없는 질문은 넘어가지. 서현이 옆에서 미적거리지 말고 바로 떠나도록 해."

"나야 뭐 손해나는 일 아니니 좋긴 하지만, 내가 떠난다고 해서 서현일 차지하기는 어려울 것 같은데……. 아, 이런 소린 듣고 싶진 않을 테니 그만하죠. 이 돈은 고맙게 잘 쓰겠습니다. 안 그래도 서현이 너무 제 고집만 피우는 벽창호 같아서 고민스럽기도 했으니까."

두둑한 돈 봉투를 손에 쥐며 빙그레 웃던 형준은 차갑게 노려보는 성하의 눈빛에 주춤거리며 얼른 그 자리를 떠났다.

그 당시 형준이 한 '서현인 당신을 엄청 싫어한다'는 말이 한동안 성하를 괴롭혔지만 이내 떨쳐 냈다. 어린 시절엔 좋아한다고 편지까지 썼으면서 왜 그리 자신을 싫어하게 되었는지는 알고 싶지 않았다. 어쨌든 서현의 곁에서 저런 작자를 확실히 떼어놓았다는 게 중요했으니까.

그 후 최 회장님 옆에서 차근차근 사업을 배워 나가는 서현을 지켜보며 조금이라도 그를 의식하길 바라는 마음에 그녀가 참석하는 파티나 모임엔 일부러 다양한 여자들을 데리고 참석하곤 했다. 그가 서현을 욕심냈듯 그녀 역시 그의 옆에 여러 여자들이 있는 걸 보고 옛 감정을 떠올리며 자극을 받길 바란 것이다. 하지만 그녀에게 이렇다 할 반응을 이끌어내는 건 실패였다. 그래도 지금 이렇게 부부가 되었으니 다행이라 할 수 있지만 박형준이 다시 나타나자 신경이 쓰였다.

성하는 창 앞에 팔짱을 끼고 서서 어두운 강물을 응시했다. 미간에 잡힌 깊은 주름이 한동안 펴지질 않은 채 그의 얼굴을 일그러뜨리고 있었다.

'그깟 돈 봉투에 사랑을 포기하고 떠나 버린 남자를 놓지 못하고 있었다니! 쯧!'

입맛이 썼다. 성하는 미니바로 다가가 술을 한잔하려다 그만두었다. 아직 잠들기엔 이른 시각, 한 집 안에 있는 그녀와 다시 마주칠 수도 있는데 술 냄새를 풍기고 싶진 않았다.

조금 전 그를 바라보던 그녀의 동그랗게 커진 눈과 당황스러워하던 표정이 떠오르자 심장이 필요 이상으로 빨라지는 듯했다. 오렌지 빛깔 립글로스가 칠해진 입술이 살짝 열린 채 말을 더듬던 모습 하며 손끝에 닿았던 보드라운 뺨과 가녀린 어깨의 느낌까지, 모든 게 그녀를 취하고 싶은 열망에 불을 붙이는 것만 같았다.

이런 기분은 비단 지금만이 아니었다. 때문에 한 지붕 아래 있는 서현에게 다가가고 싶은 걸 참으려 일부러 서재에만 틀어박혀 얼굴을 마주하지도 않았고, 그마저도 참을 수 없을 땐 아예 집에 들어오질 않고 며칠씩 호텔에 머물기도 했으니까.

사업상의 거래나 마찬가지인 결혼이니 각방을 쓰고 사생활 터치도 하지 말자는 조건을 내민 그녀에게 동의하긴 했지만, 그건 어디까지나 결혼을 성사시키기 위한 방패막이와 같았다. 한집에 살게 되면 시간이 흐르면서 자연스레 가까워질 거라 믿고 있었는데 벌써 다섯 달이나 지났다. 그렇다고 그녀의 방을 막무가내로 들어갈 수는 없는 노릇.

"후유……."

이런 고민을 하는 스스로가 바보 같아 낮은 한숨이 새어 나왔다.

자신을 피하려고만 하고 일정 거리를 유지하려고 하는 그녀에게 나 혼자 좋다고 무작정 엉겨 붙는 것은 그의 성격상 할 수 없었다. 그가 뭘 하든 무관심으로 일관해 오던 그녀가 그나마 반응을 보이며 진주를 의식했다는 건 그의 일상에 조금이나마 관심을 가지기 시작한 거라 여겼건만…….

서현이 사랑했던 남자. 아버지를 버리고 선택할 만큼 사랑을 준 자이니 당연히 감정의 동요가 있을 터. 성하는 괜히 더 조급증이 이는 듯했다. 자신을 대하는 차가운 무관심에 비해 배신을 한 그 자에겐 애증이라는 감정이라도 가지고 있을 테니까. 서현의 달콤한 입술도 아직 맛보지 못한 자신에 비해 근 3년간 연애를 한 그 자는 그녀에 대해 속속들이 알고 있을 거란 생각만으로도 심장이 터져 버릴 것처럼 부글거렸다.

"……질투인가? 그깟 양아치보다 못한 놈에게 나 강성하가 질투를 느낀다고?"

성하는 얼굴을 찌푸리며 안락의자로 풀썩 몸을 묻었다. 머리를 뒤로 기댄 채 차분히 마음을 가라앉히며 생각을 정리했다. 형준이 오늘 '오렌지 가든'을 찾은 건 우연이라 이해하고 넘길 테지만, 추후 서현에게 어떤 목적을 가지고 일부러 접근을 시도한다면 자신과 먼저 마주해야 한다는 걸 일러줘야겠다고 생각했다. 그리고 서현 쪽에서 그 자를 만나고 싶어 할 경우엔…….

미련한 여자는 아니니 그럴 일은 없을 거라 믿고 싶었…… 아니, 믿었다.

　목욕을 마친 서현은 젖은 머리를 타월로 꾹꾹 눌러 말리며 거울을 통해 닫힌 문을 보았다. 그가 아직 서재에 있을지 아니면 거실에 나와 있을지 궁금했다. 뜨거운 물에 몸을 담그고 나온 탓에 갈증이 났다. 와인을 한잔 마시고 잠을 청할까 했는데 지금은 시원한 맥주가 더 생각났다. 그러나 그와 다시 부딪칠까 봐 방에서 나가는 게 망설여졌다.

　요즘 들어 왜 매일 집에 들어오는 건지 알 수가 없었다. 전처럼 그냥 호텔에서 머물든지 다른 곳으로 가든지 할 것이지. 하지만 서현은 그가 다른 여자와 밤을 지새우지 않는다는 사실에 내심 안도하는 중이었다. 인기가 많은 만큼 바쁜 스케줄의 진주와 매번 함께 있진 않을 텐데 대체 어떤 여자들을 만나기에 그처럼 밖에 머무는 건지 실은 신경이 쓰였던 것이다. 어쨌든 최근엔 업무가 끝나면 곧장 집으로 오는 것 같아 다행스러운 마음이 들긴 했다. 게다가 오늘도 진주와 함께 있을 줄 알았는데 집에 있는 걸 보고 안심하지 않았던가!

　서현은 거울에 비친 자신에게 살짝 눈살을 찡그렸다.

　대화가 늘고 물리적 거리가 좀 가까워졌다고 해서 그를 자꾸 의식하게 되는 거야?

　"바보……. 그가 널 어떻게 생각하는지는 이미 오래전부터 알고 있잖아."

　떠올리고 싶지 않았지만 서현의 뇌리엔 그에게 러브레터를 건

네던 때가 펼쳐졌다.

　중2, 새 학년으로 올라가기 전에 맞이한 밸런타인데이에 서현은 손수 만든 하트 모양의 초콜릿과 편지를 들고 성하를 기다리고 있었다. 고3이 되는 만큼 그는 봄방학임에도 늦은 시각까지 독서실에서 공부를 했다. 보통 열두 시 전에는 집에 온다는 말을 그의 어머니, 한 여사님께 들은 탓에 서현은 저녁 아홉 시부터 독서실 입구가 보이는 패스트푸드점에서 그가 나오길 기다리다 열한 시부터는 아예 그 앞에 서 있는 중이었다. 몇몇 학생들이 나오기도 했지만 그의 모습은 아직까지 보이질 않고 있었다.

　혹시 오늘은 독서실에 가지 않을까 싶어 한 여사님과 강 회장님께 초콜릿을 드린다는 명목으로 오후에 그의 집을 먼저 방문했고, 과외를 마친 그가 분명 독서실에 간다고 했다는 걸 전해 들은 터이다.

　"너 올 줄 알았으면 윤하라도 못 나가게 할걸 그랬네. 성하는 요 아래 독서실에 있을 텐데, 한번 전화해 볼까?"

　"아니에요. 저도 친구들하고 약속이 있어서 바로 가봐야 해요."

　황급히 손을 내저으며 자리에서 일어나는 서현에게 한 여사는 아쉬운 미소를 보이며 따라 일어났다.

　"시간 되면 언제든 놀러 와. 알았지?"

　"네, 감사합니다."

　어린 시절 엄마가 살아 계실 당시엔 한 여사님과 함께 모임을 갖고 봉사활동도 같이하셨기에 서현은 종종 그의 집에 들르곤 했다. 자주 만나 편하게 느껴지는 한 여사와는 달리 성하는 가끔 한 번씩만 볼 뿐이었지만 어느새 서현은 마음속에 그를 담게 되었다. 처음엔 그저 어린 마음에 키가 크고 잘생긴 오빠가 그냥 좋았고, 서서히 사춘기를 맞이하면서부터는 그가 정말 좋아서 꿈에서도 볼 지경이었다.

갑작스런 엄마의 사고 때문에 서현이 힘들어할 때도 한 여사가 같이 밥 먹자며 종종 연락해 주시고 챙겨주셔서 가끔씩은 그를 보기도 했다. 하지만 새엄마가 들어오면서부터는 왠지 모르게 소원해지게 되었다. 그래도 한 여사가 생일 때면 꼭 축하 전화라도 해주며 끈을 놓지 않아서 이렇게 찾아뵐 수 있었고, 그에게 고백할 생각까지 하게 되었다. 물론 그분껜 아무 내색도 하지 않았지만 넌지시 성하에 대해 물을 때면 이런저런 얘기들을 해주셨다. 어쩌면 성하와 자신이 잘되길 바라고 계신지도 모른다는 생각에 용기를 얻어 이렇게 초콜릿을 준비하고 정성 어린 편지까지 쓰게 된 건지도 몰랐다.

밤이 깊어갈수록 날이 더 차가워지며 슬슬 눈발이 날릴 조짐까지 보였다. 핸드폰을 꺼내 보니 어느새 열한 시 40분을 넘고 있었다. 어그부츠를 신고 있었지만 오랜 시간 밖에 있어서 그런지 발가락 끝이 금방이라도 얼 것만 같았다. 마음 같아선 독서실 안으로 들어가 그를 찾고 싶었으나 회원도 아닌데다 한참 공부 중인 그를 방해할 수는 없어 마냥 기다리는 중이었다.

"무슨 공부를 이 시간까지 하는 거야. 아, 추워."

서현은 중얼거리며 제자리에서 종종걸음으로 발을 움직거렸다.

열두 시가 지나기 전에 초콜릿을 주고 싶었는데 그러지 못할까 봐 걱정도 되었다. 행여 그가 나가는 걸 못 보았나 싶어 안에 들어가 확인해 볼까 고민하던 참에 엘리베이터가 내려와 1층에서 멈췄다. 이번엔 성하일까 싶어 환한 미소를 그리며 초콜릿 상자를 등 뒤로 숨긴 채 기다렸다. 기대하던 대로 그의 모습이 눈에 확 들어왔다. 함께 내린 넷 중 가장 키가 큰 그는 옆 친구와 이야기하며 웃고 있다. 그리고 다른 친구가 서현을 보더니 누군가 싶은 얼굴로 옆 사람을 툭툭 건들자 다들 이야기를 멈추고 그녀를 보았다.

"성하 오빠."

수줍은 얼굴로 서현이 부르자 옆 친구들이 휘파람을 불어대며 자리를 비켜주듯 먼저 건물을 나갔다. 하지만 유리문 밖에서 어찌 진행되는지 궁금한 눈으로 그들을 지켜보고 있었다.

"뭐냐?"

못마땅함이 가득 담긴 표정으로 묻는 그에게 서현은 초콜릿과 편지가 든 상자를 내밀었다.

"내가 직접 만든 거예요. 안에 편지도 있구요."

"이딴 걸 주려고 이제껏 날 기다렸다는 거야? 너 시계 없어? 지금이 몇 신지 몰라?"

"……예? 예에……. 오늘이 밸런타인……."

"난 초콜릿은 질색이야! 필요 없으니까 가져가."

성하가 상자를 받지 않고 그냥 지나치려 하자 서현이 그의 옷깃을 잡았다.

"하지만 오빠, 난 이거 주려고 지금까지……."

"너 바보냐? 내가 언제 나올 줄 알고 기다려? 그리고 난 이런 짓 하는 여자애들도 초콜릿만큼이나 싫어. 쪼끄만 게 무슨 밸런타인 초콜릿이야? 이제 고3인 나한테 이런 거 주고 싶어?"

그의 짜증이 묻어나는 음성에 서현은 그만 풀이 죽어 고개를 숙이고 말았다.

"넌 여자애가 겁이 없는 거냐, 속이 없는 거냐? 지금 이 시각에 너네 집까지 어떻게 가려고 그래?"

"……택시비 있어요……."

"그니까 택시 타고 가면 된다? 겁도 없고 속도 없는 거 맞네."

오랜 시간 기다린 사람에게 너무하다는 생각이 들었지만 서현은 별다른 대꾸도 하지 못하고 상자만 만지작거릴 뿐이었다.

"이딴 정신 나간 짓 하는 여자앤 관심 없으니까 그만 가라. 니 얼굴도 이젠 보고 싶지 않다."

그래도 밸런타인데이인데……. 좋아하는 사람에게 용기 내어 고백할 수 있는 날인데……. 뭐가 그리 큰 잘못이라고 이리 야박하게 구는 걸까. 서현은 울컥 눈물이 나려는 걸 참으며 입술을 꾹 물었다. 그리고는 그가 짜증 난다는 듯 먼저 몸을 돌리려 하자 그의 소매를 획 당기며 강제적으로 상자를 건넸다.

"버리려면 오빠가 버려요! 어쨌든 난 줬으니까!"

여전히 고개를 숙인 채 할 말만 하고 서현은 건물을 빠져나갔다. 밖에 있던 그의 친구들이 '어어? 그냥 가는 거야?' 하며 물었지만 서현은 눈물이 터져 나와 뒤를 돌아볼 수가 없었다.

그렇게 그와 헤어지고 정확히 한 달 뒤 서현은 새엄마의 구박을 견디지 못하고 가출을 결심하고 집을 나오게 되었다. 세 살이 된 해인이는 여전히 서현의 방을 최고의 놀이터로 알았고, 이젠 노트나 책까지 좍좍 찢곤 했다.

"왜 자꾸 제 방으로 들어가시는 건데요! 잠가둔 거 아시잖아요!"

"이 집이 내 집인데 마음대로 들어가지도 못해? 해인이가 자꾸 거기에서만 놀려고 하는데 어떡하니? 언니가 되어가지고 그 정도도 이해 못해? 너 참 못됐다!"

"새로 받은 교과서까지 찢어놨잖아요!"

"다시 사면 되잖니! 그깟 교과서 몇 푼이나 한다고 눈 동그랗게 뜨고 대드는 거야? 아빠가 오냐오냐 봐주니까 엄마든 동생이든 뵈는 게 없어? 니 아빠도 너 이렇게 못돼 처먹은 거 알면 오만 정이 다 떨어져, 이것아! 내가 그나마 착하다, 이만하면 착한 딸이다 말해주니 그런 줄 아시지."

"이 책들 이대로 두고 아빠 보여 드릴 거예요."

"하! 그래? 맘대로 하렴. 그럼 내가 또 어떻게 나올지 두고 보는 게 좋을 거야. 니 아빠가 내 말을 믿지 니 말을 믿겠니? 맨 퉁퉁거리는 얼굴로 있는 너 때문에 니 아빠도 얼마나 짜증스러워하는지 모르지? 그리고 너 요즘 학원 끝나고 어딜 쏘다니다 들어오는 거야? 지난번에도 열두 시 넘어 들어왔지? 다 큰 계집애가 밤늦도록 쏘다니며 헛짓거리하고 다니는 거 아시면 뭐라 하시겠니? 너 솔직히 말해봐. 남자 사귀니? 혹시 술이나 담배도 하는 거 아냐?"

그러면서 냄새라도 맡을 것처럼 코를 킁킁대기까지 했다.

"제가, 그렇게 미워요?"

"당연한 걸 묻고 그러니? 넌 우리 해인이 앞길을 가로막고 있는 방해물이거든. 하루빨리 치워 버리고 싶은 게 내 심정이야!"

독하게 내뱉는 서 여사에게 치를 떨며 서현은 차라리 집을 나가는 게 낫겠다는 생각이 들었다.

그런데 하필이면 집을 나와 버스를 타려고 가는 길에 그를 마주치고 말았다. 커다란 배낭과 캐리어를 끌고 터벅터벅 내려가는데 갑자기 누군가 앞을 막아섰다. 행여 새엄마일까 싶어 움찔 놀라 쳐다보니 성하였다.

잔뜩 찌푸린 얼굴에 그전처럼 못마땅함이 가득 담긴 눈으로 그녀를 보고 있었다.

"너 뭐냐?"

생각지도 않았던 그를 마주한 탓에 서현은 눈을 깜빡일 뿐 얼른 답을 하질 못했다. 거기다 밸런타인데이에 그렇게 헤어지고 처음이지 않은가!

"이젠 가출까지? 철딱서니 없는 건 여전하네."

"오, 오빠가 무슨 상관인데요?"

서현은 그를 외면하고 가려 했지만 캐리어 손잡이를 그에게 뺏기고 배낭까지 그에게 잡혀 더 이상 앞으로 나아가질 못했다.

"왜 이래요? 놔요!"

"집 나가는 게 빤한데 그냥 모른 척하라고?"

"예! 그냥 모른 척하면 되잖아요! 고3이 공부나 할 것이지 이 시각에 왜 남의 동네 와서 돌아다니는 건데요! 신경 끄고 오빠 갈 길이나 가라구요!"

배낭 끈을 당기며 그의 손을 떼어내려 했지만 힘에서 이길 순 없었다. 게다가 한심스럽다는 듯 쳐다보는 그를 마주하니 괜히 서러움이 밀려들었다. 더 입을 열었다간 눈물이 쏟아질 것만 같아 서현은 두 눈에 잔뜩 힘을 준 채 그를 노려볼 뿐이다.

"네 말대로 난 지금 무지 바쁜 고3이거든? 그러니까 시간 낭비하게 만들지 말고 얼른 집으로 들어가."

하지만 서현은 꿈쩍하지 않았고, 그건 그 역시 마찬가지였다. 그렇게 둘은 30여 분 동안을 한 발짝도 양보하지 않은 채 서로를 노려보듯 서 있었다. 오후 여섯 시가 넘어가며 주위는 조금씩 어두워지기 시작해 일곱 시경이 되었을 땐 해도 완전히 저물어 있었다.

"너 정말 고집 피울 거야?"

성하가 먼저 짜증스레 말을 꺼냈지만 서현은 요지부동, 대답조차 하지 않았다. 그러자 성하는 서현의 손목을 덥석 잡더니 확 끌어당겼다.

"가자!"

"싫어! 가기 싫다구!"

"최서현!"

"오빠가 뭔데 상관이야? 내가 싫어 나가겠다는데 무슨 상관이냐구!"

끌려가지 않겠다는 듯 완강히 버티며 반말로 소리 지르는 서현의 모습에 성하의 얼굴이 더욱 굳어졌다.

"걱정 없이 편히 사니 엉뚱한 짓만 벌이고 싶은 거야? 왜 이리 제멋대로야?"

"내가 편히 사는지 아닌지 오빠가 봤어? 나에 대해 뭘 안다고 그래? 내가 내 마음대로 살려고 나간다는데 왜 방해하고 난리야!"

"뭐? 난리?"

"그래! 난리! 왜? 더한 말도 듣고 싶어? 나 욕 잘해!"

다른 사람 앞에서, 그것도 꿈에서도 나타날 만큼 좋아하던 남자 앞에서 생전 처음으로 격한 소리를 내지르는 서현의 눈에 뿌옇게 눈물이 차올랐다. 안 울려고 했는데 결국은 왠지 모를 서러움에 눈물보가 터지고 만 것이다. 그러자 성하도 당황했는지 잠시 동안 아무런 말도 하지 못하다가 머뭇거리는 동작으로 서현의 어깨에 가만히 손을 얹으려고 했다. 하지만 그때 차 한 대가 전조등을 켜며 다가오자 얼른 손을 치우며 한 발 뒤로 물러섰다.

"알았으니까 집으로 가자. 데려다 줄게."

"……싫어……."

끝까지 안 가겠다고 우기는 서현의 고집에 성하는 눈살을 찌푸리며 한마디 하려다 조금 전 그 차가 바로 옆에서 끼익 하고 멈춰서자 누군가 하고 돌아보았다. 서현 역시 휙 고개를 돌리더니 차를 확인하고는 움찔 놀라 뒷걸음쳤다.

"서현아, 너 왜……?"

차 뒷자리에서 문을 벌컥 열고 내린 이는 다름 아닌 최 회장, 서현의 아빠였다. 하필이면 그날따라 퇴근을 일찍 하셔서 서현의 가출 시도가 그대로 무산되어 버렸다. 엄밀히 따지자면 성하에게 잡히지만 않았어도 진즉 버스를 타고 기차역으로 가서 어디든 가버렸을 텐데…….

그날 이후 성하와는 마주칠 일이 없었고, 그가 하버드로 바로 진학하는 바람에 꽤 오랜 시간 동안 만나질 못했다. 그리고 그를 다시 만난 건 만 7년이 지난, 서현이 스물두 살 생일 때였다. 한 여사님께서 잠깐 얼굴이나 보자며 서현의 학교 근처로 오셨을 때 그의 차를 타고 오셨다. 학업을 마치고 한강그룹 해외 지사에서 근무하다가 최근에 본사 기획실로 들어왔다고 했다.

마침 주말인데다 기사가 쉬는 날이라 그에게 태워다 달라고 했다며 한 여사는 둘을 자연스레 인사시켰다. 하지만 그 당시 서현은 같은 동아리 예비역 선배인 형준과 막 사귀기 시작한 단계였고, 성하와는 어색할 수밖에 없는 사이인지라 제대로 얼굴을 쳐다보지도 못했다. 그러니 그가 자신을 어찌 보고 있는지조차 알 수 없었고, 한 여사가 생일 선물이라고 주는 와인빛 장지갑을 받을 때도 고맙다는 말을 고개를 숙인 채 중얼거리게 되었다.

"이렇게 매번 챙겨주시는데…… 전 해드린 것도 없이…… 죄송해요."

"죄송하긴, 내가 해주고 싶어 그러는데 뭘. 잘 지내는 것 같아 좋구나."

"서현아!"

그때 갑자기 형준이 나타나는 바람에 잠시 당황하긴 했지만 서현은 어쩔 수 없이 사귀는 사람이라 소개했다. 한 여사도 한 여사지만 성하가 어떤 눈으로 자신을 보고 있을지 도저히 확인할 수가 없었다.

성하와의 7년 만의 재회는 그렇게 끝이 났고, 그 후 어쩌다 한 번씩 아빠의 반 강요로 인해 회사 행사에 참석할 때 그를 만날 수 있었다. 하지만 서현은 항시 성하를 피했고, 그가 있는 곳에서 최대한 먼 곳에 위치했다. 때론 형준과 데이트 도중 마주친 적도 몇 번 있었는데 그때마다 눈치 없는 형준이 그와 아는 척 인사하려고 하는 바람에 서현으로선 난감할 수밖에 없었다.

"선배는 잘 알지도 못하면서 왜 자꾸 인사를 하고 그래?"

"왜? 너랑 잘 아는 사이잖아."

"난 저 사람 싫어. 무섭다고."

"에이, 저런 사람하곤 친하게 지내야지 뭐가 무섭다는 거야?"

"선배, 자꾸 이럴 거야? 내가 싫다잖아!"

"그래, 그래, 알았어. 정 없어 보이는 게 무섭게 생기긴 했다. 그치?"

그렇게 서현의 비위를 맞추듯 돌아서곤 했지만 이제 와 돌이켜 보면 그때 생일날 형준이 한 여사와 만나는 카페에 나타난 것도 일부러 그런 듯싶었다. 분명 동아리 방에 함께 있을 땐 누가 오시기로 했다며 잠깐 나갔다 온다고 해두었는데 우연인 것처럼 그 자리에 나타난 걸 보면, 서현을 뒤따라와 어떤 사람을 만나는지 확인한 건지도 몰랐다. 그리고 상대가 한강그룹 사모님과 후계자임을 알고는 안면이라도 틀 생각으로 재빨리 등장했을 터.

왜 그땐 그러한 것들을 캐치해 내지 못했던 걸까?

형준이 데이트 장소를 고급스러운 곳으로 고집한 이유도 입으로는 서현의 품격을 생각해서라고 했지만 실은 혹시나 그런 곳에서 서현이 아는 상류층의 사람을 만날 수 있지는 않을까 기대한 때문이었다. 그러니 가끔 성하라도 눈에 띄면 본인이 먼저 나서서 인사를 하려고 애를 쓴 것이다.

생각하고 싶지 않은 옛날 일들을 떠올려서 그런지 입안이 더욱 텁텁해지는 듯했다. 서현은 타월을 머리에서 벗겨내고 손으로 머리칼을 탈탈 털고는 방을 나갔다. 성하와 마주치더라도 그냥 못 본 척 지나쳐 캔맥주 하나만 꺼내오면 되는 것을, 그를 의식할 필요는 전혀 없었다.

복도를 지나 주방으로 가며 힐끗 거실을 보자 그는 없었다.

'아직 서재에 있나?'

서현은 가볍게 어깨를 으쓱이고는 냉장고에서 맥주를 꺼내고 아몬드 몇 알도 접시에 담았다. 그러다 문득 집 안이 너무 조용하다는 느낌에 그가 뭘 하는지가 궁금해졌다. 서재의 문틈으로 불빛이 새어 나오는지 확인하자는 생각에 맥주와 접시를 든 채 조용히 그쪽으로 향하던 서현은 몇 발짝 떼다가 우뚝 멈춰 섰다.

'내가 지금 뭐 하는 거야? 그가 갑자기 문이라도 열고 나오면 어쩌려고? 이 모습을 보면 마치 술 한잔 같이하자는 것으로 오해할 거 아냐?'

쯧쯧, 머리를 흔들며 돌아서려는데 또 다른 목소리가 서현을 붙들었다.

'뭐 어때? 아직 잠들기엔 이른 시각이잖아? 그도 할 얘기가 있을 땐 아무렇지 않게 한잔하겠냐고 권하기도 하는데 나라고 왜 못해?'

'아냐, 아냐. 됐어. 형준 선배 때문에 분위기도 이상한데 난데없이 사업상 할 얘기가 있다고 할 순 없는 거잖아? 그리고 딱히 무슨 얘기를 꺼내야 할지도……. 뭐야, 나? 그냥 불이 켜져 있는지만 확인한댔다가 무슨 생각까지 하는 건데?'

서현이 거실에서 서재로 가는 복도 모퉁이에서 갈팡질팡하다가 결국 방으로 가려고 휙 몸을 돌릴 때였다.

"뭐 하는 거지?"

갑작스레 들려온 그의 음성에 서현은 그만 어깨를 움찔거렸다. 손에 든 접시가 흔들리며 아몬드 한 알이 바닥으로 툭 떨어져 팅겼다. 이런! 서현은 등을 돌린 채 얼굴을 찡그렸다가 아무렇지도 않은 척 천천히 뒤를 돌아 그를 보았다.

"맥주 마시려는 참이었어요."

"거기 서서?"

그가 다가오자 서현은 얼결에 뒷걸음을 쳤다.

"아뇨! 방에서요."

"아, 그래?"

성하의 눈썹이 약간 위로 올라가더니 눈동자가 반짝 빛을 발했다. 주방에서 그녀의 방으로 가려면 굳이 거실 쪽으로 나올 필요는 없었다. 게다가 젖은 머리칼과 투명하게 빛나는 피부를 보니 목욕도 마친 것 같은데 운동 삼아 너른 거실을 한 바퀴 빙 돌았을

리도 없고.

서현 역시 그가 무슨 생각을 하는지 뻔히 보였기에 일부러 태연하게 답했다.

"난 그냥, 아직 서재에 있나 싶어서요."

"궁금했으면 노크라도 하지 그랬어?"

"방해하고 싶진 않았거든요."

뒤로 물러나던 서현은 엉덩이에 콘솔이 닿는 걸 느끼고는 살짝 미간을 찡그렸다. 그러자 성하가 싱긋 웃으며 그녀 앞에 섰다. 더 이상 물러날 곳이 없음을 알고는 그녀의 몸이 바싹 긴장하는 게 느껴졌다.

"하긴, 맥주가 하나뿐인 걸 보니 같이 마시자고 청할 생각은 아니었나 보군."

"물론 나 혼자⋯⋯."

"생각이 정리가 안 되나?"

"⋯⋯무슨?"

아, 형준 선배와 어떻게 할 건지 생각할 시간이 필요하다고 말했지. 서현은 가까이 선 그를 의식하지 않으려 애쓰며 턱을 들어 그를 마주했다.

"그러게요. 이성과 감성이 따로 노는 것처럼 조금 복잡하네요."

"예전엔 마리앤이었을지 몰라도 지금은 엘리너에 더 가까운 편이지. 그러니 쓸데없는 곳에 감정 낭비를 하는 건 어울리지 않아."

뜻밖의 말을 들은 듯 순간적으로 서현의 눈이 동그랗게 커졌다.

"그 책도 읽었어요?"

강성하와 제인 오스틴이라니, 전혀 어울리지 않는 조합이지 않은가!

"내가 읽어선 안 되는 금서라도 되나?"

"그건 아니고…… 조금 달리 보여서……."

성하는 서현의 뺨에 연하게 홍조가 피어나는 것을 보고는 고개를 좀 더 수그려 씨익 미소 지었다.

"여자들의 심리를 알려면 여자들이 좋아하는 책도 보는 게 당연한 거 아냐? 우리 고객층이 남녀노소 다양하긴 해도 어느 부분에 있어선 여성이 타깃이 되는 경우가 많으니까."

가까이 다가온 그의 눈동자를 피하려 서현은 상체를 최대한 뒤로 무르고 얼굴을 살짝 옆으로 틀었다. 희미하게 풍기는 그의 남성적인 스킨 향이 그녀를 자극하며 온몸의 신경 세포를 깨우는 듯했다.

"……그렇군요. 어쨌든 난 그만……."

방으로 가겠다는 말을 하려는데 가슴 앞으로 방패막이처럼 들고 서 있던 맥주 캔과 접시를 그가 빼앗아 콘솔 위로 놓았다. 그리고는 뒤로 젖혀진 그녀의 허리를 잡아 바로 세웠다.

"왜 이래요?"

깜짝 놀란 서현이 찌푸린 눈으로 쳐다보자 성하는 머리를 기울이며 느릿하게 말했다.

"복잡한 당신의 머릿속이 정리되려면 알코올보다는 다른 게 더 필요할 거야."

"무슨 말……."

순간 서현은 갑자기 겹쳐진 그의 입술 때문에 더 이상 말을 이을 수가 없었다. 너무 놀라 그대로 굳어진 채 동그랗게 눈을 뜨고 있던 그녀는 그가 아랫입술을 빨며 혀로 연한 속살을 훑자 움찔 떨었다. 반사적으로 그의 어깨를 잡고 힘을 주었으나 밀어내기엔 역부족이었고, 뒷머리를 붙잡힌 탓에 옴짝달싹할 수도 없었다. 거의 무방비 상태로 키스를 당한 터라 서현은 어찌할 바를 모르고 그의 입술과 혀의 공격에 무너져 내렸다. 부드럽지만 강렬한 느낌, 거친 듯하면서도 섬세한 움직임이 그녀를 서서히 흥분시키고 있었다. 혀를 잡아채고 삼킬 것처럼 빨아들이는 그에게 제대로 된 반응을 보이지 못하면서도 서현은 그의 진한 키스에 차츰 매료되어 머릿속이 하얗게 비워짐을 느꼈다.

아, 안 돼!

아찔한 감각에 취하지 않으려 그의 어깨를 잡은 서현의 손에 더욱 힘이 들어갔다. 그래서일까? 성하의 입술이 살짝 떨어졌다. 하지만 그는 완전히 물러나지 않은 채 서현의 입술 위에서 나직하게 속삭였다.

"감성으로 대표되는 열정적인 마리앤의 기질은 남편인 내 앞에서만 보여야 되는 모습이란 것만 알아둬."

흠칫 놀란 서현이 그의 손에서 벗어나려 했지만 성하는 놓아주질 않았다.

"이거 놔요!"

"한 번만 더! 그자 때문에 고민하는 모습을 보인다면 그땐 키스만으로 끝나지 않을 거야."

"왜 이래요? 우리 서로 사생활 개입은 하지 않기로 했잖아요? 당신이 누구와 자든, 이진주와 무슨 짓을 벌이든 난 뭐라 한 적 한 번도 없어요!"

"당연히 난 당신에게 부끄러운 짓을 한 적이 없거든."

너무도 떳떳하게 말하며 여유로운 미소까지 짓는 그에게 서현은 코웃음을 날렸다.

"웃기시네. 사무실에서 둘이 한 짓을 내가 못 봤다고 생각해요?"

"좀 더 보고 갔다면 내가 진주에게 다시는 들러붙지 말라고 한 것도 들었을 텐데 말이야."

"지금 그렇게 말한다고 내가 믿을 것 같아요?"

"믿든 안 믿든 당신 편할 대로 생각해. 어쨌든 난 사실을 말했으니까."

뭐야, 이 남자? 왜 갑자기 나한테 이러는 건데?

서현은 성하의 태도 변화가 혼란스러울 수밖에 없었다. 서로 깔끔하고 쿨한 결혼 생활에 동의한 사람이 이제 와서 왜?

화가 난 듯 굳은 표정의 서현을 놓아주며 성하는 콘솔 위의 맥주를 들어 보였다.

"나도 한잔하고 싶은데 같이 마실까?"

"됐어요!"

서현은 휙 몸을 돌려 거의 뛰다시피 한걸음에 거실을 지나 방으로 들어갔다.

탕! 문이 닫히는 소리가 그녀의 심기를 나타내는 것처럼 거칠게 들려왔다. 그러자 성하의 눈가에 미세한 주름이 잡히더니 입에서 한숨 섞인 소리가 새어 나왔다.

결국은 충동을 이기지 못하고 그녀의 입술을 취해 버렸다. 상상했던 것만큼 보드랍고 달콤한 느낌에 그녀를 더욱더 맛보고 싶다는 욕구가 차올랐다. 그녀의 몸 곳곳에 내 것이라는 낙인을 찍고픈 욕심. 끝까지 갔다면 과연 그녀는 어떤 반응을 보였을까? 혐오감에 치를 떨며 다시는 보고 싶지 않다고 욕을 퍼부었을까?

훗, 이성과 감성이라……. 아무래도 당분간은 자신 역시 이성에 충실해야 할 듯싶었다.

방 안으로 들어온 서현은 그대로 침대로 올라가 이불을 뒤집어썼다. 심장이 제멋대로 날뛰었고 머릿속은 실타래가 엉킨 것처럼 복잡하기 그지없었다.

살짝 틀어진 평행선에 이젠 굴곡까지 더해진 기분. 그와는 전처럼 딱 필요한 말만 하고 거리를 유지하는 관계가 좋았다. 그 때문에 이처럼 감정이 동요되는 일 따위는 생기지 말았어야 하는데. 애초에 형준 선배를 가지고 그를 도발하는 무모함은 저지르지 않아야 했다.

베개에 얼굴을 묻고 엎드린 서현은 입술을 깨물며 낮게 신음했다.

'키스라니……!'

물론 형준과도 입맞춤을 한 적은 있다. 키스해도 되느냐고 묻는 형준에게 별 상관없다는 듯 가만히 입술을 내주었다. 하지만 그의 입술이 닿자 왠지 모를 거부감에 서현은 곧바로 고개를 돌려 버렸고, 아직은 시기가 아닌 것 같다는 말로 그 이상의 접촉은 허락하지 않았다. 마음 한구석에서 그를 정말 사랑하지 않는다는 걸 알기에 몸 역시 거부 의사를 나타낸 것이다. 그렇게 3년이라는 기간 동안 형준과 사귀면서 서현은 그에게 결혼할 때까지는 순결을 지키고 싶다며 손을 잡는 것 이상의 스킨십은 거절했다.

때문에 제대로 된 키스 경험이 전무한 그녀로서는 성하의 진한 키스가 상당히 충격적이었고, 감정상의 동요를 일으키기에 충분했다. 게다가 입술만 닿는 것도 싫던 형준에 비해 삼킬 것처럼 강렬한 성하의 키스에 아찔한 쾌감을 맛보았다는 건 좋은 징조가 아니었다.

'그는 내 영역을 굳건히 하는 데 필요한 조력자일 뿐, 그 이상의 감정을 교류해선 안 돼!'

이젠 더 이상 다가오게 해선 안 되었다.

#4

한 여사가 서현의 사무실을 찾은 건 퇴근 시간이 거의 다 되어서였다. 조금 전 전화로 어디 있느냐고 묻더니 근처에 있었는지 금방 도착했다.

"어머니, 여기까지 어쩐 일이세요?"

서현이 반가운 얼굴로 한 여사를 맞이하며 자리를 권했다.

"바쁜 널 보려면 내가 와야지."

"죄송해요. 자주 찾아뵈어야 하는데……."

"어머, 애, 나 그 소리 들으려고 그런 거 아닌데."

한 여사가 서현의 손을 잡으며 미소를 보였다. 오래전부터 변함없는 다정함으로 대해주신 걸 알기에 서현으로선 항상 고마움과 함께 죄송스러움도 느낄 수밖에 없었다.

"예, 어머니. 알고 있어요."

서현이 미소를 그리자 한 여사가 잠시 얼굴을 살피더니 걱정스레 말했다.

"많이 피곤해 보인다. 출장 다녀왔으면 그냥 집으로 가지 그랬니."

"갑자기 비우고 가서 여기 일도 봐야 했거든요."

"전국을 그렇게 돌아야 하니 얼마나 힘들어. 이제 어지간한 사항은 점장들한테 맡기는 게 어때?"

"예, 그렇게 할게요."

간섭이 아닌 진심에서 우러난 걱정이란 걸 알기에 서현은 고개를 끄덕이며 답했다.

서현이 갑작스레 지방 점포를 돈다고 출장을 가버린 건 성하와의 키스 사건이 있은 바로 다음날이었다. 주말엔 어지간하면 출근을 하지 않는 그녀지만 그땐 그게 중요하지 않았고 당분간 그와 거리를 둬야겠다는 생각뿐이었다.

그의 키스에 영향을 받았다는 티를 내고 싶진 않아서 급한 볼일이 생긴 것처럼 아침 일찍 가방을 챙겨 나오긴 했는데 일부러 그를 피하는 것처럼 보였을 것 같아 걱정이 되기도 했다. 그래서인지 지방 점포를 도는 데 괜히 더 많은 시간을 할애했고, 일주일이나 지나 서울로 돌아왔다. 그 일주일 동안 서현은 그에게 아무런 연락을 하지 않았고 그 역시 마찬가지였다.

예전처럼 그렇게 서로 무심한 듯 지내는 게 편해야 하는데 실상은 그렇지가 못했다. 그가 뭘 하는지, 누구와 있는지, 집에는 들어갔는지 등등 모든 것이 궁금해진 것이다. 오늘도 서울에 올라와 가장 먼저 들른 곳이 명동점이다. 혹시나 그가 또 레지던스에서 업무를 보고 있지는 않을까 하는 기대감, 아니, 궁금함 때문이었다. 하지만 그의 모습은커녕 주차장에서 차 또한 볼 수 없었다. 대체 이건 뭐 하는 짓인가 싶어 서현은 서둘러 압구정에 있는 자신의 사무실로 와버렸다.

그리고 이렇게 시어머니인 한 여사의 갑작스런 방문을 받게 되었다.

"그럼 일은? 거의 끝나가니?"

"예, 이제 마무리만 하면 되는데, 혹시 급한 일이세요?"

"급하긴, 그냥 너 보고 싶어서 같이 식사나 할까 하고 들른 거야."

"그럼 잠시만요. 얼른 끝낼게요."

서현은 자리로 돌아가 노트북에 열려 있는 파일들을 마지막으로 검토했다. 10분도 안 되어 모든 마무리 작업을 끝낸 서현이 노트북을 끄고 책상 위를 정리할 때 한 여사가 물었다.

"성하도 부를까? 너 일주일이나 출장 다녀왔으니 성하도 너 보고 싶을 텐데. 아니다. 우리가 아예 그쪽으로 갈까?"

서현은 순간 심장이 두근두근 크게 뛰는 걸 느낄 수 있었다. 마치 기다리고 있던 말을 듣기라도 한 것처럼 반응을 보이는 자신의 모습에 서현은 손놀림을 멈췄다.

"……혹시 너희 안 좋은 채로 떨어져 있었던 건 아니지?"

조심스레 다시 묻는 한 여사에게 서현은 뭐라 답해야 할지 몰라 머뭇거렸다.

"성하가 지금도 너한테 뻣뻣하게 구는 거니?"

뻣뻣하다? 서현은 그의 저돌적이면서도 부드러웠던 키스가 떠오르자 갑자기 얼굴을 붉히고 말았다. 그걸 한 여사는 다른 식으로 받아들였는지 낮게 한숨을 내쉬며 말을 이었다.

"그 녀석도 참, 언제까지 그렇게 남남처럼 지내려고 그런다니? 그래도 예전엔 네 걱정도 많이 하고 그랬는데…… 차라리 유학만 마치고 바로 귀국시킬 걸 그랬나 봐."

그랬다면 서현이 예전 그 동아리 선배라는 남자와 연애를 시작하기 전에 둘을 엮어줄 수 있었을 텐데 하는 아쉬움이 한 여사에겐 남아 있었다. 오래전부터 성하와 서현이 알게 모르게 서로를 의식하며 신경 쓰고 있다는 건 눈치채고 있었고, 한 여사 역시 둘이 잘 어울린다고 생각했었다. 하지만 아직은 어린 나이인데다 사람 일이란 모르는 거라 일부러 나서서 둘을 엮어주려고 하지는 않았다. 그러다 성하가 미국에 머무는 동안 서현이 다른 남자를 사귀게 된 걸 알게 된 뒤로는 꽤나 아쉬움이 남게 되었던 것이다. 차라리 둘을 미리 약혼이라도 시켜둘 걸 하는 후회도 했다.

지금은 어찌 됐든 서현이 그 남자와 헤어지고 성하와 손을 잡게 되어 다행이란 생각도 들었으나 둘의 결혼 생활을 지켜보는 일은 그리 마음 편한 일만은 아니었다. 그래도 한 지붕 아래 몇 개월씩이나 살았으면 미운 정이든 고운 정이든, 하다못해 옛정이라도 새록새록 돋을 만도 하건만, 두 사람 사이엔 아직도 보이지 않는 벽이 가로막고 있는 듯했다.

"성하가 제 아빠 닮아 감정 표현이 서툰 건 네가 이해해라. 남자들이 원래 좀 그래."

서현은 방금 들은 감정 표현이 서툴다는 말보다 아까의 '네 걱정도 많이 하고 그랬는데'라는 말을 제대로 들은 건가 싶어 조금은 멍한 표정으로 눈을 깜빡거렸다.

그가 내 걱정을 한 적이 있다고? 언제? 과연 그런 적이 한 번이라도 있었을까?

"······왜 그러니?"

"예?"

"뭔가 좀 놀란 얼굴 같아서······. 왜, 다른 급한 일이라도 생각난 거야?"

한 여사의 물음에 서현은 얼른 머리를 저었다.

"아녜요, 어머니. 잠깐 다른 일이 생각나서. 죄송해요. 아까 뭐라고 하신 건지 잘 못 들었어요."

"성하가 감정 표현이 서툴다고 했던 거?"

"아뇨. 그전에요."

"아, 그거? 난 그냥······. 배고프지 않니? 우리 얼른 나가자."

한 여사는 말을 하려다 말고 미소를 지으며 서현에게 손을 내밀었다. 괜히 예전 이야기를 잘못 꺼냈다가 서현이 다른 남자를 사귀었던 걸 책하는 것처럼 들리게 하고 싶진 않았던 것이다. 물론 그 부분이 한 여사로선 아쉽긴 했으나 어디까지나 과거 일이고 성하와의 지금 사이가 데면데면한 게 그 때문은 아닐 거라 생각했다. 몇 년씩이나 미국 생활을 한 성하가 고작 결혼 전 잠깐 사귄 남친을 이해 못해줄 리는 없고, 막말로 그 녀석 역시 여자가 아예 없진 않았을 테니까 말이다.

서현은 노트북을 가방에 넣고는 한 여사와 함께 사무실을 나섰다.

"차는 어떻게 할까? 그냥 여기 두고 나랑 같이 가는 게 낫겠지? 어차피 집에 갈 때도 성하랑 가면 되니까 두 대가 움직일 필요는 없잖아."

"……예에, 그럴게요."

한 여사가 바라는 바가 뭔지 모르지 않는 서현이기에 대놓고 제 차로 가겠다고 할 수는 없었다. 어머니와의 원만한 관계를 위해선 말이라도 듣기 좋게 하는 게 나았다. 성하와 단둘이 차를 타본 적은 한 번도 없기에 그런 상황이 되면 서로가 어색할 게 뻔한 일. 식사를 마치면 어머니 먼저 보내 드린 후 혼자 택시를 탈 생각이었다.

한 여사는 기사에게 리버스 호텔로 가자고 이르고는 그때서야 성하에게 전화를 했다. 서현은 한편으론 그가 다른 약속이 있기를, 다른 한편으론 흔쾌히 동의하기를 바라는 두 갈래의 마음이 뒤엉킨 채로 한 여사가 무슨 말을 하는지 듣기 위해 촉각을 곤두세웠다.

"그래, 서현이 사무실에서 지금 막 출발하는 중이야. 시간 되지?"

한 여사는 그의 답을 듣는지 잠시 말을 멈췄다가 웃음을 보였다.

오케이한 건가? 나란히 앉은 상태라 고개를 돌려 보지 않는 이상 얼굴을 확인할 수 없었지만 분명 미소를 짓고 있다는 건 서현도 느낄 수 있었다.

"나야 뭐 한식이든 중식이든 상관없잖니. 아, 서현이가 많이 피곤해 보이던데 몸보신할 수 있는 메뉴로 골라보렴."

갑작스런 한 여사의 멘트에 서현이 깜짝 놀라 쳐다보며 손을 내저었다.

"아, 아뇨! 어머니, 전 아무거나 괜찮아요."

하지만 한 여사는 서현의 말이 들리지 않는다는 듯 통화를 이어 나갔다.

"그래? 삼복 시즌이라고 다양한 코스를 준비했나 보네? 네가 알아서 해. 어쨌든 네 안사람인데 네가 신경 써야지."

결국 서현은 눈을 질끈 감은 채 무릎 위에 올려둔 서류가방 손잡이를 꽉 틀어쥐었다. 그냥 어머니와 오랜만에 단둘이 먹고 싶다고 할 걸 그랬다는 뒤늦은 후회가 밀려들었다. 어머니의 가장 큰 바람은 두 사람이 여느 신혼부부처럼 잘 지내는 모습을 보는 거란 걸 모르지 않으면서 실수를 하고 말았다. 뻔히 옆에 함께 있다는 걸 알 텐데 어머니가 저리 말씀하시면 그가 자신을 어찌 생각할지 상상하기도 싫었다. 한숨이 새어 나오려는 걸 참으며 서현은 묵묵히 침묵을 유지했다.

"차가 많이 막히는 것 같진 않으니까 금방 도착할 것 같다. 그래, 이따 보자꾸나."

한 여사는 통화를 끝내고는 바로 서현에게 말했다.

"한가람에서 시즌 메뉴로 새로운 코스요리를 마련했나 봐. 보양식으로 이것저것 나온다니까 그걸로 예약해 놓으라고 했어. 괜찮지?"

"예, 어머니."

이 상황에서 싫다고 할 수는 없는 일. 서현은 잠시 후 식사 시간에 어머니가 혼자서만 너무 앞서 나가지 않기만을 바랄 뿐이었다.

✳

핸드폰을 책상 위에 내려두고 성하는 창밖으로 시선을 두었다. 짙은 노을빛에 감싸인 바깥 풍경을 의미 없이 바라보고 선 그의 미간에 미세한 주름이 파였다.

'일주일 만인가?'

갑자기 일이 생겨 지방에 내려가야 한다면서 훌쩍 집을 나선 그녀다. 행여 그녀가 자신을 더 피하려고 하지는 않을까 염려하던 일이 실제로 일어난 것이다. 그렇다고 고작 키스 한 번에 일주일이나 도망쳐 버리다니! 솔직히 마음 같아선 그녀가 부산에 머물고 있다는 걸 알았을 때 덩달아 출장 핑계를 대며 내려가 버릴까도 생각했다. 하지만 그랬다가 더 멀리 가버릴까 봐 그녀가 스스로 돌아오기를 기다렸다.

그런데 이렇듯 아무렇지 않게 어머니와 함께 나타날 줄은 생각도 못했기에 조금은 의아함도 일었다. 어머니는 분명 둘의 친근함을 유도하기 위해 이런저런 방법을 동원할 터. 그걸 모를 리가 없는 서현이 무슨 마음으로 어머니와 여기까지 동행할 생각을 한 건지 궁금하기까지 했다.

어쨌든 곧 있으면 그녀를 보게 될 테니 궁금증 또한 해결될 일이다. 성하는 피식 웃음을 흘린 뒤 호텔에서 운영하는 한식당인 '한가람'에 예약 전화를 넣었다.

성하가 로비로 내려가자 사람들의 시선이 한꺼번에 그에게로 향했다. 친절 스마일을 장착하고 있던 프런트의 여직원들도 고객을 상대하면서 한 번씩 그를 훔쳐보듯 힐끔거렸고, 호텔을 찾은 고객들 역시 모델 포스를 풍기는 훤칠한 저 남자는 누굴까 싶은 얼굴로 그를 보았다. 연푸른 재킷의 캐주얼한 슈트 차림으로 긴 다리를 자랑하듯 큰 보폭으로 로비를 가로질러 가는 성하의 모습은 뭇 여성들의 시선을 빼앗을 만큼 매력적이었다.

그러니 사장님이 떴다 싶으면 여직원들의 자세나 표정도 달라졌고, 괜히 로비를 지나는 척하며 그에게 깍듯이 인사하고 눈을 맞추기도 했다. 유부남이란 게 안타깝긴 했지만 들리는 소문에 의하면 부인과는 정략결혼일 뿐, 그다지 사이가 좋은 건 아니라고 했기에 그의 눈에 들기를 바라는 여직원도 꽤 되었다.

하지만 임원급이 아닌 일개 직원들이 그의 목소리를 직접 들을 기회는 눈앞에서 업무상의 과실을 저질렀을 때뿐인지라 접근 기회를 갖는 것조차 어려웠다. 말 한 번 섞어보자고 그 앞에서 대놓고 실수를 했다간 아예 리버스 호텔을 떠나야 할지도 모르니 그런 어리석은 짓을 저지르는 사람은 없었다.

"지금 막 입구 통과하셨답니다."

호텔로 들어서는 진입로에 위치한 경비가 무전으로 차량 도착을 알리자 김 비서가 성하에게 전했다. 잠깐 로비를 둘러보던 중이던 성하는 고개를 끄덕이고는 마중하기 위해 바깥으로 나갔다. 어머니가 오시는 거니 이렇게 나오는 게 당연한 일이기도 했지만 실은 서현을 조금이라도 빨리 보고 싶은 마음도 있었다. 자신을 바라보는 그녀의 얼굴에 담긴 생각을 빨리 확인하고 싶기도 했고, 진심으로 그녀가 보고 싶었다.

금모래 빛깔 세단이 부드럽게 멈추자 대기 중이던 김 비서가 재깍 뒷문을 열었다. 그리고 기사가 내려 다른 쪽 뒷문도 열어주었다. 김 비서가 잡고 있는 문에서 어머니가 내리자 성하가 미소를 지으며 다가갔다.

"어서 오세요."

"얘는, 우리가 올라가면 되는데 뭘 여기까지 나와 있어?"

"오랜만에 오시는데 당연히 내려와야죠. 차가 안 막혀서 다행이네요."

"그래, 서현이가 퇴근 시간 닥치기 전에 일을 끝내줬거든."

한 여사는 일부러 서현을 언급하며 성하의 시선이 그쪽으로 향하도록 했다. 성하는 천천히 고개를 들어 차량 뒤쪽으로 돌아오고 있는 서현을 보았다. 언제나처럼 가지런히 뒤로 묶은 머리 스타일에 무채색 계열의 비즈니스 정장 차림을 한 그녀는 그를 보지 않은 채 걸어와 어머니 옆에 섰다.

지난 일주일 그의 애간장을 태운 장본인은 너무도 태연한 모습이다. 짧지만 강렬한 여운을 남긴 입맞춤에 대한 기억으로 그는 지난 며칠의 밤 시간이 괴로웠는데 그녀는 정말 아무렇지도 않은 건지 어서 빨리 확인하고 싶었다. 하지만 어쨌든 눈앞에 선 그녀를 보게 되자 괜히 조마조마하던 기분이 가라앉으며 안심이 됐다.

"어서 와."

"네."

간단한 그의 말에 맞춘 듯 서현의 답도 짧았다.

"갔던 일은 잘 됐고?"

"네."

여전히 서현은 그와 눈을 맞추지 않은 채 간략히 답할 뿐이다. 성하는 애써 자신의 눈을 피하려 하는 그녀를 보자 억지로라도 시선을 맞추고 싶어졌다.

"그럼 들어갈까? 어머니, 가시죠."

성하는 안으로 가자고 손짓한 뒤 자연스럽게 서현의 등에 손을 올렸다. 역시나 그녀는 흠칫 놀라며 그를 돌아보았다. '왜 이래요?'라는 질문이 담긴 눈동자가 그를 향하자 성하는 싱긋 미소를 지었다.

"가지."

서현의 몸이 꼿꼿이 긴장되며 상체에 힘이 들어갔다. 닿을 듯 말 듯 가볍게 놓인 손이 그녀의 모든 신경을 그쪽으로 향하게 만들었다. 너무도 자연스럽게 구는 그의 모습에 서현은 당황스럽기도 했거니와 그의 미소에 잠시나마 가슴이 두근거린 걸 내색하고 싶지 않아 서둘러 발걸음을 옮겼다.

바로 옆에 어머니가 계셔서 그런지 별다른 대응을 하지 않은 채 그대로 걸어가는 그녀를 힐끗 내려다보니 귀 언저리 **뺨** 부분에 연한 홍조가 피어나 있었다. 이 정도 반응이라면 나쁘진 않았다. 일주일 만에 보는 아내가 반가운 표정을 지어줄 거라고는 기대하지 않았지만, 어쨌든 자신을 의식하며 신경 쓰고 있다는 건 확인할 수 있으니 되었다.

마치 에스코트라도 하는 것처럼 성하가 그녀의 등에 손을 올리고 가는 모습은 남들이 봤을 때 꽤나 다정해 보였다. 그래서인지 조건에 따른 정략결혼 부부라 믿고 있던 직원들은 두 사람을 호기심 어린 눈으로 보며 서로 눈짓 교환을 하기도 했다. 개중 서현을 처음 보는 몇몇 여직원들은 더더욱 관심 있게 쳐다보았다. 사장님 같은 남자와 함께 살면서 사이가 좋지 않다는 소문이 돌 정도면 돈만 많지 외모는 영 볼품없는 여자일 거라 생각한 사람들이 대부분이었던 것이다. 그러니 사장님이 부인을 쳐다봐 주지 않는 걸 거라 여겼는데 웬걸, 전혀 아니었다.

딱딱한 비즈니스 정장 차림임에도 적당히 굴곡이 드러난 늘씬한 몸매가 맵시를 살렸고, 갸름한 얼굴에 반듯한 콧날을 중심으로 좌우 대칭이 완벽해 보이는 자연스러운 외모를 지닌 미인형이다. 그냥 지나가는 사람들이 봐도 참 잘 어울린다고 생각할 만큼 비주얼 면에선 완벽한 조화를 이루는 선남선녀가 왜 사이가 안 좋다는 소문이 난 걸까? 혹시 속궁합이 문제인 건가?

두 사람을 힐끔거리며 눈짓을 주고받던 여직원들은 별안간 성하의 서늘한 시선이 꽂히자 화들짝 놀라 얼른 바쁜 일을 수행하는 척 자리를 옮겼다. 엘리베이터 앞에 선 성하는 김 비서를 가까이 불러 낮은 소리로 지시했다.

"로비에서 쓸데없이 시시덕거리는 직원들, 제대로 교육시키라 일러둬. 한 번만 더 내 눈에 그런 모습 보이면 가만있지 않을 거란 것도."

"예, 사장님!"

김 비서는 고개를 숙여 보이곤 황급히 사라졌다. 그러자 한 여사가 걱정되는지 물었다.

"왜? 직원들이 무슨 잘못이라도 했어?"

"딴짓 하는 직원들이 몇 보여서요."

"그랬어?"

한 여사는 고개를 끄덕이다가 성하의 손이 여전히 서현의 등에 위치한 걸 보고는 슬며시 웃음이 나려는 걸 참았다. 이리 보면 잘 지낼 것처럼 보이는데 왜 어색하기 그지없는 사이처럼 구는 건지 알 수가 없었다. 차라리 평창동으로 들어오라 해서 같이 살면 좋아지려나 싶다가도 그랬다간 오히려 역효과가 날까 봐 그만두었다.

3층에 위치한 한식당으로 올라가니 기다리고 있었다는 듯 직원들이 재깍 준비된 룸으로 세 사람을 안내했다. 녹음이 짙은 호텔 정원이 바로 내려다보이는 아늑하게 꾸며진 방 안의 상 위엔 세 명의 기본 식기와 수저가 세팅되어 있었다. 한 여사는 먼저 자리하며 성하와 서현에게 나란히 앉으라고 권했다.

"성하 네가 봐도 서현이 많이 야윈 것 같지 않니?"

아, 어머니, 제발요. 서현은 다리 위에 얌전히 올려두었던 양손을 힘주어 잡으며 이 시간이 빨리 지나기를, 그가 별다른 대꾸를 하지 않기를 바랐다. 하지만 그는 그러지 않았다. 무심히 듣고 흘리며 다른 화제를 꺼내도 되련만, 그는 서현을 자세히 보려는 듯 아예 상체까지 약간 틀었다.

"오픈 준비하느라 고생했는데 바로 또 출장까지 다녀왔으니 축날 만도 하죠."

뭐지, 이건? 분명 걱정스러운 말이긴 한데 왠지 모를 비꼼이 섞인 듯 들려와 서현은 힐끗 그를 돌아보았다. 그러자 기다렸다는 듯 그가 한쪽 눈썹을 올리며 씩 미소 지었다.

"주말까지 그렇게 애썼으니 며칠 쉬어도 되지 않나?"

무슨 저의를 담고 그리 말한 건지는 모르나 갑자기 어머니가 짝, 하고 박수를 치며 말했다.

"그리고 보니 너희들, 아직 휴가도 안 갔지?"

"그럴 만한 시간이……."

"이제 준비해야죠."

서현이 휴가는 필요 없다고 말하려는데 성하는 생각이 다른 듯했다.

"곧 있으면 이 사람 생일도 다가오니 거기 맞춰서 잡을까 생각 중이에요."

뭐, 뭐라고? 당신이 왜 내 생일에 맞춰 휴가를 잡으려는 건데요? 난 상관 말고 혼자 따로 정하라고요!

동그랗게 커진 서현의 눈동자에 담긴 뜻을 알아채지 못한 것처럼 그는 아예 그녀의 입까지 쩍 벌어지는 질문을 던졌다.

"당신은 어때? 명동점도 이제 잘 돌아가는 것 같던데, 함께 여행이나 다녀올까?"

"그래, 서현아. 결혼 후 처음 맞는 생일인데 성하랑 기념 여행이라도 다녀오면 얼마나 좋아? 너희에겐 정말 필요한 일이야. 아유, 너희들 사이좋아진 줄도 모르고 내가 괜히 걱정했나 보다."

아뇨, 어머니! 요즘 이 남자가 좀 이상한 거예요! 전 변한 게 없는데 이 남자가 자꾸만, 자꾸만……. 서현은 눈을 깜빡이며 다음으로 이어질 말을 떠올렸다.

다가와서 절 흔들어요. 전 예전처럼 지내는 게 좋은데, 그러는 게 마음 편한데…….

"미안해요. 생일날 약속이 있어요."

생뚱맞게 들리는 서현의 말에 한 여사는 조금은 놀란 듯한 표정을 지었고, 성하의 눈매도 가늘게 변했다.

"선약이 있다?"

"네, 만날 사람이 있거든요."

설마 박형준이냐고 물을 뻔한 성하는 굳은 얼굴로 입을 다물었고, 한 여사 역시 실망스런 목소리로 물었다.

"그래도 생일인데 가족과 함께 보내야 하지 않겠니? 열흘이나 남았는데 벌써 약속을 잡은 거야? 성하도 준비한 게 있는 것 같은데……."

"준비한 건 없어요. 이 사람이 동의하면 알아볼 생각이었죠. 식겠네요. 어서 드세요."

차가운 표정으로 딱 잘라 답하는 그의 모습은 전과 같았다. 서현은 뜨끔 스쳐 지나는 통증에 눈살을 찌푸렸다. 그와 서로의 삶에 간섭하지 않는 상태로 돌아가길 바라면서도 한편으론 그의 근사한 미소에 가슴 떨리는 두근거림을 계속 느끼길 원하는 상반된 마음. 사실 서현은 그와 함께 보내게 될 시간을 내심 바라고 있는 건지도 몰랐다.

"……오전에만 잠깐 만나면 돼요."

어머니가 실망하신데다 식사 분위기가 갑자기 다운되는 바람에 별수 없었다고 스스로에게 이르며 서현은 그를 보았다.

"엄마 유산 문제로 변호사님을 만나기로 되어 있어요."

서현의 말에 성하의 미간에 살짝 주름이 잡혔다.

"유산 상속은 만 서른 살 생일이라고 하지 않았나?"

"맞아요. 근데 이번 생일에 공개할 내용이 하나 더 있다고 하시네요."

"애는, 처음부터 말을 그렇게 하지 그랬어. 그럼 오후부터 휴가를 내는 게 어때? 이삼 일이라도 어디 조용한 곳에 가서 둘이 푹 쉬고 와. 남들도 다 가는 여름휴가인데 신혼부부가 그럼 못써."

다행이라는 듯 한 여사의 얼굴도 금세 환해졌다. 서현은 어차피 어머니와 헤어진 뒤 그와 다시 얘기하면 될 테니 우선은 고개를 끄덕였다.

"네, 생각해 볼게요."

"유산으로 받을 부동산이 서해안이던가?"

"예? 예에, 안면도랑 서산 부근……. 외할아버지 고향이 그쪽이시거든요."

"그럼 그쪽으로 가볼까? 한번 둘러볼 겸."

"거길 가자고요?"

"우리의 거래 조건에 포함되어 있는 거 아닌가? 난 당신의 오렌지 가든 영업망을 확보해 주고, 당신은 동북아 관광 명소인 안면도에 대단지 리조트를 세울 수 있는 부지를 내게 제공하겠다고 했던 거. 물론 투자 형식으로 당신도 그 사업에 참여시켜 주기로 한 일도 잊지 않고 있으니 걱정하진 말고."

"아, 네……."

그러니까 이 남자는 어디까지나 사업상의 부지 답사나 마찬가지라는 것이다. 당연한 건데 왜 이런 허무한 기분이 드는 거지?

"너희 결혼할 때 그런 얘기까지 했어?"

사실 둘의 결혼을 추진한 사람은 한 여사였다.

서현이도 남자친구가 떠난 후 줄곧 혼자 지내며 경영 수업에만 몰입해 있었고 성하 역시 결혼할 생각은 전혀 없어 보이니 차라리 둘을 엮어주는 게 낫겠다고 생각한 것이다. 하지만 한 공간에 있어도 서로 본체만체하는 둘 사이에 사랑이 싹트길 바라는 건 무리였다. 그럴 바엔 그냥 집안에서 정한 거라는 이유를 들어 서로에게 도움이 될 것 같으니 '그냥 해라' 한 것이나 마찬가지다. 별 반대 없이 순순히 어른들의 의사에 따르는 걸 보고는 역시 자그마한 감정이라도 있는 거라며 다행이라 여겼는데.

뭐? 거래? 저 둘이 결혼 전 그런 자세한 부분까지 논의했을 거라고는 생각도 못했기에 한 여사의 얼굴은 상당히 놀란 상태였다.

"저희 결혼이 사업상 거래였잖아요."

"성하야, 너 정말······."

한 여사는 눈살을 찡그렸다가 그만두고 차분한 어조로 말을 이었다.

"처음 목적이 뭐였든 간에 몇 달을 부부로 살았으면서 그런 식으로 말해야겠니? 여행은 말 그대로 쉬러 가는 건데 무슨 휴가를 업무와 연결시키려고 해?"

"저흰 사업상 목적을 가지고 움직이는 게 서로가 더 편해요. 그래야 대화거리도 생기고. 그렇지?"

서현에게 답을 요구하는 성하의 눈빛이 제법 강렬하게 빛났다. 일종의 도전처럼 느껴지는 그의 말에 서현은 천천히 고개를 끄덕였다.

"그래요. 미리 한번 가보는 것도 괜찮겠죠. 주변 상황도 체크해 두면 더 좋을 테니까요. 시간 빼둘 테니 당신도 스케줄 조정해 두세요."

"그러지."

성하의 입매가 만족스럽다는 듯 부드럽게 곡선을 그리는 게 서현에겐 왠지 모를 불안함과 함께 짜릿함을 전해주었다. 일부러 사업상의 방문이라는 얘기를 꺼내 거절할 수 없게 만든 것만 같은 느낌이랄까?

'아냐. 그가 일부러 그럴 이유가 뭐가 있어서?'

서현의 머릿속엔 지난가을 그와 처음 결혼 이야기가 오가던 때가 떠올랐다.

"어린 시절부터 막역하게 지내온 사이이니 네가 더 잘 알 게 아니냐? 지금 강 사장을 사위로 들이려고 혈안이 된 집안이 얼마나 많은 줄은 알고 있는 게야? 너 설마 그 녀석을 여태 잊지 못하고 있는 건 아니겠지?"

"왜 갑자기 절 결혼 시장에 내놓고 싶어지신 건지 모르겠지만 결혼 따윈 이제 관심 없어요. 아빠가 형준 선배를 돈으로 떼어내신 후 깨달은 게 있거든요. 사랑? 책임? 그딴 것보다 돈이 최고라는 거요. 그러니 전 새로 시작한 오렌지 가든을 성공시키는 게 무엇보다 중요해요. 형준 선배 때문이 아니고요."

"그래, 말 한번 잘했구나. 사랑한다는 말로 널 꼬여내려던 녀석도 결국엔 네가 가진 돈이 목적이었던 것만큼 세상 돌아가는 데 필요한 건 돈이야! 그걸 알면서 한강그룹과 가족이 되는 걸 마다하겠단 게냐? 사업이 나만 열심히 한다고 쉽게 되는 줄 알아? 한강그룹이라면 네 발전을 위해 충분한 디딤돌 역할을 해줄 텐데 그 좋은 기회를 왜 놓쳐?"

그 말이 처음엔 서현에게 상당한 충격으로 다가왔다. 사업에 열 올리느라 딸이 어떻게 자라는지도 관심 없던 아빠가 할 만한 소리라 이해하고 넘기면 그만이었지만, 울컥한 마음이 전혀 없는 건 아니었다. 그러나 달리 생각해 보니 어쩌면 이게 정말 좋은 기회가 될 수 있을 것도 같았다. 아빠의 그늘에서 하루라도 빨리 벗어날 수 있는 기회! 그래서 서현은 두말없이 성하와 약속을 잡았다.

"의외로군. 날 만나자고 할 줄은 꿈에도 몰랐는데 말이야."

그와 단둘이 자리한 게 10년도 훨씬 넘었기에 서현은 조금의 불안함과 두근거림을 안고 있었지만 그는 너무도 태연하고 냉담하기까지 했다.

"나 역시 우리가 결혼 문제로 이야기를 나누게 될 거라곤 생각지도 못했어요."

"집안에서 정해준 혼사에 이처럼 열심일 줄도 몰랐는데?"

"어떤 이유를 담느냐에 따라 다르죠."

서현의 응수에 그의 눈이 가늘어졌다.

"이유라? 좋아, 당신이 이 혼사를 염두에 둔 이유를 들어볼까?"

"한강그룹. 내 사업을 성장시키기 위한 배경으로 한강그룹 정도면 충분하다 여겨지네요. 무엇보다 유통과 레저에 주력한 기업이니 다른 기업보다는 훨씬 더 큰 도움이 될 거예요."

"아하, 그러니까 당신의 사업 발전을 위한 밑바탕으로 우리 한강을 택하겠다는 말이로군."

"이를테면요. 당신은요? 원하는 게 뭐죠?"

턱을 약간 치켜들며 어떤 대답도 수용하겠다는 듯한 태도를 취하는 그녀를 그는 아무 말 없이 한동안 응시했다. 그리고 삐따한 미소를 머금으며 천천히 입을 열었다.

"이리 직접적으로 이야기해 주니 아주 좋군."

그리고는 느긋한 자세를 취하며 말을 이었다.

"당신이 소유한 부동산이라면 어때? 최 회장님 앞으로 된 것뿐만 아니라 당신 외조부께서 보유한 부동산이 꽤 됐다고 들었는데, 그게 모두 당신 앞으로 되어 있지 않나? 아, 그리고 현금 동원력도

종로 큰손에 맞먹을 정도라던데. 사업하는 입장에서 든든한 현금 동원력만큼 큰 힘이 되는 게 있을까?'

그가 대놓고 부동산과 현금을 들먹이자 서현으로선 왠지 모를 생채기가 가슴을 할퀴고 지나가는 것만 같았다. '사업하는 입장에서'라는 말은 이 결혼의 추진 이유가 무언지 분명하게 밝혀주고 있었다. 자신 역시 사업상의 이유를 들먹였기에 차라리 잘된 일이라 여기면서도 이상하게 목소리는 떨려 나왔다.

"……아직은 내 앞으로 된 게 아니에요."

"응?"

잘 못 알아들었다는 듯 되묻는 그를 서현은 똑바로 쳐다보며 다시 말했다.

"그 유산은 모두 내가 만 서른이 되었을 때 상속받을 수 있어요. 그러니 지금 당장보다는 3년 정도 후에나 가능할 거예요."

그래도 상관없겠냐는 표정의 서현에게 성하는 씨익 미소를 보였다.

"큰 그림을 그리는 데 3년이란 준비 기간 정도면 나쁘지 않지."

"그럼 이 계약, 이대로 진행하는 건가요?"

"흠, 말로만 듣던 계약결혼이라는 걸 내가 하게 되는군. 좋아, 진행하지."

"단, 조건이 있어요."

"조건?"

"서로의 사생활은 간섭하지 않기. 물론 방도 따로 쓰고요."

서현의 덤덤한 말에 그의 얼굴이 잠깐 굳어지는가 싶었지만 이

내 아까처럼 시니컬한 미소를 머금었다.

"바라던 바야."

바라던 바. 그랬던 그가 왜 이제 와서 선을 넘으려 하는 걸까? 그리고 난 왜 그의 접근을 기대하는 것이고.

지그시 입술을 깨문 서현은 쓸데없는 생각은 치우고 식사하는 데 집중했다. 성하 역시 더 이상의 말은 하지 않았기에 더 이상 혼란스러움을 느끼지 않아도 돼서 다행이었다.

다만 맞은편에서 두 사람을 지켜보던 한 여사의 머릿속만 복잡하게 돌아갔다. 저 둘을 대체 어떻게 하면 여느 신혼부부처럼 알콩달콩하게 만들 수 있을지 고민 아닌 고민을 좀 해봐야 될 것 같았다.

제 어미를 닮아 사랑스럽고 밝던 서현이 아빠의 재혼 이후 웃음기가 사라진 얼굴로 변한 게 한 여사로선 참으로 안타까웠다. 한참 예민한 나이에 새엄마를 맞았으니 심리적으로 편하지만은 않았겠지만, 이젠 결혼도 했으니 어렸을 때처럼 환하게 웃는 얼굴을 볼 수 있을까 기대했는데 서현에겐 보이지 않는 껍질이 항상 가리고 있는 것만 같았다. 사회에서 만나 알고 지낸 사이라 해도 서현의 친모와는 친자매처럼 정을 돈독히 나누었던지라 한 여사 입장에선 서현이 진심으로 행복해지는 모습을 보고 싶었다. 그리고 그 행복을 다른 누구도 아닌 성하가 찾아주길 바랐다.

"참! 여기 스파 새로 리모델링했니? 지난주 모임에서 누가 그랬던 것 같은데, 언제 바뀐 거야?"

한 여사가 말을 꺼내지 않으면 식사가 끝날 때까지 침묵만 유지할 것 같아 갑자기 생각난 것처럼 입을 열었다.

"몇 주 됐어요. 아무래도 요즘 콘셉트가 가족 단위 휴양이다 보니 시설을 재정비할 필요가 있었거든요."

"그래? 그럼 가족 단위로 함께 즐길 수 있게 되어 있는 거야?"

"그렇죠. 주말을 이용해 글램핑과 함께 묶어둔 패키지 상품을 이용하는 고객들이 많이 늘었어요."

대수롭지 않게 답을 이어가던 성하는 문득 이상한 낌새에 고개를 들었다. 아버지께서도 알고 계신 사항인데 어머니가 모르셨나 싶은 것이다. 역시나 어머니의 눈매가 부드럽게 풀리는 게 뭔가를 기대하고 이야기를 꺼내신 듯했다. 설마……?

"서현이 일주일이나 지방 돌면서 피곤할 텐데 오늘 같이 스파에서 몸 좀 풀렴."

순간 전복조림 한 점을 막 입으로 가져가려던 서현이 동작을 멈춘 상태로 한 여사를 쳐다보았다.

뭐, 뭐라고요? 어머니? 뜬금없이 스파는 왜……?

서현이 동그래진 눈을 깜빡일 때 양념장이 묻어 미끄러운 전복 조각이 젓가락에서 스르륵 빠져나와 가슴에서 한 번 툭 튕겨 스커트로 떨어져 버렸다.

"앗!"

깜짝 놀란 서현이 얼른 전복 조각을 치우고 물수건으로 닦아냈으나 이미 블라우스 앞섶과 스커트엔 양념장 얼룩이 만들어진 후였다.

"저런! 어떡하니?"

한 여사는 진심으로 걱정되어 나온 말이었지만 왠지 모를 웃음이 함께 터질 것만 같아 금방 입을 다물어야 했다. 이건 분명 잘된 일이었다. 저 깔끔한 성격의 서현이 얼룩진 옷을 입은 채 밖으로 나갈 일은 없을 터, 옷을 세탁할 시간에 스파에서 휴식 좀 취하라고 하는 게 나을 성싶었다.

성하는 어머니의 입매가 꾹 다물어져 있는 걸 보곤 피식 웃음이 나오려 했다. 반면 당황한 서현은 물수건으로 앞섶의 얼룩을 빼겠다는 듯 꾹꾹 눌러대고 있었다. 하지만 오히려 물기가 배어들어 얇은 천의 블라우스 안쪽이 훤히 내비치고 말았다.

"헉⋯⋯."

서현도 그때서야 실수했다는 걸 깨달았는지 낮게 숨 막히는 소리를 내더니 손으로 가슴 앞을 가렸다. 브래지어 위로 끈나시를 입긴 했지만 천이 살갗에 찰싹 달라붙어 젖가슴이 시작되는 굴곡이 고스란히 드러났다.

"세탁을 빨리 맡기는 게 나을 것 같은데? 오래 두면 얼룩도 잘 안 빠지거든."

한 여사는 빨개진 얼굴의 서현에게 말하고는 성하를 보았다.

"성하 넌 스파에 연락 좀 해두렴. 어차피 이리 된 거 너랑 같이 있다가 퇴근하면 되겠다. 늦어지면 그냥 여기서 자도 되잖아."

"아뇨! 어머니, 전⋯⋯."

"안 그래도 너 위해서 이런 거 한번 해주고 싶었어. 그러니까 오늘이 그날이라 생각하고 내 말대로 해. 성하야, 뭐 하니? 여기 스파 시설 최곤 거 다른 사람한테만 자랑하지 말고 네 와이프 좀 먼 저 챙겨주렴."

한 여사는 서현의 말은 듣지도 않고 성하만 채근했다. 그에 성 하는 서현에게 의견을 묻는 듯 시선을 주더니 안 그래도 된다고 살짝살짝 고갯짓을 하는 그녀의 뜻을 모른 척하며 자리에서 일어 났다.

"금요일인데 자리가 있겠어요? 다음에, 다음에 할게요, 어머 니."

서현이 황급히 말하며 그에게 그냥 다시 앉으라는 눈짓을 주었 지만 성하는 오히려 씩 웃으며 답했다.

"걱정 마. VVIP의 갑작스런 방문을 위해서 항상 비워두는 룸이 있으니까."

잠깐만요! 그러니까 지금 나랑 같이 스파를 받겠다는 소리예 요?

성하는 서현이 빨갛게 달아오른 얼굴로 두 눈을 동그랗게 뜨자 묘한 흥분이 이는 걸 느꼈다. 이렇듯 재깍재깍 반응을 보여주는 그녀의 모습을 보는 게 꽤나 만족스러웠다. 성하는 싱긋 미소 짓 는 걸로 답을 대신하고는 그대로 방을 나가 버렸다.

젠장! 서현은 얼굴을 찡그리며 닫힌 문을 한참 동안 쳐다보았 다.

차를 가져왔다면 트렁크에 있는 옷이라도 꺼내 갈아입을 수 있 을 텐데. 설마 정말로 같이 스파 룸에 들어가겠다는 건 아니겠지?

"서현아."

나직하게 들려온 한 여사의 목소리에 서현이 아차 싶은 듯 얼른 표정을 풀고 돌아보았다.

"……네, 어머니."

"내가 이런 말 하면 시어미 잔소리처럼 들릴까 봐 안 하고 싶었는데……."

잠시 말을 멈춘 한 여사는 부드러운 미소를 지으며 다시 입을 열었다.

"성하를 너무 어려워만 말고 조금만 네가 먼저 다가가 보렴."

먼저 다가가라고요? 서현의 얼굴이 딱딱하게 굳어졌다. 그 옛날 좋아한다는 고백 한번 했다가 얼마나 야멸차게 거절당했는데…….

"내가 보기엔 성하는 분명 널 마음에 두고 있는데 네가 싫다고 할까 봐 표현을 못 하는 것 같아. 그러니까 네가 먼저 조금만 마음을 열어줬으면 해. 서현이 너도 성하가 싫은 건 아니잖아. 그렇지?"

"어머니, 전……."

서현이 머뭇거리며 답을 하지 못하자 한 여사가 좀 더 다정한 음성으로 물었다.

"너한텐 정말 이 결혼이 사업상의 거래일 뿐인 거니? 정말 그 이유만으로 결혼까지 한 거야? 난 서현이 네가 그러지는 않았을 거라 생각하는데."

"……."

그 이유만으로 결혼한 게 맞는데, 그 당시엔 정말 그랬던 게 맞는데…… 실은 아니었던 걸까? 조금은 다른 이유도 섞여 있었던 거야?

한 여사는 입을 다문 채 아무 말도 없는 서현의 굳은 얼굴을 찬 찬히 바라보다가 옆으로 다가와 가만히 안아주었다.

"내가 널 얼마나 사랑하고 아끼는지 알지?"

"네……."

"하나만 더."

한 여사는 서현의 어깨를 힘주어 안아준 뒤 얼굴을 보며 빙그레 웃음 지었다.

"내가 골라둔 맏며느리는 예전부터 너 하나뿐이었단 것도 잊지 말고."

약간은 장난스런 투로 건넨 말이지만 서현은 그 안에 내포된 의 미를 알고 있었다. 그와 진심으로 잘살았으면 좋겠다는 바람……. 하지만 그가 정말 자신을 마음에 두고 있을 거란 확신이 없었다. 그의 눈에 자신은 오래전의 철딱서니 없고 말 안 듣던 이미지가 그대로 남아 있을 테고, 주변의 화려하고 매력적인 여자들에 비해 그리 예뻐 보이지도 않을 테니까.

#5

　서현이 직원의 안내를 받아 들어간 룸은 편안함을 느낄 수 있는 낮은 조도로 맞춰져 있었고, 꽃잎이 띄워진 수반에 자그마한 향초들이 떠다니며 은은한 아로마 향을 뿜어냈다.

　"사모님, 이쪽에서 갈아입고 나오세요. 옷은 저희가 바로 세탁실로 보내도록 하겠습니다."

　서현이 들어간 탈의실 선반에 가운과 스파복이 가지런히 놓여 있었다. 어머니의 강요로 여기까지 오긴 했지만 비키니 수영복과 별반 차이가 없는 스파복을 입고 그와 함께 스파 욕조에 들어간다고 생각하니 온몸이 긴장 상태에 돌입했다. 게다가 마사지를 받을 땐 상의는 완전히 탈의한 채 나란히 엎드려야 하는데 그걸 어떻게 같이하느냐 말이다.

　블라우스의 단추를 만지작거리는 서현의 미간에 좀 더 깊은 주름이 파였다. 그냥 몸이 좋지 않다고 말하고 나가 버릴까도 생각했다가 이내 고개를 저었다. 괜히 그랬다가 어머니 귀에 들어가면 얼마나 서운해하실지 충분히 짐작되었던 것이다.

어머니를 배웅하러 내려간 그가 아직까지 올라오지 않는 걸 보면 같이할 생각은 없을 수도 있었다. 그 역시 어머니의 뜻에 따르는 것처럼 굴었을 뿐, 정말 그럴 생각은 아닐 수도……. 서현은 갑자기 쓸쓸함이 번지려 하자 눈살을 찌푸리며 서둘러 단추를 풀어 내렸다.

그의 행동이나 말투 하나하나까지 예민하게 받아들이는 건 결코 정신 건강에 이롭지 못했다. 어머니가 먼저 다가가 보는 게 어떠냐 말씀하셨지만 서현은 자신이 절대 그리 하지 못할 거란 것도 알고 있었다. 그러니 자꾸만 그에게 기울어지려 하는 이 마음을 무덤덤함으로 바꿔야 했다.

서현이 스파복 위에 가운을 걸치고 나가자 담당 테라피스트가 곧바로 다가와 욕조가 준비된 곳으로 안내했다. 성인 두 명이 넉넉히 들어갈 크기의 스파 욕조 안에 울긋불긋 꽃잎이 띄워진 따뜻한 물이 찰랑거리는 걸 보자 벌써부터 몸이 풀리는 느낌이다. 서현이 가운을 벗고 막 욕조 안으로 들어갈 때 가벼운 노크 소리가 들리고 문이 열렸다.

"헉!"

갑작스런 성하의 모습에 서현은 깜짝 놀라 그대로 물 안으로 풀썩 주저앉아 버렸다.

슈트 차림 상태인 성하는 서현의 곁에 있는 테라피스트에게 잠시 자리를 비켜달라는 눈짓을 주며 안으로 들어왔다. 테라피스트가 밖으로 나가고 성하가 욕조 옆에 걸터앉자 서현의 얼굴이 자연히 찌푸려졌다. 버튼 조작을 하지 않아 아무런 기포 발생이 없어 투명한 상태인 물 아래로 노출되는 몸을 감추기 위해 서현은 무릎을 가슴 앞으로 세워 끌어안으며 그를 힐끗 쳐다보았다.

"……뭐예요?"

"내가 같이하지 않아서 서운하진 않겠지?"

싱긋 웃으며 말하는 그에게 서현은 더욱 찡그린 얼굴을 보여주었다.

"서운할 리가 없잖아요!"

서현의 퉁명스런 반응에도 그는 여전히 미소를 지었고, 물 온도를 가늠하는 것처럼 손끝을 살짝 담갔다. 조금만 더 가까이 움직이면 서현의 팔에 닿을 위치였지만 그의 손은 그 이상 다가오지 않았다. 하지만 조금씩 움직이고 있는 손끝에서부터 일어난 잔잔한 물결이 그녀의 살갗에 부딪치며 간질였다. 서현은 스멀스멀 피어나려는 예민한 감각을 내리누르기 위해 시선을 창밖으로 돌렸다. 18층 높이에 위치한 시야가 뻥 뚫린 곳이라 어둑어둑해져 가는 서울 시내의 풍광이 고스란히 보였다.

"두 시간 반 정도 걸린다니까 느긋한 마음으로 편히 즐기고 있어."

그의 말에 서현은 순간적으로 '당신은요?'라고 물을 뻔했다가 그냥 고개를 끄덕이는 걸로 대신했다.

"오늘까지 처리할 사항들이 있어서 나도 두어 시간 정도는 사무실에 있을 거야."

생각지도 않은 그의 다정한 말투에 서현은 어떤 반응을 보여야 할지 몰라 또다시 고개만 한 번 끄덕거릴 뿐이었다.

성하는 서현의 드러난 어깨를 따라 부드러운 곡선이 이어지는 가슴이 시작되는 부위까지 시선이 향하려는 걸 애써 다잡으며 자리에서 일어났다. 마음 같아선 그녀의 머리든 어깨든 가만히 한 번 쓸어주고 싶었지만 움찔거리며 더 몸을 웅크리는 모습을 보고 싶진 않아 그만두었다.

"당신 끝나는 시간에 맞춰 내려오지."

"……알겠어요."

서현은 여전히 그를 보지 않은 채 조용히 답했다. 이어 그의 발소리가 멀어지고 가볍게 문이 닫히는 소리가 들리자 경직되어 있던 어깨를 풀어주며 낮은 숨을 내쉬었다. 함께 스파를 받지 못한 이유가 남은 업무 때문이라고 말한 것뿐인데 마음이 한결 편안해지는 듯했다. 그래서인지 서현의 입가엔 연한 미소까지 감돌았다.

사무실로 올라온 성하는 의자에 털썩 앉아 등받이에 기대어 몸을 쭉 폈다. 사실 처리해야 할 일이 남은 건 아니다. 하지만 아무렇지 않게 서현과 나란히 스파를 받을 순 없어 핑곗거리를 댄 거나 마찬가지다. 방금도 그녀에게 뻗고 싶어 하는 이 손을 단속하느라 힘들었는데 물속에 같이 들어가 있는다? 큰일 날 일이었다. 그렇잖아도 요즘 들어 그녀를 안고 싶은 마음이 더 솟구치는 판인데 맨살이 닿기라도 하면 스스로를 컨트롤할 수 있을지 자신 없었다. 아무리 어머니가 꼭 같이하라고 신신당부를 하셨다 해도 스파를 함께 받는 건 참아야 했다.

성하는 머리를 뒤로 기댔다가 다시금 몸을 바로 하며 책상 맨 아래 서랍을 열어 몇 가지 서류철 밑에서 빛바랜 갈색 가죽 표지가 덮인 노트를 꺼냈다. 살짝 찡그린 얼굴로 표지를 쓸던 그는 조금 전 어머니를 배웅하기 위해 내려갔을 때를 떠올렸다.

성하와 한 여사가 바깥으로 나오자 대기하고 있던 기사가 재빨리 다가왔다. 성하는 됐다는 듯 손을 들어 보이고는 직접 차 문을 열었다.

"조심히 들어가세요."

하지만 한 여사는 곧바로 타지 않고 성하의 손을 붙들고는 나무라듯 말했다.

"서현이한테 좀 잘해줘. 언제까지 그렇게 까칠하게 굴 거야? 어찌 됐든 네 안사람인데 네가 챙겨야지!"

"걱정 마세요, 잘하고 있으니까."

"잘하긴 뭘 잘해? 히여간 강씨 남자 아니랄까 봐 눈치 없고 무뚝뚝한 건 네 아버지 젊었을 때랑 똑같아!"

"왜 이러세요? 눈치 없으면 회사 경영도 못하거든요."

능청스레 답하는 성하를 흘기며 한 여사는 다시 한 번 강조했다.

"너도 알다시피 너희 장모, 싹싹한 것 같으면서도 왠지 편히 대할 수 있는 사람은 아니잖니. 너희 결혼시켜 놓고 보니까 서현이랑 사이도 그리 좋아 보이지 않던데 그동안 많이 외로웠을 것 같더라. 그니까 네가 좀 잘 다독여 주고 감싸 안아줘. 너 혼자 마음속으로만 걱정하고 신경 써주는 건 아무 필요 없어. 표현을 해야 알지. 괜히 자존심 세우며 뻣뻣하게 굴지 말란 말이야."

"들어가세요."

성하가 이제 그만하라는 듯 얼른 타라는 고갯짓을 하자 한 여사가 얼굴을 가까이 들이대며 두 눈에 힘을 주었다.

"너도 예전엔 서현이 좋아했잖아. 근데 지금은 아냐?"

"갑자기 무슨 말씀이세요?"

"너 유학 준비하며 짐 챙겨줄 때 내가 본 게 있거든."

성하의 표정이 대번에 찌푸려졌다.

"……뭘 말씀하시는 거예요?"

"있어, 그런 거. 예전에 네가 서현이에 대해 써두었던……."

"어머니!!"

놀란 성하의 입에서 큰 목소리가 나오자 멀찍이 떨어져 있던 김 비서와 운전기사가 호기심 어린 눈으로 쳐다보았고, 한 여사는 씨익 미소를 그렸다.

"그땐 너희가 어리기도 했고 네가 유학 가는 마당에 어떻게 해줄 수가 없어서 내가 모른 척했는데, 너 계속 서현이한테 까칠하게 굴면 다 말해 버린다!"

"쓸데없는 옛날 얘기를 뭘 하러 꺼내시려고요."

"쓸 데가 있는지 없는지는 모르는 거지."

"거참, 어머니? 그냥 저흰 내버려 두고 진하 장가보낼 걱정이나 하시죠?"

"이제 스물여덟인데 무슨 장가야? 암튼 두고 보겠어. 너희 둘 사이에 내가 더 이상 끼어들지 않도록 알아서 잘해."

"예, 예! 알아서 자알 할 테니까 그만 들어가 보시죠?"

성하가 어서 타라는 듯 차 문을 좀 더 활짝 열자 한 여사는 그의 팔을 가볍게 토닥인 후 차에 올랐다. 그리곤 유리창을 열고 눈을 한 번 찡긋했다.

"아내에게 세울 건 자존심이 아닌 다른 거란 거 알지?"

어머니의 입에서 저런 말이 나올 거라곤 상상도 못했기에 성하는 황당한 표정을 지었다.

"오늘 대체 왜 이러세요?"

"나 얼른 손주 안아보고 싶은데……. 노력해야 해, 아들!"

한 여사가 만면에 미소를 그리며 은근히 말했지만 성하는 피식 입꼬리만 비틀고 아무 답도 하지 않은 채 손만 들어 보였다. 그리고 차가 멀어진 후 잔뜩 얼굴을 찡그리며 바지주머니에 손을 찔러 넣었다.

학창 시절, 한참 중요한 시기에 네 살이나 어린 서현을 좋아하게 된 자신의 감정을 풀어내기 위해 일기장을 빌린 적이 있는데 그걸 보신 듯했다. 고등학생이 또래도 아닌 중학생밖에 안 된 계집애를 좋아하게 된 것 자체만으로도 그는 스스로를 끔찍하다 여겼고, 그 애만 보면 괜히 화가 났다가도 다시 보고 싶어지는 일이 반복되곤 했던 것이다.

쯧, 혀를 차며 돌아서는데 김 비서가 무슨 일인가 싶은 얼굴로 가까이 다가왔다.

"사장님, 다른 일이라도……."

"아냐. 오늘은 그만 퇴근해."

성하는 간단히 손을 내저은 후 호텔로 들어갔다.

표지를 쓸던 성하의 손이 스륵 하고 노트를 펼쳤다. 펄럭이며 처음 몇 장을 한꺼번에 넘기던 그의 손이 어느 곳에서 멈췄다.

—199X. 8. 18.

그 아이의 생일……. 어머니가 집으로 초대하셨을 거라 기대하고 과외가 끝나자마자 뛰어왔는데 아니었다. 얼굴 본 지도 오래되어 어떻게 지내나 궁금했는데……. 그냥 집으로 부르시면 될걸 밖에서 따로 만나시다니……. 이럴 땐 참 눈치도 없으시다.

분명 엊그제 이제 곧 서현이 생일이라고 넌지시 말도 꺼냈건만, 그게 무슨 뜻인지도 못 알아들으시다니! 방학이 끝나면 정말 얼굴 보기도 힘들어지겠네.

아, 젠장!! 대체 나 뭐 하는 거야? 그 쪼끄만 애를!!

미쳤다, 강성하! 고2 여름방학이 얼마나 중요한 시기인데 고작 그 쪼그만 애를 보겠다고!!

공부나 하자! 공부!!

—199X. 12. 24.

크리스마스이브……. 산타의 선물을 기대하는 어린이도 아니건만 괜히 마음이 설렌다.

내일 점심때면 그 아일 볼 수 있겠지?

—199X. 12. 25.

결국 장갑이랑 머플러는 주지 못했다. 별것도 아닌데⋯⋯. 그냥 윤하 거 사면서 같이 샀다고 하고 줄걸.

여자의 성장이 확실히 남자보다는 더 빠른 것 같다. 반년 전 봤을 땐 정말 어려 보였는데 오늘 보니 키도 많이 크고⋯⋯ 예뻤다⋯⋯.

오빠라고 불러주는 게 좋긴 하지만 꼬박꼬박 존댓말을 하는 게 거리를 두려는 것 같다. 하긴, 네 살이나 차이 나는데 달리 보이기야 하겠어? 걔 보기엔 완전 어른인 셈이지. 내가 미친 거야, 내가!

—199X. 2. 14.

짜증! 짜증! 여자애가 겁도 없이 그 늦은 시각까지 밖에서 뭐 하는 짓 이야!

제길⋯⋯. 오랜만에 본 얼굴인데 반갑단 말 한마디 못하고 화만 내버 렸다. 왔으면 들어와서 부르면 되지 바보처럼 추운데 밖에서 기다리다니!

그래도 무사히 들어가는 거 확인했으니 다행이다. 택시 타고 따라간 건 잘한 거야, 강성하!

근데 그 애도 날 좋아하고 있을 줄은 몰랐는데⋯⋯ 묘한 기분이 든다. 괜히 걱정스런 마음도 들고⋯⋯ 좋기도 하고⋯⋯ 잘 모르겠다.

공부 열심히 해서 꼭 좋은 대학 합격하길 바란다고 했으니 그래야지. 초콜릿 진짜 안 좋아하는데⋯⋯ 네가 줬으니 먹어볼게. 아프지 말고 잘

자라, 최서현.

—199X. 3. 14.

뭐가 문제인 걸까? 왜 그런…… 그냥 사춘기 시절의 반항인 건가? 아니면…….

화이트데이 같은 거 한 번도 챙긴 적 없는데 가지 말걸 그랬나? 아냐, 내가 가서 잡을 수 있었으니 잘한 거야. 하지만…… 우는 모습을 봐서 그런지 마음이 좋지 않다. 지금의 나는 어떻게 해줄 수도 없는데…….

모르겠다. 내가 지금 이런 고민을 할 때가 아닌데…….

강성하! 넌 지금 이럴 때가 아니라고!

걔는 걔! 나는 나! 오늘 나한테 하는 거 보니까 좋아한다고 했던 것도 밸런타인이라고 친구들 따라 기분만 냈던 게 분명해! 쯧쯧, 여자애들이 그러는 건 그냥 분위기 따라 하는 것뿐이란 걸 몰라?

됐어! 그만 생각하자!!

유치한 녀석. 피식 웃으며 성하는 노트를 덮었다.

창밖을 보니 어느새 어둠이 내려앉아 반짝이는 불빛들이 그림을 그려놓고 있다. 성하는 의자를 빙글 돌려 머리를 뒤로 기댄 채 서울의 아름다운 야경을 잠시 바라보았다.

생각해 보면 서현에게 말을 좋게 한 적이 별로 없는 것 같다. 그 당시엔 스스로 이건 아니다 하는 생각이 강해서 더 그랬던 건지도 모른다. 그깟 네 살 차이, 이렇게 어른이 되고 보면 아무것도 아닌데 말이다. 그런 식으로 서현을 멀리하고 목표로 삼았던 하버드로 진학한 뒤엔 그녀를 생각하는 일도 점차 줄어들었다. 새로운 환경에 적응하느라 정신없이 보내기도 했고, 성인이 되어 만끽하는 자유로움을 즐기느라 한동안 다른 생각이나 고민 따윈 하지 않았다.

하지만 여름이 되면 그녀의 생일이 다가온다는 걸 자연스레 떠올렸고, 밸런타인데이가 되면 그에게 했던 것처럼 또 다른 남자에게 초콜릿을 선물할까 궁금하기도 했다. 완전히 뇌리에서 사라지지 않고 남아 어떻게 지내는지 가끔씩 보고 싶을 때도 있었다. 그러나 고등학생이 되어 한창 치열하게 공부와 싸우고 있을 그녀에게 연락을 취할 생각은 하지 않았다. 어찌 보면 어머니가 계속 만남을 유지하고 있다는 걸 알았기에 언제든 쉽게 그녀와 닿을 수 있을 거라 여긴 듯했다. 그렇게 안일하게 생각하다 그는 그녀를 놓쳐 버렸다.

그리고 그녀를 '나만의 여자'로 만들기까지 참으로 오랜 시간이 걸렸다. 아니, 아직 온전히는 아니다. 법적으로 아내라는 이름일 뿐, 그녀의 마음은 그에게 열려 있지 않으니까.

성하는 깊게 숨을 내쉬며 손목시계를 보았다. 슬슬 내려가 봐야 할 시가이었다.

스트레스 해소와 피로 회복에 효과가 있다는 라벤더 오일로 전신 마사지를 받아서인지 서현은 한결 몸이 가벼워짐을 느꼈다. 탈의실에서 말끔히 세탁된 옷으로 갈아입는데 스파 직원들의 호들갑스러운 목소리가 들려왔다.

"오셨습니까, 사장님. 안 그래도 사모님 지금 막 마치셨는데 딱 맞춰 오셨네요. 잠시만 여기 앉아 계셔요. 사모님 드실 차를 준비 중이거든요."

"사모님 어깨가 상당히 뭉쳐 있던데, 업무 때문에 많이 피곤하시나 봐요."

무슨 쓸데없는 말까지! 서현은 블라우스의 단추를 서둘러 잠그고는 치마를 입었다. 탈의실 문을 열고 밖으로 나가자 널찍한 소파에 편히 앉아 있는 그의 모습이 보인다.

"사모님, 여기 차 드세요."

쟁반 위에 따뜻한 차 두 잔을 들고 직원은 성하가 앉아 있는 쪽 테이블로 향했다. 하지만 서현은 사람들이 호기심 어린 눈으로 둘을 지켜볼 게 뻔한 자리에 그와 마주 앉아 차를 마시고 싶진 않았다.

"차는……."

"관리 후 이렇게 따뜻하게 한 잔 드시는 게 노폐물 배출에도 좋거든요."

서현이 차는 됐다고 말하려는데 직원은 이미 테이블 위로 잔을 내려놓으며 성하에게 차의 효능에 대해 설명하고 있었다.

"이쪽으로 앉지."

성하가 옆자리를 가볍게 두드리며 그녀를 불렀다. 서현은 그의 자연스러운 태도에 살짝 표정을 굳혔다. 무슨 생각을 하는지 그는 꽤나 여유로워 보였고 싱긋 미소까지 짓고 있다. 결국 서현은 그의 옆으로 다가가 약간의 거리를 두고 앉았다. 하지만 그가 팔을 등받이에 척 하고 걸치자 어깨에 그의 손이 닿았다. 찻잔을 받침과 함께 들던 서현이 흠칫 놀라 그를 보았다.

"어때? 피곤은 좀 풀린 것 같아?"

성하는 그녀가 쳐다보는 이유를 모른 척하며 다정한 말투로 물었다. 그러자 서현의 눈이 몇 차례 깜빡이며 그를 응시하더니 시선을 찻잔으로 내렸다.

"네."

"다행이군."

그는 서현이 찻잔을 입술에 가져가는 걸 지켜보며 손끝에 닿는 그녀의 어깨를 가만히 쓸었다. 역시나 움찔거리며 동작 그만 상태로 있던 그녀가 다시금 차를 마셨다. 뜨거운 차를 거의 원샷하다시피 주욱. 그 모습에 성하의 입매가 더욱 부드럽게 휘었다. 냉정한 껍질을 두르고 있는 그녀가 이처럼 작은 반응이라도 나타내 주는 게 그로선 다행스럽고 고마운 일이었다. 그녀와의 사이에 놓여 있는 두꺼운 장막이 조금씩 허물어지는 듯했고, 조금만 더 다가가면 그녀를 온전히 바라보며 손을 마주 잡을 수 있을 것만 같았다.

급하게 마시느라 혀를 살짝 데긴 했지만 여기 이 상태로 앉아 있는 것보단 나가는 편이 나았다. 서현은 잔을 내려놓고는 얼른 몸을 일으켰다.

"그만 가죠."

"그럴까?"

그는 한 모금도 마시지 않은 차를 그대로 둔 채 그녀를 따라 일어났다. 그리곤 서현의 손에 들린 서류가방을 달라는 듯 손을 내밀었다.

"아뇨, 괜찮아요."

서현이 손을 뒤로 뺐지만 그가 팔을 잡더니 가방을 가져갔다.

"노트북도 들어서 무거울 텐데, 내가 들지."

그리고는 서현의 어깨를 감싸듯 가볍게 손을 올렸다. 직원들의 인사를 받으며 스파센터를 나가려던 서현의 몸이 순간적으로 경직되었다. 아무런 반응도 하지 못한 채 그가 직원들에게 수고했다는 말을 전하는 걸 들으며 센터를 나온 서현은 엘리베이터 앞에 서자 그의 곁에서 한 걸음 떨어졌다.

"갑자기 우리 사이가 좋아 보여야 할 이유라도 있나요?"

"굳이 이유가 있어야 하는 건가?"

그의 되물음에 서현은 그를 빤히 쳐다보았다.

"이제껏 다른 사람들을 의식하며 친한 척 행동한 적이 없는데 갑자기 이러면 의문스러울 수밖에요."

"그럼 다시 묻지. 당신은 우리 결혼을 여전히 사업적 관계로만 지속시키고 싶나?"

뭐라고? 당연한 걸 묻는 그에게 서현은 천천히 고개를 끄덕여 보였다.

"물론이에요. 당신도 결혼에 합의할 때 그러기로 했잖아요."

"그랬지. 당신과 결혼하려면 그 조건을 들어줘야 했으니까."

"……지금 무슨 말을 하려는 거예요?"

"날 피하기만 하는 당신을 내 곁에 두려면 그 방법밖에 없었다는 거야."

이해할 수 없는 문제에 봉착한 듯 서현이 난해한 표정을 짓자 성하는 차분한 어조로 다시 말했다.

"난 사업과는 상관없이 당신과 결혼하길 원했어. 그래서 당신이 내민 조건들을 수용했고, 나름 잘 지켜왔지만 이젠 그러고 싶지 않아."

"……갑자기 왜 이래요?"

"앞으로 난 당신의 사생활을 간섭하게 될 거고, 남편으로서 바라는 바도 요구하게 될 거야."

"이봐요, 우린 서로……."

"아무런 감정이 없다고 말하고 싶은 건가?"

그녀가 무슨 말을 할지 알고 있는 사람처럼 성하가 대신 말하자 서현이 머리를 끄덕였다.

"당신이 날 어떻게 생각하는지 잘 알고 있는 만큼 난 당신에게……."

"내가 당신을 어떻게 생각하고 있지?"

또다시 서현의 말을 끊어낸 성하의 표정엔 궁금증이 담겨 있었다.

"……그걸 왜 나한테 물어요?"

"방금 당신이 알고 있다고 하지 않았나? 내 생각과 맞는지 궁금하거든."

"그야……."

서현은 말을 꺼내다 말고 다시 입을 다물었다. 왠지 그의 페이스에 말려들고 있는 듯한 기분이 든 것이다. 마침 엘리베이터의 문이 열리자 서현은 먼저 냉큼 안으로 들어갔다. 잠깐이라도 그가 무슨 저의를 가지고 이렇게 나오는지 생각을 정리할 필요가 있었다.

"확인하고 싶지 않아? 당신이 생각하는 게 맞는지, 아니면 전혀 다른지?"

서현을 뒤따라 엘리베이터에 오르며 그가 한 번 더 물었다.

"혹시 어머니가 무슨 말이라도 하셨어요?"

그가 어머니가 시키는 대로 예예 하면서 따를 사람이 아니란 건 알고 있으나 그의 질문을 피하기 위해 서현은 다른 질문을 생각해 낸 것이다. 그런데…….

"당신과 잘 지내길 바란다는 말씀을 귀에 못이 박힐 정도로 하시는 건 잘 알 테고, 내가 당신을 어찌 생각하는지에 대한 답은?"

그는 좀 전의 대화를 계속 이어가고 싶은 듯했다. 하지만 서현은 엘리베이터의 숫자 표시가 점차 아래로 내려가는 걸 쳐다보며 한동안 아무 말도 하지 않았다.

10, 9, 8, 7……. 로비에 가까워지자 서현은 살짝 고개를 틀어 성하를 보았다.

"당신이 사업과 상관없이 나와 결혼한 이유는요?"

서현이 또다시 질문으로 입을 열자 성하는 씨익 미소를 지었다.

"그 물음에 대한 답은, 당신이 알고 있다는 내 생각이라고 해두지."

순간 서현의 미간에 골이 파이며 그를 쏘아보듯 올려다봤다.

"철없고 말 안 듣는 여자 데려다 교육시킬 만큼 한가하지도 않으면서 왜요?"

그 말에 성하의 미소가 사라졌다. 땡 소리와 함께 엘리베이터의

문이 열렸지만 둘 다 내리지 않았고, 다시 스르륵 문이 닫혔다. 그리고 아까와는 달리 착 내려앉은 음성으로 그가 물었다.

"무슨 소리지?"

"당신이 생각하는 나, 철딱서니 없는데다 고집까지 센 그런 여자애잖아요."

여자애? 굳은 얼굴로 그녀를 응시하던 성하의 눈가에 자잘한 주름이 잡히더니 '혹시?' 라고 묻는 듯 머리를 기울였다.

"오래전 그때 내가 당신에게 했던 말을 가지고…… 그러는 건가?"

"날 어떻게 생각하고 있는지는 그때 잘 알게 되었어요. 그래서 가까이 가고 싶지 않았고, 안 볼 수 있으면 안 보고 싶었어요. 필요에 의해서 이렇게 결혼까지 하게 되었지만, 솔직히 나 당신하고 있는 거 불편해요."

차갑게 답하는 서현을 성하는 한참 동안 바라보더니 희미하게 고개를 끄덕였다.

"……그랬군."

임직원 전용이라 그런지 아직까지 아무런 움직임 없이 로비에 멈춰 있는 엘리베이터의 열림 버튼을 누르고 그가 먼저 내려섰다.

"그만 가지."

건조한 어조로 말하며 앞서 걷는 그의 뒤통수를 노려보며 서현은 머릿속을 헤집는 여러 생각을 정리했다. 분명 그녀가 잘못 말한 건 없었다. 한데, 왜 그에게 미안해지는 거지? 조금 충격받은 것처럼 보이던 그의 모습 때문일까?

서현은 차라리 그가 무슨 말이라도 해주길 바랐다. 그 당시 자신의 기분 상태가 안 좋아서 그냥 툭 던진 말이었다고 변명이라도 하든지, 아니면 당신이 생각하고 있는 게 맞는다고 하든지.

"이봐요."

서현이 불렀지만 그의 걸음은 멈추질 않았다.

"이봐요!"

서현의 목소리가 조금 더 커지자 그때서야 그가 뒤를 돌아보았다. 아무런 표정도 드러나지 않은 냉담한 얼굴. 서현은 빳빳이 고개를 들고 그에게 다가가 가방을 달라는 듯 손을 내밀었다.

"난 따로 갈게요."

이렇게 팽팽한 긴장 상태로 한 차를 타고 갈 순 없었다. 어차피 처음부터 그와 같이 들어갈 생각은 없었으니까 택시를 타면 되었다. 하지만 그는 살짝 미간을 모으며 물었다.

"집으로? 아님 다른 곳?"

"당연히 집으로 가야죠."

"그럼 같이 가지."

그렇게만 말하고 그는 다시 몸을 돌리고 로비를 빠져나갔다. 서현은 찡그린 얼굴로 잠시 멈춰 섰다가 이내 걸음을 옮겼다. 까짓 20여 분이면 가는 거린데 뭐 어떠랴 싶었다. 보아하니 그도 더 이상은 말을 섞고 싶어 하지 않은 것 같으니 그냥 조용히 가서 각자의 방으로 들어가면 그만이다.

서현은 그가 미리 대기 중인 은회색 세단의 조수석 문을 열어줬지만 쳐다보지도 않고 그대로 올라탔다. 가볍게 문이 닫히는 소리에 이어 그가 차를 돌아 운전석으로 오는 게 보였다. 긴장하지 않으려 해도 심장은 점차 빠르게 박동하며 왠지 모를 초조함까지 느끼게 만들었다. 차 문이 열리고 그가 운전석에 앉아 출발 준비를 할 때까지 서현은 창밖으로 시선을 둔 채 아무런 미동도 없이 가만히 있었다.

부드러운 엔진 음과 함께 차가 움직였다. 그 후 약 5분여 동안 적막감이 감돈 상태로 운전을 하던 그가 라디오를 켰다. 서현 역시 점점 팽팽해져 가는 긴장감을 해소하기 위해 무슨 음악이든 그가 틀어주길 바라던 터라 다행이라는 듯 낮게 숨을 내쉬었다. 그런데 잔잔한 목소리의 DJ가 소개해 주는 건 다름 아닌 전 세계를 메탈과 록으로 주름잡던 대표적인 밴드들이었다.

중 · 고등학교 시절 서현에겐 도피처나 같았던 그들. 본 조비, 스틸하트, 스키드 로우 등등.

서현이 초등학생이던 시절부터 왕성한 활동으로 세계를 누비던 그들이지만 그녀는 반항기 충만했던 중2 때 친구를 통해 메탈 장르를 처음 접했고, 그 밴드들의 초창기 앨범까지 모두 사 모으기 시작했다. 남들은 H.O.T나 GOD 등 국내 아이돌 그룹에 열광할 때 서현은 헤비메탈과 록에 심취했던 것이다.

시원스레 내지르는 그들의 노래를 듣고 있노라면 답답했던 가슴이 뻥 뚫리는 듯했고 때론 록 발라드의 절절한 음색에 기대어 마음껏 눈물을 흘리기도 했다. 그래서 지금도 혼자 차를 타고 다닐 때면 헤비록이 담긴 CD를 주로 틀고 다니는데 라디오에서 전설과도 같은 그들을 소개해 주니 귀가 쫑긋할 수밖에 없었다.

"세바스찬 바하의 성격이 어찌 됐든 190㎝가 넘는 장신에 잘생기기까지 한 그가 긴 머리를 휘날리며 노래를 부르는 모습은 모든 여성들의 마음을 사로잡았다고 할 수 있죠. 자, 그럼 먼저 세바스찬 바하의 목소리를 먼저 들어볼까요? 스키드로우, I remember you."

오, 마이 갓!! 차 안에 기타 선율이 울려 퍼지자 다리 위에 얌전히 올려져 있던 서현의 두 손이 꽉 쥐어졌다. 저절로 노래를 따라 부르게 될 것만 같아 그녀는 입을 꾹 다물었고, 리듬을 타지 않으려 두 손도 움켜쥐었다. 하지만 노래가 후렴부로 이어질수록 입이 근질거리고 손도 드럼을 두드리듯 막 움직거리려는 걸 참느라 서현의 표정은 점점 더 굳어져 갔다.

힐끗 서현을 쳐다본 성하는 그녀가 미간을 모은 채 정면을 뚫어져라 응시하고 있자 듣기 싫은 노래가 나오는데 참고 있는 거란 생각에 핸들 위의 버튼으로 채널을 돌렸다.

"어?!"

갑자기 그녀가 버럭 소리치는 바람에 성하는 깜짝 놀라 돌아보았다.

"잘 듣고 있는데!"

얼결에 성하는 다시 좀 전 채널로 돌리고는 서현을 다시 보았다. 좋아하는 노래냐고 물으려는데 그녀가 아무 말 말라는 듯 입술 앞으로 손가락을 세우는 바람에 그는 입을 다물어야 했다. 잠시 당황하긴 했지만 성하는 서현의 또 다른 모습을 찾은 것 같아

저절로 미소가 그려졌다.

이런 류의 노래를 좋아할 거라고는 생각지도 못했는데……. 그러고 보면 그녀에 대해 아직도 모르는 게 참 많았다. 그러면서 그녀를 곁에 두기만 하면 언젠가는 자신을 바라봐 줄 거라 생각했다니…….

사실 아까 서현이 오래전 그가 했던 말들을 여태껏 담아두고 있다는 것에 적잖은 충격을 받았다. 또한 그녀에게 미안하기도 하면서 조금은 궁금증도 일었다.

모든 걸 포기할 만큼 사랑했던 박형준이 떠났을 때 받은 상처만큼 자신이 한 말로 인한 상처도 컸던 건지……. 박형준에게 남은 애증의 무게만큼 자신에게도 그만큼의 감정은 남아 있는 건지……. 자신의 존재가 사춘기 시절 잠깐 마음을 둔 상대에 불과한 게 아닌, 지금까지도 그녀에게 조금이나마 영향을 미치고는 있는 건지 성하는 그 모든 것이 궁금했다. 과거 그녀가 자신을 정말 좋아했던 건지도…….

하지만 차갑게 그를 떨쳐 내려는 태도를 취하는 그녀에게 이런 식의 물음을 어떻게 던져야 할지 몰라 대화를 끊었던 건데, 음악을 듣는 그녀의 반짝거리는 얼굴을 보니 그의 마음도 한결 편안해지는 듯했다.

노래가 끝나자 DJ는 스키드 로우에 대한 이야길 잠시 더 하더니 그와 연관 지어 자연스럽게 본 조비로 넘어갔다. 리드보컬인 존 본 조비에 대한 설명을 들으며 서현의 머리가 동의하듯 자연스레 끄덕거린다.

"본 조비는 최근 새로운 앨범을 발표하며 빌보드나 UK차트 등에서도 1위에 랭크되는 기염을 토했습니다. 이쯤해서 그럼 신곡 What about now에 이어 본 조비의 대표 명곡인 It's my life와 Always까지 감상해 보시죠."

서현이 두 손으로 입을 가린 채 낮게 신음 소릴 흘렸다. 신곡도 신곡이지만 다른 두 곡은 가사도 달달 외울 만큼 좋아하는 노래인데 마음껏 따라 부를 수 없다는 게 참으로 안타까운 것이다. 그리고 두 번째 곡이 끝나갈 때 즈음 차는 그들이 사는 빌라 안으로 들어서고 있었다.

'안 돼. Always까지 들어야 하는데…….'

서현은 막 Always의 전주가 시작될 때 성하가 주차를 마치자 행여 시동을 곧바로 끄기라도 할까 봐 그를 보았고, 눈이 마주쳤다.

"마저 들을 건가?"

그의 물음에 서현은 당연하다는 듯 고개를 끄덕였다. 그러자 그의 입가에 부드러운 곡선이 그려지는가 싶더니 편히 감상하라는 듯 머리를 뒤로 기대었다. 순간 따사롭게 전해지는 그의 미소에 서현은 심장이 크게 두근거리는 느낌을 지우려 얼른 시선을 앞으로 돌렸다.

주차장이 환하게 불이 켜져 있는 탓에 차 안에 앉은 두 사람도 서로의 모습을 확인할 수 있었지만 각자 앞만 바라본 채 본 조비의 음색에만 귀를 기울였다. 성하로선 오래전 학창 시절 그저 흘려들었던 건데 가사를 되새기며 듣게 되니 사랑 노래임을 그때서야 알아차릴 수 있었다. 한 여자에게 평생 사랑을 바칠 거라며 과거의 실수로 그녀를 떠나보내게 한 걸 용서해 달라는…….

순간 노래 가사에 무언가 투영되어 다가와 성하의 심장을 때렸다. 굳은 얼굴로 그는 핸들 위에 가볍게 걸쳐 놓았던 손에 힘을 주었다. 노랫말 속의 남자가 무슨 잘못을 했는지는 모르겠지만 그로인해 여자가 돌아섰고, 뒤늦게나마 그녀에게 돌아갈 수 있기를 바라며 죽을 때까지 그녀를 마음에 담아둘 거라고, 언제나 사랑할 거라고 소리치고 있었다.

'너는?'

노랫말이 성하에게 물어오는 것만 같았다. 조심스런 눈길로 서현을 돌아보니 그녀는 감상에 젖은 듯 살짝 미소 띤 얼굴로 눈을 감은 채다. 하지만 그녀의 기다란 속눈썹은 노래의 말미로 다가갈수록 촉촉하게 변해갔다. 입가엔 여전히 미소가 걸려 있지만 그녀의 눈가는 자그마한 방울이 알알이 맺혀 있었다. 또다시 뜨끔하고 성하의 심장에 충격이 가해졌다.

노래가 완전히 끝나자 서현은 저도 모르게 탄성을 내지를 것 같아 두 손으로 입을 가리며 눈을 떴다. 언제 들어도 가슴을 울리는 그녀의 베스트 곡 중 하나라 그런지 절로 눈가가 젖어들고 말았다. 후 하고 낮게 숨을 내쉬며 행여 그에게 들킬까 봐 살짝 고개를 돌리고 눈물을 닦으려는데 그가 손수건을 불쑥 내민다.

"본 조비 노래에 이토록 감격할 줄은 몰랐군."

서현은 눈앞의 체크무늬 손수건을 잠시 보다가 이내 받아 들고는 대수롭지 않은 투로 답했다.

"고등학교 시절 최고의 위안이었으니까요."

좋아했다는 게 아닌 '위안'이었다는 표현에 성하의 눈매가 굳었다. 열다섯, 가출을 감행할 때 그녀가 그에게 내뱉은 말이 불시에 떠올랐다.

"내가 편히 사는지 아닌지 오빠가 봤어? 나에 대해 뭘 안다고 그래?"

단순히 반항기가 충만해서 벌인 해프닝이 아니었을지도 모른다는 생각이 들면서 고등학교에 다닐 때까지도 이런 헤비메탈에 위안을 느낄 만큼 힘들었던 걸까 싶었다. 그래도 국내에서 다섯 손가락 안에 드는 대학교에 진학할 정도면 공부도 곧잘 했다는 것이고 어머니도 메일을 보내며 걱정스럽다는 낌새를 보인 적이 없기에 그런 쪽으로는 한 번도 생각해 보지 않았는데…….

"너희 장모, 싹싹한 것 같으면서도 왠지 편히 대할 수 있는 사람은 아니잖니. 너희 결혼시켜 놓고 보니까 서현이랑 사이도 그리 좋아 보이지 않던데 그동안 많이 외로웠을 것 같더라."

아까 전 어머니가 하신 말씀과 함께 그동안 보아온 장모 서 여사의 모습이 떠올랐다. 장모와 사위 사이라고는 하지만 서현이 친정 나들이를 거의 하지 않기에 그 역시 서 여사와 살가운 대화를 나눠본 적이 별로 없었다. 집안 모임이나 회사 행사 등으로 간혹 뵐 때면 항상 만면에 웃음을 띤 채 업무가 많아서 힘들겠다는 걱정 어린 말과 함께 서현이가 아내로서 많이 부족할 거라면서 이해해 달라고 했었다.

"아유, 애가 결혼했으면 사업은 관두고 집에서 내조만 하면 좋을 텐데, 워낙 욕심이 많은 애라 말을 잘 안 들어. 여자는 집안 살림만 잘해도 충분한데 말이야. 왜 그리 바깥일에만 매달리는지 모르겠다니까."

그렇게 웃으며 했던 이야기들이 서현이 힘들까 봐 걱정해서 한 말이 아니었다는 건가?

어머니 말마따나 눈빛에서 전해지는 기운이 차가워 편히 느껴지는 분은 아니었지만, 그래도 서현을 친딸처럼 충분히 아껴주고 잘 자라게 해주셨다 여겼는데 아니었나?

'설마…… 서현이 오렌지 가든을 아버지의 그늘인 ㈜미림에서 독립시키고 싶어 하는 게 사업가로서의 야망이 아닌 정말 그 집에서 벗어나고 싶어 그랬던 건가?'

성하의 눈매가 점점 날카롭게 변하자 서현은 뭐가 잘못됐나 싶었지만 신경 쓰지 않기로 했다. 그녀가 본 조비를 좋아하고 시끄러운 메탈 음악을 좋아한다는 게 그에게 약점 잡힐 일은 아니었다. 서현이 차 문을 벌컥 열자 그제야 성하는 시동을 끈 뒤 뒷자리에 놓아둔 그녀의 가방을 들고 차에서 내렸다. 서현은 그가 엘리베이터 앞에 서서도 묵묵히 생각에 잠긴 얼굴로 있자 결국은 참지 못하고 물었다.

"내 음악 취향이 상당히 뜻밖이었나 봐요?"

하지만 그는 별다른 변화 없는 표정으로 그녀를 보더니 느릿하게 말을 꺼냈다.

"내일 방배동에 들를까?"

순간 서현의 미간에 주름이 확 접혔다.

"갑자기 거긴 왜요?"

"장인어른 뵌 지도 오래됐는데 주말이니 한번 가지."

"남편으로서 요구를 하겠다는 게 처가에 인사드리러 가자는 거였어요? 아뇨! 전 됐으니까 가고 싶으면 혼자 가세요."

서현은 빈정거리듯 말하며 엘리베이터에 올랐다.

"당신 결혼하고 친정 간 적 한 번도 없지 않나? 처제들 보고 싶지 않아?"

처제라는 말에 서현의 표정이 더욱 구겨지는 걸 보며 성하는 혼잣말처럼 중얼거렸다.

"……그런 거였나?"

지금껏 사람을 상대하거나 업무를 처리하는 데 있어 겉으로 보이는 모습만으로 누군가를 평가하고 상황을 이해해 버리는 오류를 범한 적은 없었다. 한데 서현의 가족들은 있는 그대로를 받아들인 게 문제였던 걸까? 최 회장님은 재계에서도 점잖은 신사라 알려진 분이기에 서현이 가족들과 마찰이 있을 거란 생각은 하지 않았다. 그녀가 아빠나 새엄마와 소원하게 지내는 건 예전에 형준을 인정해 주지 않았기 때문이라 여겼는데, 지금 보니 다른 이유도 있는 듯했다.

설마 중학생이었던 당시부터 가족들과 계속 갈등을 빚고 있었던 건가? 그래서 집을 나갈 생각을 하고 헤비메탈 음악에 기대어 위안을 삼았던 걸까?

"왜 갑자기 처제들을 챙기고 싶어졌는지는 모르겠지만, 남편 노릇 하겠다고 그러는 거라면 사양이에요!"

말없이 응시하고 있는 그를 서현은 날카롭게 쏘아보며 한마디 더 했다.

"분명히 말하겠어요. 당신은 나와 사업적 관계를 맺은 파트너일 뿐 그 이상은 아녜요. 그러니 남편이랍시고 쓸데없이 방배동 사람들과 날 연결시켜 어떻게 해보려는 생각 따위, 조금도 반갑지 않으니까 나서지 마요!"

서현은 단숨에 말을 마친 뒤 엘리베이터가 멈추자 곧바로 내려섰다. 그의 대답이나 반응 같은 건 신경 쓰고 싶지 않았다. 좋아하는 노래 감상으로 잠시나마 편안해졌던 기분이 마구 흐트러지며 화가 치솟았다. 거친 손놀림으로 현관문 번호키를 뻑뻑 누르는데 갑자기 뒤에서 그가 가만히 팔을 둘러 그녀를 안았다.

흠칫 놀란 서현이 몸을 비틀어 빠져나오려 했지만 그의 팔은 더욱 그녀를 감싸 안았다.

"뭐 하는……!"

"잠시만…… 잠시만 이렇게……."

그녀를 진정시키려는 듯 귓가에서 낮게 울리는 그의 음성이 서현의 가슴 깊숙한 곳까지 파고들어 왔다. 뭔가 팽팽하게 당겨 있던 게 툭 끊어지는 느낌에 그녀는 입술을 깨물었다. 솟구치던 화가 그의 다정한 목소리와 포옹만으로 이처럼 간단히 사라져 버린다는 게 싫었다. 그녀가 기댈 곳은 그가 아닌데 왜?

왜 내게 이러는 건데?

"……놔줘요."

몸을 굳히며 딱딱하게 말하는 그녀를 성하는 더욱 힘주어 안았다.

"한 가지 욕심만 내느라 정작 알아야 할 것들을 그냥 지나쳐 버린 건…… 내 실수야."

뭐? 지금 무슨 말을 하는 거야? 뭐가 실수라는 건데?

"당신에 대해 몰랐던 것들, 지금부터는 놓치지 않고 알아가도록 할게. 사업 파트너가 아닌 남편으로서."

"……!"

서현은 머리 위로 그의 입술이 지그시 닿은 후 안고 있던 팔의 힘이 느슨해지자 반사적으로 팔을 뻗어 번호키를 빠르게 눌렀다. 도망치듯 현관문을 열고 안으로 들어가려는데 그의 손이 팔을 잡아 돌려세웠다.

"한 가지 더! 내가 당신을 철없고 말 안 듣는 여자라 생각하고 있었다면 이 결혼은 하지 않았어. 당신도 알다시피 내가 그런 사람을 사업 파트너로 삼진 않을 테니까."

그 어느 때보다 진지한 눈빛으로 말하는 그를 바라보다가 서현은 이내 고개를 돌렸다. 자신의 눈동자가 흔들리고 있다는 걸 들키고 싶지 않았고, 그가 일정한 선을 넘어 성큼 다가오는 게 겁이 났다.

"쉬고 싶어요."

시선을 외면한 채 중얼거리듯 낮은 음성으로 서현이 말하자 성하의 손이 그녀를 놓아주었다. 그리고 한 번도 뒤돌아보지 않고 자신의 공간으로 사라져 버리는 그녀의 뒷모습을 지켜보며 성하는 깊게 숨을 내쉬었다. 머릿속이 혼란스러운 건 그 또한 마찬가지였다.

박형준만 떠나보내면 그녀를 차지하는 건 문제없다고 여겼고, 아픔을 지우려는 듯 회사 일에만 열중하며 경영자로서의 위치에 올라선 그녀 모습에 이젠 쉽게 손을 뻗을 수 있을 거라 생각했다. 그래서 어머니가 넌지시 꺼낸 결혼 이야기에 살을 보태 사업상 손해 볼 건 없다는 투로 서로 윈윈하자고 했던 건데…….

우선 아내로 들이면 된다는 욕심만으로 정작 그녀를 살피지 못한 스스로에게 화가 났다. 물론 그녀가 개인적인 상황은 절대 드러내지 않았기 때문이라는 핑계를 댈 수도 있겠지만 성하는 지금 진심으로 서현에게 미안함을 느끼고 있었다.

#6

서현은 오랫동안 외가 쪽의 자문 변호사로 유산 관리를 맡아온 이 변호사를 만나기 위해 법원 근처 사무실로 향했다. 엄마가 외가에서 물려받아 소유한 재산이 만만찮았지만 아빠는 공동 명의의 재산이 아닌 부분에 대해서는 일절 손을 대지 않았고, 엄마의 유언장에 그 모든 걸 서현에게 남긴다고 되어 있을 때도 법정상속인 배우자로서의 권리인 유류분 청구도 하지 않았다. 그래서 서현은 스무 살 성인이 되었을 때부터 매년 상당한 금액을 신탁에서 지급받고 있었고, 만 서른이 되는 내후년엔 건물과 대지 등의 부동산까지 상속받게 되어 있었다. 그리고 엄마가 왜 서른이라는 조건을 남겨놓았는지는 이제 곧 알게 될 것이다.

이렇듯 서현이 대학 시절 아빠의 용돈이나 재산 등을 포기하고 집을 나왔다 해도 금전적인 부분에서 힘들어질 리가 없었다. 하지

만 서현의 외가 쪽 재산 수준과 유산이 있다는 걸 모른 형준으로
선 그녀가 가난뱅이로 전락하면 어떡하나 전전긍긍했던 것이고,
서현은 사실 돈하고는 상관없이 그저 식구들과의 연을 끊고 싶었
던 것이다. 행여 그녀에게 최 회장의 재산이 조금이라도 더 갈까
봐 눈에 불을 켜고 견제하는 새엄마의 모습에 돈에 대한 환멸을
느끼게 되었고, 까짓 없어도 그만이라는 생각까지 했다.

　그러나 자신이 이룩한 사업의 일부를 서현이 맡아주길 바라고
있던 최 회장은 마음에 차지 않는 형준과의 만남을 반대했고, 어
르고 달래다가 결국은 으름장을 놓으며 엄마의 유산을 포기한다
는 각서까지 쓰라고 했었다.

　"돈 같은 거 필요 없어서 따로 나가겠다는 거라면 그 유산까지
도 포기할 각오는 했을 게 아니냐! 정말 엄마가 남기신 것까지 모
두 버리고 그 녀석과 살림이라도 차리겠다는 거야?"
　"제가 정말 그러겠다면요?"
　욱하는 마음에 지지 않고 대꾸하는 서현을 최 회장은 안타깝게
바라보았다.
　"고작 그런 녀석 때문에 네 엄마의 모든 걸 포기하겠다는 거야?
다시 한 번 생각해 봐. 정말 그 모든 걸 버리고 그 녀석과 행복
할 수 있겠는지! 정말 그 녀석을 사랑하는지를!"

　서현은 아무런 대답을 하지 못한 채 입술을 깨물 뿐이었다. 돈
같은 것 필요 없다고 소리쳤지만 돈이 아닌 엄마의 유산이라 생각

하면 그럴 수 없었다. 일부러 유언장까지 남기며 그녀를 위해 준비해 두신 재산을 남자 때문에, 그것도 진실로 사랑을 느껴서가 아닌 반항 심리로 만난 남자 때문에 포기하는 건 엄마의 뜻을 내치는 것이나 마찬가지였다. 그리고 그때 형준이 떠났다.

지금 와서 생각해 보면 차라리 잘된 일이었다. 포기할 게 아니라 당당히 내 것을 차지한 뒤 그곳에서 빠져나오고 싶었으니까.

이런 서현의 바람에 큰 도움을 준 이는 다름 아닌 성하였다. 그는 서현이 ㈜미림 산하에서 새로 만든 '오렌지 가든'이 성장할 수 있도록 영업망을 확장시켜 주고 때에 따라 한강그룹이라는 세를 사용할 수 있게 해주었다. 그리고 미리 언급한 대로 리조트를 건립할 서해안 요충지를 요구했기에 서현은 그의 영향력을 행사하는 데 아무런 부담감이 없었다.

하지만 그는 갑자기 그녀와의 결혼에 사업상의 거래는 상관없었다는 폭탄을 터뜨렸다. 그래 놓고 이유는 그녀가 알고 있는 그의 생각이라는 애매모호한 답을 던졌다. 게다가 정말 철없는 여자라 여겼다면 사업 파트너로 삼지 않았을 거란 말까지.

차에서 내려 문을 닫는 서현의 얼굴이 살짝 찌푸려졌다. 그의 말을 들은 지 열흘이 지났지만 그녀는 아직 그의 정확한 답을 해석해 내지 못하고 있었다. 사업과는 상관없는 결혼이었다. 하지만 사업 파트너로 그녀를 철없다 여기진 않는다?!

"도대체 뭘 어떻게 해석하라는 거야?"

현재 서현으로선 그가 뜻하는 바가 무엇인지 이해할 수가 없었고, 설마 하는 생각 따윈 아예 하지도 않았다. 솔직히 그날 이후 그가 어떤 식으로 행동할지 걱정 반, 두근거림 반인 심정으로 지켜봤지만 그는 일체 다른 말 없이 일정한 패턴으로 지내오고 있다. 남편으로서 요구를 하겠다고 하더니만 출근 전 아침 식사를 같이하자 청했고, 퇴근 시간이 지나면 간단히 문자로나마 자신의 귀가 시간을 알렸다. 그리고 그녀의 퇴근이 늦어진다 싶으면 언제쯤 들어올 것 같으냐는 문자를 날리기도 했다.

남남처럼 지내던 사람이 이리 나오니 서현은 혼란스러울 수밖에 없었고, 그가 다른 식의 접근을 하지는 않을까 조마조마한 심정도 있었다. 하지만 그는 필요 이상의 터치는 하지 않았고 굉장히 정중했다.

2층에 위치한 변호사 사무실로 가기 위해 계단을 오르며 서현은 낮은 한숨을 내쉬었다. 조마조마한 심정에는 '어쩌면?'이라는 흥분도 섞여 있었던 것이다. 날벼락처럼 갑자기 덮친 그와의 키스가 아직도 생생했기에 서현은 그가 자신의 팔을 한 번이라도 휙 당겨 안아주길 바라고 있었는지도 모른다. 지난번 위로하듯 가만히 감싸주던 그런 포옹이라도.

'하, 필요 이상으로 가까이 올까 봐 조심스러우면서도 은근히 바라는 거야? 쯧쯧, 이런 이중적인 마음이라니……'

콧잔등을 찡그리던 서현이 사무실 문을 막 열려는데 카톡 알림이 울렸다.

〈생일 추카추카~ 나이 먹어가는 거 서럽다고 혼자 훌쩍이지 말고 퇴근 후 술 생각나면 불러~ 대기 타고 있으매!!〉

은정의 메시지에 서현의 입술에 작은 미소가 번졌다. 분명 남편과는 오붓한 시간을 갖지 못할 테니 챙겨주고자 하는 은정의 마음이 전해지며 따뜻함이 느껴졌다.

〈오후에 안면도 내려갈 일이 생겼어. 다녀와서 연락할게~ 항상 고마워~〉

〈안면도? 그쪽에도 지점 내는 거야? 출장 다녀온 지 얼마나 됐다고 또? 피곤해서 어째. 미역국은 먹은 거지?〉

〈응. 출장은 아니고 잠시 다녀올 일이 있어서. 갔다 와서 보자. 내가 근사한 와인 바에서 생일 턱 낼게.〉

〈오케~ 니가 부르면 언제나 콜이야~ 조심히 잘 다녀와~〉

서현은 핸드폰을 가방에 넣으며 아침에 그와 함께 마주 앉아 먹은 미역국을 떠올렸다. 어머니께서 어제 퇴근 시간에 맞춰 기사를 통해 보내셨다며 그가 가져온 미역국이었다. 사골을 푹 고은 육수에 바지락 살과 꼬들꼬들한 질감이 살아 있는 탱탱한 미역을 넣고 끓인, 서현이 좋아하는 맛이었다. 어렸을 때부터 흐물흐물한 미역보다 귀가 달려 씹는 맛이 있는 미역으로 끓인 걸 좋아했다는 걸 기억하고 계신 어머니가 너무나 고마웠다. 무엇보다 엄마가 돌아가신 후론 새엄마가 아빠에게 보여주기 위해 끓여준 마른 새우만 달랑 넣은 밍밍한 미역국만 상에 올라왔기에 뭉클한 감정이 솟구치기도 했다.

"생일 축하해."

오늘 아침 직접 미역국을 데워 상차림을 해놓은 그가 건네는 축하 인사에 서현은 '고맙다'고 작게 웅얼거릴 뿐 그를 똑바로 바라보지도 못했다. 진심으로 고마움을 느끼면서도 그를 어떤 눈으로 바라봐야 할지 몰랐고, 괜히 콧잔등이 시큰해져 눈물을 보일 것만 같았다.

"변호사님 뵙고 나면 연락해."

"네."

그는 식사 도중 계속 대화를 원했지만 서현의 답은 짧기만 했다.

"아니면 어차피 휴가 낸 건데 내가 태워다 줄까? 뵙고 나서 바로 움직이려면 그편이 낫지 않을까?"

"아뇨, 혼자 가는 게 편해요."

"그래? 그럼 끝나고 연락해. 준비하고 있을 테니까."

"네."

보통 남자라면 참으로 정 떨어진다는 태도를 취할 만도 하건만, 그는 현관 앞까지 나와 조심히 다녀오라고 해주었다. 원만한 관계를 위해 애쓰는 게 분명해 보이는 그에게 이처럼 사무적인 반응만 보이는 자신이 한심스럽게 여겨지기까지 했다.

'한 번쯤은 그와 사업만이 아닌 다른 주제로 대화를 나눠보는 것도 괜찮지 않을까?'

그가 다가오는 만큼 거리를 벌리며 물러나려 했는데 이젠 그와 같은 시선으로 마주 보고 그녀 쪽에서도 간격을 좁혀보면 어떨까 하는 생각도 들었다. 어쩌면 이번 안면도 방문이 그들에겐 새로운 길을 제시해 주는 역할을 해줄 수도 있지 않을까 하는 기대감도.

"해가 갈수록 엄마를 닮아가는구나. 잘 지내고 있지?"

환갑이 넘었어도 넉넉한 풍채로 한결 젊어 보이는 이 변호사가 오랜만에 만나는 서현을 반갑게 맞아주었다.

"네. 변호사님도 너무 좋아 보이세요. 건강하시죠?"

"그럼. 우리 나이 되면 딴 건 필요 없고 건강 먼저 챙기거든. 시원한 걸로 마실 거지?"

이 변호사는 자리를 권하고 비서에게 차를 부탁한 뒤 책상 위에서 서류철 하나를 가져왔다. 그리곤 봉해진 편지봉투와 함께 유언장이라고 적힌 종이를 꺼냈다.

"음, 이건 말이다……."

서현에게 편지와 유언장을 보여주기 전에 이 변호사는 어떻게 말하는 게 좋을지 고르는 듯 잠시 뜸을 들였다. 그러자 서현이 편지봉투를 보며 조심스레 물었다.

"엄마 편지예요?"

"그래. 편지 내용이 뭔지는 나도 보지 못해서 모르겠구나. 이 유언장을 새로 작성할 때 내게 함께 보관해 달라고 주신 거거든. 그리고 이것들은……."

이 변호사는 또 한 번 뜸을 들이더니 안경을 밀어 올리며 차분히 말했다.

"네 엄마가 돌아가시기 일주일 전에 쓰신 것들이야."

순간 서현은 무슨 말인가 싶은 얼굴로 눈을 깜빡거렸다. 엄마가 돌아가신 건 빙판길 고속도로에서 당한 불의의 사고였다. 크리스마스를 맞아 화성에 위치한 보육 시설에 들렀다가 돌아오는 길에 당한……. 13중 추돌로 인해 사망자도 많이 발생한 사고로 돌아가신 건데…….

일주일 전에 쓰신 것이라니? 그럼 돌아가실 걸 미리 짐작이라도 했다는 건가?

서현의 표정에 담긴 의문에 이 변호사는 유언장을 먼저 펼치며 내밀었다.

"엄만 사고로 돌아가신 게 맞아. 다만 시기가 하필 맞물리게 된 것뿐. 어쩌면 이 유언장도 새로운 내용으로 변경될 수도 있었는데 갑자기 사고를 당하는 바람에…… 결국은 마지막 유언장이 되어 버린 거란다."

서현이 떨리는 손으로 받아 든 유언장엔 외조부께서 엄마에게 물려주신 안면도와 서산 부근의 땅, 종로에 있는 빌딩을 고스란히 서현에게 남긴다는 것 외에 조건 하나가 덧붙어 있었다. 그리고 그 부분을 읽는 서현의 얼굴이 점차 창백하게 변해갔다.

유산을 받게 될 만 서른이 될 때까지 꼭 결혼을 하고 아이를 가져야 한다는 조항이 첨부되어 있었고, 이는 스물아홉 살 생일에 공개하겠다는 내용이었다. 만약 그렇지 않았을 땐 동산을 제외한 모든 부동산은 엄마가 살아생전 후원해 오던 사회단체에 기부하게 될 거라 명시되어 있었다.

'어떻게, 어떻게 엄마가 이런 조건을? 왜?!'

이미 결혼은 한 상태지만 아이를 갖는다는 건 절대 혼자 할 수 있는 일이 아니기에 서현은 그 문구를 뚫어져라 보았다. 엄마는 서현이 이런 식의 결혼 생활을 할 거라고는 예상하지도 못하셨을 텐데 왜? 대체 무슨 이유로 이런 조건을 달게 된 건지 의문스러울 수밖에 없었다.

"네가 많이 당황스러울 거란 건 나도 이해해. 그런데 아직…… 아기는 갖지 않은 거니?"

결혼한 지 몇 개월이 지났으니 어쩌면 임신은 되지 않았나 싶어 물었는데 서현의 표정을 봐선 전혀 아닌 것 같았다.

"만 서른 살이니까 아직 2년이 남아 있잖니. 엄마도 그 정도의 기간이면 충분하겠다 싶으셨을 거야."

"……왜 그러셨을까요? 굳이 아이까지 가져야 한다니……. 변호사님께서 공증하셨으니 아시죠? 이걸 작성할 때 엄마는 대체 무슨 생각이셨던 거죠?"

"그 당시 엄마는 진지하셨단다. 혹 네가 커서 결혼 같은 거 하지 않겠다고 할까 봐 조금은 염려스럽다고 하셨으니까. 그래서 이런 유언장을 작성해 두면 어떨까 고민하셨던 것 같아. 또…… 네가 커가는 모습이나 상황을 봐서 변경하실 생각이셨고. 그런데 일이 그리될 줄은……."

서현은 두 눈을 질끈 감은 채 이를 악물었다. 엄마가 이걸 작성할 때 서현은 고작 열한 살이었다. 그런데 결혼하지 않을까 봐 걱정하셨다니, 대체 왜 그런 걱정을 미리부터.

"혹시 이 내용, 아빠도 아세요?"

"아니다. 이 유언장은 오늘 너한테 처음으로 공개하는 거야. 어차피 네 아버진 엄마의 재산에 대한 상속 권리를 요구하지 않았으니 상관없는 거고."

이 변호사는 서현의 창백하게 굳은 얼굴을 보며 아직 열어보지 않은 편지봉투를 건넸다.

"이걸 보면 엄마의 뜻을 알 수 있지 않을까?"

서현은 이 안에는 또 무슨 내용이 들어 있을지 겁이 났다. 게다가 돌아가신 엄마에게 받는 편지라는 것에 감정이 격해져 금방이라도 눈물을 쏟을 것만 같았다.

"저 이제 그만 가봐도 되죠? 편지는 가서 혼자 봐도……."

"그래, 편할 대로 하렴."

이 변호사는 서현의 손을 꼭 잡아주며 덧붙였다.

"내가 필요하면 언제든 찾아오렴."

"네, 고맙습니다."

서현은 고개를 숙여 보인 후 편지를 가지고 사무실을 나왔다. 괜히 울음이 터질 것 같아 서둘러 주차장으로 간 서현은 차에 탄 후 떨리는 손으로 봉투를 열었다.

—사랑하는 우리 딸!

갑작스레 건네받은 편지에 상당히 놀랐을 것 같은데, 어때?

이 편지를 네가 어떤 상황에서 읽게 될지는 아직 잘 모르겠어. 음, 지금 이걸 쓰고 있는 엄마의 바람은 아주아주 나중에 네가 어른이 된 뒤 널 아껴주고 사랑해 주는 멋진 남편과 너희 둘을 꼭 빼닮은 아이가 있는 상황이었으면 참 좋겠는데 말이야.

하지만 아직 미혼이라면 엄마 옆에서 읽으면서 잔뜩 눈을 흘기고 있겠지? 아무래도 엄만 자리를 피해 있어야 될 테고.

엄만 네가 서른이 되면 외할아버지가 남기신 모든 것을 증여하려고 전부터 생각하고 있었어. 혹시나 몰라 유언장도 미리 작성해 둔 상태이고. 근데 네가 서른이면 엄만 쉰여섯밖에 안 되는데 무슨 일이 생기기야 하겠니? 엄만 네가 아들딸 낳고 그 애들을 시집, 장가보내는 모습까지도 볼 거니까 이 재산은 유산이 아닌 사전 증여로 될 거야.

복잡한 세금 문제는 변호사님이 알아서 잘 처리해 주실 테니 그런 걱정은 말고, 본론으로 들어갈게~

증여를 위한 조건으로 엄마가 새로 추가해 넣은 문구 봤지? 그래, 맞아. 결혼과 아이!

왜 갑자기 이런 조건을 추가했냐고 묻고 싶겠지? 이걸 읽고 있을 때 시간이 아주 많이 지난 후라 네가 잘 기억이 안 날 수도 있지만, 며칠 전 네가 아기 낳을 때 아프다고 절대 결혼도 안 하고 아기도 안 낳을 거라고 한 말 때문이야. 물론 넌 어린 마음에 아픈 건 싫으니까 무조건 싫다고 한 걸 테지만 엄만 문득 이런 생각이 들었어. 네가 정말 커서도 독신을 주장하면 어떡하나 하는…….

사랑하는 사람과 함께하는 생활을 시작해 보지도 않는다면? 널 닮은 어여쁜 아기를 낳는 축복과도 같은 기쁨을 만끽하지 못한다면? 아무리 '난 행복해'라고 말한다 해도 그건 절대 채울 수 없는 공허한 행복일 뿐 가슴 가득 차오르는 충만함을 느끼지는 못할 거야. 남들 다 느끼는 그런 행복을 우리 딸이 경험하지 못한다? 그건 절대 안 될 말이지!

그래서 만 서른이 되기 2년 전에 이 조건을 공개한다면 네가 조금은 욕심을 내지 않을까 생각하게 된 거야. 물론 넌 이미 엄마가 원하는 조건을 모두 충족한 상태일 수도 있고. 맞지? 분명 그럴 거야. 엄마가 널 위해 최고로 멋진 남자들을 줄줄이 대령시켜 놓고 사윗감 고르기를 진즉 끝냈을 테니까. 호호호. 사실 점찍어 둔 1순위는 있단다. 너도 알고 있는 사람이지만 둘이 어떻게 될지 모르니 누군지는 밝히지 않을래.

근데 또 어쩌면? 내가 나서서 그 애랑 널 엮어주려고 할지도 모르니 둘이 이미 결혼해 있을 수도 있지 않을까? 그럼 완전 좋을 텐데~ 아, 이런 말 쓰면 안 되려나?

누가 사위가 되어 있을지 모르는데 이걸 보면 우리 사위 기분 나쁠 수도 있겠다. 증거 인멸을 위해 이 편지는 읽고 나서 꼭 불태워야 해~ 엄만 우리 사위랑 너무너무 사이좋게 잘 지내고 있을 거든. 호호~

지금 엄마 생각은 이렇지만 또 네가 중학교를 가고 고등학교를 가서 마음이 바뀌면 이 편지도, 증여 조건도 바뀔 수 있을 거야. 그러니 네가 이 편지를 읽게 될지 아니면 전혀 다른 새로운 편지를 읽게 될지는 모르는 일이지.

우리 딸!! 이젠 엄마가 무슨 마음으로 그런 조건을 추가해 넣은 건지 알겠지?

음~ 그러니까 우리 서현인 대학 졸업하구, 아빠 밑에서 회사 생활도 하며 이런저런 경험을 쌓은 후 스물일곱 정도에 결혼하면 참 좋을 것 같아. 너와 같은 걸 바라보고, 같은 꿈을 꾸는, 언제나 널 아끼고 사랑해 줄 평생의 동반자가 꼭 네 곁에 있기를 바랄게.

엄만 널 행복하게 만들어줄 수 있는 일이라면 뭐든 할 거야.

사랑해, 서현아~ 네가 내 딸로 태어나 준 게 너무나 기쁘고 고마워.

엄마랑 오래도록 행복하게 살자~ 알았지?

그리고…… 아기 낳을 때…… 쬐끔…… 아주 쬐끔 아파……. 근데 그 아팠던 게 으앙 하고 우는 소리가 들리면 감쪽같이 없어진단다. 신기하지? 엄만 지금껏 살아오며 가장 행복했던 순간을 꼽으라면 널 처음 만났을 때라고 주저 없이 말할 거야. 넌 내게 마법이고 기적이니까.

지금도 네가 자는 모습을 지켜보고 있는데 어쩜 이렇게 예쁜지~ 세상 어디에도 너처럼 사랑스러운 아이는 없을 거야.

사랑하구, 또 사랑하구, 언제나 사랑해~

199X. 12. 15 딸바보 엄마가.

후드득─!

눈물방울이 편지 위로 쏟아져 내렸다. 꺽꺽거리는 소리를 목 안으로 삼키던 서현은 결국 참지 못하고 울음을 터뜨렸다. 편지에 얼굴을 묻고 핸들에 머리를 기댄 채로 서현은 오열했다. 엄마를 떠나보내고 18년 만에 받아보는 자필 편지는 서현의 딱딱해져 있는 마음의 빗장을 한꺼번에 풀어내 버렸다.

"……어어엉! 엄마…… 엄마아……! 어엉…… 엄마아……!"

오랫동안 불러보지 못한 엄마라는 소리를 마구 내지르며 서현은 눈물을 쏟아냈다. 보고 싶었다. 미치도록 엄마가 그리웠다. 언제나 웃는 얼굴로 그녀의 말을 귀담아들어 주던 엄마, 말썽을 부렸을 때도 혼을 내다가 금방 안아주던 엄마. 더 이상 부르지 못할 엄마가 서현은 미치도록 보고 싶었다.

얼마나 시간이 지났을까? 서현은 빨갛게 부어오른 눈을 멀거니 뜬 채 아무런 미동도 없이 앉아 있었다. 눈물과 함께 기가 다 빠져나간 듯 손가락 하나 들어 올릴 힘이 없었다. 그렇게 초점 없는 시선으로 앞 유리창 너머를 바라보고 있는데 차 문이 벌컥 열렸다.

서현의 얼굴이 천천히 문을 연 사람에게 향해졌다. 오른손으로 차 윗부분을 잡고 허리를 숙여 그녀를 살피는 사람은 성하였다. 또렷하지 않은 멍한 눈빛으로 그를 올려다보는 서현을 본 성하의 표정이 차갑게 굳었다.

변호사와의 만남이 마무리되면 전화를 하기로 했는데 점심시간이 다 되어가도록 서현에게선 아무런 연락이 없었다. 시간이 늦어지는 듯해서 밖에서 점심을 먹고 출발하는 건 어떻겠냐고 물으려 성하가 먼저 연락을 취해보았지만 서현은 받질 않았다. 꺼놓은 상태도 아닌데 계속 신호만 가다가 전화를 받을 수 없다는 메시지만 흘러나오니 서서히 걱정이 되길 시작했다.

갑자기 다른 일이 생겼다면 간단하게나마 문자를 날릴 텐데 그런 것도 없었다. 그와 단둘이 떠나는 여행이 싫다 해서 이미 약속해 놓은 걸 아무런 말도 없이 펑크 낼 사람은 아니었다. 그래서 변호사 사무실로 연락을 취해보았고, 한 시간도 더 전에 나갔다는 말을 전해 들었다. 그런데 전화도 받질 않고 연락도 없다? 대체 그곳에서 무슨 일이 있었던 건지 확인할 생각으로 성하는 변호사 사무실을 찾았다. 주차장에 들어서자마자 서현의 차가 세워져 있는 걸 볼 수 있었다.

'진즉 나갔다더니 아직 여기 있었던 건가?'

성하는 살짝 찡그린 얼굴로 차에서 나와 주차장을 가로지르던 도중 서현이 차에 앉아 있는 걸 보게 되었다. 앞 유리창 너머로 보이는 운전석에 앉은 이는 연노랑 원피스를 입은 서현이 분명했다. 그런데 뭔가 조금 이상했다. 그가 가까이 다가가 차 앞에 서 있어도 그녀는 그를 보지 못한 듯 계속 그 상태로 가만히 앉아 있었다. 뒤쪽으로 물러나 있는 얼굴에 그늘이 져 자세히 보이지는 않았지만 눈동자가 앞을 향하고 있다는 건 알 수 있었다. 그런데 왜?

성하는 차 문을 열고 나서야 그녀의 얼굴 상태를 확인할 수 있었다. 얼마나 울었는지 퉁퉁 부어 있는 얼굴에 빨갛게 핏기가 올라 있는 눈자위, 그를 돌아보는 멍한 눈빛……. 성하의 심장이 쿵 하고 내려앉았다. 조심스런 손길로 그녀의 뺨을 감싸며 성하는 눈가에 남은 눈물자국을 엄지손가락으로 닦아냈다.

"무슨 일이야?"

걱정스레 울리는 그의 목소리에 서현은 오랫동안 숨이 막혀 있던 사람처럼 어깨를 크게 들썩이며 숨을 몰아쉬었다. 그러자 성하의 손이 그녀의 어깨를 잡으며 몸을 수그려 얼굴 높이를 맞췄다.

"최서현! 왜 그래?"

"……."

서현은 뺨에 놓인 그의 손을 치워내려 고개를 돌렸다. 하지만 성하의 완강한 손길을 떨쳐 낼 순 없었다.

"누구 다른 사람이라도 만난 거야? 대체 왜……."

"아뇨. 괜찮아요. 그냥……."

"괜찮은 얼굴이 아니잖아! 누가 이런 건데!"

그자가 누구건 가만두지 않겠다는 듯 성하의 목소리가 날카롭게 울렸다. 그때 서현의 눈에서 눈물 한 줄기가 또다시 주르륵 흘러내렸다. 순간 성하는 가슴이 저릿해짐과 동시에 분노가 차오르는 걸 느꼈다.

"변호사가 이상한 말이라도 해? 그자가 당신한테 허튼짓이라도 한 거야?"

"아뇨! 아뇨!"

서현은 고개를 저으며 두 손에 얼굴을 묻었다. 그만큼 쏟아냈으니 더 이상 나올 것이 없을 줄 알았는데 다시 둑이 터진 듯 자꾸만 눈물이 났다.

"잠시…… 잠시만요……."

고개를 돌린 채 중얼거리며 눈물을 닦아내는 그녀를 보는 성하의 입술이 꾹 다물어졌다. 가늘게 떨리는 어깨가 그의 손 아래로 느껴졌다. 차 밖에서 무릎을 구부린 채 있는 그는 차 안에 앉은 그녀를 감싸줄 수도 없었다. 그렇다고 이대로 쳐다보고만 있을 수도 없기에 성하는 서현의 목 뒤로 팔을 두르고 다리 아래쪽으로 다른 손을 쑥 집어넣어 안아 들 자세를 취했다. 그러자 서현이 깜짝 놀라며 휙 고개를 돌려 그를 보았다.

"뭐 하는……!"

"당신을 끄집어 내릴 순 없으니 이럴 수밖에."

그가 팔에 힘을 주며 당기자 서현이 손을 뻗어 그를 밀어냈다.

"그만! 내가 내릴 테니 그만둬요!"

눈물로 얼룩진 얼굴에 홍조까지 피어나는 것 같아 서현은 그의 손을 치워내며 고개를 숙였다. 조수석에 놓인 가방을 챙기며 서현은 눈물에 젖어 있는 편지를 안쪽으로 집어넣었다. 엄마의 마지막 편지를 이렇게 만들다니……. 꾸깃꾸깃해지고 군데군데 얼룩이 졌지만 다행히 볼펜으로 쓴 거라 많이 번지지는 않았다.

서현은 차에서 내려 그 앞에 서며 살짝 미간을 찡그렸다. 그렇게 울어댔으니 머리가 무거울 만도 했다. 잠시 비틀거리기까지 했는지 성하의 손이 양팔을 잡았다.

"괜찮아?"

"잠깐 어지러웠을 뿐이에요."

서현은 괜찮다는 듯 그의 팔을 치워내려 했지만 역시나 그는 놓아주질 않았다. 단단한 힘으로 받친 것 같은 느낌이 싫진 않았기에 서현은 필요 없는 몸짓은 그만두었다. 20㎝는 차이 나는 그를 올려다보려는데 부어오른 눈두덩이 제대로 올라가질 않아 턱을 좀 더 치켜들었다. 얼굴 상태가 엉망일 테지만 신경 쓰고 싶지 않았다.

"여긴 어떻게 왔어요?"

"전화를 받지 않아서."

"아……."

서현은 은정과 카톡을 나누고는 이 변호사를 만나기 전 진동으로 바꿔둔 게 생각났다.

"우느라 못 들었나 봐요."

어깨를 으쓱하며 아무렇지 않게 답하는 서현을 성하의 짙은 눈동자가 응시했다.

왜냐고, 무엇 때문에 그리 운 것이냐고 묻고 싶었지만 행여 서현이 또 눈물을 보일까 봐 물을 수가 없었다. 예전에도 그랬지만 서현의 우는 모습은 그를 무력하게 만들었다. 심장엔 저릿저릿한 통증이 느껴졌고, 어떻게 해줘야 좋을지 모르는 자신에게 화가 나기도 했다. 지금 역시 서현의 얼굴은 그를 그렇게 만들고 있었다.

"엄마 편지를 받았어요."

마치 그의 마음을 눈치챈 것처럼 서현은 순순히 답을 내놓았다. 그리고 그의 눈썹이 휙 치켜 올라가는 걸 보고 고개를 끄덕거렸다.

"오래전에, 돌아가시기 전에 써두신 거래요. 오늘 변호사님을 뵌 건 그 때문이었어요. 그러니까 엄마 유산은 별문제 없이 예정대로 상속받을 수 있을 거예요."

그 말에 이번엔 성하의 얼굴이 찌푸려졌다.

"지금 내가 당신이 그 땅을 못 받게 될까 봐 걱정하는 걸로 보이나?"

"내가 운 이유는 엄마 편지 때문이었다는 말을 하는 거예요. 그리고 그 땅은 당신보다 내게 더 중요해요. 이제 와서 당신이 그 땅은 있든 없든 별 상관없단 식으로 말해도 난 꼭 그것들을 받아낼 거예요."

왠지 모르게 서현의 목소리에 강한 기운이 서려 있자 성하의 머리가 약간 기울어졌다.

"예정대로 상속받게 될 거라 한 것 같은데?"

"무, 물론이에요!"

"근데 왜 꼭 받아내야 되는 것처럼 말하지?"

"그런 적 없어요."

서현은 빨갛게 달아오른 얼굴을 감추려 시선을 내렸다. 아기……. 아기를 가져야 유산을 받을 수 있고, 그걸 받아야 아빠의 그늘에서 조금이라도 더 빨리 벗어날 수 있다. 그러려면 다른 누구도 아닌 바로 이 남자가 필요했다. 하지만 그런 조건이 붙었으니 아기를 가져야겠어요, 라는 말을 할 수는 없었다. 그럴 바엔 차라리……. 서현은 두 눈을 질끈 한 번 감았다 뜨며 다시 그를 보았다.

"이제 그만 가요. 더 늦기 전에 출발해야죠."

눈물을 잔뜩 흘린 얼굴로 하는 말치고는 상당히 비장함이 느껴지는 말투다.

"정말 괜찮은 거야?"

성하는 다시금 묻지 않을 수 없었다. 서현이 어린 시절 엄마와의 사이가 각별했다는 걸 알고 있는 만큼 갑작스럽게 편지를 받고 감정이 격해져 눈물을 흘린 건 충분히 이해가 되었다. 하지만 그를 바라보는 서현의 표정에선 긴장감과 더불어 왠지 모를 도전적인 느낌이 전해진 것이다.

"이젠 진정됐으니까 걱정하지 말아요. 어차피 집에 들러야 하는데 괜한 걸음을 했네요."

"거실에 둔 당신 트렁크는 내가 챙겨뒀어. 어차피 내 차로 움직이면 되니까. 당신 차는 따로 사람을 불러 갖다 두라 하면 될 거야."

"……그럼 그렇게 해요."

성하는 그녀가 혹시 각자 따로 움직이고 목적지에서 만나자고
는 하지 않을까 싶었는데 순순히 그의 말에 따르는 게 조금은 의
외였다.

"먼저 식사부터 하지."

"그냥 샌드위치랑 커피로 하면 안 될까요? 이 얼굴로 어디 들어
가고 싶진 않은데……. 당신이 사오는 동안 세수라도 좀 하고 있
을게요."

서현이 부은 눈두덩이 불편한지 손끝으로 만지작거리자 성하가
그러지 말라는 듯 손을 잡아 내리고는 재킷 주머니에서 차 키를
꺼내주었다.

"차에 타고 있어. 금방 사올게."

가지런히 뒤로 묶인 그녀의 머리칼을 한 번 쓰윽 쓸어준 뒤 성
하는 먼저 주차장을 빠져나갔다. 그의 다정한 손짓과 말투에 서현
은 가슴이 두근거림을 느끼며 그의 차 키를 꼭 쥐었다. 오늘 밤 그
가 조금만, 아주 조금이라도 다가와 준다면 그녀 역시 물러서지
않겠다고 마음먹었다. 생리 주기가 한 달에서 한 달 반으로 규칙
적인 편은 아니지만 지난 출장 때 했으니 어쩌면 지금이 배란기일
수도 있었다. 그러니 그가 조금이라도 손을 내밀어준다면 기꺼이
그 손을 잡을 터였다.

'어디까지나 엄마의 유언을 위해서……. 이건 분명 내 의무니
까…….'

하지만 그리 생각하는 서현의 심장은 점차 더 거세게 두근거리기 시작했고, 묘한 흥분감에 살며시 몸이 떨리기까지 했다.

차를 출발시키기 전 그는 일부러 준비해 둔 록발라드가 담긴 USB를 연결하려다 말고 그녀에게 먼저 물었다.

"좋아하는 노래라고 괜히 또 감격해서 눈물이 날 것 같으면 말해."

"더 울 일 없으니까 그냥 틀죠?"

그는 분위기를 부드럽게 할 목적으로 연한 미소를 지어 보였지만 서현은 살짝 눈을 흘기며 제어창에서 USB를 선택해 직접 눌렀다. 어쨌든 오랜 시간 함께 차를 타고 갈 걸 대비해 이런 부분까지 신경 써준 그가 고맙긴 했다. 굳이 대화를 나누지 않아도 차 안에 흐르는 강렬하면서도 따뜻함이 실린 음악에 기대어 두어 시간을 보내고 나자 어느덧 목적지에 도착해 있었다.

출발 전 차가운 물로 세수를 하고 가볍게 화장을 한 서현의 얼굴도 이젠 평상시처럼 생기 있는 상태로 돌아왔고, 그녀를 걱정하던 성하 역시 한결 편안해진 모습이다. 안면도는 막바지 휴가를 보내는 사람들로 붐볐지만 그들은 복잡한 곳을 유유히 빠져나와 바닷가를 한눈에 내려다볼 수 있는 언덕배기로 들어섰다.

차에서 내린 두 사람은 탁 트인 바다 풍경에 가슴 가득 시원함이 몰려오자 절로 미소를 그렸다. 그들이 선 곳은 야트막한 야산과 이어진 꽤 넓은 곳으로 아래쪽엔 현지인들이 땅을 빌려 밭을 일구어놓은 상태였다.

"좋군."

성하는 간단히 말하며 서현의 손을 잡고는 걸음을 옮겼다. 손에 잡힌 서현의 손이 잠시 움츠러들며 망설이는 듯하더니 가만히 손 끝을 접어 그의 손을 잡는다. 그동안 그에게 일정 거리를 유지하던 그녀와는 확연히 다른 모습이다. 지금은 이 정도만으로도 충분했다.

30여 분 동안 주변을 돌아보던 그들은 바닷가 쪽으로 내려갔다. 해수욕을 하기 좋은 해안과 밀접해 있다는 것도 리조트를 건립하는 데 큰 이점이라 생각하며 서현은 그를 힐끗 올려다보았다.

여전히 그에게 잡힌 손으로만 신경이 집중되는 걸 분산시키기 위해서라도 서현은 대화의 필요성을 느끼고 있는데 그는 조용했다. 다른 땐 그가 먼저 사업에 관한 얘기를 척척 꺼내더니만 오늘은 꿀 먹은 벙어리처럼 아무런 말도 없는 게 서현으로선 자꾸 눈치를 보게 되었다. 그들이 침묵 속에서도 편안함을 느낄 정도로 친근한 커플도 아니건만, 그는 지금 이대로 손을 마주 잡고 거니는 게 아주 만족스러운 듯 보였다.

"둘러보니 어때요? 리조트 건립에 적절한 것 같아요?"

서현이 불쑥 말을 꺼내자 성하가 그녀를 보았다.

"당신 생각은?"

"그쪽 방면으론 난 잘 모르잖아요. 전문가적 견해에서 봤을 때 이곳에 대단위 휴양지를 건립하는 거 어떻게 생각해요? 메리트가 있을까요?"

"나쁘진 않아. 서해안 낙조의 아름다움은 1년 내내 사람들을 몰려들게 만드니까. 위치상으로도 산을 등지고 바다를 바로 바라볼 수 있게 되어 있어서 더없이 좋은 조건이라 할 수 있고, 칭다오나 상하이에서도 배를 타고 올 수 있을 만한 곳이니 해운 쪽과 잘 연계해서 상품을 만드는 것도 괜찮을 거야."

그의 설명에 서현의 눈동자가 반짝 빛을 발했다. 그의 말대로라면 중국 관광객들 유치까지 쉽게 할 수 있을 테니 금방이라도 대박이 날 것 같았다. 그녀 역시 대지를 제공하며 투자자로서 지분을 확보할 것이기 때문에 그가 건립할 리조트가 진심으로 성공하길 바랐다.

"그럼 추진하는 거죠?"

성하는 그녀를 잠시 바라보다가 천천히 입을 열었다.

"혹시 어머니 편지에 다른 조건은 없었나?"

순간 흠칫 놀란 서현의 미간에 깊은 골이 파였다.

"……무슨 조건이요?"

"외조부께서 물려주신 땅이랬잖아. 이미 정해진 유산이었는데 오늘 별도로 공개할 게 있다는 건 뭔가 조건이 있어서가 아닐까 싶거든. 혹시 어머니께서 이곳이 어떤 특별한 용도로 사용되길 바라셔서 편지를 남기신 거라면 그에 따라야 하지 않을까?"

그에게 엄마가 내건 조건을 알리고 싶지 않은 서현은 내심 안도하며 서둘러 고개를 저어 보였다.

"아뇨! 아니에요. 그런 말씀은 전혀 없었어요."

"그래?"

"네! 엄마 편진 그냥 타임캡슐 같은 거였어요. 미래의 내게 엄마가 하고 싶었던 말씀을 남기신 것뿐……."

서현은 잠시 말을 멈추고 심호흡을 한 뒤 말을 이었다.

"이 땅의 용도에 대한 언급은 없으셨어요."

"그럼 당신 생각은? 이곳에 리조트가 세워져도 괜찮겠어? 토목 공사를 하게 되면 주변이 많이 바뀌게 될 텐데."

그의 표정은 진지했다. 결혼할 때의 거래 조건이기도 했고 사업가로서 욕심을 낼 법도 하건만 예의상이 아닌 진심으로 그녀의 의견을 묻고 있었다. 마치 당신이 원치 않는다면 하지 않을 거라는 듯. 서현은 그의 눈빛에 담긴 뜻에 가슴이 뭉클해짐을 느꼈다. 요즘 들어 그의 다정함이 그녀를 혼란스럽게 만들기도 했지만 지금은 혼란스러움보다 따뜻함이 더했다. 그 자신보다 그녀를 먼저 생각해 주고 있다는 게 고스란히 전해져 온 것이다.

그가 다가오는 것을 피하지 않겠다며, 이는 엄마의 조건을 성립시키기 위함이다, 일종의 의무로 여기면 된다고 애써 되뇌면서 여태껏 손을 잡고 있었지만 실은 아니었나 보다. 그녀 스스로 편하기 위해 그리 생각하려 했을 뿐, 그가 가까이 다가와 주길 은연중에 바라고 있었던 것 같다. 그리고 지금 그의 진정성 깃든 눈빛이 그녀의 마음을 두드렸고, 서현은 있는 그대로 받아들이고 싶었다.

"어차피 나대지로 노는 땅인데요, 뭘. 리조트가 건립되면 고용효과도 크고 지금보다 더 관광 특수를 누릴 수 있을 테니 이곳에서도 반길 거예요. 물론 외할아버지와 엄마도 만족하실 거고요."

서현의 뺨에 물든 연한 홍조와 살짝 미소 띤 입술이 그의 시선을 사로잡았다. 저 입술에 닿으면 달콤한 향내가 입안을 가득 메

우리란 걸 알고 있지만 주위에 보는 눈이 너무 많았다. 거기다 아직 어린 아이들까지 그들 곁을 뛰어다니고 있으니 여기에서 서현의 입술을 맛볼 수는 없는 노릇이었다. 성하는 아쉬운 마음을 그녀의 손을 더욱 꽉 쥐는 걸로 달래며 서둘러 걸음을 옮겼다.

"시장하지 않아? 샌드위치만 먹어서인지 배가 고프군."

"아, 그래요? 그럼 어디로……."

"당신이 먹고 싶은 건?"

성하는 차가 있는 곳까지 빠른 걸음을 옮기며 물었다.

"그냥 아무거나……. 특별히 가리는 건 없으니까요."

"음……."

그는 뭘 먹을지 생각하는 것처럼 별다른 말 없이 한참 동안 그녀를 이끌기만 했다. 차가 세워둔 곳에 거의 다다를 때까지 그가 딱히 결정을 내리지 못하자 서현이 물었다.

"아까 보니까 조개구이 집 많던데, 조개구이 어때요?"

"그건 조금 있다가……."

성하는 살짝 눈살을 찡그리는가 싶더니 차 근처에서 우뚝 멈춰 섰다. 그러더니 서현이 왜 그러냐고 묻기도 전에 갑자기 그녀의 손을 휙 당기며 마주 보도록 돌려세웠다. 놀란 서현의 눈이 동그랗게 커지며 그를 쳐다볼 때 그의 손이 그녀의 목덜미를 움켜쥠과 동시에 머리가 내려앉았다. 불시에 다가온 그의 입술에 서현은 뻣뻣이 굳어지고 말았다. 하지만 굶주린 사람처럼 그녀의 입술을 빨아들이며 갈구하는 그의 키스에 서현은 두 눈을 감으며 그의 어깨를 움켜쥐었다. 지난번 첫 키스처럼 지금 역시 창졸간에 당한 것이라 할 수 있지만 그때와는 또 다른 느낌이었다.

어쩌면 서현도 바라고 있던 걸까? 입술을 벌려 그의 혀를 받아들이는 그녀의 움직임도 점차 격렬해지고 있었다. 치아가 맞부딪치고 서로의 혀를 핥고 빨아들이는 그들의 입맞춤은 호흡이 가빠질 때까지 이어졌다. 어느덧 서현의 두 팔은 그의 목을 휘어 감았고, 성하의 두 손은 그녀의 등과 허리에 이어 엉덩이까지 제 것인 양 쓸며 바싹 안고 있다. 밀착된 두 사람의 몸은 이미 서로를 소유하기 위한 만반의 준비를 끝마친 듯 팽팽히 흥분된 상태였고, 빈틈없이 맞물린 입술 사이론 거친 숨소리와 함께 나른한 신음까지 섞여 흘러나왔다.

"으음……."

서현의 입가로 새어 나오는 신음에 성하의 입술이 살짝 떨어졌다. 하지만 이내 그녀의 열린 입술에 다가들어 자잘한 키스를 선사했고, 허리를 더욱 당겨 안으며 턱 아래 목덜미까지 점령해 나갔다. 그에게 매달려 뒤로 바짝 허리를 휜 채 그를 받아들이던 서현은 원피스 자락을 치켜들며 허벅지 안으로 들어온 그의 손에 깜짝 놀라 몸을 곧추세우고 말았다.

그녀의 반응에 그의 움직임도 멈췄고, 쇄골 부근을 훑던 입술을 천천히 떼고 고개를 들었다. 욕망의 파도에 휩쓸린 듯 짙어진 그의 눈동자는 그녀에게 간곡하게 요구하고 있었다. 서현은 떨리는 손을 들어 그의 뺨을 감싸며 나직하게 속삭였다.

"……다, 다른 곳으로…… 가요……."

사유지에 주차해 둔 탓에 주위엔 사람들의 모습이 보이질 않았으나 이런 오픈된 공간에서 그와 첫 관계를 맺고 싶진 않았다. 그런 서현의 뜻을 알아차린 성하는 자신의 뺨에 놓인 그녀의 손바닥에 깊게 입술을 누른 뒤 그 손을 잡고 차를 돌아 조수석에 그녀를 먼저 태웠다. 곧바로 운전석에 앉은 그는 꽤나 거친 동작으로 핸들을 조작하며 그곳을 빠져나온 뒤 어디론가 빠르게 질주했다.

#7

　약 10여 분을 남쪽으로 내려온 그는 테라코타 기와가 얹어진 새하얀 외벽의 지중해풍 건물이 보이는 곳으로 들어가더니 한쪽에 차를 세웠다. 이곳이 어디인지 물을 겨를도 없이 서현은 그에게 손을 잡힌 채 차에서 내렸고, 푸릇푸릇하게 잘 꾸며진 정원을 제대로 보지도 못하고 순식간에 현관문 안으로 들어가게 되었다.

　안쪽으로 비스듬히 벽난로가 설치된 게 얼핏 보이는가 싶더니 서현은 그의 손에 이끌려 모든 가구와 장식품이 깔끔히 정리된 거실로 들어섰다. 잠깐 보인 벽난로나 주변 벽에 걸린 화려한 색감의 그림, 홈시어터 시스템이 완벽히 장착된 TV 세트와 갖가지 소품이 들어차 있는 유리 장식장, 아이보리색의 널찍한 카우치, 그리고 바깥으로 통하는 커다란 창을 절반 정도 가린 채 하늘거리는 레이스 커튼 등 전체적으로 푸근함을 전해주는 분위기에 서현이 감탄 섞인 소리를 나직이 내뱉을 때 그녀의 입술은 그의 입술에 덮였다.

부드럽게 그녀를 빨아들이는 혀와 입술의 움직임에 서현은 또다시 나른한 흥분이 온몸으로 퍼지는 걸 느꼈다. 치열을 훑고 입천장을 간질였다가 그녀의 혀를 휘어 감는 달콤한 키스가 쉼 없이 이어지며 서현의 모든 감각 세포들을 일깨워 갔다. 조금의 망설임 없이 서현도 그의 입술을 빨고 혀를 내밀어 그의 입안으로 들어갔고, 두 손으로 목을 감싸며 매달렸다.

그가 선사하는 감미로움에 취한 듯 정신없이 키스에 열중하던 그녀는 등 뒤의 원피스 지퍼가 천천히 내려가는 것도 의식하지 못했다. 뒷목덜미를 부드럽게 쓸다가 둥근 어깨를 어루만지던 그의 손이 척추를 타고 내리듯 등줄기에 닿았다.

"하아…… 으음……."

맨살에 닿는 그의 손끝이 서현을 전율케 하며 탄식과도 같은 신음을 흘리게 만들었다. 성하는 그녀의 등 중간을 가로막고 있는 브래지어 끈 주변을 배회하다가 고리를 툭 하고 끌렀다.

"헉……."

서현의 눈동자가 불안한 듯 흔들리며 그를 보았다.

"쉬이……."

성하는 그녀의 입술 위에서 속삭이며 어깨에 걸린 원피스와 브래지어 끈을 양옆으로 벌렸다. 반사적으로 서현의 어깨가 움츠러들었고, 아직 팔에 걸려 가슴을 가려주는 원피스가 더 내려가지 못하게 하려는 듯 한 손으로 움켜잡았다. 하지만 그의 입술이 턱선을 지나 목을 따라 아래로 향하자 서현은 입술을 깨물며 스스로를 지탱하기 위해 그의 어깨를 잡았다.

쇄골을 혀로 간질이며 좀 더 아래쪽으로 입술을 내린 그는 한 손으로는 그녀의 허리를 받치고 다른 손으로는 서현의 한쪽 팔을 내려 원피스가 흘러내리도록 만들었다. 유혹하듯 한쪽 젖가슴만 그에게 모습을 드러내자 성하가 깊게 숨을 들이쉬었다. 어찌할 바를 몰라 서현은 거칠게 숨을 몰아쉬었고, 그에 따라 적당하게 부풀어 오른 젖가슴도 살짝 출렁였다. 그 무엇보다도 아름다웠고 짙은 핑크빛으로 물든 정점은 너무도 매혹적이었다.

성하의 엄지손가락이 흥분으로 빳빳해진 정점을 건드리자 서현이 움찔 떨었다. 그리고 젖무덤이 시작되는 곳부터 그의 입술과 혀가 중심을 찾아 여행하듯 천천히 손가락이 닿은 곳으로 향해 갔다. 어느 순간 그의 입술이 유두를 가만히 깨물고 혀끝으로 굴리자 서현은 참지 못하고 몸을 뒤틀었다.

"자, 잠깐⋯⋯. 난⋯⋯ 하아⋯⋯."

가슴이 들썩일 정도로 숨을 내쉬던 서현이 머리를 저으며 두 팔로 그를 꽉 끌어안으려 했다.

"가만⋯⋯. 당신을 보고 싶어."

성하는 다른 팔에 걸려 있는 원피스를 모두 바닥으로 흘러내리게 만들고는 서현을 찬찬히 바라보았다. 얇은 흰색 팬티만 걸친 채로 그 앞에 서게 됐지만 서현은 두 팔로 가슴을 가릴 생각도 하지 못했다. 자신을 바라보는 그의 따뜻하고 감탄 어린 시선에 짜릿한 전율이 느껴졌다.

성하는 빨갛게 달아오른 긴장된 얼굴로 자신을 바라보는 서현의 빰을 어루만지고 입술을 겹치며 속삭였다.

"너무나 아름다워……."

성하는 서현을 삼킬 듯 격렬하게 키스를 하며 한쪽 가슴을 손으로 감쌌다. 커다란 그의 손에 딱 맞게 들어차는 말랑거리는 감촉이 그를 점점 격하게 만드는 것만 같았다. 그녀의 모든 걸 맛보고 소유하고 싶다는 강한 열망이 그를 휘어 감았다. 그를 향해 고개를 쳐든 유두를 손가락 사이에 넣고 살짝 비틀었다가 다시 손바닥으로 굴리며 희롱하던 그는 단번에 머리를 숙여 입안으로 머금었다.

"하악……. 아아……."

서현의 신음 소리가 그를 더욱 자극했다. 핑크빛 열매를 깊게 빨아들이며 그는 다른 쪽 가슴을 손으로 쥐었다. 온몸에 힘이 빠져 축 늘어지려는 서현을 그는 조금씩 뒤로 물러나게 해 벽에 등이 닿게끔 만들었다.

다리는 여전히 후들거렸지만 벽에 기대져서 그런지 서현은 주저앉지 않고 그의 어깨를 잡고 서 있을 수 있었다. 단 한 번도 다른 이에게 허락하지 않은 가슴을 고스란히 그에게 내준 채 서현은 아찔한 감각의 파도에 몸을 맡겼다.

그녀의 가슴에 얼굴을 묻고 마음껏 열매를 맛보던 그가 또다시 아래쪽으로 여행을 시도했다. 땀에 젖은 납작한 배를 혀끝으로 훑고 입술을 누르며 배꼽 부근에 이르더니 부드러운 곡선의 허리를 어루만지던 손을 팬티 끝에 걸었다. 서현의 모든 신경이 그를 받아들이고 싶어 하는 한곳으로 쏠렸고, 심장박동이 크게 울렸다. 하지만 그는 그녀를 애태우듯 팬티 위 도톰한 부분을 손으로 문지를 뿐

더 이상의 접근은 하지 않았다.

'갖고 싶어……. 그를 갖고 싶어…….'

서현은 엉덩이를 움직거리며 그의 손이 좀 더 깊은 곳으로 향하길 바랐다. 그녀의 대담한 몸짓 때문인지 성하는 숨을 몰아쉬더니 팬티 안으로 손을 넣으며 몸을 일으켰다. 열망에 들떠 촉촉해진 그녀의 눈동자가 그를 바라보고 있다. 그에게 모든 것을 허락한다는 눈빛이 그를 향했고, 두 손이 그의 머리를 감싸며 끌어당겼다.

"아아……."

두 사람의 입에서 똑같은 신음이 흘러나오며 입술이 겹쳐졌다. 서로를 탐하는 키스가 이어지는가 싶더니 성하의 손이 서현의 검은 수풀을 가만히 헤치며 중심을 찾아들었다.

"으읏……."

그의 입안에서 서현은 거친 숨을 몰아쉬었고, 더욱 꽉 그를 끌어안았다. 그의 손이 이미 젖어 있는 그녀의 꽃잎을 부드럽게 매만지다 살짝 벌린 후 가운데 돌기를 찾아 가운데 손가락으로 톡 하고 건들었다.

"허억!"

반사적으로 서현의 허리가 휘며 번쩍 고개를 치켜들었다. 그의 간단한 손동작만으로도 서현은 머릿속을 관통하는 찌릿함에 몸을 떨어야 했다.

"쉬이……. 괜찮아……."

성하는 서현의 반응에 점점 몸이 달아오름을 느꼈지만 그녀에게 좀 더 만족감을 선사하고 싶다는 욕심도 들었다. 아무런 거부

감 없이 그의 손길에 따라 반응하고 달뜬 신음을 내뱉는 그녀의 모습만으로도 성하는 기분이 좋았다. 이제야 그녀가 자신을 있는 그대로 마주하고 남편으로 바라봐 준다는 생각에 행복해지는 듯했고, 이 순간을 오래도록 유지하고 싶었다.

성하는 서현의 목덜미에서부터 예민한 곳을 찾아 혀를 훑어 내려가며 허벅지로 그녀의 다리 사이를 좀 더 벌렸다. 손끝에 와 닿는 뜨겁고 촉촉한 기운이 그의 전신으로 퍼져 갔지만 그는 멈추지 않고 점점 부풀어 오르는 돌기를 문지르며 한 번씩 꽃잎 사이로 침입을 시도했다.

"으으음! 아흑……!"

참을 수 없는 듯 허리를 뒤채며 서현이 그에게 매달리자 성하는 그녀를 번쩍 안아 올렸다.

뜨겁게 달아오른 그곳에서 그의 손이 떨어져 나가자 서현은 잠시나마 숨을 고를 시간을 번 것처럼 그의 어깨에 머리를 기대었다.

"하아, 하아……."

성하는 그 무엇보다 사랑스러운 존재라는 듯 그녀를 바싹 안으며 정수리에 입술을 눌렀다. 그러자 서현이 고개를 들었고, 성하는 붉게 물든 그녀의 입술을 머금었다.

"소파에서 괜찮겠어?"

그가 서현의 입술 위에서 나직이 묻자 그녀의 머리가 희미하게 끄덕여졌다. 그는 서현을 조금 떨어진 곳에 위치한 카우치로 데려가 조심스레 그 위에 뉘었다. 가죽의 차가운 느낌이 맨살에 닿자 바르르 몸이 떨려왔다.

"추워?"

"아뇨……."

서현이 고개를 저었지만 그는 어딘가로 들어가더니 두툼하고 커다란 비치 타월을 가져와 깔아주었다.

"땀이 나면 아무래도 불편할 거야."

그는 서현이 비스듬히 기대어 앉자 그녀 다리 양옆으로 무릎을 굽히며 다가앉았다.

"당신이 얼마나 예쁜지 말했던가?"

"……글쎄요."

서현은 그의 입술이 턱과 볼에 닿는 걸 느끼며 나른한 미소를 지었다. 행복한 기분……. 그의 달콤한 키스와 부드럽게 어루만지는 손길 하나하나가 그녀를 배려하고 있다는 게 느껴져서일까? 환한 햇살이 비춰드는 곳에서 팬티 한 장만 달랑 걸친 채이지만 하나도 부끄럽지가 않았다.

"그럼 몇 번이고 말하지……."

그는 서현의 귓불을 입술로 잘근잘근 씹었다가 뜨거운 숨결과 함께 속삭였다.

"어느 누구보다……."

그의 손이 그녀의 가슴 언저리를 배회하며 핑크빛 열매를 살짝살짝 돌렸다.

"으으음……."

"아름답고……."

성하는 다시금 서현의 입술로 옮겨와 혀로 윤곽을 따라 그리다가 슬그머니 안으로 들어와 단번에 그녀의 혀를 낚아채 빨아들인 후 쪽 소리가 나도록 입술을 부딪쳤다.

"아름다운 여인이야……."

그는 서현의 이마와 콧잔등에 자잘한 키스를 뿌리며 말을 이어 갔다.

"여기……."

그리고 다시 눈두덩으로 올라 부드럽게 입술을 눌렀다.

"여기……."

"아아……."

서현이 탄식과도 같은 숨소리를 내자 그의 입매가 미소로 늘어지는 게 느껴졌다.

"그리고 여기도……."

손으로 매만지던 젖가슴으로 입술을 내린 그는 혀끝으로 유두를 핥고 굴리며 그녀의 허리를 바싹 당겨 뒤로 휘도록 했다. 그를 향해 솟은 가슴을 입안 가득 머금고 빨며 성하는 그녀의 매끄러운 등과 허리를 어루만졌다. 그리곤 엉덩이 아래로 손을 미끄러뜨리며 팬티를 조금 내렸다. 무언가를 갈망하듯 그녀의 숨결이 점차 거칠어지더니 팬티가 쉽게 벗겨지도록 엉덩이를 살짝 들어 올린다. 마지막 남은 한 장마저 그녀의 몸에서 떨어져 나가자 서현은 반사적으로 다리를 움츠렸다. 그러자 그의 손이 다가와 검은 수풀이 시작되는 곳에서부터 아래로 부드럽게 쓸어내리며 그녀의 허벅지에 실린 긴장을 풀게 했다.

"또 여기도…… 아름다워……."

그는 서현의 귓가에 속삭이며 아까처럼 젖어드는 꽃잎을 약간 벌려 작은 돌기를 찾아내었다.

"흐읏!"

서현의 허리가 더욱 뒤로 휘었고, 두 손을 뻗어 그의 셔츠 자락을 움켜쥐었다. 촉촉하게 부풀어 올라 그를 유혹하는 그녀를 문지르며 성하는 자신도 더 이상은 참을 수 없음을 느꼈다.

"당신이 벗겨줘……."

나직하게 속삭이는 그의 음성에 서현의 손이 달달 떨면서도 단추를 찾아 헤매었다. 위쪽 두 개는 이미 풀어진 상태라 한 개만 더 끌렀는데 탄탄한 그의 가슴 근육이 눈앞에 드러났다. 본능적으로 그의 맨가슴으로 손을 뻗은 서현은 매끄러운 살결을 지나 복부 근육의 굴곡을 따라 손끝을 움직였다.

그녀의 손길에 금방이라도 터져 버릴 것만 같은 욕구를 참아내려 성하는 두 눈을 질끈 감았다. 하지만 결국 참지 못하고 자신의 셔츠를 휙 잡아채 아무렇게나 벗어 던졌다. 단추들이 투두둑 떨어지자 서현이 놀란 눈으로 쳐다보았지만 개의치 않고 순식간에 바지까지 벗어 바닥으로 떨쳤다.

진회색 드로즈에 감싸인 그의 것으로 자연스레 시선을 향하고만 서현은 불룩하게 솟아 있는 모양에 숨을 삼키며 서둘러 눈을 돌렸다. 한 번도 본 적이 없는 그것은 상상만 하던 것과는 차원이 다른 크기로 서현을 긴장시키기에 충분했다. 그러나 그것도 잠시뿐, 그의 입술이 다가오자 기다렸다는 듯 입술을 열어 그를 맞이했다. 계속해서 이어지는 그의 애무에 서현의 몸은 또 한 번 녹아

내리며 그에게 매달렸다.

"으음……."

성하의 손이 서현의 한쪽 다리를 구부리게 하더니 종아리에서 부터 허벅지를 쓸며 자신의 허리에 걸도록 만들었다. 다리가 벌어져 은밀한 곳이 그의 눈 아래 드러나자 서현은 두 눈을 질끈 감고 말았다. 창피한 생각과 동시에 어서 그를 받아들이고 싶다는 음탕한 욕구가 치솟았다. 가슴 위의 열매를 입안에 담아 맛보고 손으로는 젖어든 꽃잎 속의 자그마한 돌기를 굴리던 그는 서현이 엉덩이를 들썩이며 참을 수 없다는 듯 신음 소리를 뱉어내자 자신의 드로즈를 벗었다.

단단하고 뜨거운 그의 물건이 허벅지 안쪽에 부드럽게 닿자 서현은 생소한 느낌에 눈을 깜빡거렸다. 조금은 겁이 나기도 했지만 그녀의 몸은 이미 그를 받아들일 준비를 끝낸 상태였다.

"저, 저기……."

서현이 불안한 목소리로 입을 열자 가슴에 얼굴을 묻고 있던 성하가 고개를 들었다.

"……나, 나…… 처음이에요……."

속삭이듯 낮은 음성의 말을 처음엔 잘 알아듣지 못하다가 설마라는 듯 성하의 얼굴이 굳어졌다.

"처, 처음이라서 잘……."

서현의 얼굴은 그 어느 때보다 붉게 달아오른 채로 그를 보고 있었다. 아직 경험하지 못한 세계로 첫발을 내디딜 준비를 한 사람처럼 긴장과 두근거림을 한꺼번에 담고 있는 그녀를 보며 성하는 가슴속 깊은 곳에서부터 차오르는 격한 감정에 몸을 떨었다. 남자로서의 욕심, 뿌듯함, 그리고 미안함……. 성하는 서현의 입에 입술을 대며 나직이 말했다.

"괜찮아. 아프게 하지 않을게……."

그는 그녀의 입구가 좀 더 매끄러워지도록 부드럽게 어루만지며 키스를 이어갔다. 서현의 입에서 달뜬 신음이 새어 나오며 허리를 비틀고 엉덩이를 움직거리자 성하는 조심스레 그녀의 촉촉한 부분에 자신을 갖다 대었다.

"으음……!"

서현이 두 손으로 그의 팔을 움켜쥘 때 성하는 서서히 그녀에게 잠식해 들어갔다.

"흐읏!!"

잠깐 통증이 느껴지는지 입술을 깨물며 머리를 뒤로 젖히는 그녀의 목덜미에 성하의 입술이 닿았다.

"쉬이…… 괜찮아……. 쉬……."

성하는 절반 정도만 자신을 묻은 채 잠시 동안 그녀의 호흡이 진정되길 기다렸다. 하지만 꽉 쥐어오며 그를 자극하는 강한 느낌에 그의 숨소리가 거칠어졌다. 조금만 더……. 성하의 몸은 참지 못하고 조금씩 조금씩 안으로 들어갔다.

"하아……."

성하의 거친 숨소리에 서현이 그의 뺨을 감싸며 입 맞췄다.

"괜찮아요……."

그에 성하는 서현의 입술을 깊게 빨아들이며 그녀의 몸 안으로 완전히 들어갔다.

"으읏."

서현은 그의 뺨을 두 손으로 감싸고 연신 입을 맞추며 자신을 가득 채운 그를 느꼈다. 가만가만 허리를 돌리며 그가 살짝 물러났다 다시 들어오기를 반복하자 정신이 아득해지는 것만 같았다. 그의 움직임에 서현의 몸이 반응하듯 허리가 꺾였고, 엉덩이가 들어 올려졌다. 더 깊이 들어오는 그를 느끼며 서현은 비명과도 같은 신음을 연신 내뱉었다.

"하악! 아아……. 제발……. 아아악!"

머릿속은 하얗게 물들어 번쩍번쩍 불꽃이 튀었고, 발끝까지 찌릿한 쾌감이 전달되면서 서현을 몸부림치게 만들었다. 순간 그도 거친 소리를 토해내더니 부르르 몸을 떨고 그녀 위에 쓰러지듯 기댔다.

"하아, 하아, 하아……."

둘의 가슴이 똑같이 들썩이며 가쁜 호흡을 뱉어냈다.

이런 굉장한 느낌이라니! 서현은 바짝 조여들었던 몸이 나른하게 풀리며 가슴 가득 차오르는 따뜻한 기운이 좋았다. 뭔가 형언할 수 없는 기분에 절로 미소가 그려졌고, 손에 닿은 그의 등을 부드럽게 쓸었다. 그러자 그가 살짝 고개를 들어 그녀의 얼굴을 보았고, 연하게 피어 있는 미소에 다행이라는 표정으로 물었다.

"괜찮았어?"

"네, 무척이요……."

수줍게 답하는 서현의 입술에 가볍게 입을 맞춘 그는 아직 그녀의 몸 안에 있는 분신이 꿈틀거리며 다시 일어서려고 하자 '으음……' 하는 낮은 소리를 내었다. 서현 역시 자신의 몸 안을 또다시 채워가는 느낌에 숨을 삼켰고, 동그랗게 커진 눈으로 그를 올려다봤다.

"안 돼……. 지금 당신에겐 무리일 거야……."

그녀에게 하는지 그 자신에게 하는지 알 수 없게 중얼거리던 그는 아쉬움에 허리를 가만히 몇 번 돌리더니 미간을 찡그린 채 그녀에게서 빠져나오려 했다. 순간 갑작스런 허전함에 서현이 그의 팔을 잡았다.

"당신만 괜찮다면…… 난 괜찮아요……."

"하지만…… 음……."

서현이 머리를 들어 올려 그의 입에 키스를 하자 성하는 낮게 신음하며 단단해진 자신을 그녀에게 또다시 묻었다. 이제는 좀 더 그를 느낄 준비가 된 서현은 그를 따라 허리를 움직였고, 그가 상체를 세우며 더욱 깊숙이 파고들자 탄성을 질렀다.

"아아! 하아……."

그를 따라 움직이며 그녀의 가슴이 출렁거리자 성하의 손이 움켜쥐었다. 매혹적으로 솟아오른 핑크빛 열매를 손가락 사이에 넣고 말랑거리는 가슴을 주물렀다. 정신없이 머리를 뒤채며 그가 선사하는 열락의 도가니에 빠져든 서현의 몸놀림이 점차 거세어졌고, 그에 따라 성하도 또 한 번의 짜릿한 절정을 맞이했다.

이토록 황홀경에 취할 만큼 만족스러운 적이 있었나? 서현과 하나가 되면서 느낀 강렬함의 여운은 성하의 몸과 마음에 고스란히 남아 행복으로 바뀌었다. 앞으로는 절대 벗어날 수 없는, 벗어나고 싶지 않은 올가미라 해도 좋았다. 서현에게 그는 자신의 모든 걸 바치고 싶었다.

사랑하는 마음을 가득 담아 그녀의 얼굴 곳곳에 키스세례를 퍼붓던 성하는 금방 몸을 일으켰다. 그를 푹 감싸주는 그녀의 몸 안에 있다가는 또다시 반응을 보이게 될 것만 같았다. 성하는 서현의 목덜미부터 가슴 언저리 할 것 없이 그가 찍어둔 낙인이 어지러이 흩어진 걸 보고는 눈썹을 모았다. 처음인데 너무나 거칠게 했나 싶으면서도 새하얀 피부 위에 붉게 찍힌 자국들이 아름답게 보였다.

"왜요?"

그의 시선이 부끄러운지 서현이 몸을 일으키며 다리를 오므렸다.

"이리 와."

그는 허리를 구부려 서현을 안아 들었다. 그녀가 누워 있던 카우치에 깔아둔 비치 타월은 두 사람의 격한 몸놀림에 꾸깃꾸깃해져 있었고, 핏기와 더불어 두 사람이 뿜어낸 체액으로 얼룩져 있었다. 그의 목에 팔을 두른 서현이 빨개진 얼굴을 감추려 고개를 숙이며 기댔다.

"위층에 큰 욕조가 있으니 우리 둘이 들어가기 충분할 거야."

그가 그녀를 안은 채 계단으로 향하자 서현이 놀란 얼굴로 물었다.

"둘이 같이요?"

"음…… 지난번 스파를 같이 받지 않은 게 너무 후회되거든."

그는 싱긋 웃더니 서현을 그대로 안은 채로 계단을 올라갔다.

"무거울 텐데, 그냥 내려줘요……."

"됐어. 이 정도도 못 올라갈까."

그와 이처럼 일상적인 대화를 나누는 게 조금은 어색하기도 했지만 싫지 않았다. 몸으로 하나 됨을 느끼면서 마음도 어느 정도 통하게 되었을까? 서현은 그와 여느 부부처럼 지내는 모습을 떠올리며 작은 미소를 지었다.

성하는 이 층에 올라 짧은 복도를 지나더니 문이 열려 있는 방 안으로 들어갔다. 얇은 휘장이 쳐진 고풍스런 사주식 침대가 한가운데를 차지하고 있고, 창이 크게 나 있어 바깥 풍경이 훤히 보이는 꽤 널찍한 방이었다. 성하는 한편에 위치한 불투명 유리가 끼워진 미닫이문을 발로 휙 열더니 서현을 그 안으로 데리고 갔다.

그의 말대로 욕실 안에는 동그란 모양의 커다란 욕조가 창 옆으로 자리해 있고 맞은편엔 샤워부스가 설치되어 있었다. 그걸 보자 서현은 문득 여기가 어디인지 궁금해졌다.

"누구…… 집이에요?"

"아버지 별장이야."

성하는 서현을 욕조 옆에 걸터앉을 수 있게 내려주고는 물을 틀었다.

"아버님 별장이요?"

"음, 어머니와 두 분이서 조용히 여행을 즐기시려고 지은 곳이야. 덕분에 여길 쓰려면 아버지 허락이 필요하고."

씩 웃는 그를 서현은 깜빡이는 눈으로 쳐다보았다. 근엄하게만 보이는 강 회장님이 어머님과의 여행을 위해 지으신 곳이다? 시아버지의 모습이 새롭게 다가오자 서현의 입가에 절로 미소가 그려졌다.

"우리도 써도 된다고 아버님이 허락하셨어요?"

"당연하지. 어머니께서 강력하게 주장하셨으니까."

"안면도라서 어머니께선 옳다구나 하셨겠네요?"

"강원도든 제주든 어디로 갔어도 똑같았을 거야. 속초와 서귀포에도 이런 별장이 있으니까."

"정말요?"

"궁금하면 속초에 들러볼까? 휴가 시즌도 지나고 평일이니 내일 오후에 출발해도 저녁엔 도착할 수 있을 거야."

넌지시 그가 물었지만 서현은 잠시 머뭇거렸다.

"……다음에요."

왠지 나중을 위해 남겨두고 싶었다. 불과 오늘 아침만 해도 그와 이런 시간을 보낼 수 있을 거라곤 생각지도 못했기에 지금 느낀 이 순간을 다음에도 만끽할 수 있도록 함께 여행 갈 이유를 만들어두고 싶었다.

"그래, 당신이 원할 때 언제든."

성하는 다시 그녀를 번쩍 안더니 적당한 온도로 차오르는 물속에 가만히 내려주었다.

"어때? 너무 뜨거워?"

"아뇨, 딱 좋아요."

"그래, 그럼 잠시만."

그는 장에서 가운을 꺼내 두르더니 그녀를 남겨두고 밖으로 나갔다. 어딜 가는지 궁금했지만 따뜻한 물에 몸을 담그고 있으니 찌릿찌릿했던 근육이 이완되며 노곤함이 느껴졌다. 해가 점차 기우는 걸 봐선 시간이 꽤 지난 것 같았다. 그만큼 오랜 시간 그를 받아들이고 있었다니……. 서현은 나른한 미소를 머금으며 아랫배를 쓰다듬었다. 그가 들어왔던 연한 속살엔 조금 따가운 감각이 남아 있었지만 몸 전체에 느껴지는 건 따스한 충족감이다.

다른 여자들에게도 아까처럼 근사한 경험을 선사해 줬을까? 순간 스친 생각에 서현의 얼굴이 싸늘히 경직되었다. 떠올리고 싶지 않은 한 장면이 머릿속에 그려지자 서둘러 머리를 저었다. 하지만 그의 목에 팔을 감으며 키스를 바라듯 턱을 치켜들던 미소 띤 진주의 얼굴은 쉽게 사라지질 않았다.

아니, 아닐 것이다. 그는 분명 진주에게 더는 들러붙지 말라고 했다지 않은가. 그리고 아내에게 부끄러운 짓은 한 적이 없다고 했으니 결혼 후 다른 여자를 품지는 않았을 거라 믿고 싶었다. 그런 걸 거짓으로 말할 사람은 아니니까.

'됐어! 그만 생각해!'

지금 이 순간만큼은 그와 나눈 열정적이던 시간만 떠올리고 싶었다. 서현은 낮은 한숨을 푹 내쉬며 무릎을 세워 턱을 괴었다. 진즉부터 그와 함께했더라면 얼마나 좋았을까 싶으면서 서현은 그동안 그에게 거리를 유지하려 했던 게 후회되었다. 어쩌면 자신의 매몰찬 반응에 그도 더 이상의 접근을 하지 못했던 건 아닐까? 그러니 항상 사업 얘기를 구실로 대화를 시도하려 한 거겠지.

예전 초콜릿과 편지를 거절하며 던졌던 말은 이제 지워 버려도 되지 않을까?

"내가 당신을 철없고 말 안 듣는 여자라 생각하고 있었다면 이 결혼은 하지 않았겠지. 당신도 알다시피 내가 그런 사람을 사업 파트너로 삼진 않을 테니까."

열흘 전 그가 한 말의 의미가 무언지 이제는 이해할 수 있을 것 같았다. 그녀의 생각처럼 철없는 여자로 여겼다면 이런 결혼은 하지 않았을 거란 뜻을. 어쩌면 그는 그녀를 이미 한 여자로 바라보고 아내로 들이기 위해 관심을 가지기 시작한 건지도 모른다.

하지만 어느 선 이상의 접근은 그녀 쪽에서 먼저 차단했던 거고 사업적인 관계일 뿐이라는 조건을 방패막이처럼 내걸었다. 그리고 그는 전에 말한 대로 결혼의 성사를 위해 그녀가 제시한 걸 받아들인 것이고.

'그럼 그가 내민 손을 있는 그대로 잡아도 되지 않을까?'

그를 사랑하지 않는다고 자신했는데 실은 여전히 그를 가슴에 묻고 있는 듯했다. 요 근래 보여준 그의 다정함만 봐도 그는 그녀와 다른 보통의 부부처럼 지내고 싶어 하는 게 분명했다. 서현은 이제 그와의 거리를 없애고 같은 시선으로 마주하고 싶어졌다. 엄마가 제시한 유산 상속의 조건을 떠나 그와 진심으로 하나가 되고 싶다는 강한 열망이 그녀에게 찾아들었다.

서현은 이 따스한 관계가 앞으로도 계속되길 바랐다.

살포시 잠이 들었던 걸까? 서현은 자신의 몸을 어루만지는 손길에 번쩍 눈을 떴다. 성하가 옆에 앉아 그녀의 머리 뒤로 팔을 두르고 어깨를 쓰다듬고 있었다.

"어, 왔어요?"

알몸 상태로 나란히 앉은 게 새삼 부끄럽고 민망해 서현은 두 팔을 가슴 앞으로 모았다.

"많이 피곤했나 보군."

"……그러게요."

서현은 얼굴을 붉히며 고개를 숙였다가 찰랑거리는 물 아래로 그의 단단한 복부와 그 밑의 남성으로 시선이 향하자 얼른 다시 머리를 들며 말을 꺼냈다.

"아깐 어딜 갔다 왔어요?"

빨갛게 달아오른 서현을 보며 그는 미소를 짓더니 쟁반 위에 있는 오렌지주스를 건넸다.

"시장할 것 같아서 과일 좀 가져왔어. 저녁 먹기 전에 간단히 요기라도 하는 게 나을 거야."

유리잔에 담긴 시원한 오렌지주스를 보자 정말 허기가 느껴졌다.

"고마워요."

그가 이처럼 세심한 남자일 거라곤 상상도 못했기에 서현은 희미한 미소를 보이며 주스를 받았다. 따뜻한 물 안에 앉아 시원한 주스를 넘기니 짜릿함이 퍼져 나갔다.

"토마토? 아님 포도?"

그가 내민 오목한 그릇에 담긴 포도의 진한 향이 식욕을 더욱 자극하자 서현의 뱃속에서 꼬르륵거리는 소리가 울렸다. 그에 성하의 눈썹이 조금 올라가더니 심각하게 물었다.

"식사를 먼저 하는 게 나았으려나?"

"지금 몇 시쯤 됐어요?"

"여섯 시 정도 됐을 거야. 배가 많이 고프면 지금 나갈까?"

"당신은요? 아까도 배고프다고 했잖아요."

"약간?"

그는 씩 웃으며 서현의 어깨를 끌어안고는 이마에 입술을 눌렀다.

"아까는 다른 쪽으로 더 시장함을 느꼈던 거야. 아주 오랫동안 참아오느라 힘들었는데 이젠 참을 필요가 없으니 좋은걸?"

무슨 의미인지 알아듣지 못한 서현이 아니기에 그녀의 얼굴은 더욱더 붉게 달아올랐다.

"어, 어쨌든…… 식사를 하는 게……."

서현은 그와 이렇게 맨살을 꼭 붙이고 있다가는 또 무슨 일이 생길 것만 같았다. 스멀스멀 흥분이 피어나고 있다는 걸 그에게 들키기라도 할까 봐 서현은 조마조마한 심정으로 어깨를 움츠렸다.

"음, 그래야지……."

말은 그렇게 하면서도 그도 뭔가 아쉬움이 남는지 서현의 어깨를 놓지 못했고, 관자놀이 부근에 입술을 묻으며 낮은 숨을 내쉬었다. 서현은 그의 몸 역시 달아오르고 있음을 느낄 수 있었다. 물 아래로 보이는 그의 남성이 빳빳하게 일어서는 게 보이자 서현은 황급히 시선을 옮겼다. 괜히 숨이 가빠져 가슴이 오르락내리락하며 핑크빛 유두가 물결 위로 나왔다 들어갔다를 반복했다.

"흐음, 큰일이군."

그는 미간을 찡그리더니 서현의 머리를 기울이고는 입술을 포 갰다. 상큼한 오렌지 향이 전해지자 좀 더 강하게 그녀를 탐하며 빨아들였다. 그리고 그녀의 가슴을 움켜쥐는가 싶더니 와락 끌어당겨 자신의 몸 위로 올라오도록 만들었다.

"헉!"

자신의 은밀한 부위가 단단하게 솟은 그의 물건을 압박하듯 밀착하자 서현은 숨을 삼키며 그를 붙들었다.

"저, 저기……."

"잠시만…… 잠시만 이대로 있다가……."

성하는 서현의 목덜미에 얼굴을 묻고 보드라운 살결을 혀로 음미하며 두 손으로 엉덩이를 감싸 쥐었다. 마음 같아선 지금 당장에라도 그녀에게로 들어서고 싶었지만 그랬다간 서현이 너무 힘들 터였다. 서현은 그의 입술이 가슴께로 내려오자 좀 더 허리를 뒤로 젖혔다. 하지만 그 바람에 그와 맞닿은 부위가 더욱 밀착되었고, 둘의 입에서 똑같이 신음 소리가 흘러나왔다. 성하는 두 눈을 질끈 감고 서현의 핑크빛 열매를 강하게 빨았다가 그녀를 어루만지던 손길을 늦추었다.

"아쉽지만, 밥부터 먹어야지?"

나머지는 그 후에 이어 하자는 말의 뉘앙스에 서현은 얼굴을 붉혔다. 솔직히 배가 고프기도 했지만 식욕보다는 다른 욕구가 더 강하게 작용하고 있었다. 그렇다고 그녀가 먼저 나서서 요구할 수는 없어서 서현은 그의 뺨을 감싸며 가만히 입을 맞추었다. 말은 그리 해도 그의 눈빛에 담긴 뜻은 그녀의 바람과 같다는 걸 알 수 있었기에 용기를 내었다. 그에게 안기고 싶다는 마음을 키스에 담아 보내듯 서현은 혀끝을 그의 열린 입술 안으로 살짝 밀어 넣으며 천천히 훑었다.

"하아……."

연하게 뱉어지는 그의 숨결을 삼키며 서현은 좀 더 대담하게 엉덩이를 조이듯 사타구니에 힘을 주었다. 은밀한 부위에 닿은 그의 물건이 꿈틀대는 게 느껴지자 전신으로 짜릿함이 퍼졌다. 성하는 그녀를 와락 끌어안으며 좀 더 진한 키스를 되돌렸다. 매끄러운 등을 따라 그의 손이 내려와 엉덩이를 바싹 당겼고, 다른 손은 그녀의 가슴을 가득 그러쥐었다.

"……이러면 당신을…… 밤새도록 놓지 못할 거야……."

그는 서현의 목덜미로 입술을 미끄러뜨리며 보드라운 살결을 빨고 혀로 핥았다. 서현은 그의 입술이 가슴에 닿기 편하도록 몸을 좀 더 쭉 폈고, 허리를 움직거렸다. 단단해진 유두를 그가 혀를 내밀어 굴리고 입술로 지그시 물었다가 다시 입안 가득 넣어 빨며 서현을 몰아갔다. 얼른 그를 받아들이고 싶어 서현의 엉덩이가 들썩였지만 그는 그녀를 붙들기만 할 뿐 침입하지 않았다. 점점 거세어지는 그들의 몸짓에 물이 찰랑거리며 욕조 밖으로 넘쳤다.

"……넣어줘요……. 하고 싶어……."

서현은 그의 머리를 안고 귓가를 입술과 혀로 애무하며 속삭였다. 이미 그녀에게 부끄럼 따윈 없었다. 그저 그를 소유하고픈 욕망만이 더더욱 거세게 일었다. 그녀의 속삭임에 반응하듯 성하는 서현의 허리를 두 손으로 잡더니 몸을 일으켰다. 그리곤 그녀를 아이처럼 안은 채 욕조 밖으로 나와 커다란 수건으로 감싼 뒤 얇은 레이스 휘장이 둘러진 사주식 침대 위에 가만히 내려놓았다.

열정에 취한 그녀의 호흡은 여전히 거칠었고, 뜨거운 눈빛은 그의 흥분된 몸을 훑고 있었다. 성하는 서현의 허벅지를 어루만지며 그 사이로 무릎을 꿇은 자세로 엎드려 납작한 배 위로 입술을 내렸다. 그리고 조심스런 손길로 그녀의 젖어든 입구를 간질이며 손끝으로 돌기를 찾아 문질렀다.

"하앗! 아아⋯⋯."

몸을 관통하는 쾌감에 서현은 날카롭게 외치며 허리를 들어 올렸다. 그녀의 반응에 성하의 입매가 곡선을 그렸고, 배꼽 근처를 배회하다가 점차 아래로 내려왔다. 그리고는 그를 맞아들일 준비를 끝낸 꽃잎을 살짝 벌리며 손끝으로 문지르던 돌기에 혀를 대었다.

"자, 잠깐! 잠깐⋯⋯. 아웃!"

서현은 그가 지금 뭘 하려는지 깨닫고는 깜짝 놀라 몸을 일으키려 했지만 그러질 못했다. 손으로 가하던 애무와는 또 다른 느낌에 서현은 눈을 깜빡이며 입술을 앙다물었다.

"가만⋯⋯ 당신을 맛보고 싶어⋯⋯."

그녀의 은밀한 부위에 입 맞추며 속삭이는 그의 말은 그 어떤 것보다 색정적으로 들려와 서현을 전율케 했다. 뜨거운 혀가 날름거리며 예민한 부분을 맛보고 때론 안으로 침입을 시도하기도 하며 그녀를 아찔하게 만들었다. 그 새로운 감각에 서현은 머릿속이 아득해지는 것만 같아 침대 시트를 움켜쥐며 엉덩이를 조였다. 부풀어 올라 그녀에게 짜릿한 쾌감을 선사하는 돌기를 혀로 굴리고 문지르며 그는 기다란 손가락을 매끄러운 입구 안으로 가만히 밀어 넣었다. 이미 절정에 도달하기라도 한 것처럼 그녀는 그의 손가락을 꽉 조였다.

"으음…… 하아, 제발……."

서현은 연신 머리를 뒤채며 그가 주는 열락의 세계로 빠져들었다. 그녀를 마음껏 맛보던 성하가 다시 배를 타고 올라와 가슴을 머금고 유두를 빨았다. 그리고 서현의 바람대로 그의 남성을 그녀의 몸 안으로 깊게 묻었다.

"아으읏!"

서현이 바싹 엉덩이를 밀어 올리며 그를 반겼다. 성하는 서현이 다시금 진한 쾌락을 만끽할 수 있도록 강약을 조절하며 허리를 움직였고, 그녀가 최고조에 이른 듯 거친 숨을 내쉬며 그를 조여올 땐 부드러우면서도 빠른 동작으로 극치감을 유지할 수 있도록 했다. 그리고 그 역시 바르르 몸을 떨며 또 한 번 자신을 그녀에게 쏟아내었다.

#8

살랑살랑 불어오는 바람에 서현이 눈을 떴을 때 주변은 이미 어두워져 있었다.

"깼어?"

"……!"

옆으로 비스듬히 누워 손으로 턱을 받친 채 자신을 내려다보고 있는 성하를 보고 서현은 갑자기 얼굴이 확 달아오름을 느꼈다. 자는 모습을 고스란히 내보였다는 것도 그렇지만, 그에게 열정적으로 매달리며 반응한 뒤 그대로 잠에 빠져들어 버린 게 부끄러웠다. 하지만 약한 조도로 켜진 조명 아래 미소 짓고 있는 그의 얼굴이 은은하게 빛나자 자신도 모르게 그를 응시했다.

살짝 이마를 덮은 머리칼과 조각처럼 반듯한 콧날에 이어 연하게 휘어진 입매, 그리고 그녀를 향한 다정한 눈동자……. 서현은 그에게서 전해져 오는 부드럽고 따사로운 기운에 가슴이 뭉클해짐을 느꼈다. 언제인지도 잘 기억나지 않는 아주 오래전에 잃어버린 감정이 다시 살아나는 것만 같았다. 누군가에게 사랑받고 있는 듯한 기분.

'설마…… 그가 나를 사랑하는 걸까? 아니면, 그래 주길 바라는 마음이 너무 간절해서 이런 기분이 드는 걸까?'

서현은 자신의 마음속 깊은 곳에 가둬두었던 그를 향한 사랑이 확 피어나는 걸 느낄 수 있었다. 그랬다. 서현은 성하를 사랑했다. 그에게 받은 상처만 생각하고 인정하고 싶지 않아 스스로도 꽁꽁 숨겨두었던 건데, 이젠 알 것 같았다. 그를 사랑하고 있고, 그에게 사랑받고 싶어 하는 자신의 마음을.

"몸은 좀 어때?"

그의 물음에 서현의 얼굴에 더욱 붉은 기가 어렸다.

"……괜찮다고 하면…… 이상하다 할 건가요?"

"전혀! 오히려 반가운 소린데?"

그가 씨익 입꼬리를 올려 보이자 서현도 풋 하고 웃음을 터뜨렸다. 그런 서현의 목 아래로 팔을 넣으며 성하는 그녀를 꼭 끌어안아 주었다.

"당신하고 이렇게 있으니 기분 좋다."

"정말요?"

"음, 그동안의 시간을 몽땅 되돌리고 싶다는 후회도 들지만, 지금부터라도 새로 시작하는 마음으로 잘하고 싶어. 무엇보다 당신의 행복을 위해서. 우리 이제부터는 정말 잘살아보자."

미소가 담긴 다정한 속삭임에 왈칵 눈물이 쏟아질 것만 같아 서현은 입술을 깨물었다. 사랑한다는 직접적인 고백이 아니라 해도 서현에겐 그것처럼 들려왔다. 그녀의 행복을 위해 잘하겠다는 남자의 말이 그게 아니면 무엇이겠는가! 설령 그녀만의 바람일지라도 지금은 이것만으로도 충분했고, 기꺼이 그의 말에 따르고 싶었다.

"서현아."

갑작스런 부름에 서현은 서둘러 눈을 몇 차례 깜빡이며 혹시나 고여 있을지도 모를 눈물을 털어낸 후 천천히 그를 보았다.

가, 가만? 서현아? 그가 자신을 그처럼 친근하게 불렀다는 게 믿어지지 않아 그녀의 두 눈이 동그랗게 커졌다. 그러자 성하는 빙긋 웃음을 보이며 말했다.

"내 이름 한 번 불러주지 않겠어?"

"이, 이름이요?"

그러고 보니 그의 이름을 불러본 지가 언제인가 싶어졌다. 오래전 '성하 오빠'라는 수줍은 호칭을 쓴 이후엔 딱히 그를 부를 일이 없었고, 결혼을 준비하면서부터 지금까지 그저 '당신'이라는 인칭대명사로만 불러온 것이다. 서현이 얼른 입을 떼지 못하고 머뭇거리자 그가 콧잔등에 살짝 주름을 잡았다.

"너무 오래되어 어색하나?"

"……서, 성, 성하…… 오빠……."

얼굴이 확 달아오르며 서현은 온몸에 닭살이 돋는 듯한 기분이 들었다.

"흠, 역시 듣기 좋군."

그는 만족스러운지 활짝 웃어 보이더니 서현의 이마에 쪽 하고 입술을 눌렀다. 그때 누구의 뱃속인지, 아니, 두 사람의 뱃속에서 동시에 꾸르륵거리는 소리가 요란하게 울렸다.

"저런, 이번엔 꼭 우리 배부터 채우자고."

성하는 쿡쿡 웃음소리를 내며 먼저 몸을 일으켰다. 하지만 이미 옷을 갖춰 입은 그와는 달리 여전히 알몸 상태인 서현은 얇은 이불로 몸을 가리며 엉거주춤 상체를 세웠다.

"당신 짐은 저쪽에 뒀어."

그가 가리키는 콘솔 옆으로 그녀의 트렁크와 핸드백이 놓여 있었다.

"고마워요. 근데 몇 시쯤 됐어요?"

"아직 9시는 안 됐어. 식사 준비 해둘 테니 옷 갈아입고 내려와."

성하는 눈을 찡긋해 보이고는 방을 나갔다.

식사 준비라니? 그가 직접? 서현은 의아한 표정을 지었다가 얼른 침대를 내려와 트렁크를 열고 옷을 챙겨 욕실로 들어갔다.

따뜻한 물줄기 아래 서서 머리를 감고 간단히 샤워를 마친 후 서현은 서둘러 옷을 챙겨 입었다. 괜히 배시시 미소가 번지며 흐뭇한 기분이 든다. 그와의 관계가 진전된 것만으로도 이런 푸근한 행복을 느낀다는 게 신기할 정도이다. 그가 주고 싶다는 행복……. 이런 식의 생활이 지속된다면 언제나 행복할 것 같았다.

서현이 아래층으로 내려가자 그는 거실 밖 데크에서 바비큐를 준비하고 있었다. 참나무 장작의 은은한 향과 함께 타닥타닥 타들어가는 불꽃 튀는 소리가 그녀를 자극했다. 그릴 위에는 아직 아무런 음식이 올려져 있지 않았지만 옆 테이블에 소고기와 대하, 갖가지 종류의 조개류, 그리고 신선함이 가득 담긴 야채가 준비되어 있었다. 서현이 다가가는 소리를 들었는지 장작을 고르게 펴고 있던 그가 돌아보았다.

"이쪽으로 앉아. 금방 구워줄게."

"이런 건 언제 다 준비했어요?"

"소고기랑 야채는 여기 관리인이 미리 준비해 놓은 거야. 새우랑 조개는 좀 전에 내가 나가서 사온 거고. 아까 조개구이 먹고 싶다고 하지 않았어?"

성하가 싱긋 웃으며 집게로 고기와 대하를 집어 그릴 위에 얹었다.

조개구이. 그가 시장하대서 그냥 빨리 들어가 먹을 만한 것이라 그랬던 건데 그는 생각하고 있었나 보다. 그녀가 잠든 사이 장을 봐오고 바비큐 준비까지 해두다니…… 지금껏 무뚝뚝하기 그지없던 그 강성하가 맞나 싶을 정도로 오늘 내내 세심한 배려를 보여주고 있었다. 서현은 고기를 굽고 있는 그를 찬찬히 바라보며 미소 지었다. 다시 사랑하게 된, 아니, 사랑하고 있던 남자를 눈안에 가득 담으며 서현은 그 옆에 섰다.

"같이해요."

"아냐. 당신은 그냥 있어. 금방 구워지니까 따뜻할 때 바로 먹어."

"여기서 그냥 먹으면 되죠. 자요, 내가 싸줄게요."

서현은 적당히 잘 익은 고기를 상추에 싸서 그의 앞으로 내밀었다.

"날 주겠다고?"

"네. 얼른 아, 해요."

환하게 미소 띤 서현의 얼굴을 지그시 바라보던 그가 입을 벌렸다. 그의 입에 쌈을 쏙 넣어주는 그녀의 눈매가 부드럽게 휘며 웃음이 담기자 성하는 이제 모든 게 원래대로 자리를 찾았다는 확신이 들었다. 그를 마주하며 저렇듯 활짝 핀 미소를 보여주는 그녀가 이젠 그를 사업상의 파트너가 아닌 한 남자로, 남편으로 받아들이고 있다는 걸 알 수 있었다. 그리고 그는 지금 이 행복한 분위기를 절대 놓치지 않을 거란 것도.

그때 서현의 핸드폰이 울렸다. 아빠였다. 서현은 망설이는 듯하다가 그가 쳐다보자 어색하게 웃어 보이고는 조금 떨어져서 전화를 받았다.

"네."

〈그래, 나다.〉

"말씀하세요."

〈생일 축하한다. 오전에 전화한다는 게 회의가 길어지는 바람에 이리 늦어버렸구나. 어디니? 집에 들어갔어?〉

"아뇨. 밖이에요."

〈그래? 강 서방이랑 저녁 먹고 있어?〉

최 회장의 목소리가 밝아진 게 그러기를 바라는 듯했다.

"네. 오후에 같이 안면도에 내려왔어요. 휴가 겸 해서."

〈그랬어? 잘했구나! 정말 잘했어! 아빠가 좋은 시간 방해하고 있는 건 아닌지 모르겠구나. 얼른 끊으마. 아참, 그리고 엄마가 영인이 캠프 때문에 오늘 늦게 들어왔거든. 전화도 못했다고 미안하다고 전해달라는구나.〉

순간 서현의 입가가 비릿하게 틀어졌다.

"알겠어요."

〈그래, 그럼 이제 끊으마. 서울 오면 연락해. 아빠가 멋진 선물 하나 생각해 두고 있을 테니까.〉

"네, 끊을게요."

내내 건조한 음성으로 통화를 하던 서현은 핸드폰을 내리고는 가볍게 숨을 내쉬었다.

"아버님?"

그의 물음에 서현이 몸을 돌리며 고개를 끄덕였다.

"네, 생일 축하한다고요."

성하는 서현에게 뭔가를 더 물으려 하다가 그만두었다. 지금 이 순간 다른 문제로 인해 그녀와의 사이에 균열이 생기는 건 원치 않았다. 서현과 부모님의 관계가 정확히 어떤지는 아직 확인하지 못했지만, 장모와의 관계가 순탄치만은 않았다는 건 알고 있는 만큼 괜한 트러블거리가 될 만한 이야기는 피할 생각이었다.

성하는 대하를 뒤집다가 아차 싶은 얼굴로 말했다.

"그러고 보니 와인을 안 가져왔군."

그가 장갑을 벗으려 하자 서현이 핸드폰을 바로 옆 테이블에 올려두며 얼른 안으로 들어갔다.

"내가 가져올게요."

"주방 옆 와인 셀러에 보면 있을 거야."

"네, 어떤 거 가져올까요?"

"당신이 원하는 걸로. 피노누아도 있을걸."

주방에 들어선 서현이 셀러 문을 열고 보자 안에는 대충 서른 병 정도가 들어 있었다. 휴식을 취하기 위해 내려와 마시는 거라 그런지 남을 대접하기 위한 고급 와인보다는 가볍고 편히 즐길 수 있는 데일리 와인 위주로 구비되어 있었다. 레스토랑을 운영하며 와인의 레벨에 대해서는 대강 알고 있기에 서현은 최상품인 서너 병을 제외한 것 중 무난하다고 할 수 있는 걸 꺼냈다. 칠레산 몬테스 알파 까베네 쇼비뇽. 그녀가 즐겨 마시는 캘리포니아산 피노누아보다 좀 더 단단한 느낌이긴 하지만 그녀보다는 그가 더 선호할 만한 걸 고르고 싶었다.

서현이 와인을 따고 잔을 찾는 동안 고기를 굽던 성하는 테이블 위에 놓여 있는 그녀의 핸드폰에서 카톡 알림이 울리자 무심코 쳐다보았다. 그리고 메시지 창에 뜬 이름을 본 순간 그의 얼굴이 차갑게 굳어졌다.

〈달력을 보니 오늘이 니 생일이네. 축하해~ 진심을 담아. ―박형준〉

"하!"

성하의 입술이 비틀리며 두 눈에 잔뜩 힘이 들어갔다. 거칠게 장갑을 벗고 서현의 핸드폰을 집어 든 그는 화면에 손가락을 올리려다 말고 멈췄다. 심장은 폭주기관차라도 달린 것처럼 거침없이 쿵쾅거리며 세차게 울려댔지만 그녀의 폰을 함부로 들여다보는 걸 자제할 정도의 여력은 남아 있었다. 게다가 지금 들어온 메시지 내용은 이미 다 본 상태. 그가 확인하고픈 건 더 있을지도 모르는 다른 대화 내용이었으나 차마 그러지는 못했다.

혹시 두려운 건가? 박형준과의 친밀한 대화를 엿보게 될까 봐?

"몬테스 알파 까쇼, 어때요?"

이미 따서 가져오는 것이지만 서현은 그의 의견을 묻는 것처럼 밝은 목소리로 말하며 밖으로 나왔다. 그러다 그가 그녀의 핸드폰을 든 채 가만히 있자 의아한 얼굴로 다가갔다.

"왜……."

"미리보기 창이 바로 떠서 안 볼 수가 없더군."

성하는 굳은 표정을 애써 풀며 서현에게 폰을 건넸다. 서현은 그의 분위기가 아까와는 완전히 달라진 걸 느끼며 와인병과 잔을 내려놓고 폰을 받았다.

"근데 왜……."

표정이 좋지 않느냐고 아무렇지 않게 물으려던 서현은 형준이 보낸 걸 확인하며 입을 다물었다. 그녀의 얼굴도 싸늘히 식었다가 천천히 그를 보았다. 잔뜩 화가 나 있지만 표출하지 않으려는 듯 꾹 다문 입술과 어금니를 사리 문 것처럼 볼 근육이 씰룩거리는 게 보인다. 지글거리며 탄내가 나는 고기를 거칠게 휙 뒤집는 그에게 서현은 무슨 말이라도 하고 싶었다.

"이건……."

"설마 그자와 계속 연락을 취하고 있었던 건가?"

"아뇨! 그런 적 없어요. 이건 그냥……."

"후……."

성하는 깊게 숨을 들이마셨다 내쉰 후 고개를 돌려 서현을 보았다.

"그래, 말해. 그자와 오픈 날 우연히 만난 이후엔 한 번도 만난 적이 없다고. 전화도 문자도 아무런 연락도 취한 적이 없다고 말해. 내가 당신에게 듣고 싶은 말은 그거니까."

하루 종일 보여주던 그의 다정다감한 말투가 아니었다. 차갑게 가라앉은 그의 어조에 서현은 입술을 깨물었다. 형준을 이용해 그를 도발하려고 했던 말이 그녀를 잡아채는 듯했다. 형준을 다시 만날지 말지 생각해 봐야겠다고 했던가? 일부러 그를 자극하기 위해 이성과 감성이 따로 놀아 복잡하다는 식으로 했던 말. 다 쓸데 없는 소리였지만 그 때문에 지금 그는 그녀가 형준으로 인해 아직 도 마음이 흔들리고 있다고 여기는 듯했다.

하지만 방금 전까지 서현이 온몸을 다해 열정적으로 받아들인 건 바로 성하였다. 그리고 형준에겐 한 번도 잠자리를 허락하지 않았다는 것도 알고 있으면서 이깟 메시지 하나 때문에 의심의 싹 을 피우는 그가 야속하기도 했다. 그러나 서현은 그와 다시 틀어 지고 싶진 않았다. 그를 사랑하고 있다는 걸 깨달은 지금 고작 이 런 일로 그와의 거리가 다시 벌어지게 할 수는 없었다. 형준과는 이제 아무런 사이도 아니라고, 그런 남자와는 다시 만날 일도 없 을 거라 말해줘야겠다고 마음먹었다.

서현은 형준이 보낸 메시지 창을 열어 카톡 화면으로 들어간 뒤 그에게 내밀었다.

—친구로 등록되지 않은 사용자이니 메시지에 주의하세요.

"난 이 사람 번호도 몰라요."

성하의 눈썹이 꿈틀거리며 더욱 험악한 표정으로 변했다.

"그럼…… 일방적으로 당신한테 보낸 거다?"

날카롭게 번득이는 그의 눈을 보며 서현은 주춤거리며 한 발 뒤로 물러섰다.

"……그래요."

"차단해."

"예?"

"다시는 그자한테 어떤 연락도 받지 않도록 차단해 둬."

"설마…… 날 못 믿는 거예요?"

"아니! 박형준 그자를 믿을 수 없어. 당신이 내 아내란 걸 알 텐데도 이처럼 쉽게 연락을 취한다는 건 나와 한번 해보겠다는 뜻이니까, 앞으로는 내가 상대해."

서현은 그의 강한 어조에 처음엔 아무런 답을 하지 못하다가 그가 보는 앞에서 차단 버튼을 눌렀다.

"됐죠?"

"추후에 어떤 식으로든 연락이 오면 곧바로 내게 알려. 당신이 그자와 말 한마디 섞는 것도 난 용납할 수 없으니까. 진심을 담아? 하! 건방진 자식 같으니라고. 감히 어디서…… 젠장!"

성하는 형준에게 화가 난 나머지 그녀를 너무 몰아붙인 것만 같아 휙 고개를 돌리며 거칠게 말을 내뱉었다. 그런 성하의 팔에 서현의 손이 닿았다.

"형준 선배와 나, 더 이상은 만날 일 없는 사이예요. 앞으로도 엮일 일 없는 사람이니까 혹 나중에 연락이 오더라도 당신 말대로 할게요."

"그가 당신을 흔들게 할 순 없어. 당신은 내 아내니까."

"그럴 일 없어요."

서현의 말에 성하는 낮게 한숨을 내쉬며 그녀의 어깨 위에 한 손을 얹었다.

"당신에게 화낸 건 미안해. 내가 사과하지. 하지만 박형준, 그 자의 속내는 따로 있는 것 같으니까 조심해 줘. 진심을 담았다고 한 거 자체가 단순한 축하 인사만은 아닌 것 같아 더 기분 나빴던 거야. 그러니까 다시는 그자와 연결되지 않았으면 해."

"네, 그럴게요……."

서현은 고개를 끄덕이긴 했지만 뭔가 더 하고 싶은 말이 있는 것처럼 말꼬리를 뺐다. 그러자 그가 미간을 좁히며 말했다.

"내게 하고픈 말이 있으면 해."

하고픈 말이라기보다는 묻고픈 말이 있었다. 그가 형준에 대해 이처럼 확실한 선을 긋고 나오니 그녀 역시 진주와 그의 정확한 관계에 대해 묻고 싶어졌다.

"그때 사무실에서…… 아뇨. 별거 아니에요."

서현은 그에게서 시선을 돌리며 얼른 집게를 들었다. 지금 상황에서 진주에 대한 이야기를 하는 건 적당하지 않을 것 같다는 생각이 든 탓이다.

"고기만 다 타버렸네요. 아까워서 어떡해."

그런 서현을 뒤에서 안으며 성하는 집게를 잡은 그녀의 손을 감싸 타버린 고기를 꺼냈다. 그리곤 다시 서현의 몸을 돌려 그를 마주 보도록 했다.

"그때 사무실에서라면, 진주를 봤던 때를 묻고 싶은 거지?"

그녀의 눈동자에 담긴 뜻을 눈치챈 듯 그가 말했다.

"……맞아요."

"어떤 식으로 말해도 당신에겐 기분 나쁘게 들릴 거야. 내가 박형준을 기분 나빠하는 것처럼 당신 역시 불쾌할 테니까. 하지만 내가 진주를 친구가 아닌 다른 상대로 생각해 본 적은 한 번도 없다는 건 알아줘. 알다시피 난 고등학교 친구들과의 모임엔 되도록 참석하는 편이고, 진주도 가끔은 얼굴을 비치니 피할 수는 없어. 또한 우리 한강의 메인 모델 중 한 명이라 공식적인 자리에서도 마주치게 된다는 것도 이해해 줘. 그리고 그땐……."

그는 잠시 얼굴을 찡그리며 말을 멈추더니 천천히 다시 이었다.

"진주가 내게 다른 식으로 접근하려 한 건 맞아. 하지만 난 그럴 생각이 조금도 없어. 물론 당신이 진주를 의식하길 바라는 마음에 일부러 내버려 둔 건 잘못이었다는 거 인정해. 그 당시엔 어떻게든 당신이 내게 반응해 주길 바라고 있었으니까. 하지만 예전에도 그랬고 앞으로도 진주를 달리 여기게 될 일은 없을 거야."

그의 눈빛이 진심을 담고 있다는 건 서현에게도 충분히 느껴졌다. 그녀가 형준을 이용해 그를 도발하려 했던 것처럼 그 역시도 조금은 그런 욕심이 있었다는 것 또한 이해되었다. 그런데도 왠지 모르게 가슴이 아팠다. 그를 유혹하는 여자, 그것도 최고의 여배우로 여신이란 칭호를 얻고 있는 아름다운 여인이 그에게 접근했다는 게 서현을 불안하게 만들었다.

"말했지? 앞으로 난 서현이 너만 볼 거야. 네가 행복해지도록, 네 남편으로서, 널 위해서 내가 할 수 있는 일은 뭐든 할 거라는 것만 믿어줘. 널 아프게 하거나 부끄럽게 만들 일 같은 건 하지 않을 테니 날 믿어."

'서현'이라 불러주며 다시금 진정성이 깃든 따스한 어조로 말하는 그에게 그녀는 고개를 끄덕였다. 그리고 그의 가슴팍에 머리를 가만히 기대며 허리를 둘러 안았다.

"고마워요, 성하…… 오빠……."

수줍게 이름을 부르는 서현의 정수리로 성하의 입술이 가만히 내려앉았고, 어깨를 토닥이며 안아주었다.

"무슨 선물을 생각하고 있는데요?"

서 여사는 최 회장이 흐뭇한 미소와 함께 전화를 끊자 궁금증이 담긴 얼굴로 물었다.

"음, 며칠 전 조 소장이 카탈로그를 하나 보냈더라고. 새로운 모델이 출시됐다며 국내에도 곧 시판할 예정이라네?"

"지금 서현이 차 바꿔주겠다는 거예요? 그것도 베, 벤츠?"

조 소장이라면 벤츠 매장을 운영하는 최 회장의 후배라는 걸 알기에 서 여사의 두 눈이 동그랗게 커졌다.

"뭘 그리 놀래? 그 녀석 지금 타고 다니는 차, 거의 3년은 되어갈

걸? 결혼하고 처음 맞는 생일인데 친정아빠가 그 정도는 해줘야지."

"아, 아뇨. 제 말은 아무리 그래도 시집까지 간 출가외인 딸인데 그런 과한 선물을 해봐요. 강 서방이나 사돈댁에서 싫어할 수도 있잖아요. 자기들이 못해줘서 친정에서 나서나 생각하면 어떡해요? 그것도 실례잖아요."

"설마 강 서방이 그럴 사람이야? 그리고 강 회장님이나 사부인도 절대 그렇게 생각할 리 없으니 걱정 마."

"하지만 여보, 아무리 그래도……."

"서현이 덕에 우리 미림도 한결 위상이 높아지고 잘되어 가는데 그 정도도 못해주겠어? 마음 같아선 강 서방 것까지 한 대 더 뽑아주고 싶어."

"너무하네요, 정말."

서 여사의 입이 삐죽 튀어나오며 눈가가 촉촉하게 변하자 최 회장이 영문을 모르겠다는 듯 쳐다보았다.

"왜 그래?"

"우리 해인이한텐 버스 타고 다녀라, 고등학생이 기사 딸린 차가 말이 되냐 그러면서 어떻게 서현인 그렇게 챙겨요?"

"여보……."

"예전에도 그랬어요. 서현이 가출하려다 만 뒤로 당신 서현인 꼬박꼬박 차로 등·하교시켜 줬잖아요. 기사 딸린 차로!"

"그땐 서현이 한창 사춘기로 많이 힘들어할 때였잖아. 당신도 해인이, 영인이 챙기느라 서현이까지 신경 써주기는 벅찼으니까 내가 대신 한 거지."

"우리 해인이도 지금 그맘때 서현이랑 비슷한 나이거든요?"

"그러니까 해인인 당신이 알아서 잘 챙겨주고 있잖아. 솔직히 그때 당신은 서현이보다 해인이, 영인이 챙기느라 정신없었잖나."

"다, 당신 지금…… 나보고 서현이 안 챙겨줬다고 타박하는 거예요? 지금껏 서현이가 날 한 번도 엄마로 대한 적 없다는 건 몰라주고 나만 잘못했다 하는 거예요?"

눈물이 고인 채로 입술을 바르르 떨며 말하는 서 여사의 어깨를 최 회장이 다독이며 고개를 저었다.

"내 말은 그 뜻이 아니잖아. 당신보고 잘못했다는 게 아니라 어린 해인이, 영인이 돌보느라 서현이한테까진 미처 신경 쓰지 못했다는 걸 알고 있다는 게지."

"서현이 걔요, 정말이지…… 우리 해인이, 영인이한테도 정 한 번을 안 붙이고, 맨날 제 방에 들어와 물건 만졌다고 짜증만 내고……. 흑, 내가 아무리 잘해주려 해도 받아주질 않는데 더 이상 어떻게 하라구요."

"그래, 그래. 내 당신 마음도 잘 알지. 암, 알고말고. 다만 서현이 한참 예민할 때였으니까……."

"그럼 우리 해인이도 차 한 대 내줘요."

"뭐?"

"해인이두 지금 열일곱이라구요. 서현이 겪은 사춘기, 우리 해인이라고 안 겪겠어요? 얘가 워낙 착실해서 아빠 걱정 안 끼치려고 힘든 티 안 내서 그렇지 나름 고민도 많고 그렇다구요."

"필요할 때면 당신이 픽업해 주는데 무슨 차까지 내달래?"

최 회장에게 언짢은 기색이 보이자 서 여사는 이쯤해서 그만둬야겠다고 느꼈다. 괜히 더 했다가는 외려 불똥을 맞을 수 있으니 적당히 하고 화제를 돌려야 했다.

"알겠어요. 그럼 저보고 또 애들 태워다 주냐고 뭐라 하진 말아요."

"내가 언제 뭐라 했어? 너무 싸고돌지만 말라고 한 거지. 애들이 너무 화초처럼 자라도 안 좋아."

최 회장의 잔소리에 서 여사는 얼른 다른 말을 꺼냈다.

"서현인 어디래요? 아까 강 서방이랑 저녁 먹는다고 한 것 같은데, 사이는 좀 좋아졌대요?"

"허허, 그 녀석 지금 안면도래. 휴가 삼아 강 서방이랑 여행 중인가 봐."

하루빨리 둘의 사이가 좋아지길 바라는 최 회장으로선 분명 기분 좋은 소식이었다. 사실 형준을 성하가 떨쳐 냈을 때 괜한 짓을 한 거라고 뭐라 하긴 했지만 서현에겐 비밀로 해달라고까지 하자 어쩌면 하는 기대감을 갖기는 했었다. 큰돈을 쥐어주면서까지 그리 했다는 건 단순히 오랜 시간 알아온 지인이기 때문만은 아니라 여긴 것이다.

그러나 한편으론 워낙 서현을 친딸처럼 살피는 한 여사가 부모의 마음으로 걱정되어 성하에게 시킨 건 아닌가 생각되기도 했다. 솔직히 형준이 떠난 후에도 성하는 서현에게 필요 이상의 접근은 하지 않았다. 그렇다고 최 회장이 나서서 둘의 결혼을 추진할 수는 없었다. 집을 나가 부모의 허락도 없이 결혼까지 하려 했던 과거가 있는 딸을 그걸 알고 있는 상대에게 아내로 맞이할 생각은 없느냐고 어떻게 말할 수 있겠는가!

또한 서현이 그 박형준이란 놈을 잊지 못하고 있는 건 아닌지 걱정되기도 했다. 최 회장이 가장 염려스러워하던 부분이 바로 그거였다. 그동안 돈이 아까워 그런 녀석을 떨쳐 내지 못했던 게 아니라 그 녀석을 향한 서현의 마음이 돌아서지 않으면 아무 소용 없다는 생각 때문이었다.

그 와중에 평창동 쪽에서 먼저 혼사 문제를 이야기해 줘서 얼마나 다행스럽던지. 서현에게 사업을 위한 기회라고 설득해서 결혼까지 이르게 하긴 했지만 둘이 가까워질 기미가 보이질 않아 지금껏 걱정 아닌 걱정을 하던 참이었다. 한데 함께 여행을 갔다? 이 아니 좋을 수가 있겠는가!

"……래요?"

잠깐 생각에 잠긴 탓에 서 여사의 말을 제대로 듣지 못한 최 회장이 눈을 끔뻑이며 되물었다.

"뭐라고?"

"갑자기 웬 안면도냐구요."

흐뭇한 기운이 서린 최 회장의 모습에 서 여사는 얼굴이 찌푸려지려는 걸 참으며 안타깝다는 듯 말했다.

"안면도요? 아유, 둘이 여행 갈 거면 어디 해외라도 나갈 것이지, 사이좋아진 거 맞아요? 아니면 혼자 일 때문에 내려간 걸 당신 걱정할까 봐 일부러 거짓말한 걸까요?"

"뭘, 그런 걸 거짓말하겠어? 그리고 안면도야 제 엄마가 물려준

곳이니 강 서방이랑 기념 삼아 갔을 수도 있지 꼭 해외로 나가야 여행이야? 슬슬 출출해지는데 뭐 좀 주지?"

"자, 잠깐요. 서현 엄마가…… 땅을 물려줬어요? 서현이한테 요?"

"응, 서현이 외할아버지가 남겨준 땅이랑 건물 등 모두 서현이한테 상속했지."

"건물도 있어요? 그럼 서현 엄마 재산이 꽤 됐다는 소리네요?"

"뭘 처음 듣는 것처럼 놀라고 그래? 서현 엄마 재산이라고 해봐야 아버님한테 물려받은 것뿐인데. 먹을 것 좀 챙겨달라니까."

"잠깐만요! 그러니까 서현 엄마 소유의 땅이랑 건물이 있었는데 그걸 다 서현이한테 줬다는 거잖아요. 왜 난 몰랐죠? 왜 나한텐 그런 얘기 안 했어요?"

"몰랐어? 아, 하긴…… 서현 엄마 유산 상속이야 장례식 끝나고 바로 처리됐으니 당신은 몰랐을 수도 있겠군. 암튼 건 그렇고, 간단히 먹을 만한 게 뭐가 있을까?"

최 회장이 허기가 느껴지는 배를 슬슬 문지르며 방을 나서는데 그 뒤를 서 여사가 따라가며 팔을 잡았다.

"그럼 당신은요? 배우자가 사망하면 법적으로 자녀보다 배우자에게 더 많이 간다고 알고 있는데, 아녜요?"

"허어, 그런 것도 알고 있어? 법정상속인 개념이라면야 그렇지만 서현 엄마는 공증받은 유언장이 있었거든."

"그래도요! 그건 배우자로서 당연히 청구했어야지요! 어떻게 배우자가 있는데 자식한테 그걸 몽땅 남겨요?"

"뭔 소리야! 그걸 왜 내가 청구해?"

최 회장이 버럭 소리치자 서 여사는 주춤하며 물러났다. 앞뒤 생각 없이 너무 다그친 것 같았다.

"아뇨, 제 말은 서현이도 그 당시엔 어렸는데 아빠인 당신이 관리하고 챙겼어야 되지 않느냐는 말이에요."

"나 아니어도 서현 엄마 재산은 담당 변호사가 모두 관리하고 있으니까 따로 관여할 필요 없었어. 게다가 나와 함께 모은 것도 아니고 아버님께서 남겨주신 건데 내가 그것까지 욕심내선 안 되지. 살아 계실 적 내게 부족함 없이 투자해 주셨는데 그것까지 바라면 그게 사람이야?"

"……서현이 외할아버지가 상당한 재산가였나 봐요? 난 몰랐는데……."

"단순히 재산뿐이 아니라 인품도 훌륭하신 분이셨어. 요리밖에 할 줄 모르던 내게도 여러모로 많은 도움을 주셨고. 따지고 보면 우리 미림도 그분이 계셨기에 어느 정도 성장할 수 있었던 게지. 내겐 은인이나 마찬가지야."

과거를 회상하는 최 회장의 모습이 보기 싫어 서 여사는 얼른 팔짱을 끼며 주방 쪽으로 향했다.

"아까 아줌마가 애들 간식이라고 해준 부침개 반죽이 조금 있는데, 그거 부칠까요?"

"그거 좋지. 혹시 막걸리 사둔 건 없나?"

"이이는 참, 무슨 막걸리를 찾아요? 어디 가서 그런 거 먹는다는 소리 하지 말아요."

"뭐 어때? 그게 얼마나 든든하고 좋은 술인데."

"암튼 막걸리 같은 건 없으니까 사케 드세요. 엊그제 친구들 모임 때문에 일식집에 갔다가 좋은 사케 소개받아서 사온 게 있거든요."

"막걸리나 사케나 쌀로 만든 건 똑같은데, 뭘."

"아이, 차암. 나랑 한잔하려면 그냥 사케로 하자구요."

살짝 눈을 흘기며 어리광을 피우듯 팔에 매달리는 서 여사에게 최 회장은 웃음을 보이며 고개를 끄덕였다.

"그래, 그래, 오랜만에 우리 마나님과 한잔하자고."

최 회장과 함께 주방으로 들어가는 서 여사는 무슨 생각을 하는지 눈매가 잠시 딱딱해지는가 싶더니 얼른 다시 웃는 낯으로 돌아갔다.

✳

습관이 무서운 건지 서현은 오전 여섯 시 정각에 눈을 떴다. 어젯밤 늦게까지 그의 어깨에 머리를 기대고 불 앞에 앉아 와인을 홀짝였고, 자정이 거의 다 된 시각에 방으로 올라오게 되었다. 그리고 당연한 수순이라도 되는 것처럼 그들은 또 한 번 격정적인 사랑을 나누었다. 지칠 줄 모르고 그녀에게 파고드는 그를 서현은 끊임없이 받아들이며 자신이 느낀 환희와 쾌감을 그에게 되돌려주었다.

어제 그와 나눈 대화에서부터 서로를 원하던 몸짓 하나하나까지 모든 게 완벽하고 좋았다. 엄마를 잃은 후 이처럼 푸근한 마음으로 하루를 시작해 본 적이 있나 싶을 정도로 서현은 완전히 이완된 상태였다. 그녀의 가슴 언저리에 한 팔을 걸치고 옆으로 누워 자는 그를 살며시 돌아보는 서현의 입가로 연한 미소가 번졌다.

'내 남자. 날 위해서라면 뭐든 하겠다고, 아프게 만들지 않겠다고 약속해 준 사람…… . 그럼 그를 위해서 내가 할 수 있는 일은…… ?'

고민할 필요도 없이 답은 이미 나와 있었다.

그를 사랑하는 만큼 그와 함께 행복해질 수 있도록 노력하기. 화목한 가정을 이루는 보통의 부부들처럼 살아가기. 엄마의 바람처럼 그와 그녀를 꼭 닮은 아이들을 낳아 예쁘게 키우기. 그거면 충분할 것이다.

그러다 문득 엄마의 유언장 조건인 아기 문제를 그에게 말하지 않은 게 걸렸다. 그와 이처럼 원만한 관계로 발돋움할 줄 알았다면 미리 말했어도 좋았을 텐데…… . 이제 와서 그런 조건이 있었다고 하면 그가 다른 식으로 오해를 하게 될까 염려스러웠다. 그녀가 그의 키스에 화답하고 망설임 없이 그와 하나 됨을 선택한걸 그 때문이었던 거라 여기게 할 순 없었다.

어차피 이젠 그와 여느 부부들처럼 지낼 테니 당연히 아기를 갖게 될 테고 그러면 굳이 그에게 엄마의 편지 내용을 밝힐 필요는 없지 않을까? 유산 상속의 조건을 아는 이도 변호사와 서현 자신뿐이니 다른 누군가를 통해서 그의 귀에 들어갈 일도 없었다. 그렇다면 일부러 그에게 실은 이러이러한 조건이 걸려 있었다, 하지만 당신을 받아들인 건 그 조건과는 별개로 정말 원해서란 설명을 구구절절 늘어놓을 필요는 없을 것 같았다.

어젯밤 나눈 대화로 서로를 좀 더 이해하고 서로의 마음을 더 가까이 느끼게 된 만큼 이젠 그와 부부로서 함께하기 위해 나아가야 할 바람직한 방향에 대해서만 고민할 때였다. 더 이상은 혼자가 아니라는 기분이 서현의 마음을 따스하게 만들며 더 많이 사랑하고 더 많이 사랑받고 싶다는 생각이 들었다.

"나 눈 떠도 되는 건가?"

그의 얼굴을 감상하듯 바라보고 있던 서현은 그가 희미한 미소를 그리며 말하자 깜짝 놀랐다. 괜히 민망한 마음에 깨지 않은 척하려고 얼른 눈을 감았지만 그를 속일 순 없었다. 그가 상체를 일으키더니 팔꿈치를 바닥에 괴며 그녀를 내려다보았다.

"그처럼 강렬한 눈빛을 보내놓고 아닌 척하려고?"

"……."

성하는 눈을 꼭 감고 입술까지 앙다문 채 꼼짝 않고 있는 서현의 귓가로 가만히 입술을 내리며 속삭였다.

"하루 종일 침대에 있길 바란다면야 얼마든지……."

그의 뜨거운 숨결이 귓가를 간질였고, 한 손이 목덜미에서부터 어깨와 가슴으로 부드럽게 쓸어내리다가 간지럼을 태울 것처럼 옆구리로 움직였다. 결국 서현은 웃음을 보이며 자신의 몸을 쓰다듬는 그의 손을 움켜잡았다.

"그만!"

"정말?"

놀리듯 그가 묻자 서현이 도발적으로 눈을 치뜨며 그를 올려다 보았다.

"오늘 하루 침대에서만 있을 수 있겠으면, 어디 한번 해볼래요?"

"흐음, 누가 먼저 지치나 내기하자는 말처럼 들리는데? 정말 받아들여 줘?"

"자신 있어요?"

"누가 할 소리."

싱긋 웃으며 말하는가 싶더니 그는 갑작스레 입술을 내려 그녀의 입술을 취했다. 저돌적이며 강렬한 키스는 점차 부드러워지더니 그녀를 애태우는 것처럼 변해갔다. 그의 혀가 장난치듯 물러났다 다시 다가오자 그녀의 두 팔이 그의 목을 휘감아 끌어당겼다. 그리곤 더 이상은 도망치지 못하게 하려는 듯 그의 입안으로 혀를 넣으며 그를 잡아챘다. 서로를 소유하기 위한 깊은 키스가 이어졌고, 온몸에 나른함이 번져 갈 때 둘은 입술을 떼며 미소 지었다.

"침대에서의 하루라…… 나쁘진 않을 것 같은데?"

그의 은근한 목소리에 서현이 속눈썹을 팔랑거리듯 눈을 깜빡이며 말했다.

"어머, 정말 괜찮겠어요? 그러다 내일 서울 올라갈 힘도 남아나지 않으면 어떡해요?"

"지금 날 걱정해 주는 척하며 물러나시겠다?"

성하는 두 눈을 가늘게 뜨더니 서현의 허리를 바싹 당기며 다리 사이에 허벅지를 끼워 넣었다. 서현에게 전해지는 탄탄한 느낌에 그녀는 웃음을 터뜨리며 두 손을 들어 보였다.

"내가 졌어요! 항복할게요."

"에이, 너무 싱겁잖아. 이쪽은 충분히 준비가 된 상태인데."

"정말로 아쉬운 건 아니죠?"

제법 진지한 얼굴로 서현이 묻자 이번엔 성하가 웃음소리를 내더니 그녀를 꼭 끌어안았다.

"음, 좋다……."

행복한 기분이 물씬 풍기는 그의 음성에 서현도 화답하듯 그의 등을 둘러 안았다.

"……고마워요."

"나 역시."

둘은 잠시 동안 그렇게 서로를 안고 있다가 느릿하게 침대에서 일어났고, 새로운 하루를 시작했다. 한 지붕 아래 있으면서도 남남처럼 굴었던 지난날이 아닌, 정식 부부로서 맞이하는 첫날이나 마찬가지이기에 두 사람에겐 뜻 깊은 하루의 시작이라 할 수 있었다.

무엇을 하자 계획하고 정해놓은 건 없었지만 그저 함께 먹을 걸 챙기고 나란히 손을 잡고 거니는 것만으로도 둘은 행복을 느꼈다.

휴가를 마치고 서울로 올라가는 차 안에서 서현은 은정의 전화를 받았다.

〈아직 안면도야?〉

왠지 조심스레 묻는 은정의 목소리에 서현은 의아함을 느끼며 말했다.

"아냐. 지금 서울 가는 길이야. 왜? 무슨 일 있어?"

〈어, 그래? 그럼 나 퇴근 시간 정도엔 도착하니?〉

"그렇긴 할 텐데……."

서현은 운전 중인 성하를 보았다. 그 역시 무슨 일인지 궁금한 얼굴로 그녀를 돌아보는 중이었다.

〈형준 선배가 자꾸 너에 대해 묻잖아. 너 만나고 싶다면서 나한테 자리를 마련해 보라는데 어째야 되는 거냐?〉

듣고 싶지 않은 이름이 갑자기 튀어나오자 서현의 얼굴이 굳어졌고, 성하의 눈엔 더욱 궁금증이 담겼다.

"왜 그래?"

그가 물었지만 서현은 간단히 고개를 저어 보이고는 핸드폰을 좀 더 바싹 대고 말했다.

"나 안면도에 남편이랑 같이 여행 갔다가 올라가는 거야. 아마 오늘 저녁에 만나긴 어렵겠는데, 내일이나 모레 시간 봐서 연락할게."

〈남편이랑? 진짜? 정말 같이 여행 간 거야?〉

깜짝 놀란 은정의 목소리에 서현은 굳은 얼굴을 조금 펴며 미소 지었다.

"응."

〈어머, 어머! 정말? 자, 잠깐만. 그럼 형준 선배한텐 너랑 만나는 자리 어렵겠다고 해야 되는 거지? 그치?〉

"응, 그래."

〈너 정말 괜찮은 거야? 아님 지금 전화 받기 어려워서 그러는 거야?〉

"괜찮아. 아주 좋아, 지금."

〈알았어. 형준 선배한테 또 전화 오면 내가 딱 잘라서 끊어놓을 게. 어머, 지지배, 뭐니? 나한테 한마디 말도 없이! 나 궁금해 죽는 꼴 보고 싶지 않으면 내일 중으로 꼭 연락해! 알았지?〉

"그래, 알았어."

서현은 그제야 다시 웃음 띤 얼굴로 돌아와 전화를 끊었다.

"당신이 나 때문에 친구를 버릴 때가 오다니, 놀라운데?"

그가 쿡쿡 웃음소릴 내며 장난스럽게 말하자 서현이 살짝 눈살을 찡그려 보였다.

"그럼 다시 전화할까요? 이따 저녁에 보자고?"

"어허, 그리 나오면 나라고 가만있을까? 바로 따라가지!"

"내 친구들 만나는 자리에 나왔다간 5분도 못 견디고 도망갈걸요?"

"흠, 그동안 당신이 날 어찌 말해왔는지 알겠군."

"그럼요. 섹시한 매력이 철철 넘치는 남자랑 함께 사는데 손끝 하나 댈 수 없어서 아주 미치겠다고 했거든요. 아마 당신을 가운데 앉혀놓고 난리도 아닐걸요? 막 여기저기 더듬을지도 몰라요!"

서현의 말에 그가 잠시 멍한 듯하더니 풋 하고 웃음을 터뜨렸다.

"오호, 이젠 날 갖고 노는 여유까지 생기셨군요, 부인?"

"잘 가지고 놀고 제자리에 얌전히만 놔두면 되잖아요. 그렇죠?"

조금은 귀염성 있게 말하는 그녀를 성하가 가늘어진 눈으로 힐끗 보더니 의미심장하게 말했다.

"이거 오늘 밤 각오하라는 소리로 들리는데?"

"에이, 항상 준비된 사람이 무슨 각오씩이나?"

"오케이! 내일 출근 때문에 좀 봐줄까 했는데 그럴 필요가 전혀 없겠는걸?"

씨익 미소 짓는 성하를 보며 서현도 미소로 되돌려 주었지만 은정이 말한 형준의 이야기가 머릿속을 어지럽혔다. 대체 왜 자꾸 연락을 취하고 만남을 요구하는지 괜히 불안한 마음까지 들었다. 이제야 성하와의 관계가 좋아졌는데 형준 때문에 문제를 만들고 싶진 않았다.

정말 한 번쯤은 만나서 분명하게 말해야 하나 싶기도 했지만 굳이 그럴 필요가 뭐 있을까도 싶었다. 깨끗이 끝내고 헤어진 마당에 결혼까지 한 옛 여자친구를 찾는 형준의 속내가 무엇인지는 대충 짐작이 되었기에 아예 모른 척 무시해 버리는 게 상책일 수도 있었다. 쓸데없이 성하까지 나서게 하는 일은 없도록 해야 했다. 그런 남자 때문에 성하의 기분을 상하게 할 순 없었다.

#9

　"어머니께서 내일 저녁에 평창동에서 식사하자고 하시는데 시간 어때요?"

　안면도에 다녀온 바로 다음날 한 여사는 궁금증을 참지 못하고 서현에게 안부를 묻듯 전화를 넣었다. 그리고 서현이 여행에 대해 아주 만족스러웠다는 반응을 보이자 둘을 함께 보고 싶으셨는지 당장 집에서 밥을 먹자는 말씀을 하신 것이다.

　"나야 별일 없지."

　"그럼 내일 간다고 연락 드려놓을게요."

　"그래. 그러고 보니 당신 오늘 약속 있다 했지?"

　"네. 어제 너무 바빠서 은정이랑 못 만났거든요. 오늘도 시간 안 내면 쳐들어올 기세니까 만나줘야죠."

　서현의 말에 성하가 빙긋 웃으며 말했다.

"어디? 종로 쪽이라 했나?"

"광화문 근처에 새로 생긴 와인 바라는데, 거기로 가고 싶다네요."

"늦어질 것 같으면 전화해. 데리러 갈게."

"음, 은정이가 많이 마시면 내가 책임져야 되니까 아마 난 안 마실 거예요."

"친구들 만나고 늦게 들어온 게 다 기사 노릇 해주느라 그랬던 거야?"

성하가 눈썹을 치켜 올리며 말하자 서현이 새삼스럽다는 듯 동그래진 눈으로 물었다.

"정말 그동안 내 귀가 시간까지 체크했던 거예요?"

"늦어지면 걱정되니까 당연한 거지."

그가 표정을 감추기라도 하듯 커피잔을 들어 올렸고, 그런 그를 서현이 미소 띤 얼굴로 응시했다.

"내가 몰라줘서 서운했어요?"

"티 안 내려고 할 때인데 서운하기까지야."

싱긋 웃는 그에게 서현이 좀 더 상체를 앞으로 내밀며 그를 보았다.

"그럼 집에 안 들어온 날은요? 일주일에 서너 번씩 안 들어온 적도 많았잖아요. 내 걱정 안 하고 어디에서 뭐 한 거예요?"

"흠, 이런 얘긴 그만하고, 얼른 출근합시다."

"이런 얘기가 어떤 얘긴데요?"

식탁에서 일어서려는 그의 손을 잡으며 서현이 말똥말똥한 눈으로 묻자 성하가 그녀 옆으로 다가와 일으켜 세웠다. 그리고는 바싹 허리를 당겨 안으며 얼굴을 닿을 듯이 내렸다.

"당신도 내 걱정을 좀 해주길 바랐거든. 왜 내가 안 들어오는지, 무슨 일이 있는 건지 궁금해하길 바랐다면? 그런 적 있나?"

"……음……."

"역시 없었군."

그의 눈매가 가늘어지자 서현이 그의 양 볼을 잡고는 갑자기 쪽 하고 입을 맞췄다.

"출근하자면서요? 얼른 나가요, 우리."

"가만! 정말 내가 궁금한 적 한 번도 없었어?"

성하는 짐짓 심각한 얼굴로 서현이 벗어나지 못하게 꽉 붙들었다.

"그냥…… 모른 척하고 싶었다고 하면 답이 될까요?"

실은 어떤 여자와 밤을 보내는지, 혹시 또 진주와 함께 있는 건 아닌지 무지 신경 쓰였다고 하면 그가 뭐라 할까? 역시 바라던 대로 반응한 거라고 좋아하겠지? 하지만 그러고 싶진 않았다. 추후에도 그가 또 그런 방법으로 그녀를 애태우게 만들까 봐 서현은 깔끔하게 답했다.

"상관하지 않기. 그게 당신이 원하는 거라 생각했거든요."

"냉정하기는……."

그가 실망스럽다는 듯 입술을 씰룩이자 서현이 다시금 입을 맞춰주었다.

"앞으로는 절대 안 그런다고 약속해요. 일부러 내 반응 떠보려

227

고 그러는 거 싫어요."

"이젠 그럴 이유 없어. 그러지 않더라도 당신 반응을 이끌어내는 방법은 많거든."

그는 씨익 입꼬리를 올리더니 서현이 했던 가벼운 입맞춤과는 달리 진한 키스로 되돌려줬다. 역시나 그녀의 입술이 활짝 열려 그를 반겼고, 나른한 신음 소리가 흘러나왔다.

"흠, 출근해야지?"

"……그래야죠……."

서로의 입술 위에서 아쉬움이 담긴 채 속삭였지만 둘의 입술은 쉽사리 떨어질 줄 몰랐다. 혀가 엉기고 숨결이 섞이며 두 사람의 입맞춤은 점점 더 격렬해졌다. 서현의 블라우스 자락이 들춰지며 성하의 손이 들어와 브래지어 위로 가슴을 감싸 쥐었다.

"으음……."

서현은 그의 엄지손가락이 파고들어 유두를 굴리자 그의 목을 끌어당기며 등을 휘었다. 성하의 입술이 서현의 입술에서 벗어나 목덜미로 내려왔고, 등 뒤로 손을 돌려 브래지어의 후크를 풀었다.

"우리 이러다…… 아아!"

'늦겠어요'라는 말 대신 서현의 입에선 탄성이 새어 나왔다. 어느새 식탁 위로 상체가 눕혀졌고, 그의 입술이 유두를 머금고 강하게 빨아들이며 그녀를 자극했다. 성하는 다른 쪽 가슴으로 입술을 옮기며 서현의 스커트를 말아 올린 뒤 팬티를 잡아 내렸다. 팬티가 발목까지 흘러내리자 서현이 발을 빼 벗어 던졌고, 그의 허리띠를 풀었다.

단단하게 솟은 남성이 손끝에서 느껴지자 서현의 숨소리는 더 거칠어졌고, 뜨거운 기운이 중심으로 쏠렸다. 그 중심을 달래듯 성하의 손이 가만히 자리하며 부드럽게 어루만져 주더니 촉촉해진 안으로 손가락이 미끄러지듯 들어왔다.

"하아!"

나른하게 내뱉는 서현의 입술을 덮으며 성하는 그녀의 몸 안 구석구석을 자극해 나갔고, 엄지손가락을 이용해 부풀어 오른 작은 돌기를 문지르며 더욱 애를 태웠다. 그리고 이어 그가 그녀를 꽉 채우며 들어섰다. 머리끝까지 찌릿함이 관통하자 서현은 그의 어깨를 움켜쥐었다. 그의 리드미컬한 움직임에 맞춰 서현의 엉덩이가 들렸고, 강한 자극에 신음 소리는 더 격해졌다.

"으음!"

어젯밤 두 번이나 그녀를 안았건만 그는 여전히 힘찬 몸짓으로 서현에게 아찔함을 선사해 주었다.

"하아, 하아!"

못 참겠다는 듯 머리를 뒤채며 반응하는 그녀에게 성하는 또 한 차례 자신을 쏟아내며 격렬히 몸을 떨었다. 그 탓에 출근 시간이 조금 지체되긴 했지만 둘은 개의치 않는 듯 웃음을 보이며 깊게 입을 맞췄다.

옷을 갖춰 입고 서현이 머리를 다시 틀어 올리자 성하가 뒷목덜미를 부드럽게 쓸어주며 말했다.

"기다릴 테니 너무 늦지 않게 들어와야 해? 운전하기 힘들면 나한테 연락하고."

"네."

서현은 수줍은 미소를 지으며 느릿한 동작으로 그의 가슴을 쓸어내린 뒤 의자 위에 걸쳐 둔 재킷을 집어 들었다.

"얼른 이 집을 벗어나자구요."

✱

하루의 업무가 거의 마무리되어 갈 무렵, 성하는 김 비서가 가져온 파일을 휘릭 넘겨보았다.

박형준은 지난 5월에 귀국해 여기저기 취직 자리를 알아보던 중 얼마 전에 '나승하우징'이란 건축설계회사에 입사한 상태였다. 보아하니 그곳도 제대로 시험을 치르고 입사한 게 아닌 유학 시절 친구이자 대표의 아들인 나석우라는 사람의 인맥을 통해서였다.

그곳의 직원들로 보이는 여자들과 함께 점심을 먹고 나온 듯 테이크아웃 커피를 들고 있는 형준의 웃는 얼굴을 보는 성하의 눈매가 날카롭게 빛났다. 역시나 겉보기에는 아주 멀쩡한 핸섬가이였다. 예전보다 좀 더 살이 붙은 것처럼 보이긴 했지만 곁에 있는 여자들이 그를 보고 활짝 웃고 있는 게 나름 남자로서는 어필하는 것 같았다.

문제는 서현이 아직 이 작자에게 애증의 감정이 남아 있을지도 모른다는 것이다. 지금껏 그자에게 그녀가 한 번도 몸을 허락하지 않았다는 건 성하에게 있어 참으로 고맙고 그리 깊은 관계는 아니었구나, 라는 안도감을 주기는 했다. 하지만 서현이 아무런 감정도 없는 남자와 오랜 기간 연애를 하고 함께 도망갈 생각까지 했을까도 싶었다. 아무리 최 회장님께 반항할 목적이었다 해도 모든 걸 버리고 그 남자를 택할 결심까지 했었다는 건 그만큼 깊은 감정이 있었기 때문일 터. 성하는 그게 싫었다.

'남자로서의 욕심……'

그랬다. 성하는 서현의 마음속에 그 누구보다도 가장 큰 자리를 차지하고 싶었다. 과거든 현재든 미래든. 따라서 더는 형준이 서현 앞에 나타나지 못하게 차단할 생각이었다. 그녀를 놓친 지난 과거는 후회해 봐야 소용없는 일, 현재와 미래가 중요했다. 지금 그녀가 자신을 바라보며 행복해한다 해도 언제 갑자기 과거의 감정이 삐죽 드러나 현재의 그녀를 삼켜 버릴지 모르니까 형준이 서현에게 접근하지 못하도록 조치를 취해야 했다. 더는 그자가 서현을 흔들게 할 순 없었다.

*

광화문 근처, 야경이 훤히 내다보이는 와인 바로 들어선 서현은 손을 번쩍 치켜드는 은정을 보고 웃는 얼굴로 다가갔다.

"일찍 왔네?"

"그럼, 당연하지. 불금이란 핑계로 칼퇴근했다는 거 아니냐."

"친구랑 불금 보내는 거 알면 너네 부장님 배신감 느끼는 거 아냐?"

웃으며 대꾸하는 서현의 모습에 은정이 자못 진지해진 표정으로 옆에 앉은 서현을 빤히 쳐다보았다.

"왜 그래?"

서현이 다시 묻자 은정은 좀 더 얼굴을 가까이 하며 살피더니 고개를 끄덕거렸다.

"정말 뭔 일이 있긴 있었구나?"

"무슨 소리야?"

"너무 반짝거리잖아!"

"……뭐?"

"내가 널 안 지 12년째지만 이런 모습은 처음이야. 그렇게 방싯거리며 웃다니! 대체 무슨 일이 벌어진 거야? 로또가 당첨됐다 해도 너한테는 껌 값일 테니 이리 좋아하진 않을 테고, 뭐냐? 남편이 뭘 어쨌는데 그래?"

"그냥……."

서현은 연하게 얼굴을 붉히며 어깨를 으쓱했다.

"그냥? 그냥 뭐? 뭔 일인데? 응?"

"생일 턱 낸다 했잖아. 어떤 걸로 마실래?"

서현이 차분함을 유지하며 메뉴를 들추자 은정이 기대에 찬 표정으로 리스트를 보았다.

"우선 식사 대용으로 할 만한 안주로 샐러드랑 파스타를 시키고, 와인은…… 음…… 시원하고 달달한 그게 뭐였더라?"

"모스카토 다스티?"

"그래, 그래! 우리 그거 마시자. 왠지 너 축하해 줄 일도 있는 것 같으니 기포 올라오는 걸로 쨍~ 하자구."

은정은 흡족한 얼굴로 서현이 주문하는 걸 지켜본 뒤 재촉했다.

"자, 자, 이제 말해봐. 남편이랑 어떻게 진행 중인데? 너 얼마 전만 해도 항상 평행선이니 뭐니 그랬잖아."

"그냥…… 서로에 대해 좀 더 진지하게 바라보기로 했어."

"네 남편이 그러자던?"

"우리 둘 다 같은 생각이었어. 어차피 함께 살 사이인데 계속 남남처럼 지낼 순 없어서."

"이야, 우리 서현이 잘했다! 정말 잘했어! 어쩜 이리 기특할꼬?"

"왜 네가 더 좋아서 그래?"

"그럼 당연히 좋고말고! 네 지난날을 내가 모르는 것도 아니고 말이야. 형준 선배 그리 가버리고 너 사업 배운다고 악착같이 매달릴 때 얼마나 안쓰러웠는지 알아? 너한테 말을 안 해서 그렇지, 형준 선배 나쁜 놈이라고 얼마나 욕했다고! 근데 너 이렇게 좋은 얼굴 보니까 내 마음이 다 편해진다. 이야, 네 남편 드디어 널 제대로 보게 된 거지? 이리될 거 그동안 왜 그렇게 널 무시했던 거래? 한번 좀 따져 보지 그랬어?"

뭐가 그리 하고 싶은 얘기가 많은지 은정은 쉼 없이 입을 놀려댔다.

"나 솔직히 너 진짜 걱정했거든. 마음 같아선 그냥 이혼하는 게 어떠냐는 충고까지 하려고 했다니까. 막말로 너 사업 잘되고 가진 거 많은데 굳이 남 같은 남편이랑 살 필요가 뭐 있냐 싶었지. 그래서 형준 선배 귀국했단 말에 혹시나 싶어 너 불러냈던 거잖아."

"이제 형준 선배와 나 아무 상관 없는 사이야. 그러니까 너한테 연락해서 날 만나게 해달라고 해도 받아주지 마. 만날 이유도 없고 보고 싶지도 않으니까."

"그럼, 당연하지. 너 남편이랑 좋아졌는데 초칠 일 있니? 자, 자, 나왔다. 여기 건배부터 하자구."

은정은 소믈리에가 마개를 따서 멋지게 잔에 따라주는 걸 보며 신난다는 듯 가볍게 손뼉을 쳐대더니 서현에게 잔 하나를 밀었다.

"늦었지만 생일 축하한다, 친구! 진심으로 행복하길 바랄게."

"음, 고마워. 네가 있어서 더 행복해."

서현이 미소를 보이며 잔을 부딪치자 은정이 장난스럽게 눈을 흘겼다.

"지지배, 그런 간지러운 말도 할 줄 알고."

"그러게. 한 가지가 변하니 삶을 대하는 태도도 바뀌는 것 같아."

"오우, 철학적이기까지? 네 남편 다시 봐야겠는걸? 대체 뭘 어떻게 했기에 널 이리 변하게 한 거래?"

"나한테 잘하겠대. 내가 행복해지길 원한다면서……."

서현은 얼굴을 붉히며 말했다가 민망한 마음에 얼른 와인잔을 기울였다. 풍부한 과일 향이 번지며 시원하고 달콤한 느낌이 목을 타고 넘어가 상쾌함을 느끼게 해주었다. 절로 미소가 번졌고, 서현은 흐뭇한 표정으로 보고 있는 은정의 잔에 한 번 더 잔을 부딪쳤다.

"뭐 해, 안 마시고?"

"네 밝은 모습 보니까 좋아서. 다음에 네 남편 만나면 내가 칭찬해 주겠다고 전해."

"음, 알았어."

괜히 쑥스러움이 몰려오자 서현은 다시금 와인잔을 입으로 가져가며 한 모금 더 삼켰다. 이러다 은정이보다 더 마시게 되는 건 아닌지 조금 걱정이 되기도 했지만 기분은 좋았다.

그렇게 한 시간여 동안 은정의 이야기를 듣고 그에 대꾸하며 웃음을 터뜨리기도 하던 서현은 갑자기 눈살을 찡그리며 되물었다.

"누구와 사귈 생각이라고?"

"나석우 씨. 너도 그때 봤잖아."

이젠 은정의 얼굴에 붉은 기가 번져 있다. 물론 와인 한 병을 다 비우고 새로운 걸 마시기 시작했으니 어느 정도 취기가 올라 그럴 수도 있지만 지금은 다른 의미로 붉어진 얼굴이다. 그런 은정을 보며 서현은 다시 묻지 않을 수 없었다.

"그 나석우 씨와 사귀겠다는 거니, 지금?"

"응. 그때도 나한테 호감을 보이는 것 같더니 몇 번 연락하더라구. 만나서 밥 먹은 적도 두 번 있어. 너 보기엔 어땠어? 그래도 직장 번듯하니 괜찮은 것 같지?"

"뭐, 잠깐 본 것뿐이라……."

서현은 어떤 답을 해줘야 할지 몰라 머뭇거리며 미간을 모았다. 하필 형준 선배와 관련된 사람에게 마음을 주다니. 다시 한 번 잘 생각해 보라 하고 싶었지만 친구가 좋아하게 된 사람을 그런 이유로 막을 순 없었다. 차라리 그 사람 자체에 대해 지적할 사항이 있다면 모를까.

사실 서현은 나석우란 사람이 딱히 마음에 들진 않았다. 왠지 필요에 의해, 이익을 좇아 인간관계를 맺는 사람이란 느낌이 들었던 것이다. 강자에겐 약하고 약자에겐 군림하고 싶어 하는 스타일. 인간적인 정으로 묶이는 사이가 아닌 거래로 만나게 된다면 딱히 거부감이 일지는 않겠지만 은정이 그 남자와 진지하게 연애를 하겠다고 나서니 말리고 싶어졌다.

"굉장히 매너도 좋고 성실한 사람 같아. 지금 하는 일에 대한 자부심도 있는 게 남자로서 참 괜찮아 보이더라구."

"그래서 좋아진 거야?"

차분한 어조로 묻는 서현에게 은정은 빨개진 얼굴을 끄덕거리더니 배시시 웃었다.

"응, 그런 것 같아. 뭐 하고 있을까 막 궁금해지고 그래. 그럼 좋아하게 된 거잖아. 그치?"

"내가 그러지 말라고 하면?"

"뭐?"

은정은 서현이 반대 의사를 밝히자 놀란 듯 눈을 깜빡였다.

"나 그 사람 별로거든. 네가 더 아까워."

"야아, 뭘 내가 더 아깝냐? 그 사람 다니는 회사도 자기 아빠 거래. 지금 내 나이에 그런 남자 만나는 거 흔치 않잖아."

"스물아홉이 뭐? 요즘은 서른 넘은 아가씨도 많아. 너 설마 결혼까지 염두에 두고 있는 거야?"

여전히 서현이 딱딱하게 나오자 은정은 잠시 생각에 잠긴 것처럼 조용했다.

"너무 급하게 빠져들지 말고 좀 더 신중했으면 싶어서 하는 말이야. 내 말 무슨 뜻인지 알지?"

"응…… 근데……."

다시 시선을 올리며 뭔가 말하려던 은정은 갑자기 놀란 듯 두 눈을 휘둥그레 떴다. 그 모습에 서현은 무슨 일인가 싶은 얼굴로 뒤를 돌아보았다. 그리고 막 안으로 들어오고 있는 두 남자를 보게 되었다. 박형준과 나석우! 저 사람들이 여긴 어떻게 오게 됐는지는 금방 알 수 있었다.

"은정 씨, 역시 아직 여기 있었네?"

석우가 먼저 손을 들어 보이며 반갑게 그들에게 다가왔고, 형준도 옆에서 서현에게 웃는 얼굴로 눈인사를 건네고 있었다. 서현이 굳어진 채로 은정을 보자 은정이 연신 고개를 흔들어대며 말했다.

"형준 선배가 같이 올 줄은 정말 몰랐어. 난 그냥 석우 씨가 오늘 뭐 하냐기에 너 만날 거라고만 했거든."

"반가워요, 서현 씨. 이거 얼마만이죠?"

석우가 악수를 하자는 듯 척 내미는 손을 무시하며 서현은 바 의자를 약간 돌린 채 비스듬히 올려다보았다.

"난 그쪽이랑 그렇게 친근하게 이름 부를 사이가 아니라고 알고 있는데요?"

꽤나 냉정한 말투에 석우의 웃는 얼굴이 그대로 굳어지더니 옆에 있는 은정과 형준을 번갈아 보았다.

"서, 서현아……."

은정도 민망한지 서현의 다리를 툭 건드렸고, 형준이 얼른 끼어들었다.

"늦었지만 생일 축하해. 내가 카톡 보낸 거 봤지?"

그러자 서현이 형준을 힐끗 쳐다보며 말했다.

"그쪽과도 생일 축하 메시지를 받을 만큼 가까운 사이는 아니라고 알고 있고."

"서현아, 왜……."

"말하지 않았던가? 나 선배랑 사사로이 얼굴 마주치고 싶지 않다고."

"서현 씨, 우리 이러지 말고 기분 좋게 한잔합시다. 오늘은 제가 사겠습니다."

눈치가 없는 건지 아니면 서현을 어떻게든 잡고 싶은 건지 모르겠지만 석우가 사람 좋게 웃으며 말을 이었다.

"은정이 애인 정도면 서현 씨라 이름 부를 사이는 되지 않아요? 그치, 은정아?"

"그게…… 그러니까……."

은정은 연신 서현과 석우, 그리고 형준을 빠르게 돌아보며 눈치를 살피는 중이었다. 아무래도 자신이 뭔가 실수를 한 것 같다는 느낌이 들었다.

"아, 은정이 애인이었어요? 그러니까 나랑도 친하게 지내자 뭐 그런 얘기네요?"

서현이 입꼬리를 올리며 묻자 석우가 머쓱함을 감추려는 듯 머리를 쓸어 넘기며 너털웃음을 지었다.

"이를테면 그런 말이죠. 자, 우리 같이 테이블로 자리 옮길까요? 은정아, 이쪽으로……."

"나 먼저 일어나야 될 것 같다."

서현이 은정을 돌아보며 몸을 일으키자 형준이 팔을 잡았다.

"이러지 말자. 분위기 나빠지게 왜 이래?"

"분위기? 내가 왜 그쪽들 분위기를 맞춰줘야 하는데? 난 당신들과 합류하기로 약속한 적도 없고 하고 싶지도 않아. 그리고 이런 식의 접근 그만해. 유치하지도 않으니까."

서현이 차갑게 내뱉으며 손을 뿌리쳤지만 형준은 쉽게 물러나지 않았다.

"그래, 나 마음껏 원망해! 그런 취급 받아도 싸니까. 하지만 너 이렇게 자꾸 나 피하려고 하면 내가 무슨 생각 할 것 같아? 혹시나 보는 거 힘들어? 네 남편한테 미안한 감정 생기게 될까 봐 겁나서 그래? 아직 나 사랑하는 마음 남아 있는 거야?"

"서, 선배, 그러지 마. 왜 그래?"

급당황한 은정이 벌떡 일어서며 형준을 말렸다. 그리고는 어찌할 바를 몰라 하며 서현의 눈치를 살폈다.

"정말 미쳐 버리겠네."

서현은 짜증 난다는 듯 숨을 한 번 크게 내쉬며 중얼거리고 형준을 쏘아보았다.

"마지막으로 경고하는데, 자꾸 이런 식으로 굴면 접근 금지 신청 내버릴 수도 있어! 정신병자 취급받으며 사회생활하고 싶어? 나 그쪽한테 아무 감정 없어. 사랑하는 마음 남아 있냐고? 하, 애초에 사랑한 적도 없는데 무슨 감정? 몰랐어? 나 선배 이용했던 거야. 우리 아빠한테 반항하려고, 집에서 나오고 싶어서 적당한 남자 골라서 이용했던 거라고. 선배는 아빠가 싫어할 만한 남자로 선택됐던 거고. 그에 대한 비용도 충분히 지급한 걸로 알고 있는데 구차하게 왜 이래?"

나름 충격적인지 형준의 얼굴이 싸늘히 식어가며 두 눈에 잔뜩 힘이 들어갔다. 그런 형준을 더 매서운 눈으로 응시하며 서현이 말했다.

"나 건들지 마. 내 성깔 알지? 하기 싫은 거 안 하고 마음에 안 들면 치워 버리는 거. 아빠도 버리려 했는데 뭔들 못하겠어? 자꾸 귀찮게 굴면 끽소리도 못하게 정말 밟아버릴 거야."

서현은 아직도 붙잡힌 채로 있는 팔을 크게 흔들어 빼내고는 형준에 이어 석우에게 시선을 돌렸다.

"혹시 나랑 엮이고 싶어 은정이 이용할 생각이라면 가만 안 둬. 당신 때문에 은정이 눈에서 눈물 한 방울이라도 나오면 그쪽 아버지 회사라는 것까지 박살 내버릴 거니까."

서현의 차가운 말에 두 남자는 얼이 빠진 듯 아무 말도 못하고 바싹 굳어져 눈만 끔뻑일 뿐이고, 은정 역시 서현에게 아무런 대꾸도 하지 못한 채 긴장한 얼굴로 쳐다볼 따름이다.

"먼저 간다. 다음에 연락할게."

서현은 은정의 어깨를 툭 한 번 건들고는 더 이상의 말없이 휙 돌아섰다.

차 안에 앉은 서현은 핸들을 두 손으로 붙잡은 채 심호흡을 하며 머리를 식혔다. 형준에게 어떤 식으로든 연락이 오거나 마주하게 되면 알리라고 성하가 말했지만 오늘 일은 굳이 말할 필요가 없을 듯했다. 어쨌든 형준에게 할 말은 다 했으니 차라리 잘된 일이라 생각하는 게 나았다. 그 상황에서 성하에게 전화를 하는 것도 우습게 보일 테고 쓸데없이 형준으로 인해 그의 기분을 상하게 만들고 싶지도 않았다. 그렇게까지 경고를 했으니 더 이상은 그녀에게 연락을 취하지 않을 거라 믿었다.

시동 버튼을 누르려던 서현의 손이 멈칫했다. 와인 한 병을 둘이서 다 비우고 두 번째 병도 거의 절반은 마신 상태였다. 엄마를 자동차 사고로 잃은 탓에 서현은 운전대를 잡을 땐 항상 신중했다. 버튼에서 손을 치우고 핸드폰을 꺼내 택시를 부르려던 서현은 문득 성하가 운전하기 힘들 것 같으면 전화를 하라고 했던 게 생각났다.

시계를 보니 아홉 시를 막 넘어가고 있었다. 아까 일곱 시가 조금 넘어 퇴근할 거라는 메시지를 보내왔으니 그는 아마 집에 있을 터.

'뭘 하고 있을까?'

책이나 영화를 보면서 그녀를 기다리고 있을지도 모른다. 갑자기 그가 보고 싶다는 생각이 물밀 듯이 밀려와 서현은 그에게 전화를 걸었다.

〈여보세요?〉

"나예요."

〈그래, 벌써 끝난 거야?〉

생각보다 이른 시각이라 그런지 그의 목소리가 제법 놀란 듯 들린다.

"와인 한 병을 내가 다 마셨는데 어떡하죠?"

〈무슨 좋은 일이라도 있었어?〉

이젠 그의 음성에 웃음기가 묻어났다.

"음, 그냥 당신 자랑을 좀 늘어놓다 보니 민망해져서 자꾸 홀짝거리게 되더라구요."

〈저런, 민망할 정도로 내 자랑을 한 거야? 무슨 말을 했는지 궁금해지는데?〉

그가 흐뭇한 웃음소리를 내자 서현도 기분이 좋아지며 점점 나른해지는 느낌이 들었다. 취기가 이제야 올라오는 건가?

"날 행복하게 해주겠다고 했잖아요. 그 말을 했더니 다음에 당신 만나게 되면 칭찬해 주겠대요."

〈꼭 자리를 마련해야겠는데?〉

"은정이는요, 내가 어떻게 살아왔는지 잘 아는 친구거든요. 음악도 같이 듣고 록 콘서트도 같이 가주고……. 새엄마 때문에 내가 힘들었다는 거 알아주는 단 한 사람이라서……. 항상 내가 행복해지길 바라는 친구예요. 나도 은정이 누구보다 잘되길 바라구요."

순간 서현은 쓸데없는 소리를 했다는 생각에 퍼뜩 정신을 차렸다.

'새엄마 얘기를 왜 한 거지? 심지어 아빠에게조차 숨겨온 일인데 고작 와인 좀 마셨다고 그에게 떠벌리다니!'

새엄마 밑에서 구박을 받아 힘들다는 내색을 하면 사람들이 저 애는 동정받고 싶어 한다고 여길까 봐 이제껏 말을 하지 않았다. 아빠에게 그런 티를 냈다간 새엄마에게서 더한 잔소리와 꾸중이 돌아올 거란 걸 알기에 입을 닫게 되었고, 어른이 되면서부터 굳이 그런 얘기를 할 필요가 없다고 여기게 되었다. 다만 고등학교 때 병으로 엄마를 잃은 은정이 힘들어할 때 처음 새엄마에 대한 얘기를 했었고 그 후부터 서로에게 위로가 되어주곤 했다.

'그런데 왜 이런 얘기를 그에게?! 최서현! 취한 거야?'

서현은 눈살을 찡그리며 손바닥으로 이마를 문질렀다.

"저기요, 방금 내 말은······."

〈출발했어. 금방 갈 테니까 조금만 기다려.〉

성하의 음성이 믿음직스럽게 다가와서일까? 서현은 그에게 이 런저런 하소연을 하고 싶어졌다. 그동안 심적으로 어렵고 힘들었던 얘기를 그에겐 털어놓고 싶다는 생각이 들었다. 하지만 이미 지난일, 더 이상은 새엄마 때문에 움츠러들 일은 없으니 쓸데없는 말로 그를 불편하게 만들고 싶지 않았다.

〈전화 끊지 마. 당신 목소리 들으면서 갈 거니까.〉

그의 말에 서현은 괜스레 눈물이 고이자 얼른 손등으로 닦아냈다. 그녀 역시 전화는 끊고 싶지 않았다. 그에게 더 하고픈 얘기가 있었고, 그의 목소리도 계속 듣고 싶었다.

"무슨 얘기부터 할까요?"

〈아무 얘기나. 오늘 처리한 업무에 대한 것도 좋고, 나한테 궁금한 걸 물어도 좋아.〉

"음, 업무는 별거 없었어요. 항상 똑같은 일이죠, 뭐. 아, 홈페이지에 올라온 고객들이 추천하는 메뉴나 레시피 보니까 아이디어가 독특한 게 있더라구요. 마감 날짜는 아직 일주일 더 남았는데 지금까지 올라온 것만도 괜찮은 게 보여요."

〈그래? 잘됐네. 고객과 함께 운영해 나가는 모습을 보이는 건 이미지 향상에 큰 도움이 되니까.〉

"내 생각도 그래요. 지난봄 고객 추천으로 서비스한 메뉴도 인기거든요. 보면 가족 외식이 늘어서 그런지 아이들 입맛을 생각하는 엄마들 아이디어가 획기적인 게 많아요."

〈엄마 입장에선 아무래도 아이가 우선이니까.〉

그의 목소리가 잠시 멈췄다가 다시 천천히 이어졌다.

〈당신도 아이를 낳으면 좋은 엄마가 될 거야.〉

'아이……. 그래, 낳아야지. 엄마가 바란 것처럼 그를 닮고 또 나를 닮은 예쁜 아이들…….'

머릿속에 그려지는 광경에 서현의 입가에 미소가 감돌았다.

"혼자 힘으로 낳을 순 없잖아요. 당신이 도와줘야지."

은밀하게 속삭이는 듯한 서현의 음성에 그가 낮게 웃음소리를 내었다.

〈그런 일이라면 얼마든지 노력 봉사하며 도와줄게.〉

"오늘도요?"

취한 게 분명했다. 이런 소릴 아무렇지도 않게 내뱉다니! 그럼에도 서현은 그의 답을 기대하며 미소를 짓고 있었다.

〈난 항상 준비된 상태라 한 것 같은데?〉

"아하, 맞다. 그랬지."

그녀의 목소리가 점점 풀어지는 듯 느껴지는지 그가 걱정스레 물었다.

〈지금 차 안에 있는 거 맞지?〉

"네, 차 안에 얌전히 앉아 통화하고 있는 거예요."

〈문도 꼭 잠그고, 내가 갈 때까지 절대 나오지 마.〉

"걱정하지 말아요, 취한 거 아니니까."

서현이 이번엔 똑바른 음성으로 말하자 그가 또 한 번 웃었다.

〈당신 취했다고 한 적 없는데? 음, 한 번쯤 보고 싶긴 하지만.〉

"나도 많이 보고 싶어요."

〈뭘……?〉

"당신이요. 뭘 하는지 궁금하고, 막 생각이 나면서 보고 싶어져요. 은정이가 그럼 좋아하는 거 아니냐 하던데……."

알코올은 역시 사람을 용기 있게 만드는 것 같았다. 서현은 머리를 뒤로 기대고 눈을 감은 채 그에게 하고픈 말을 이어갔다.

"내가 좋아한다고 고백한 적 있잖아요. 새엄마 몰래 초콜릿 만들다 들키면 혼날까 봐 제빵학원까지 찾아가서 만든 초콜릿이었는데…… 그걸 버리다니. 내가 얼마나 슬펐는지 오빠 모를 거예요. 매일 밤 꿈에서 볼 정도로 오빠를 좋아했는데, 쓸데없는 짓 한다는 말을 듣게 되니 가슴이 막 미어지면서…… 굉장히 아프더라구요. 그래서 그때부터 오빠를 싫어하기로 결심했고요. 가출한 것까지 들켜서 나한테 철딱서니 없다고 할 때도 너무 미웠어요. 그냥 날 좀 내버려 두지…… 왜 잡아서 그 집에 다시 들어가게 만든 건지 원망도 많이 했어요."

〈……〉

"정말 미워하고 더는 좋아하지 않는다 생각했는데…… 대학 때 오빠 다시 봤을 때도 또 무슨 소릴 듣게 될까 봐 마주치고 싶지 않았고 그냥 피하고만 싶었거든요. 오빠가 다른 여자들이랑 같이 파티에 오는 것도 보기 싫었고, 그런 걸 신경 쓰는 나도 싫었고……. 근데 이렇게 결혼까지 하게 되고……. 웃기죠? 난 오빠도 날 싫어한다고 생각했어요. 마음에 안 드는 짓만 골라 하는 여자애라 분명 결혼도 어쩔 수 없이, 사업에 도움은 될 테니 군말 없이 받아들인 거라고 여겼어요. 그래서 상처받기 싫어서 내가 먼저 남남처럼 지내자고 했던 건데…… 근데 오빠가 아니라고 했잖아요. 사업상의 목적만은 아니었다고. 내가 행복해지길 바라는 만큼 나한테 잘해주고 싶다고……. 그 말 듣고 기분이 되게 좋았거든요. 막 눈물도 날 것 같고……. 그때 알겠더라구요. 오빠를 계속 좋아하고 있었다는 걸, 여전히 사랑하고 있다는 걸……."

나른함이 느껴지는 가운데 서현은 가슴이 뻥 뚫리는 듯한 후련한 기분이 들었다. 드디어 했다! 꽁꽁 숨겨온 옛이야기를 풀어내고 그를 사랑하고 있다는 말까지 하고 나니 오히려 마음이 더 편해지고 개운해지는 것 같았다. 취중에 지껄인 소리라 여긴다 해도 상관없었다. 언제가 되었든 꼭 한 번은 하고 싶었던 말이고 고백이다. 오래전 고백으로 거절당한 아픔까지 얘기한 그녀에게 또다시 쓸데없는 말을 왜 하느냐고 타박하지는 않을 거라 믿었고, 그랬기에 용기를 낸 것이다.

형준이 아까 아직 사랑하는 마음이 남아 있어서, 남편한테 미안해질까 봐 피하는 거냐고 지껄였을 때 깨달은 건지도 모른다. 성하에게 자신의 감정을 표현해야겠다는 걸. 다른 사람이 아닌 그녀가 가슴에 담고 사랑하는 이는 바로 성하 당신이란 걸 알려주고 싶었던 건지도.

서현은 문득 그가 아무런 반응이 없자 전화가 끊긴 건가 싶어 눈을 번쩍 떴다.

"……여보세요?"

〈먹었어, 그 초콜릿.〉

"……예?"

초콜릿을 먹었다니? 무슨 말인지 처음엔 알아듣지 못한 서현은 이어진 성하의 말에 입술을 깨물었다.

〈화이트와 핑크로 장식된 하트 모양 초콜릿. 롤리팝처럼 막대 과자에 왕관 모양으로 올려놓은 것까지 아무도 안 주고 나 혼자 다 먹었어.〉

"……버린 거 아니었어요?"

〈미안해. 당신 마음 받아주지 못하고 그렇게 못되게 굴었던 거. 그 당시엔 누군가를 좋아해선 안 될 때라 생각했거든. 더군다나 중학생밖에 안 된 여자앨 좋아한다는 건 있을 수 없는 일이라 여겼어. 누가 알면 미친놈이라고 욕할까 걱정도 됐고……. 따지고 보면 다 내 입장만 생각한 이기적인 마음 때문에 당신을 돌아보지 않은 거나 마찬가지야. 그래서 미안하고 후회하고 있어.〉

그에게 너무 뜻밖의 말을 듣게 된 터라 서현은 귀를 의심할 수밖에 없었다.

"혹시 지금…… 술 마시고 운전하는 거 아니죠?"

서현의 엉뚱한 물음에도 그는 웃지 않고 진지하게 말을 이었다.

〈지금 내가 하는 말, 내일 기억하고 있는지 복습시킬 거야. 그러니까 잘 들어.〉

핸드폰을 쥔 서현의 손에 힘이 들어가며 살짝 떨리기까지 했다. 머리를 몽롱하게 만들던 취기가 이젠 몽땅 날아가 버린 듯 정신까지 또렷해지는 것 같았다.

〈나, 서현이 너 좋아했어. 너와 얘기를 많이 나눴던 것도 아니고 친하게 지냈던 것도 아닌데 그냥 널 보는 게 좋았어. 오랜만에 한 번씩 볼 때마다 점점 예뻐지는 너 때문에 일기도 써봤고 잠 못 든 적도 많았으니까.〉

설마 하면서도 혹시나 하는 기대를 품었는데……. 그는 서현이 바라는 정말 듣고 싶은 말을 해주었다. 서현이 '오빠'라 불러서 그런지 '너'라는 호칭을 쓰며 그는 그녀의 가슴에 더 깊이 들어섰다.

〈그날 밤은 네가 밖에서 그렇게 기다리고 있는 걸 보게 되자 그냥 화가 났어. 그래서 쓸데없는 짓을 하느냐고 듣기 싫은 말을 했던 거 미안해. 그 때문에 네가 날 피하고 싫어하게 될 거라고는 전혀 생각지도 못했는데 말이야. 어찌 보면 이것도 다 내 위주로 편하게 생각하고 싶었던 때문이겠지. 이제 와서 변명이라 하긴 뭐하지만 너 그렇게 가버리고 무사히 잘 들어가는지 걱정되어 택시 타고 따라가기도 했고, 너 가출하던 날 학교에 있어야 할 내가 너네 동네에 간 것도 너한테 사탕 주려고 갔던 거야. 하교했을 시간이라 생각하고 간 건데 하필이면 그런 상황이었던 거지. 널 좋아하면서도 그래선 안 된다고 생각하는 마음이 더 컸나 봐. 그래서 네가 초콜릿이나 좋아한다고 고백하는 편지를 준 것도 다 밸런타인데이라는 환상 때문에 네 또래 여학생들이 하는 것처럼 따라 한 것뿐이라 여기는 게 차라리 편했어. 그 당시 내게 중요했던 건 여자친구보다 목표하는 대학에 잘 들어가는 것이었으니까.〉

그는 호흡을 고르듯 잠시 말을 멈췄다가 다시 말했다.

〈내가 실수했다는 걸 깨달은 건 귀국하고 널 다시 만난 날이었어. 네 옆에 다른 남자가 있는 걸 보고 내가 놓친 게 무언지 알게 됐거든. 여름이 되면 네 생일이 돌아온다는 게 떠오르고, 밸런타인데이가 되면 다른 남자에게도 초콜릿을 줄까 궁금하면서 괜히 걱정스런 마음이 들었던 이유 모두가 널 여전히 내 마음속에 담아 두고 있기 때문이란 걸. 그래서 널 다시 잡을 수 있다면 어떻게든 놓치지 않을 생각이었어. 파티에 여러 여자들을 데리고 갔던 것도 다 네가 반응을 보이고 조금이라도 날 신경 써주길 바랐기 때문이야. 날 피하려고만 하는 너한테 자극은 될 거라 여기고. 필요에 의해 동행한 만큼 그 여자들과 깊은 관계를 맺어본 적은 한 번도 없어. 다행히 원하는 대로 결혼을 하긴 했지만, 눈앞의 것만 좇느라 너에 대해 자세히 알려고 하지 않은 점, 정말 미안해. 먼저 다가가 손 내밀지 못하고 네가 반응해 주기만 기다린 것도 후회스럽고.

하지만 이젠 그러지 않을게. 이런 말도 내가 먼저 했어야 하는데…….〉

언제 고였는지 모르지만 서현의 눈가가 촉촉하게 물들어 있고 뿌연 시야 너머로 자동차 불빛이 들어오는 게 보였다. 천천히 주차장 안으로 진입한 차는 서현의 차 근처에서 멈추더니 문이 열렸다. 그리고 성하가 나타났다.

주차장의 환한 불빛 아래 그가 씩 웃고 있었다. 그에 이끌리듯 서현은 서둘러 고인 눈물을 닦아내고는 차 문을 벌컥 열고 내려섰다. 그녀에게 한 발 한 발 더 가까이 다가오며 미소 짓는 그가 핸드폰에 대고 말했다.

〈서론이 너무 길었나? 아무래도 이 말은 당신 얼굴을 보고 해야 될 것 같아서 엄청 밟아댔는데도 시간이 좀 걸렸지?〉

바로 앞에 다가온 그를 보며 서현은 귓가에 대고 있던 핸드폰을 든 손을 서서히 내렸다.

"무슨 말이요?"

속삭이는 듯 낮게 울리는 그녀의 물음에 그가 핸드폰을 주머니에 넣더니 두 손으로 서현의 얼굴을 감쌌다.

"당신을 사랑한다는 말."

어쩌면 그리 말하리라고 생각하기는 했다. 사랑하니까 잘해주고 싶고, 행복하게 만들어주고 싶은 거라고. 그럼에도 사랑까지는 아닐지도 모른다, 그저 함께 지내다 보니 좋은 감정이 생겨난 것뿐이라 생각하기도 했다.

그런데 그가 사랑한다고 말해주었다. 두 눈을 마주 보고 진심 어린 눈빛을 보내면서.

"……날 사랑해요?"

다시금 확인하고 싶은 마음에 서현은 떨리는 음성으로 나직하게 되물었다.

"응, 최서현. 당신을 사랑해. 아까 그랬던가? 항상 궁금하고 보고 싶다는 건 좋아하는 거 아니냐고. 당신과 결혼하기 전까지, 아니, 결혼 후에도 난 항상 당신이 어디에 있는지, 무얼 하는지 궁금하고 보고 싶었어. 이젠 내가 더 먼저 이해해 주고 아껴주고 사랑할게."

그의 머리가 수그러지며 입술이 서현의 입술에 닿았다.

"사랑해. 내 아내가 되어줘서 고맙고, 이렇게 날 봐줘서 고마워."

성하는 서현의 입술을 가만히 빨아들이며 정성스런 입맞춤을 해주었다. 사랑한다는 말을 하기까지 참으로 오랜 기간이 걸렸다.

이럴 줄 알았으면 결혼 전에 말해 버릴걸. 내 곁에 두고 싶어서, 널 사랑해서 아내로 맞이하고 싶다고 진즉 말했다면 지난 여섯 달을 그냥 흘려보내지는 않아도 됐을 텐데……. 하지만 후회는 이제 그만할 생각이다. 그녀에게 말한 대로 이제부터 더 많이 사랑할 거니까.

#10

　누군가 머리칼을 쓸어 넘겨주는 느낌에 서현의 감긴 눈꺼풀이 살짝 떨렸다. 또 한 번 부드러운 손길이 그녀의 이마에 남은 머리칼을 넘기더니 곧이어 따스한 입술이 닿아왔다. 아직도 눈을 감은 채인 서현의 입매가 천천히 늘어지며 미소를 그렸다.

　"으음……."

　잠에서 깨기 싫다는 듯 서현은 그의 품으로 파고들며 얼굴을 가슴에 묻었다. 그런 그녀의 귓가에 입술을 내리며 성하가 속삭였다.

　"일곱 시가 넘었는데?"

　"……조금만 더……."

　항상 여섯 시만 되면 습관적으로 눈을 뜨던 서현이 깨지 않고 있는 데는 그의 책임도 컸다. 늦은 시각까지 그녀를 재우지 않고 안았으니 피곤할 만도 했다. 그런데 동 트기 전 먼저 눈을 뜬 그는 곤히 잠든 그녀를 보다가 이마와 볼, 그리고 드러난 어깨에까지 입을 맞췄고, 둥근 가슴과 허리를 손으로 쓸며 다시금 그녀를 깨운 것이다. 잠결에 그의 키스를 받으며 서현은 조금 불평하는 소리를 내기도 했지만 뜨겁게 자극하는 손길에 서서히 몸이 달아올라 결국은 또다시 그를 받아들이게 되었다.

헛되게 흘러간 지난 세월이 아쉽다는 듯 그는 끊임없이 그녀를 원했다.

어젯밤 사랑을 고백하고 곧바로 돌아온 그들은 집 안으로 들어서기가 무섭게 서로의 옷을 벗기고 소유하기 시작했다. 망설이는 손짓도, 주저하는 몸짓도 없었다. 현관 안 유리문에서부터 거실에 이르는 복도까지 두 사람의 옷가지가 아무렇게나 떨어졌고, 서현은 벽에 밀쳐진 상태로 그에게 젖가슴을 내어주고 한쪽 다리로 그의 허벅지를 감았다.

"하아, 하아……."

충분한 전희가 없었음에도 이미 충분히 젖어들어 그를 받아들일 준비가 끝난 그녀의 입구를 손끝으로 문지르던 성하는 서현의 엉덩이를 움켜쥐고 살짝 들어 올리는가 싶더니 그대로 밀고 들어갔다.

"허억!"

서현이 격한 소리를 내며 그의 어깨를 움켜쥐었다. 단숨에 몸 안에 가득 찬 그를 느끼며 그녀의 연한 속살이 파르르 진동하기 시작했다.

"으음! 윽……!"

그를 감싸며 조여오는 그녀의 반응에 성하의 입에서도 참을 수 없다는 듯 신음이 터졌고, 점점 더 거세게 파고들어 왔다. 그와 벽 사이에 갇혀 꼼짝할 수 없는 상태임에도 서현은 그의 동작에 맞춰 허리를 굴리며 절정의 세계로 나아갔다. 격한 몸놀림과 거친 호흡이 섞인 신음 소리가 널따란 거실을 가득 메울 때, 두 사람은 짜릿한 쾌감을 동시에 느끼며 몸을 떨었다.

그리고 이어진 부드러운 키스로 호흡을 가다듬으며 열에 들뜬 몸을 진정시켰다. 함께 물줄기를 맞으며 서로의 몸을 닦아주었고, 팬티와 얇은 셔츠만 걸친 차림으로 나란히 앉아 그가 골라둔 영화를 보았다. 하지만 어깨를 쓸고 머리칼을 매만지는 그의 손길에 둘은 영화에 집중하기보다는 서로를 맛보고 더듬는 데 더 많은 시간을 할애했고, 결국은 소파에 쓰러지듯 겹쳐 눕게 되었다.

낮은 조도로 맞춰둔 은은한 오렌지빛 아래 성하의 매력적인 입술이 미소를 지었고, 서현은 그 입술을 핥으며 천천히 입안으로 침입하기 시작했다. 아까의 격렬한 동작이 아닌, 느리고 섬세한 움직임으로 그에게 입 맞추며 셔츠 안으로 손을 넣어 가슴 근육을 더듬었다.

"흐음……."

만족스런 그의 신음에 서현은 좀 더 대담해졌고, 셔츠를 밀어 올려 가슴에 입을 맞추며 배와 옆구리를 지나 팬티 선을 따라 손끝을 움직였다. 팽팽하게 부푼 그의 남성을 손바닥으로 슬쩍 스칠

때마다 그가 움찔거렸고, 팬티를 벗겨달라는 듯 엉덩이를 들었다. 하지만 서현은 그를 애태우기만 할 뿐 그의 바람대로 해주진 않았다. 탄탄한 복부를 혀끝으로 쓸며 팬티 위로 솟은 남성을 가만히 쥐어보았다. 손안에 가득 쥐어지는 굵은 느낌에 서현의 입에서도 낮은 신음이 새어 나왔다. 그가 자신에게 했던 것처럼 그를 맛보고 싶다는 충동이 강하게 일자 서현은 고개를 들어 그를 보았다.

"……입으로…… 해도 돼요?"

혀끝으로 입술을 적시며 유혹적으로 속삭이는 그녀를 보며 그는 '끄응' 하는 소리를 내더니 팬티를 직접 벗어 던졌다. 서현은 단단하게 솟아오른 그를 손으로 가볍게 쥐며 위아래로 쓸어보았다. 부드러우면서도 뜨거운 기운이 느껴진다. 그녀에게 들어와 짜릿함을 선사해 주던 그에게 이젠 그녀가 그 진한 감각을 느끼게 해주고 싶었다. 서현의 입술이 둥글고 뭉툭한 끝 부분에 닿으며 살짝만 머금고 혀로 쓸었다.

"흠……!"

격한 숨소리를 내며 그가 몸을 떨자 서현은 좀 더 아래로 입술을 내리며 그를 깊게 물고 혀로 빨아들였다. 입안에 가득 찬 느낌이 생소하면서도 묘한 흥분을 전해주었다. 그녀의 입술이 힘을 주어 그를 압박하며 움직였고, 혀는 연신 보드라운 느낌의 끝 부분을 공략했다. 참을 수 없는지 그의 허리가 휘고 엉덩이가 자꾸 들리자 서현은 웃음을 참지 못하고 입안에서 그를 꺼내주었다.

"좋아요?"

은근히 묻는 그녀를 가늘어진 눈으로 바라보며 성하의 입꼬리가 올라갔다.

"미치도록."

그리고 그는 벌떡 상체를 일으키더니 셔츠를 벗고 그녀의 셔츠도 머리 위로 벗겨 바닥으로 던졌다. 눈앞에 드러난 젖가슴을 손으로 쥐고 입에 담으며 그는 그녀를 등받이로 밀어붙였다. 한참 동안 서현의 가슴을 물고 빨고 희롱하던 그는 손을 내려 팬티를 벗긴 뒤 그녀를 안아 올렸다. 아이처럼 앞으로 안긴 서현의 엉덩이에 그의 물건이 닿자 그녀는 두 다리를 좀 더 조이며 그의 허리를 감았다.

"침대로 가자고."

그의 머리를 안고 귓가를 혀로 건드리며 그녀가 물었다.

"어떻게 해줄 건데요?"

"미치도록."

"으흠……."

서현은 자신의 엉덩이에 닿는 그의 남성에 힘이 들어가며 움직거리자 쿡쿡 웃음소리를 내었다. 그리고 곧바로 침대로 눕혀졌고, 열에 들뜬 눈동자로 그를 올려다보았다.

"나도 가만히 있는 건 싫은데……."

"내가 먼저……."

그는 서현을 지배하듯 입술을 머금고 혀를 밀어 넣으며 깊은 키스를 했다. 서현의 두 팔이 그의 목을 감을 때 그의 한 손이 미끄러지듯 가슴을 지나 옆구리를 타고 내려 사타구니에 닿았다. 그리고 주저 없이 검은 수풀을 헤치며 붉게 달아오른 꽃잎을 벌렸다.

촉촉함을 듬뿍 담은 매끄러운 감촉을 즐기듯 그의 손가락이 입구 주변을 어루만지더니 가장 민감한 돌기를 문질렀다.

"하아……."

저절로 들리는 엉덩이 아래로 그의 다른 손이 들어와 단단히 받치더니 배꼽 근처로 입술을 내리며 뜨거운 낙인을 찍어 나갔다. 어느덧 그의 머리는 서현의 다리 사이로 위치했고, 그녀의 두 다리는 넓게 벌려져 그의 어깨 위로 걸쳐지듯 얹어졌다. 기다란 손가락이 간질이듯 그녀의 안으로 들어왔고, 그의 혀는 부풀어 오른 돌기를 톡톡 건들고 핥으며 진한 쾌감을 선사했다. 좀 더 깊숙한 곳으로 들어온 손가락이 안쪽 벽을 자극하더니 이젠 혀를 단단하게 만들어 꽃잎 속으로 침입하면서 손가락으로 돌기를 문질러 그녀를 몰아가기 시작했다.

"아웃! 아아……."

바짝바짝 조이는 그녀를 느끼며 그 역시 몸이 점점 달아올랐다. 흥건하게 흘러나오는 꽃술이 그녀가 절정에 도달하고 있음을 알려왔다. 성하는 바르르 몸을 떠는 그녀에게서 나와 부풀어 있는 입구를 혀와 입술로 다독이듯 가만가만 입맞춤을 한 뒤 천천히 위로 올라왔다. 그가 가슴 위 정점을 입술로 물면서 살짝 비틀자 서현은 막힌 숨을 크게 내쉬듯 가슴을 들어 올리더니 두 손을 그의 머리칼 사이로 찔러 넣었다.

"하아, 정말 미칠 것 같아."

나른하게 뇌까리는 서현의 목소리에 성하가 미소 지으며 고개를 들었다.

"겨우 이 정도로?"

"이젠 내 차례죠?"

주도권을 빼앗겠다는 듯 서현은 그를 옆으로 밀쳐 눕히고는 위로 올라탔다. 그 역시 바란 듯 그녀가 눕히는 대로 따르며 아래로 향한 그녀의 가슴을 두 손으로 감쌌다. 서현은 머리를 수그려 그의 입술 윤곽을 핥다가 입 안쪽의 연한 살을 혀끝으로 훑어갔다. 자신의 가슴을 주무르며 단단해진 열매를 자극하는 그의 손길을 잠시 내버려 둔 채 입맞춤에만 열 올리던 서현이 갑자기 머리를 내리더니 그의 자그마한 유두를 입술로 악물었다.

"흠!"

흥분으로 단단해져 있는 유두를 혀끝으로 굴리며 서현은 손을 내려 굵게 솟아 있는 그를 움켜쥐었다. 강약을 조절하듯 힘을 주어 그를 위아래로 쓸던 서현은 또다시 머리를 아래쪽으로 움직여 끝 부분을 혀로 문질렀다.

"허억……!"

꽤나 큰 자극이 느껴지는지 그는 숨을 삼키며 움찔거렸고, 복부 근육에 힘이 들어가 굴곡이 파였다. 그가 내뱉는 얕은 신음 소리가 그녀를 더욱 흥분시키자 서현은 혀를 내밀어 남성을 뿌리에서부터 끝까지 쭈욱 미끄러지듯 핥았다가 다시 입안에 머금고 빨았다. 그녀의 입안에서 꿈틀거리며 움직이는 게 느껴졌고, 그의 엉덩이가 들썩거리기 시작했다. 서현은 그를 움켜쥐고 가볍게 쓸어내리며 입술을 옆으로 해서 가만가만 물고 핥아 나갔다. 그리고 그의 허리에 걸터앉듯 자리를 잡으며 그를 내려다보았다.

"이대로 넣어볼래요."

그녀는 매끄럽게 젖은 입구를 그의 남성에 닿게 하며 가만히 문질렀다. 그러자 성하는 서현의 허리를 어루만지며 미소 지었다.

"당신이 지금 얼마나 섹시한 줄 알아?"

"당신도 너무 근사해요. 삼키고 싶을 만큼……."

서현은 달콤하게 속삭이며 자신에게 그를 깊숙이 밀어 넣었다.

"하아……."

자신을 가득 채우는 느낌에 거친 숨을 내쉬며 서현은 천천히 허리와 엉덩이를 움직거렸다. 좀 더 자극이 느껴지도록 그녀의 몸은 본능적으로 그의 위에서 춤추듯 출렁였고, 그 역시 전신으로 퍼져나가는 뜨거운 감각에 몸을 맡기며 엉덩이를 들어 올렸다. 그의 가슴을 짚고 있던 서현이 참을 수 없는 듯 허리를 뒤로 휘더니 움직임이 더 빨라졌다. 성하는 서현이 자신을 꽉 조여오며 절정에 오를 때까지 이를 악물고 사정을 참아냈다. 극도의 흥분 상태에 빠져 그의 머릿속이 하얗게 변해갈 때쯤 그녀는 신음을 내지르며 그를 더욱 뜨겁게 감싸고 바르르 떨기 시작했다. 순간 그도 참지 못하고 격한 소리와 함께 그녀를 붙잡고 자신을 분출시켰다.

"하아, 하아……."

그의 가슴 위로 풀썩 쓰러진 그녀의 거친 숨소리가 방 안을 가득 메웠다. 땀에 젖은 그녀의 등을 쓸어내리며 성하는 서현의 귓가에 입을 맞추고 속삭였다.

"사랑해."

그처럼 격렬한 사랑을 두 차례나 나누고 잠이 들었는데도 성하는 새벽녘 그녀를 다시 깨웠고, 한 번 더 파고들었다. 그러니 서현은 습관처럼 몸에 밴 기상 시간을 지키지 못하고 여전히 눈을 감은 채다.

성하는 자신을 끌어안고 가슴에 얼굴을 기대고 있는 서현의 머리칼을 쓸어 넘기며 흐뭇한 미소를 지었다. 어차피 평창동엔 오후에 가도 되니 이대로 잠시만 더 머물러도 괜찮을 듯했다.

성하가 서현을 안고 다시 잠이 들어버린 탓에 두 사람은 오전 시간을 꼬박 침대에서 보내고 말았다. 정오 가까이 되어서야 부랴부랴 일어난 그들은 외출 준비를 하고 HL백화점 본점으로 향했다.

평창동 방문은 오랜만이라며 서현이 시댁 식구들에게 간단하나마 선물을 하고 싶어 하자 성하는 그녀와 사이좋게 손을 맞잡고 백화점을 누비며 물건을 골랐다. 지극히 평범해 보이는 옷차림이지만 성하의 큰 키와 외모, 그리고 서현의 세련된 아름다움은 남의 이목을 끌기 충분했고, 풍기는 분위기 자체도 남달랐기에 두 사람이 들르는 매장마다 그들을 극진히 대우했다. 게다가 성하를 알아본 내근 직원이 연락한 건지 얼마 안 있어 영업총괄본부장이 직접 매장으로 내려와 성하에게 인사를 했다.

"미리 연락을 하고 오셨으면 대기하고 있었을 텐데요."

성하가 백화점이 아닌 호텔 쪽을 맡고 있다 해도 어쨌든 한강그룹의 후계자이기에 계열사 임직원 대부분은 그의 눈에 들길 원했고, 어떻게든 좀 더 친분을 쌓고 싶어 했다. 깍듯한 태도로 성하를 대하는 본부장 외에도 그 뒤를 대여섯 명이 따르고 있어서 간단히 쇼핑을 즐기려 하던 성하는 난감한 표정을 지을 수밖에 없었다. 혹시나 이런 사태가 벌어질까 봐 일부러 등록된 차량이 아닌 다른 차를 가지고 나온 건데도 이러니 성하는 됐다는 듯 미소 띤 얼굴로 말했다.

"금방 갈 거니까 번거롭게 이럴 필요 없습니다."

"뭐가 필요하신지 말씀만 하시면 바로 준비시키도록 하겠습니다."

"아뇨. 그러지 않아도 되니까 그만 가보세요."

"정말 괜찮으시겠습니까? 저희가 함께……."

"본부장님, 이렇게 몰려다니면 다른 분들이 쇼핑하는 데 불편하지 않겠습니까?"

"아, 그럼……."

"저흰 신경 쓰지 않아도 되니까 그만 올라가서 일보세요."

성하의 단호한 어조에 본부장 이하 직원들은 잠시 머뭇거리더니 깊숙이 인사를 해 보이고는 돌아섰다. 하지만 성하가 누구라는 건 백화점 내 매장에 소문이 좍 퍼진 탓에 그들이 잠시 기웃거리기만 해도 매장 직원들은 아까보다 더욱 호들갑스러운 태도로 그들을 맞이했다.

마음 편히 즐기려 한 쇼핑이 오히려 부담스럽기 그지없는 상태로 변하자 서현과 성하는 처음 부모님께 드리려고 산 골프웨어 외에 더 이상의 물건을 고르기가 어렵게 되었다.

"거참, HL이 아닌 다른 백화점에 갈 수도 없고."

"그러게요. 한강의 강성하, 타 백화점에서 쇼핑하다? 기사 뜨면 볼만하겠네요. 나 혼자 왔을 땐 아무도 몰라보던데."

서현이 웃으며 말하자 성하가 눈살을 찡그리며 아쉽다는 듯 말했다.

"온 김에 당신 옷도 몇 벌 사주고 싶었는데."

"다음에요."

"음, 다음엔 어머니가 당신 데리고 가시던 부띠크에 미리 연락하고 가자구. 내가 골라주고 싶어."

"우리 이러는 거 알면 어머니가 굉장히 놀라시겠어요."

"무척이나 기뻐하시겠지. 얼른 손주 안아보는 게 소원이라 하셨거든."

주차장으로 내려가는 엘리베이터에 오르던 그는 서현에게 눈을 찡긋하며 말을 이었다.

"근데, 우리 당분간은 피임할까?"

"예? 왜요?"

서현이 깜짝 놀라 되묻자 그가 머리를 기울이며 은근한 투로 답했다.

"이제야 신혼생활을 즐기는 거나 마찬가진데 벌써 아기가 생기면 좀 그렇지 않나?"

"하, 하지만 이미 생겼을 수도 있잖아요."

얼굴을 붉힌 서현을 보며 성하도 조금은 멋쩍었는지 어깨를 으쓱였다.

"그런가? 혹시 요 며칠이 가능 기간이었나?"

"그, 글쎄요. 그럴 수도 있고 아닐 수도 있고…… 잘 모르겠어요."

서현은 어색하게 답하다가 그를 힐끗 올려다보았다.

"근데 아이를 늦추면…… 얼마나 늦추고 싶은데요?"

"글쎄? 그냥 갑자기 생각난 거라서. 한 대여섯 달 정도만 미룰까?"

"……대여섯 달이나요?"

"1, 2월에 준비해서 내년 가을에 낳는 것도 괜찮을 것 같은데, 어때?"

"예…… 뭐 나쁘진 않지만…… 임신이 계획한 대로 되는 것만은 아니잖아요."

머뭇거리며 말하는 서현의 어깨를 성하가 둘러 안으며 씩 웃었다.

"당신은 빨리 낳고 싶어?"

"그, 그러는 게 낫지 않을까요? 어머니랑 아버님도 원하시는데……."

"어젠 혼자 할 수 없는 일이라고 노골적으로 도와달라더니 오늘은 굉장히 부끄러워하십니다, 부인?"

"어젠 취한 상태였잖아요."

서현이 당황해하자 성하가 눈을 가늘게 뜨며 내려다보았다.

"취한 거 아니라 하지 않았던가? 설마 날 미치게 만들던 어젯밤의 일을 모른 척하진 않겠지?"

은밀히 속삭이는 그의 말에 서현은 얼굴이 확 달아올라 팔꿈치로 그의 옆구리를 푹 찌르고 말았다. 엘리베이터에 그들 말고는 아무도 없다지만 굉장히 적극적이던 자신의 행동이 생각나자 부끄러울 수밖에 없었다.

"그만하죠?"

"흠, 어쨌든 우리 한번 진지하게 생각해 보자고. 난 당신이랑 마음껏 사랑을 나눈 다음 아기를 갖고 싶어졌거든."

그러자 서현이 그를 비스듬히 쳐다보았다.

"아기가 생기면 달라질 것 같아요? 내 몸매가 변해서?"

"허! 그런 소리가 아닌 줄 알면서 묻는 거야?"

그가 눈을 끔뻑거리며 놀란 눈치를 보였지만 서현은 이 문제로 장난치고 싶지는 않았다.

"난 피임하고 싶지 않아요."

서현의 차분한 어조에 그는 그녀를 잠시 보더니 이내 웃는 얼굴로 고개를 끄덕였다.

"좋아, 당신이 원한다면."

서현은 아무래도 엄마의 유언장에 대한 얘기를 해야겠다는 생각을 했다. 솔직히 엄마의 유언만 없었다면 그녀 역시 그의 바람대로 임신을 조금 더 늦추는 건 상관없었다. 그리고 아직 2년이란 기간이 남아 있다지만 임신이 계획한 대로 되지 않을 수도 있으니 애초에 피임 같은 건 하고 싶지 않았다.

"실은요……."

서현이 막 입을 열려고 할 때 성하의 핸드폰이 울렸다.

"잠시만."

그는 서현의 어깨를 안고 있던 손을 풀고는 주머니에서 핸드폰을 꺼냈다.

성하가 전화를 받을 때 마침 엘리베이터가 멈춰서 두 사람은 주차장으로 향했다. 서현은 그가 진하라고 부르는 말에 전화를 건 이가 시동생이라는 걸 알 수 있었다. 때문에 통화 내용을 궁금해하기보다는 그에게 어떻게 말을 꺼낼지 생각에 잠겼다. 그가 화를 내지는 않을 거라 믿었다. 본의 아니게 이제껏 속인 셈이 되었지만 고의가 아니었으니 충분히 이해해 주고 아이를 먼저 갖고 싶어 하는 그녀의 마음을 알아줄 터였다.

"진하 녀석, 1층에 있대."

통화를 마친 그의 말에 서현이 무슨 말이냐는 듯 쳐다보았다.

"외삼촌과 막 라운딩 마치고 들어오는 길인가 봐. 본부장님이 당신이랑 나 백화점에 와 있다고 했다면서 어디냐고 묻네."

"그럼?"

"응, 어차피 집으로 갈 거니까 같이 가자고. 외삼촌 차로 가느라 오늘 차를 안 가지고 나왔나 봐."

"아, 그래요?"

"당신, 불편해?"

서현의 표정이 어색하게 느껴졌는지 성하가 조심스레 물었다. 시동생이라고는 하지만 솔직히 친근하게 대화를 나눠본 적이 몇 번 없는 탓에 함께 차를 타고 가는 게 불편할 수도 있었던 것이다.

"아뇨. 불편하긴요. 도련님 선물을 미처 준비 못했잖아요."

서현은 얼른 성하가 들고 있는 시부모님 옷이 담긴 쇼핑 봉투를 가리키며 말했다. 아무래도 엄마의 유언장 조건에 대한 이야기는 다음으로 미뤄야 할 것 같았다.

"이런 걸로 서운해할 녀석 아니잖아. 어차피 이 백화점이 진하 녀석 아지트나 마찬가진데, 뭐. 굳이 여기서 사줄 필요는 없을 거야."

성하는 피식 웃어 보이며 고개를 들었다. 그의 시선을 따라 서현이 눈을 들자 엘리베이터 홀에서 막 걸어 나오고 있는 진하가 보였다. 흰색 셔츠에 짙은 감색 바지를 입은 진하는 성하와 마찬가지로 모델 포스를 풍기며 기다란 기럭지를 자랑하듯 성큼성큼 다가왔다.

"정말 형수도 같이 있네?"

서현이 성하와 함께 있는 모습이 뜻밖인지 진하는 새삼스럽다는 표정을 지어 보이더니 이내 웃음을 띠며 인사했다.

"오랜만이에요, 형수. 형이랑은 여기까지 웬일이에요?"

"웬일은 무슨. 안 보여? 쇼핑 나온 거잖아."

서현 대신 답하는 성하를 보며 진하가 어깨를 으쓱거렸다.

"그게 이상해서 묻는 거지. 형수가 형이랑 쇼핑을 다 나오고 말이야."

정말 궁금한 눈으로 쳐다보는 진하에게 서현은 조금은 어색한 웃음을 보이며 안부 인사를 건넸다.

"잘 지냈어요? 오랜만이라서 그런지 더 근사해진 것 같아요."

"근사하긴, 저 녀석한텐 그런 말 해줄 필요 없어. 얼른 타자고."

성하는 진하에게서 서현을 돌려세우며 차 문을 열어주었다. 꽤나 친근함이 느껴지는 두 사람의 모습을 보며 진하는 잠시 갸웃했다가 피식 웃으며 뒷문을 열고 차에 올랐다.

성하가 시동을 켜자 집을 나올 때부터 듣고 온 록의 빠른 비트가 차 안에 울렸다. 순간 진하의 눈썹이 휙 치켜 올라갔다.

"형의 음악 취향이 독특해졌는걸. 형수 듣고 놀라겠어."

"⋯⋯제가 좋아하는 거예요."

서현이 살짝 뒤를 돌아보며 말하자 빙그레 웃고 있던 진하의 표정이 그대로 굳어졌다.

"아, 그래요⋯⋯?"

진하 역시 한 여사가 지칭한 강씨 집안 남자답게 무뚝뚝하고 말이 없는 편이다. 그런데 지금 이 상황은 그의 입을 더욱 다물게 만들었다. 형의 표정도 뭐 하나는 풀린 사람처럼 연신 빙글거리고 있고 형수 또한 예전의 얼음미녀가 갑자기 봄을 맞이한 듯 부드럽기 그지없는 것이다. 팔짱을 낀 채로 앉아 앞의 두 사람이 조곤조곤 대화를 나누는 모습을 지켜보던 진하는 어지간해선 잘 연락하지 않는 어머니께 카톡을 보냈다.

〈형이랑 형수 분위기 이상한 거 알고 계셨어요?〉

1분도 채 지나지 않아 톡이 들어왔다.

〈무슨 소리야? 걔네들이 왜? 오늘 저녁 같이 먹기로 했는데, 왜? 뭔 일인데? 라운딩 끝나면 바로 집으로 오겠단 녀석이 형한테 간 거야?〉

〈지금 형 차 얻어 타고 같이 가는 길이에요. 외삼촌, 오후에 사무실 들르셔야 된대서 명동에 왔는데 형이랑 형수 여기 있더라고요.〉

〈둘이 같이? 근데 왜? 같이 오는 중이라며, 분위기가 어때서 그래? 또 성하가 오만상 찌푸리고 있는 거니?〉

〈아뇨. 형수 보면서 좋아 죽겠다는 듯 자꾸 실실 웃고 있어요. 형수도 생전 안 보이던 배시시 미소가 번져 있고. 분명 뭔가 이상하니까 어머니도 각오하고 계셔야 될 것 같아요.〉

진하가 이렇게 보낸 톡에 답장으로 한 여사는 대박이라는 표현에 좋아 죽을 것처럼 완전 기대한다는 뜻이 담긴 화려한 이모티콘을 연달아 세 차례나 보내왔다. 피식 웃음이 나오는 걸 참으며 진하는 핸드폰을 넣고 앞의 두 사람을 가늘어진 눈으로 쳐다보았다. 다섯 살이나 많은 형이고 둘 다 성격이 비슷한 터라 어린 시절부터 쉽게 장난치거나 함부로 대하는 일은 상상도 못했는데 지금 모습을 보니 형이 조금은 더 편해진 느낌이다.

역시 사람은 웃어야 한다는 만고불변의 진리를 진하는 문득 깨닫는 순간이라 할 수 있었다.

집으로 들어서는 성하와 서현의 표정만으로도 두 사람의 관계가 얼마나 급진전된 건지는 충분히 알아차릴 수 있었다. 그렇다고 어찌 된 일이냐며 그에 관한 내용을 꼬치꼬치 캐물을 만큼 눈치 없는 사람들은 아니었기에 강 회장이나 한 여사, 진하 모두 지극히 자연스럽게 두 사람을 대하고 반겼다.

화기애애한 분위기 속에서 저녁 식사를 마치고 과일과 차를 준비한다는 핑계로 서현을 끌어 앉힌 한 여사는 궁금증을 참지 못하고 넌지시 물었다.

"안면도 여행이니, 아니면 그전 스파에서부터니?"

"음, 엄밀히 따지면 안면도요."

살짝 얼굴을 붉힌 서현을 보며 한 여사가 환한 미소를 짓더니 다정한 태도로 어깨를 한 번 끌어안았다.

"잘됐다, 정말. 너희 좋은 모습 보니까 나두 너무 행복하고 좋다. 네 얼굴이 반짝이는 게 느껴지고, 정말 기뻐."

"고마워요, 어머니. 다 어머니 덕분이에요."

"먼 길 돌아서 제자리를 찾았다 생각하면 되는 거야. 어차피 너희 둘은 이리될 운명이었던 거니까."

"운명이요?"

수줍게 웃으며 묻는 서현에게 한 여사가 고개를 끄덕였다.

"사실 너희 부담될까 봐 말을 안 해서 그렇지, 네 엄마랑 난 오래전부터 사돈 맺는 거 어떠냐고 말하곤 했거든. 네 엄마, 우리 성하가 말이 없어도 진중한 성격이라 널 잘 위해줄 것 같다면서 맘에 들어했는데, 몰랐지?"

"……그랬어요?"

"내가 널 며느리로 들이고 싶어 했다는 건 이미 말해서 알겠지만, 네 엄마도 성하를 사위 삼고 싶어 했어. 우리끼린 우스갯소리로 네 살 차이는 궁합도 안 본다면서 니들 크면 무조건 밀어붙이자고 했거든. 사람 일이 마음처럼 되는 건 아니라 이런저런 굴곡도 있었지만 결국은 이리 되었잖니? 그러니까 너흰 운명인 거야."

서현은 엄마의 편지에 쓰여 있던 사윗감이 어쩌면 성하일지도 모른다는 생각을 하긴 했다. 그 당시 엄마가 맘에 들어하는 적당한 나이의 남자로는 성하밖에 떠오르지 않아서 그럴 수도 있지만 그러기를 바라는 마음이 더 컸기에 그리 생각했던 건지도 모른다. 하지만 이제 엄마가 원하던 사윗감이 그였다는 게 확실해지자 다행이라는 생각과 함께 뭉클함이 번졌다.

서현이 살며시 입술을 깨물자 한 여사가 어깨를 다독여 주었다.

"성하 저 녀석, 제 아버지 닮아 무뚝뚝하긴 해도 너한테 한 번 마음을 열었으니 이젠 정말 잘해줄 게야. 내가 이제껏 네 시아버지랑 문제없이 잘사는 이유가 뭔데. 남들 보기엔 근엄하고 말 없어 보여도 실상은 안 그렇거든."

"네……. 별장 보니까 아버님께서 로맨틱한 분이시란 거 알겠던데요."

서현이 미소를 보이자 한 여사가 입을 가리며 나직하게 쿡쿡거렸다.

"남들이 알면 모양 빠진다면서 절대 둘만의 별장이라고는 말 못하게 했거든. 어지간해선 사용하라는 허락도 안 하고 말이야. 근데 이제 우리보다는 너희한테 더 필요한 곳이다. 언제든 마음껏 써도 좋아."

"고마워요, 어머니."

"그래, 이젠 다 잘될 거야. 너도 성하도, 우리 모두 행복을 느끼기만 하면 되는 거야."

"네……."

고개를 끄덕이는 서현을 한 여사가 흐뭇한 미소로 마주했다.

"윤하도 너 많이 궁금해하던데, 얼른 좋은 소식 전해줘야겠다."

"가을쯤 귀국한다 했나요?"

성하의 막냇동생인 윤하는 서현과 두 살밖에 차이가 안 나서 어린 시절부터 언니, 동생처럼 지내던 사이다. 오빠들은 안 놀아준다며 서현을 따라다니곤 했기에 올케언니로 서현이 들어오는 걸 대찬성한 아군이라 할 수 있었다.

"늦어도 11월 안에는 들어온댄다."

"한강어패럴에 지각 변동이 있겠는데요?"

"그거야 두고 봐야지. 자, 이제 그만 나가볼까?"

한 여사는 준비된 과일과 차가 담긴 쟁반을 서현과 나눠 들고 남정네들이 얘기 중인 거실로 나갔다. 한창 그룹의 전체적인 사항에 대해 의견을 나누던 남자들은 한 여사가 눈치를 주자 금방 입을 다물고 가족들에 대한 화제로 전환했지만 결국은 다시 회사 일로 넘어가게 되었다. 어차피 그들 가족이 속한 곳이 한강그룹이고 곧 있으면 프랑스와 이태리에서 유학과 실무 경험을 쌓은 윤하가 귀국길에 오를 예정이기에 자연스레 그쪽으로 대화가 이어질 수밖에 없었다.

그렇게 꽤 오랜 시간 가족 전체가 모여 이야기꽃을 피워서인지 시간은 금방 흘러갔고, 아쉬워하는 한 여사와 강 회장의 뜻에 따라 서현과 성하는 평창동에서 토요일 밤을 보내게 되었다.

＊

서현과 성하가 집으로 돌아온 건 일요일 점심시간이 지나서였다. 오전 시간엔 강 회장이 두 아들에게 북한산 산행을 가자고 나선 탓에 서현과 한 여사만 오붓하게 티타임을 즐겼고, 느지막이 점심을 먹고 평창동을 나섰다. 갖가지 김치와 밑반찬뿐 아니라 잡곡에 이르기까지 하나하나 정성스레 챙겨준 한 여사 덕에 두 사람이 집에 들어올 땐 두 손 가득 짐이 들려 있었다.

"냉장고에 들어갈 데가 없을 것 같아요."

서현이 가져온 물건들을 정리하며 난색을 표하자 성하가 다가왔다.

"대충 넣어두면 내일 아줌마가 알아서 정리하시겠지."

"저 쌀도 넣어둬야 될 텐데."

"쌀도 냉장고에?"

"여름이잖아요. 습기 차면 금방 벌레 생기거든요."

"오, 살림엔 문외한인 줄 알았더니만 그런 것도 알아?"

짓궂은 성하의 말에 서현이 눈을 흘겼다.

"아무리 그래도 기본적인 건 다 알거든요?"

"그럼 저녁은 당신이 해줄 건가?"

"점심 먹은 지 얼마나 됐다고 벌써 저녁타령이에요?"

"음, 그럼 다른 거부터 먹을까?"

서현의 허리를 뒤에서 껴안으며 성하가 은근한 어투로 속삭이자 풋 웃음을 터뜨린 서현이 그를 돌아보았다.

"그러다 급체하는 거 아녜요? 요즘 너무 과식하는 것 같은데?"

"원래 오랫동안 허기에 시달린 사람들은 체하는 거 상관없이 달려들게 되어 있거든."

성하는 서현을 빙글 돌려 마주 세우며 몸을 바싹 붙여 안았다. 그러자 서현도 그의 허리를 둘러 안으며 턱을 들어 그를 보았다.

"새털처럼 많은 날에 뭐가 걱정이에요? 너무 무리하진 말자구요."

"아무래도 당신이 내 에너지원이 된 것 같아. 이렇게 안고 있으면 힘이 부쩍부쩍 솟아나거든."

그의 힘이 어디에서 솟아나는지는 서현도 충분히 느끼는 바다. 하지만 어느 정도 익숙해졌는지 얼굴도 붉어지지 않고 웃음만 나왔다.

"가끔은 자제의 힘도 발휘해 보는 게 좋지 않을까요?"

"자꾸 이렇게 피하면 밤에 각오해야 될 텐데?"

"은은한 조명 아래 조각처럼 빛나는 당신의 몸을 감상하는 게 얼마나 근사한 일인지 모르죠?"

달콤하게 속삭이는 서현을 가늘어진 눈으로 바라보며 성하가 미소 지었다.

"당신은 환한 햇살 아래서도 아름답다는 거 아나?"

"그동안 나한테 이런 말 해주고 싶어서 어떻게 참았어요?"

"그러게나 말이야. 그동안 못한 거 앞으로 더 많이 해줄게."

성하는 서현의 입술을 머금고 깊은 키스를 해준 뒤 입술을 맞댄 채 말했다.

"사랑해."

두 사람의 입술이 미소로 늘어졌다가 다시금 하나로 겹쳐졌다.

어머니가 싸주신 김치와 반찬들로 간단히 저녁 식사를 마친 뒤 서현은 화장대 서랍장 깊숙이 넣어둔 유언장과 엄마의 편지를 꺼냈다. 이젠 혼자 이렇게 숨겨둘 필요가 없으니 성하에게 보여주고 모든 걸 이야기할 생각이다. 눈물로 얼룩지고 손으로 움켜쥐어 구겨져 버린 편지를 다시 보자 감정이 뭉클해졌다. 하지만 처음 편지를 읽었을 때 느꼈던 슬픔만은 아니었다. 엄마가 원하던 대로 성하와 결혼을 하고 이제 곧 그를 닮은 아이까지 낳아 행복하게 살 수 있을 테니 하늘에서 내려다보는 엄마의 마음도 편할 거란 생각이 들어서다.

"엄마, 그동안 날 보며 많이 아팠지? 이젠 아무 걱정 하지 마. 정말 잘살게. 엄마가 바라던 대로 행복하게."

서현이 연한 미소를 지으며 편지를 가슴에 품을 때 가벼운 노크 소리와 함께 문이 벌컥 열렸다.

"먼저 씻겠어?"

잘못한 것도 없는데 괜히 화들짝 놀란 서현이 동그래진 눈으로 돌아보자 그가 의아한 듯 물었다.

"왜 그래?"

"아뇨. 문이 갑자기 열려서 좀 놀란 거예요."

"싱겁기는. 통화가 좀 길어질 것 같으니까 먼저 씻어."

그는 씩 웃으며 휴대폰을 들어 보였다.

"네, 그럴게요."

서현은 고개를 끄덕인 뒤 그가 문을 닫고 나가자 편지를 다시 유언장 위에 올려두었다. 클렌징을 하고 묶어둔 머리칼도 풀고 속옷을 챙겨 든 서현은 화장대 위에 그대로 놓아둔 유언장과 편지를 보고 잠깐 머뭇거렸다. 하지만 어차피 그에게 보여주려고 꺼내둔 거, 뭐 어떠랴 생각하며 욕실로 들어갔다.

그런데 그게 실수였다. 그녀의 설명 없이 그가 편지와 유언장만 보게 됐을 때 어떤 기분이 들지 미처 헤아리지 못했다.

#11

"피임을 원하지 않은 이유가 이거 때문이었나?"

서현이 젖은 머리를 수건으로 감싸며 욕실을 나올 때 들린 그의 음성은 폭풍 전야의 고요함처럼 낮게 가라앉아 있었다. 우뚝 멈춰 선 서현이 그의 손에 들린 유언장을 보고 표정을 굳히자 그의 입술이 살짝 비틀렸다.

"아니, 애초에 나와 몸을 섞은 이유라 해야 하나? 별장에서 날 거부하지 않고 받아들인 이유가 이 때문이었던 거로군?"

"아뇨, 그건……."

"하, 2년 안에 아이를 낳으려면 부지런히 해야겠는걸? 임신이란 게 원래 계획대로 되지 않는 거니까 하고 또 하고! 쉴 틈이 없겠어!"

"아니에요! 난……."

"아니라? 그날 내가 분명 묻지 않았던가? 유산 상속에 대해 다른 조건이 있지는 않느냐고 물었을 때 뭐라 했지?"

분노에 찬 음성에 서현은 저도 모르게 몸을 움츠리며 한 발 물러서고 말았다.

"미리 말하지 않은 건 정말 미안해요. 하지만 오늘 다 말할 생각이었어요. 그래서 유언장도 꺼내놓았던 거고."

"당연히 상속받을 유산인데 반드시 받아낼 거라며 비장한 투로 말하던 이유를 이제야 알겠군. 이미 당신 머릿속엔 모든 계산이 다 되어 있던 건가? 그래서 군말 없이 내가 하자는 대로 따르고 키스에 응하고 몸을 허락했던 건가?"

"아뇨! 아뇨!"

서현은 머리를 저며 그를 향해 손을 내밀려다 보이지 않은 벽에 가로막힌 듯 더 나아가지 못하고 두 손을 모았다.

"미안해요……."

"그래, 미안하겠지. 이런 비밀을 숨기고 있었으니 당연히 미안하고 찔릴 수밖에."

"그러지 말아요. 난 정말……."

"말을 했어야지! 당신이 날 정말 사랑하고 있었다면 그날 내가 유언장에 대해 물었을 때 말을 했어야 해. 내가 유산에 대해 다른 조건이 있지는 않느냐고 물었을 때 말을 했어야지!"

"어떻게요! 그런 말을 어떻게 해요! 당신이랑 사이도 좋지 않았는데 아기를 낳아야 유산을 받을 수 있다는 말을 어떻게 해요!"

"그래서 아무 말 없이 행동으로 보인 건가? 난 이용당한 거고?"

"그런 식으로 말하지 말아요! 난 정말 엄마 유산이 필요했고 당신도 사업적 가치가 높다고 평가했잖아요. 어차피 부부 사이이고 아이만 낳으면……."

"아이만 낳으면?!"

그가 서현의 말을 잘라내며 으르렁거리듯 소리쳤다.

"아이만 낳으면 되는데, 때마침 내가 손을 내밀어서 아주 다행스럽다 여겼겠군. 그래서 아무런 거부 없이 순순히 날 받아들인 거고."

"제발 오해하지 말고 들어줘요. 어찌 됐든 그로 인해 우리 사이도 좋아졌잖아요. 무슨 상황이 먼저든 내가 당신을 사랑하고 있다는 건 변함없는 거잖아요. 동기가 뭐든 결과는 우리에게 충분히 만족스럽게 나타난 건데 왜 이렇게 화를 내요? 우리 사이가 이렇게 좋아지고 서로 사랑한다는 걸 알게 된 것도 모두가……."

"그만!"

그가 서현이 움찔 놀라 뒤로 주춤거렸다.

"어찌 됐든? 동기가 뭐였든 상관없다? 당신이 지금 내 기분을 이해한다면 그런 식으로 말해선 안 되지."

그의 차가운 표정에 서현은 냉기가 온몸으로 번지는 것만 같았다.

"아기, 가져야겠군."

"……네?"

순간 서현은 그에게 와락 끌어당겨지는 바람에 너무 놀라 입을 다물고 말았다. 그녀를 내려다보는 그의 눈동자엔 짙은 분노가 소용돌이치는 듯했다.

"유산의 조건인 아이를 낳으려면 열심히 섹스를 하는 수밖에! 아이, 가져야 하잖아?"

그는 씹어뱉는 듯 말하며 서현의 입술을 금방이라도 삼킬 것처럼 덮었다.

"흐읍!"

몸에 두르고 있던 목욕 가운이 그의 거친 손길에 벗겨졌다.

"자, 잠깐…… 흡!"

격한 입맞춤 사이사이로 말을 하려던 서현의 몸부림은 그에게 저지당했고, 팬티의 얇은 천은 우악스런 손아귀에 쉽게 찢겨져 나갔다. 유두를 손가락 사이에 끼운 채 젖가슴을 주무르는 그의 손놀림은 그 어느 때보다 거칠었고, 서현이 잠시도 쉴 틈을 주지 않았다.

"우리 얘기 좀…… 이러지 말고 얘길 좀 해요."

서현은 그의 입술이 턱을 훑으며 목덜미를 빨고 지나가자 거친 숨을 몰아쉬며 겨우 말을 꺼냈지만 그를 멈추게 하지는 못했다.

"헉!"

유두를 깨물고 흡입하듯 빨아들이자 서현은 낮은 비명을 내질렀고, 그의 어깨를 움켜쥐며 몸을 틀었다.

"잠깐만……!"

서현의 외침에도 그는 아랑곳없이 그녀의 젖가슴을 마음껏 유린하며 두 다리 사이를 강하게 압박하더니 허리를 잡고 침대 위로 밀치듯이 눕혔다.

"지금 아주 건강한 정자를 내보낼 수 있을 것 같거든."

그는 냉정하게 말하며 서현의 다리를 벌리고 자신의 물건을 꺼냈다.

"자, 잠깐만요. 난…… 윽!"

서현이 상체를 일으켰지만 이내 다시 눕혀졌고, 딱딱하게 솟은 그를 받아들여야 했다. 평소보다 뻑뻑한 상태였지만 밀고 들어가기 힘들 정도는 아니었기에 성하는 그녀에게 깊숙이 몸을 묻었다.

"그래, 말해봐. 아이를 원한다고."

서현을 내려다보며 뇌까리듯 말하는 그의 눈엔 아까의 분노와는 또 다른 강렬함이 스며 있었다.

"아이 때문에 나와 이 짓을 시작한 건가? 그래서 그처럼 열렬히 반응하며 날 받아들였나?"

살짝 몸을 뺐다가 강하게 밀고 들어오는 자극에 서현의 젖가슴이 출렁였다.

"윽! 그렇게 말하지 마요."

"뭘 말이지? 지금 이 짓이라고 한 거? 아, 우린 서로 사랑한다 했으니 사랑을 나누는 거라 해야 되나?"

"……오빠."

"오빠라……. 훗, 이 짓도 해보니 꽤 괜찮지? 섹스만 잘 맞으면 다른 문젯거리는 아무것도 아니라더니만 당신도 그런 건가? 그래서 새삼 날 사랑한다고 느끼게 된 거고?"

그의 허리가 또 한 번 크게 움직이며 서현을 밀어붙였다. 쓰게 말하는 그의 음성에서 느껴지는 왠지 모를 아픔에 서현은 입술을 깨물었다.

'내 잘못이야. 처음부터 설명했어야 하는데 내 잘못이야…….'

서현은 별장에서 유언장에 대한 이야기를 하지 못하고 이제껏 미뤄온 자신을 탓하며 눈을 감았다. 그와 사랑을 나눈 뒤 서로에 대해 좀 더 많은 이야기를 나누었을 때 그 이야기도 해야 했다. 괜히 그가 오해할까 망설이고 숨겨두려고 했던 게 결국은 이리되어 버린 것을……. 서현은 지그시 입술을 깨물며 그가 가하는 거친 공격에 더 이상 거부의 몸짓을 보이지 못했다.

"왜! 이젠 변명조차 못하겠나?"

"아뇨…… 아니에요……."

"뭐가! 뭐가 아니라는 거지?"

그녀를 다그치며 그의 몸놀림도 점차 빨라지고 거세어졌다. 이미 그녀의 몸 또한 반응을 일으켰고, 저도 모르게 허리를 들어 올리며 쾌락의 늪에 빠져들었다.

"하악! 하아……."

"얼마든지, 얼마든지 느끼게 해주지! 당신이 원하는 대로 해주겠어!"

그는 서현의 다리를 들어 어깨에 걸고는 더욱 깊이 들어섰다. 예민한 곳에 더한 자극이 느껴지자 서현의 입에서 탄성이 새어 나왔고, 성하는 점점 더 빠르게 허리를 돌리며 극한으로 치달아갔다.

"으윽!"

몸을 떨며 자신을 쏟아낸 성하는 여운이 채 가라앉기도 전에 몸을 일으켰다.

"오빠!"

서현이 팔을 붙들었지만 그는 떨어내듯 뿌리치며 침대에서 벗어났다.

"기다려. 곧바로 해봐야 튼튼한 정자가 들어가지는 못할 테니까."

"그러지 말고 우리 얘기 좀 해요."

"씻어야겠군."

그는 서현을 외면하고는 그대로 방문을 닫고 나가 버렸다.

결혼 후 서현이 혼자 사용하던 그 방은 지난 안면도 여행 이후 둘이 함께 쓰고 있었다. 하지만 성하는 또다시 둘을 갈라놓기라도 할 것처럼 방문을 쾅 닫았고, 서현은 갑자기 번져 오는 싸늘함에 몸을 떨어야 했다.

"젠장!"

쏟아지는 물줄기를 맞는 그의 입술이 심하게 비틀렸다.

조금 전 고교 동창 모임 건에 관한 친구의 전화를 받은 후 서현이 아직 샤워 중인 듯하자 함께할까 하는 생각에 방 안으로 들어갔다가 화장대 위에 놓인 것들을 보게 되었다. 그냥 스쳐 지나는데 '유언장'이라고 쓰인 글자가 그를 멈춰 서게 만들었다. 그리고 알게 된 유산의 조건에 눈앞이 캄캄해짐을 느꼈다.

변호사를 만나고 나서 펑펑 울던 그녀, 아무 말 없이 그의 키스에 응하고 순순히 몸을 허락하던 모습 등등이 떠오르며 그는 심장이 따끔거림을 느꼈다. 물론 이성적으로는 충분히 그녀의 말을 이해할 수 있었다. 뭐가 먼저이든 무슨 상관이겠는가! 그녀가 유산 때문에 그를 받아들인 거라 해도, 사랑을 깨달은 게 나중 일이라 해도 지금 그게 무슨 상관이겠는가 말이다.

이해했다. 머리로는 충분히 이해하고도 남았지만, 그의 심정은 이성을 따라가지 못하고 있었다.

'하, 날 바라보기만 해도 좋겠다고 여긴 게 불과 며칠 전이건만, 이젠 정말 날 사랑하긴 한 거냐고 따지고 싶어진 건가?'

과거는 상관없다고, 현재와 미래만 중요하다고 여기면서도 그의 심장은 불퉁거리며 그녀에게 불만을 내비치고 싶어 했다.

"빌어먹을!"

예전으로 다시 돌아가 버린 것만 같았다. 그가 함께 있지 않은 침대는 지독히도 썰렁하고 허전하게만 느껴졌다. 짙은 어둠이 내려앉은 널따란 방은 서현을 더욱 외롭게 만들고 있었다.

서현은 입술을 깨물고 숨죽여 눈물 흘리며 자신의 경솔함을 후회하고 또 후회했다. 그의 기분이 어떨지 미리 헤아리지 못한 점, 어떤 말이든 그가 다 이해하고 받아들여 줄 거라 쉽게만 여긴 점 등 그 모든 것이 그보다 자신을 먼저 생각한 안일함 때문이다. 그의 말대로 차라리 그날 별장에서라도 말을 했더라면 좋았을걸. 아니, 아까만이라도 당신을 원하고 있었다고, 먼저 다가와 주길 기다리는 참에 그런 조건을 알게 되어 차라리 잘된 일이라 생각했다고 말해야 했다.

"후우……."

깊게 내뱉는 한숨 소리가 그녀를 더욱 가라앉게 만들었다.

기다리라고 했으니 그가 다시 찾을 거라 생각했다. 하지만 욕실 문을 여닫는 소리가 난 뒤 그는 그녀를 찾는 대신 곧바로 서재로 들어간 듯했다. 침대헤드에 등을 기대고 앉아 있던 서현의 어깨가 가늘게 떨려왔다. 더 기다려야 할까, 아니면…….

아직 화가 풀리지 않은 게 분명한 그를 찾아가지 못하고 서현은 망연히 그를 기다리다 설핏 잠이 들어버렸다. 그리고 깜짝 놀란 듯 번쩍 눈을 떴을 땐 창가로 서서히 밝은 빛이 들어오는 중이었다. 휙 고개를 돌려 시계를 보니 여섯 시가 되어가고 있었다.

이런! 서둘러 일어나 방을 나온 서현은 집 안에서 아무런 인기척도 느껴지지 않자 서재로 가보았다. 조심스런 손길로 살짝 열린 문을 좀 더 열어보았지만 그의 모습은 보이지 않았다. 혹시나 싶어 서재 옆 그가 쓰던 방문을 가만히 열어보았으나 그곳에도 그는 없었고, 침대도 누가 누운 흔적 없이 가지런히 정리된 채다.

갑자기 다리에 힘이 풀려 서현은 그대로 바닥에 주저앉고 말았다. 밤새 그는 그녀를 찾지도 않았고 집을 나가 버렸다. 그렇다는 건 여전히 그는 그녀의 말을 듣고 싶어 하지 않는다는 뜻일까? 벽을 짚으며 천천히 몸을 일으킨 서현은 울컥 치미는 감정을 내리눌렀다. 그에게 얼마나 더 시간을 줘야 하는 걸까? 언제쯤 되어야 그가 마음을 풀고 그녀의 말을 들어주게 될까?

'아니, 아냐! 내가 먼저 그를 찾아야 해. 혼자 화를 풀고 다시 다가와 주길 기다리고만 있어선 안 돼. 그러고 싶지 않아.'

서현은 대충 옷을 갈아입고 핸드폰과 차 키를 챙겨 서둘러 집을 나왔다.

✳

뜬눈으로 밤을 새운 성하는 날이 채 밝기도 전에 집을 나와 한강변을 빠르게 뛰고 있었다.

어젯밤 샤워를 마친 그는 칙칙한 검은 물결이 휘몰아치는 마음을 정리하기 위해 기다리라 하던 그녀를 찾는 대신 서재에 틀어박혔다. 더할 나위 없이 좋기만 하던 핑크빛 세상에서 갑자기 우중충한 잿빛 구름이 뒤덮인 곳으로 추락해 버린 듯한 씁쓸함, 그리고 욕심.

그에게 그녀가 전부이듯 그녀에게도 그가 전부이길 바라는 강한 소유욕이 그를 더욱 힘들게 하는 것 같았다. 온전히 그를 원하는 마음에 사랑하는 마음으로 그를 받아들인 거라 믿고 싶은데 다른 조건이 하나 끼어들어 있다는 게 그를 이토록 어지럽히고 있었다.

'강성하! 이 정도밖에 안 되는 인간이었나?'

눈살을 찡그리며 미니바에서 코냑을 꺼내려던 성하의 손이 멈칫했다.

"오해하지 말고 들어줘요."

절박한 목소리로 그에게 매달리며 설명하고자 애쓰던 서현의 모습이 떠오르자 심장에 저릿해져 왔다. 그의 차가운 내침에 흔들리던 그녀의 눈동자는 분명 상처받은 사람의 것이었다. 예전 그 언젠가처럼.

그의 머릿속을 강타하는 오래전 기억에 성하는 움찔 몸을 떨었다.

'내가 무슨 짓을 한 거지?'

그녀에게 또 한 번 상처를 입힌 것이나 마찬가지였다. 시간이 지날수록 그의 머리는 점점 선명해졌고, 울퉁불퉁하던 심장도 차츰 이성의 지배를 받아들이며 그가 냉정하게 생각할 수 있도록 했다. 미안하다 말하는 그녀를 외면해 버린 자신의 싸늘한 태도에 그녀는 또 얼마나 상처를 받았을까! 성하는 자신이 이리도 옹졸하고 속 좁은 사내라는 사실에 의자 위로 풀썩 주저앉으며 두 손으로 머리를 감쌌다. 그녀와 다시 대화를 나눠야 했다. 그녀의 말은 듣고 싶지 않다는 듯 무턱대고 화를 내고 거친 말로 비꼬며 반강제적으로 안아버린 어제의 행동도 사과해야 했다.

시계를 보니 어느덧 다섯 시가 다 되어가고 있었다. 조용히 그녀가 있는 방으로 들어간 그는 침대 한쪽 끝 부분에 웅크린 채로 잠들어 있는 그녀를 잠시 내려다보았다. 얼굴에 드리워진 헝클어진 머리칼을 치우려 가만히 손을 올리다 눈물로 인해 달라붙어 있는 걸 알게 되었다.

그녀를 울렸다. 차가운 그의 태도에 상처 입고 혼자서 눈물을 흘리다 잠들었을 걸 생각하니 심장이 옥죄어오는 것만 같았다. 성하는 서현이 깨지 않도록 조심스레 손끝으로 머리를 쓸다가 이를 악물고 방을 나왔다. 꽉 막혀오는 듯한 이 답답함을 먼저 해소시키고 싶어 그길로 한강변으로 뛰어나가 폐가 터지도록 달리고 또 달렸다.

보통 여섯 시 정도면 서현이 일어난다는 걸 알기에 성하는 그 시간에 맞춰 집으로 돌아갔다. 간만에 몸을 혹사시킬 정도로 뛰어서 그런지 개운함이 느껴졌고, 상쾌한 공기에 머리도 맑아지는 듯해서 서현과 허심탄회하게 대화를 나눌 수 있을 것 같았다. 우선 그녀에게 미안함을 전하고 앞으로의 결혼 생활이 더욱 돈독해지고 행복할 수 있도록 서로를 믿고 노력하자고 말할 생각이었다.

막 빌라 입구로 접어드는 성하의 눈에 익숙한 흰색 차량 하나가 빠르게 지나갔다. 무심코 뒤를 돌아 번호판을 보는데 차가 끼익 하고 급정거를 했다. 서현의 차임을 확인한 성하의 미간에 자연스레 주름이 잡히며 그녀가 이렇게 일찍 무슨 일인지 궁금해졌다. 그때 문이 벌컥 열리며 서현이 차에서 내렸다. 화장도 하지 않고 정장도 아닌 간단히 외출복을 입고 있는 그녀의 모습에서 출근하기 위해 나서는 게 아니란 걸 알 수 있었다.

놀람과 안도감이 뒤섞인 듯한 그녀의 얼굴을 응시하며 그가 다가갔다.

"무슨 일이야?"

"당신이 없어서…… 안 보이기에……."

"날 찾으러 나온 거였어?"

하룻밤 새 반쪽이 된 것 같은 그녀의 얼굴이 안쓰럽고 미안해

성하는 손을 뻗어 서현의 뺨을 가만히 감쌌다. 불안하고 흔들리는 눈빛으로 그를 살피던 서현이 살짝 놀라는 듯하더니 그의 눈매가 한층 부드러워져 있다는 걸 발견하고는 조심스레 물었다.

"……당신, 괜찮아요?"

"미안해."

갑작스런 그의 말에 서현의 눈이 커졌다.

"……네?"

"당신한테 화내고 함부로 대했던 거 미안해. 내가 잘못했어."

순간 서현은 뭉클 번지는 뜨거움에 눈시울이 촉촉하게 변해가자 얼른 고개를 저으며 말했다.

"아뇨. 내가 미안해요. 당신이 화낸 거 충분히 이해해요. 나라도 기분 나빴을 테니까, 그러니까……."

서현은 성하가 꼭 끌어안는 바람에 말을 다 끝맺지 못했다.

"사랑해. 당신을 사랑하는 만큼 내 욕심도 너무 커져 버렸나 봐. 그런 못된 모습 다신 보이지 않을게."

"나 역시 사랑하는 마음이 없었다면 그런 조건이 있다 해도 당신을 받아들이지 못했을 거예요. 사실은 엄마가 그런 조건을 달아 준 걸 은연중에 반겼는지도 몰라요. 당신한테 접근할 충분한 이유가 생긴 거나 마찬가지니까요. 내가 원하는 마음이 없었다면 내몸이 그처럼 반응하지는 않았을 거예요."

부끄럽다는 듯 붉어진 얼굴로 말하는 서현을 바라보는 성하의 눈동자에 따스함이 번졌다.

"고마워, 그렇게 말해줘서."

"내 남편이 당신이 아니었다면 그 유산은 아마 복지센터에 기부했을 거예요. 사랑해요."

사랑한다 말하는 서현의 입술 위로 그의 입술이 내려앉았다. 서로를 향한 미안함과 고마움, 그리고 사랑하는 마음을 담아 둘은 그 어느 때보다 부드럽고 달콤한 키스를 주고받았다. 운동까지 한 후라 그런지 성하의 몸은 혈액이 빠르게 돌며 몸 구석구석의 세포까지 일깨웠고, 그녀에게 맞닿은 분신도 예외는 아니었다. 점점 단단하게 커져서 아랫배를 압박하는 그를 느끼며 서현이 미소 짓자 성하가 낮게 속삭였다.

"30분 넘게 전력질주를 했더니 온몸이 땀투성이야. 얼른 들어가서 씻어야겠어."

"어젯밤 씻은 후 나한테 온다 하지 않았던가요?"

입술 위에서 은밀한 목소리로 말하는 서현에게 성하가 다시 한번 깊은 키스를 한 뒤 답했다.

"출근 시간 조금만 늦추자구."

"그럼 샤워…… 함께할까요?"

"흠, 그것 좋은 생각이군."

두 사람은 입술을 맞댄 채 웃음을 보이고는 급히 빌라 안으로 들어갔다.

천천히 서로의 옷을 벗기고 따뜻한 물줄기 아래 선 둘은 거품이 묻어난 몸으로 서로를 닦아주듯 꼭 끌어안은 채 부드럽게 움직였다. 등줄기를 쓸어내리는 손길이 허리를 지나 엉덩이를 감싸는가 하면 서현의 가슴이 그의 가슴과 배에 밀착되어 리드미컬한 동작으로 아래로 향하기도 했다.

"당신이 지금 얼마나 섹시한 줄 아나?"

매끄러운 알몸을 비비며 그를 쓰다듬는 서현의 귓가에 성하가 속삭이자 그녀의 입술이 미소를 그렸다. 그의 입술이 다가와 그녀를 삼키고 엉덩이를 바싹 끌어당겼다. 둘은 거품이 다 씻겨 나갈 때까지 잔뜩 흥분된 상태인 상대방을 어루만지고 쓸어내렸다. 잠시 후 서현을 안아 올리며 욕실을 나선 성하는 침대에 눕히며 얼굴을 가까이 했다.

"사랑해. 이렇게 당신과 함께하는 순간순간이 내겐 얼마나 소중한지……. 사랑해."

가만가만 입술을 맞대고 빨며 속삭이는 그의 사랑 고백에 서현의 두 팔이 그를 휘어 감았다.

"네, 사랑해요."

지난밤의 거친 행위에 대해 보상이라도 하듯 성하는 서현의 온몸을 부드럽게 애무하고 입을 맞추었다. 단단하게 솟은 그를 그녀가 연신 쓰다듬으며 자극해 나갔지만 성하는 자신보다 서현을 더 만족시켜 주고 싶었다.

"흐응, 아아……."

그의 손가락이 촉촉한 꽃잎을 벌리며 문지를 때마다 서현은 숨을 헐떡였고, 뜨거운 혀가 다가와 핥을 땐 파르르 몸을 떨었다. 그를 향해 활짝 피어나 단숨에 극치감에 도달하는 그녀를 위해 성하는 자신을 잠깐씩 늦추었고, 서현의 가쁘던 호흡이 잦아들면 또다시 혀와 입술을 이용해 자극하며 반응을 이끌어냈다. 이미 두어 차례 절정을 맞이한 서현은 갑자기 빙글 몸을 돌려 그의 위로 올라탔다.

"나만 느끼는 거 싫어."

나직이 속삭인 서현은 그의 가슴을 두 손으로 쓸어내리며 고개를 수그리더니 단단한 그를 입안에 담았다. 서현의 혀가 그를 감싸고 주욱 훑어 나가며 입술로 압박을 가하자 그의 엉덩이에 바싹 힘이 들어갔다.

"허억!"

터져 나오는 그의 거친 숨소리에 서현이 고개를 들었다. 그리고는 엉덩이를 살짝 들어 자세를 잡으며 그의 입술 위에서 말했다.

"넣을게요."

"으음……."

서현의 뜨거운 몸이 그를 감싸는가 싶더니 단숨에 조여오기 시작했다. 천천히 허리를 돌리며 그를 몰아가던 그녀 역시 점차 참을 수 없다는 듯 신음 소리를 흘리더니 몸놀림이 격렬해지기 시작했다. 그러자 성하가 별안간 서현을 잡더니 다시 위치를 바꾸었다. 미처 채우지 못한 욕정에 서현의 눈살이 찌푸려질 때 성하는 상체를 세우며 더욱 깊숙이 몸을 묻었다.

"아아……."

서현은 그의 동작에 맞춰 열정적으로 따르며 순식간에 절정으로 치달아갔다. 탄성을 내지르며 서현이 그에게 매달릴 때 성하는 이제껏 참아오던 자신을 분출하며 그녀의 귓가에 사랑의 밀어를 속삭였다.

　서현과 함께하느라 출근 시간이 평소보다 조금 지체되긴 했지만 오전 중 처리해야 할 서류는 그리 많지 않았다. 성하는 최대한 빨리 일을 마무리 지은 후 점심시간이 되기 전에 사무실을 나왔다. 서현의 생일 이후 형준이 이렇다 할 연락은 취하지 않는 듯 보였지만 꼭 한 번은 만나서 경고를 할 생각이었고, 더 이상은 늦추고 싶지 않았다.

　나승하우징이 위치한 분당으로 직접 차를 몰고 간 성하는 약간 기우뚱 언밸런스한 형태로 세워진 2층 건물을 본 후 손목시계로 시선을 내렸다. 정오가 되기 10분 전이다. 그는 조금도 지체하지 않고 곧바로 차에서 내려 건물 안으로 들어갔다.

　입구를 중심으로 양편으로 커다란 사무실이 위치해 있고, 점심시간이 되어가서 그런지 다들 왁자한 분위기다. 한가운데엔 그동안의 공사 실적을 고객들에게 보여주기 위함인지 모형들이 깔끔하게 전시되어 있었다. 하지만 사무실 여기저기에 샘플로 만들어 둔 것들이 복잡하게 놓여 있어 산만한 인상을 전해주고 있었다. 성하의 눈살이 살포시 찡그려질 때 사무실 가장 바깥쪽에 앉은 여직원이 그를 보고는 다가왔다.

　"어떻게 오셨어요? 상담 약속 잡으셨나요?"

　"아닙니다. 박형준 씨를 만나러 왔는데, 잠시 불러주시겠습니까?"

　성하를 보며 얼굴을 붉힌 여직원이 수줍게 다시 물었다.

"아, 네. 누구시라고……?"

"강성하라고 합니다."

여직원은 붉어진 얼굴을 감추듯 고개를 푹 수그리며 얼른 사무실 안으로 들어갔다. 하지만 오픈된 상태의 사무실 안 직원들 대부분이 성하를 보았고, 누군가가 그를 알아보았는지 여기저기서 수군거리기 시작했다. 신문의 경제면이나 비즈니스 관련 잡지에 관심을 둔 사람이라면 한강그룹의 후계자가 비주얼 담당까지 맡고 있는 게 아니냐는 우스갯소리까지 나오게 만드는 강성하를 모를 리가 없었다.

사무실의 웅성거림에 안쪽으로 낮게 설치된 파티션 너머에서 두 사람의 머리가 불쑥 내밀어지더니 성하를 보고는 깜짝 놀란 듯 그대로 굳었다. 석우는 두 눈이 휘둥그레진 채고, 형준은 뭘 잘못하다 들킨 사람처럼 어깨를 움츠리더니 긴장된 표정으로 몸을 일으켰다.

성하의 서늘한 눈빛이 형준에게 꽂히자 다들 궁금한 시선으로 형준을 돌아보았다. 대부분이 한강그룹의 강성하와 형준이 어떻게 사적으로 아는 사이인지 궁금해하면서 부러움이 깃든 표정들이었다. 다만 석우는 달랐다. 지난 금요일 서현에게 혼쭐이 난 터라 형준에게 불만을 나타냈었고, 절대 회사에 누를 끼칠 만한 문젯거리는 만들지 말아달라고 당부한 참이다.

솔직히 잘만 하면 재벌 사모님인 서현의 약점을 잡아 이런저런 기회로 삼을 수도 있겠다고 좋아했는데 형준이 서현과 특별한 사이라고 자신만만하게 말한 건 공수표나 마찬가지였던 것이다. 그런 상황에 강성하가 직접 형준을 찾아 여기까지 온 걸 보니 행여 나 무슨 일이라도 생기게 되는 건 아닌지 불안해지기까지 했다.

사무실을 나온 형준이 머뭇거리며 성하 앞에 섰다.

"……절 찾아오셨다고요?"

"귀국 후 한 행동을 보면 당연히 내가 찾아올 거라 예상했을 텐 데?"

성하는 주변을 힐끗 돌아본 뒤 말을 이었다.

"오래 걸리지 않을 테니 잠시 나가지."

그리고는 먼저 몸을 돌려 밖으로 나갔다.

형준은 그를 따라 나가며 머리를 굴렸다. 강성하의 말에 의하면 자신이 서현을 만났다는 걸 알고 있다는 것이다. 그럼 둘 사이가 정말 좋아진 걸까? 형준은 서현이 으름장을 놓고 사라진 다음에도 설마 했다. 행여나 누가 볼까 봐, 구설수에 휘말릴까 봐 조심하는 거라고 믿었다. 강성하와는 얼굴 마주치는 것조차 싫어하던 서현 이 그와 정말 사이가 좋아졌을 거라고는 생각하고 싶지 않았던 것 이다.

하지만 강성하가 여기까지 찾아왔다는 건…….

"분명 내가 경고했는데도 대범한 짓을 했더군."

"예?"

차가운 성하의 말투에 형준의 어깨가 절로 움찔거렸다.

"내 아내에게 생일 축하 메시지를 보낼 위치라 생각하나?"

"그건 그냥……."

"그냥이 아니지. 귀국을 했다 해도 내 아내 앞에 나타나거나 연락을 취해선 안 되거든. 4년 전엔 그러겠다고 한 것 같은데, 기억에 없는 척하고 싶은 건가?"

서현을 계속해서 '내 아내'라 지칭하는 의미가 무언지 형준은 충분히 알 수 있었다. 일부러 내 소유임을 강조하고 싶어서? 형준은 문득 성하를 떠보고 싶은 충동이 일었다. 예전처럼 그 혼자서만 서현을 원하고 있는 건 아닐까 하는…….

"번거롭게 이렇게 찾아와 일러줄 것까진 없는데, 서현이 아직 날 사랑하고 있을까 봐 염려스럽습니까?"

"뭐?"

성하의 미간에 깊은 골이 파였다.

"서현이가 아직도 당신하고 있는 거 싫어해요? 그래서 혹시나 나한테 올까 봐 걱정돼서 그럽니까?"

"지금 그게 나한테 할 소리라 생각하나?"

잔뜩 찌푸린 성하의 표정에 형준은 '어쩌면?'이라는 생각을 했다. 서현은 강성하와 잘 지내는 게 아니다. 두 사람은 사이좋은 부부 사이가 아니라는 확신이 들자 형준의 표정이 한결 편안해지며 희미한 미소까지 띠었다. 이제 주도권을 쥔 건 자신이라는 확신.

"아내를 못 믿어서 몰래 핸드폰까지 뒤져 보나 봐요? 당신이 그런다는 거 서현이도 알아요? 제가 말씀드렸잖습니까, 서현이 좀 답답한 성격이라고. 당신이 그런 줄 알면 아마 더 싫어하게 될걸요?"

"계속해 보지?"

"저도 웬만해선 약속한 일이니 지키고 싶었지만 서현이랑 우연히 만나게 돼서 연락처를 주고받게 된 겁니다. 절 보고 서현이도 굉장히 반가워했고, 앞으로도 연락하며 지내자고 하더군요. 뭐, 제 입장에선 부담스럽기도 했지만 사람 인연이란 게 어찌 될지 알 수 없는 거라서요."

"그래서?"

여전히 찌푸린 얼굴로 묻는 성하를 보며 형준이 어깨를 으쓱거렸다.

"서현이 자꾸 연락을 취하면 같은 서울 하늘 아래 있으면서 피할 수만은 없을 테고……."

"아, 또 어디론가 나가고 싶다? 이왕이면 이번에도 내가 보내줬으면 싶고?"

성하가 눈썹을 치켜 올리자 형준이 조금은 멋쩍어하며 웃음을 보였다.

"꼭 그런 뜻은 아닌데, 하하, 역시 눈치가 빠르십니다."

석우가 서현의 말 때문에 잔뜩 몸을 사리고는 자신 때문에 회사에 일이라도 터지면 가만 안 두겠다는 식으로 구는 게 맘에 들지 않은 터다. 학위도 똑같고 실력도 엇비슷하면서 아버지 회사라는 이유만으로 이래라저래라 하는 것도 아니꼬울 수밖에 없었다. 이럴 바엔 차라리 다시 미국으로 가서 살길을 찾고 싶다는 생각을 하게 됐는데 의외로 좋은 기회를 잡을 수도 있을 듯했다.

"내가 여기 찾아온 이유를 잘못 짚은 것 같군. 아버님께서 돈으로 떼어내는 걸 저어하신 이유가 바로 이 때문이라 하시더군. 내가 돈을 준 걸 아시고는 괜한 짓을 한 게 아니냐고 걱정하셨거든.

분명 서현일 핑계 삼아 또 들러붙을지도 모른다고 하셨는데 역시나."

성하가 피식 웃자 이번엔 형준이 미간을 모았다.

"무슨⋯⋯."

"난 그래도 설마 내 경고를 이리 쉽게 여길 사람이 있을 거라곤 생각지 않았거든? 한데 겁이 없는 건가, 아니면 배짱이 두둑한 건가?"

"나, 난 그저⋯⋯."

창백하게 안색이 변하는 형준에게 여유 있는 듯하면서도 차갑게 날이 선 성하의 음성이 내리꽂혔다.

"유학까지 다녀온 사람이 해외 나가는 방법을 모르진 않겠지? 떠나고 싶다면 말리고 싶진 않아. 내 아내도 귀찮게 구는 사람이 떨어져 나간다면 반가워할 테니까. 한 번만 더 내 아내에게 연락을 취하거나 얼굴을 보이면 어떻게 될 건지 알려주려고 왔는데 머리를 너무 많이 굴렸어. 감히 날 떠볼 생각이었나?"

"아, 아닙니다! 제가 어찌! 저, 전 그저⋯⋯."

황급히 양손을 내젓던 형준이 고개를 푹 숙였다. 젠장맞을! 순간 형준은 서현의 경고가 떠오르며 갑자기 불안한 기운이 엄습했다.

"나 건들지 마. 내 성깔 알지? 하기 싫은 거 안 하고 맘에 안 들면 치워 버리는 거. 아빠도 버리려 했는데 뭔들 못하겠어? 자꾸 귀찮게 굴면 끽소리도 못하게 정말 밟아버릴 거야."

만약 서현이 남편에게 지난 금요일에 있었던 일을 모두 말한 거라면? 그걸 듣고 강성하가 한 번 더 경고를 할 목적으로 직접 찾아온 거라면? 왜 이 경우는 생각하지 못했던 거지? 왜 둘의 사이가 좋아졌을 거라고는 믿지 못한 거야! 젠장! 젠장!!

"죄송합니다! 정말 그럴 의도는 아니었는데……. 서, 서현이가 했던 말 잊지 않고 있습니다. 그 때문에 석우한테도 한 소리 들었고, 제가 잠시 생각이 짧았습니다. 다시는 서현이 앞에 나타나지 않겠습니다. 정말 약속드릴 테니 저랑 여기 회사 터치하지 말아주십시오! 부탁드리겠습니다!"

성하는 서현이 형준에게 언제 무슨 말을 했는지 궁금증이 일었지만 내색하지 않은 채 간단히 고개를 끄덕였다.

"만에 하나 내가 다시 찾아올 일이 생긴다면 이런 경고만으로는 끝나지 않을 거야."

"물론입니다. 이젠 절대로 연락하지도 나타나지도 않겠습니다!"

"좋아, 한 번 더 믿어주지."

점심 식사를 위해 직원들이 하나둘 밖으로 나오며 두 사람을 힐끔힐끔 쳐다보자 성하는 씩 웃으며 말하고는 차를 세워둔 곳으로 여유 있게 걸어갔다. 어서 빨리 서현을 만나 형준과 언제 무슨 일이 있었던 건지 자세한 이야기를 듣고 싶어졌다.

차에 올라타 시동을 켠 성하는 곧바로 서현에게 먼저 전화를 걸었다.

"점심은 먹었어?"

〈이제 곧 먹으려구요. 근데 어쩐 일이에요? 그새 내가 또 보고 싶어진 거예요?〉

그의 갑작스러운 전화에 반가운 목소리로 말하는 그녀가 정말 보고 싶었다.

"그러게. 자꾸 궁금해져서 말이야."

〈안면도에서 찍은 사진 있잖아요. 그거라도 보면서 참아봐요.〉

"밥 같이 먹자. 금방 갈 테니까 기다려. 3, 40분 정도면 될 거야."

〈호텔에 있는 거 아니에요?〉

"잠깐 분당에 일이 있어서 나왔다가 들어가는 길이야. 이따 봐."

성하는 통화를 마치고 서둘러 압구정으로 향했다.

#12

서현은 시계를 보곤 빙긋 웃으며 다시 노트북으로 시선을 돌렸다. 그때 노크 소리와 함께 비서가 문을 열고 상기된 얼굴로 들어왔다.

"대표님, 손님이 오셨는데요."

"누군데?"

"나예요. 잠깐 시간 되죠?"

비서 뒤로 나타난 사람은 진주였다. 언밸런스한 생머리를 찰랑거리며 얼굴의 절반은 가리고 있는 선글라스를 벗는 진주를 서현이 굳은 눈으로 쳐다보았다. 대체 저 여자가 여긴 왜 나타난 건지 감을 잡을 수가 없었다. 이런 느낌 별론데…….

"여기서 이야기할까요? 밖으로 나가면 아무래도 사람들 이목 때문에 불편할 것 같은데."

"이쪽으로 앉으시죠. 차 드려요?"

서현이 자리를 권하자 우아한 몸짓으로 앉으며 진주가 손을 내저었다.

"아뇨, 됐어요."

진주를 실제로 본 게 처음인지 비서는 연신 힐끔거리며 감탄스런 표정을 내비치다가 서현의 시선에 얼른 고개를 숙여 보이고는 사무실 문을 닫고 나갔다.

"이진주 씨가 저한테 무슨 볼일이 있는지 모르겠네요?"

"알면서도 모른 척하고 싶은 거겠죠."

생긋 웃는 진주를 서현은 태연한 얼굴로 마주했다.

"무슨 말이죠?"

"당신 남편, 그만 놔줘요. 어차피 정상적인 부부 생활을 하는 것도 아닌데 구질구질하게 붙잡고 있을 필요 없잖아요."

진주는 서현의 표정에 이렇다 할 변화가 없자 더욱 입술을 늘이며 미소 지었다.

"거봐요. 언젠가는 내가 찾아와 이런 말 할 줄 알고 있었던 거죠? 화보 촬영 때문에 뉴질랜드 다녀오느라 좀 더 빨리 오지 못해 미안해요."

"미안하다? 무슨 말인지 좀 더 구체적으로 말해줄래요?"

"방금 말했잖아요. 당신 남편 성하, 그만 놔달라고."

"내가 왜 그래야 하죠? 이진주 씨가 나한테 미안하다고까지 하면서 그런 충고를 하는 이유를 모르겠네요."

너무도 덤덤하게 묻는 서현이 답답해 진주가 버럭 소리를 질렀다.

"이봐요! 최서현 씨!"

"네, 말씀하세요."

"성하를 아직 놓아줄 생각이 없는 모양인데, 그래 봐야 당신만 손해야! 두 사람 사이가 어떤지는 알 만한 사람은 다 알고 있는데 언제까지 그러고 살 거야? 여자로서 창피하지도 않아? 당신처럼 목석같은 여자들 때문에 남자들이 밖에서 여자를 찾는 거라구! 성하도 오죽했으면 친구인 날 찾겠어? 맞다, 지난번 성하 사무실에서 우리 보지 않았나? 우리 껴안고 있는 거 보고 그냥 가버렸잖아. 두 사람이 그렇게 사는 거 내가 다 알고 있는데 도대체 왜 성하를 계속 붙들고 있는 거지? 여자가 그러는 거 정말 질리고 정 떨어진다는 거 몰라?"

진주의 표독스러운 말에 서현은 곧바로 대꾸하지 않고 벽에 걸린 시계를 한 번 본 뒤 다시 진주에게 시선을 돌렸다.

"시간 여유 돼요?"

뜬금없는 서현의 물음에 진주의 고운 아미가 찡그려졌다.

"뭐?"

"바쁘지 않으면 나랑 좀 더 오랫동안 이야기를 나눌 수 있나 묻는 거예요. 한 3, 40분 정도?"

"아, 이제야 말이 좀 통하려나 보네? 시간은 넉넉히 잡고 왔으니 솔직히 말해봐요. 당신도 당신한테 관심 두지 않는 남편과 사는 거 싫죠?"

"내 남편이 나한테 관심 없대요?"

"저런, 몰랐어요? 두 사람, 어울리지 않아요. 성하한텐 당신처럼 차가운 여자가 아닌 나처럼 가슴으로 안아주는 따뜻한 여자가 필요하거든요. 그래서 성하도 날 원하는데 당신이 놔주질 않으니 힘들 수밖에요."

"내가 놔주면 당신이랑 결혼할 거래요?"

"물론이죠. 성하랑 나, 당신이 알고 있는 것보다 깊은 사이예요. 서로 사회적인 위신 때문에 드러내 놓지 못해 지금껏 친구인 척 굴어왔지만 이젠 내가 지쳐서 안 되겠다 했어요. 그냥 우리 사랑하게 해줘요."

"그거 많이 들어본 대산데……."

서현이 고개를 갸웃거리자 진주가 탁자를 내려치며 얼굴을 가까이 했다.

"이봐요! 내가 지금 장난하는 것 같아요?"

"그럴 리가요. 계속해요."

서현의 입매가 조금 비스듬히 올라가자 진주의 목소리가 또 높아졌다.

"야! 너 정말 머리가 안 돌아가니? 니 남편이 너랑 살기 싫다잖아! 너란 여자 싫대!"

"나한테는 한 번도 그런 말 안 하던데요."

"안 하는 게 아니라 주변 상황 때문에 못하는 거지! 이해 안 돼? 왜 그렇게 사니? 이만큼 성공했으면 혼자 살아도 되잖아? 아님 너 좋다는 다른 남자 만나면 되지 왜 싫다는 남자 붙들고 있어?"

"내 남편이랑 결혼하면 여배우로서 이미지 망칠 수도 있지 않아요? 사람들이 전처 버리게 만든 못된 년이라 할지도 모르는데, 그건 안 무서워요?"

서현의 차분한 어조에 진주가 잠깐 움찔하더니 픽 웃었다.

"설마 당신, 불쌍한 캐릭터로 남고 싶은 거야? 나 때문에 남편한테 버림받은 가련한 여자가 되고 싶진 않을 텐데? 당신네 부부 이혼한다 해도 사람들 별 신경 안 쓸 거거든? 말했잖아, 알 만한 사람은 두 사람 사이가 어떤지 다 알고 있다고. 그러니 내 이미지엔 별 타격이 없을 거니까 걱정 마."

빈정거리며 공격해도 전혀 흐트러짐을 보이지 않는 서현을 보면서 진주는 머리를 설레설레 저었다.

"이렇게 눈치가 없으니 남편이 싫다고 하지. 그 머리로 사업은 어떻게 하나 몰라?"

"최근에 내 남편 만난 적 있어요?"

여전히 덤덤하기만 한 서현을 보며 진주가 한숨을 내쉬며 타이르듯 말했다.

"이봐요, 최서현 씨. 나 화보 촬영 때문에 나가 있었단 말 못 들었어요? 어제 들어와서 아직 만나진 못했지만 핸드폰으로 애틋함은 충분히 나눴거든요? 그리고 오늘 밤에 성하, 나와 있을 거예요. 집에 들어가지 않을 거니까 기다리지 말아요."

"오늘 밤?"

저 자만심은 대체 어디에서 나오는 건지 알 수가 없어 서현의 눈살이 자동으로 찌푸려졌다.

"그래요. 오늘 저녁 고교 동창 모임인데 성하랑 나 2차는 따로 나가게 될 거예요."

동창 모임? 서현으로선 금시초문이다. 그러고 보니 어제저녁 그가 '형진이'라는 이름을 부르며 통화를 한 게 떠올랐다. 하지만 성하가 저녁에 다른 약속이 있다는 말을 하지 않은 걸 보면 그 동창 모임엔 참석치 않을 생각인 것 같았다. 서현은 저렇듯 너무도 당당히 말하는 진주에게 구역질이 나오려 했지만 최대한 감정을 자제하며 차분히 말을 이었다.

"카톡이나 뭐 그런 거 좀 보여줄래요? 내 남편이랑 어떻게 애틋함을 나눴는지 궁금한데."

"그걸 왜 보여줘? 남의 사생활을 왜 궁금해하는데?"

"나한테 이혼하라면서요. 남편이 불륜을 저지른 증거를 잡아야 이혼을 생각할 거 아녜요. 보통 이럴 땐 네 남편이랑 나 이런 사이다 하는 증거를 제시하면서 그만 떨어지라고 하지 않나요?"

"하, 드라마를 너무 많이 봤네."

"드라마를 업으로 하는 사람이 할 말은 아닌 것 같은데? 그쪽 사람들, 시청률에 울고 웃지 않아요?"

"지금 나랑 말장난하고 싶어? 왜 이렇게 여자가 둔해?"

"눈치 없고 둔한 건 그쪽 아닌가?"

갑자기 픽 웃으며 눈초리를 올리는 서현을 진주가 찡그린 눈으로 보았다.

"뭐라는 거야?"

"남자가 싫다고 밀어내도 들러붙는 여자들 어떻게 생각해요?"

"최서현 당신이 지금 그러고 있잖아! 당신 같은 여자들 왕짜증이라니까!"

"본인이 그렇다는 생각은 한 번도 안 해봤어요?"

서현을 바라보는 진주의 얼굴이 잠깐 흠칫 놀란 듯하더니 이내 입술을 비틀며 삐딱하게 말했다.

"내가 누군지 몰라? 나 이진주야! 어딜 가든 모든 남자들이 선망의 눈길로 바라보는 여신 이진주라고! 그런 날 누가 감히 밀어낼 수 있다고 생각해? 나랑 눈 한 번이라도 마주치려고 안달복달하는 남자들이 날 밀어내? 하!"

"그런 당신을 내 남편이 받아주지 않으니 더 오기가 생긴 거예요? 그래서 이젠 날 찾아와 이런 웃기지도 않는 협박을 하는 거고?"

"……뭐라구?"

대뜸 눈살을 찌푸리는 진주에게 이번엔 서현이 미소를 지어주었다.

"남의 남편을 빼앗는 건 드라마에서나 해야죠. 실제로 그럼 안 되지 않아요? 아, 맞다. 진주 씨는 빼앗는 역할보다 뺏기는 역할을 더 많이 해봤죠? 그래서 실제 상황에선 뺏는 역을 해보고 싶은 건가요?"

"당신 지금……."

"내 남편한테 쓸데없이 열 올리는 거 그만둬요. 여신이든 요정이든 내 남편은 절대 못 건드리니까."

단호하면서도 자신만만한 서현의 어투에 기분이 상했는지 진주가 벌떡 일어나며 말했다.

"아, 지금 나랑 한 번 해보자 이거네? 좋아! 오늘 밤 성하가 누구와 있는지 내기할까?"

"밤까지 뭐 하러 기다려요? 조금만 있어봐요, 금방 올 테니까."

서현이 벽에 걸린 시계를 한 번 더 본 뒤 생긋 웃으며 말하자 진주의 미간에 깊은 주름이 파였다.

"누가 온다는 거야?"

"당신이 원하는 내 남편이요. 나랑 같이 점심 먹으려고 지금 열심히 오고 있는 중이거든요. 곧 도착할 시간이니까 조금만 기다렸다가 이야길 들어보자구요. 당신 말대로 내가 정말 정 떨어지게 싫어서 당신하고 재혼하고 싶은 건지 물어봐야죠."

"서, 성하가 지금 여기 오고 있다고?"

급 당황했는지 진주의 얼굴이 창백하게 변했다.

"맞아요. 10분 정도만 기다리면 올 테니까 앉아서 기다려요."

여유 있게 씩 웃는 서현을 진주가 잡아먹을 듯 노려보았다.

"웃기지 마. 성하가 여길 왜 오겠어?"

"궁금하면 기다려 보면 되잖아요?"

"너 지금 일부러 나 여기 붙잡아두고 있었던 거니?"

"어? 이젠 눈치가 좀 빨라졌네요?"

"건방지게 감히 날……."

"감히? 지금 나한테 감히라고 했나?"

서현은 싸늘한 눈빛을 던지며 천천히 일어나 진주를 마주하고 섰다.

"아직 내 성깔을 몰라서 이리 함부로 구는 모양인데, 까불지 말고 그 좋아하는 여신 놀이나 해. 나 만만히 보고 날뛰다간 그 짓도 그만해야 될지 모르거든? 내 남편이 아무리 당신한테 관심 없다면서 접근 못하게 하겠다고 약속해도 내가 당신 때문에 기분 나빠지면 무슨 짓을 할지 몰라. 평생 TV에 얼굴 못 내밀게 만들 수도 있는데, 그렇게 해줘?"

"너, 너, 지, 지금 나한테……."

꽤나 충격을 받았는지 말도 제대로 잇지 못하고 얼버무리던 진주는 거친 손놀림으로 선글라스를 끼고는 백을 휙 집어 들었다.

"급한 스케줄이 생각나서 지금은 그만 가봐야겠으니 나중에 이야기하죠."

"좋을 대로. 아, 원한다면 열심히 구애 작전을 펴봐요. 어떻게 되나."

"그 말 후회하게 해주겠어!"

분한지 진주는 씹어내듯 말하고는 그대로 돌아서 서현의 사무실 문을 쾅 닫고 나갔다.

서현은 찡그린 얼굴로 한숨을 푹 내쉬며 이마를 문질렀다. 짜증이 났다. 갑자기 나타나 너무도 뻔뻔하게 남편을 놔주라고 협박을 날리는 진주의 모습에 기분이 상하며 괜히 성하에게도 화가 날 것만 같았다. 하지만 이게 어디 그의 잘못이겠는가! 어떻게든 그녀에게 다시 빌붙어 볼 심산으로 접근해 온 형준처럼 진주 역시 성하를 욕심내고 무작정 달려드는 것일 테니까.

서현은 마음을 차분히 가다듬으며 다시 책상 앞에 앉아 노트북으로 시선을 두었다. 성하가 올 때까지 보다 만 자료나 훑어볼 생각이었다. 그때 핸드폰이 울렸다. 도착했다는 성하의 전화일 거라 생각하고 폰을 들었는데 발신자가 '서 여사'라 찍혀 있다.

뭐지? 반갑지 않은 전화에 서현의 얼굴이 자연히 찌푸려졌다.

"여보세요."

〈어디니?〉

"사무실인데요."

〈그래? 잘됐네. 금방 가니까 좀 보자.〉

"지금 여기로 오신다고요?"

〈긴히 할 얘기가 있거든. 왜? 5분도 못 내?〉

"약속이 있어서 나가려던 중인데, 급한 일이세요?"

〈급하니까 내가 직접 거기까지 가겠다는 거 아냐?〉

짜증스런 서 여사의 목소리에 서현이 핸드폰을 멀찍이 떨어뜨렸다.

〈너, 나 피하고 싶어서 그래? 나도 니 얼굴 보고 싶지 않지만 너랑 해결할 일이 있어서 그러니까 시간 내.〉

"제가 연락드릴게요. 그이가 이쪽으로 온다고 해서 같이 나가려는 참이라 지금은 좀 어렵겠네요."

〈그이라면…… 강 서방을 말하는 거니?〉

"아니면 누구겠어요?"

〈하! 너희 정말 사이좋아진 거야? 별일이네. 너 무슨 짓을 어떻게 했기에 강 서방을 그리 쉽게 꼬드긴 거니?〉

"저한테 할 얘기가 그거였어요?"

차가운 서현의 말투가 느껴졌는지 서 여사는 헛기침을 몇 차례

하더니 말했다.

〈해서 강 서방이 오면 같이 나갈 거라고? 언제 들어올 건데?〉

"글쎄요."

〈팔자도 좋아. 점심시간도 끝났을 텐데 사장이랍시고 근무 시간에 제멋대로 밖에 나가고 말이야.〉

"특별한 일 아닌 것 같으니 이만 끊을게요."

〈야! 이게 건방지게 어른이 얘기 중인데! 하여간 내가 예쁘게 봐주고 싶어도 봐줄 수가 없다니깐! 퇴근은 언제 할 거야? 오후 내 놓고 들어가면 저녁에라도 일해야 할 거 아냐? 해인이 학원 데려다 주고 7시쯤 들를 테니까 꼼짝 말고 사무실에 있어. 알았니?〉

아무래도 기어이 서현을 오늘 중으로 보려고 작심한 듯했다. 이렇게까지 나온다는 건 한 번은 만나서 무슨 얘기를 하는지 들어주는 게 나았다. 안 그랬다간 언제 어디로 들이닥칠지 모르니까.

"그러죠."

서현이 답을 하기가 무섭게 전화가 뚝 끊겼다. 서현은 스트레스 수치를 올리는 두 여자의 연타 공격에 머리가 지끈거려 오자 팔꿈치를 책상에 괴고 두 손으로 이마를 감싼 채 잠시 가만히 있었다. 대체 무슨 얘기를 하려고 직접 찾아오기까지 하겠다는 건지 감을 잡을 수가 없었다. 최근 아빠와 따로 만난 적도 없고 기껏해야 생일 축하한다는 통화만 했을 뿐이니 그걸로 시비를 걸진 않을 터.

서현은 문득 아빠가 생각해 두고 있다는 생일 선물이 무언지 궁금해졌다. 기껏해야 가방 같은 소품일 텐데 그런 걸로 질투가 일진 않았을 거라 생각되자 혹시나 싶어진 것이다.

'설마 새로 론칭하려고 준비 중인 카페 프랜차이즈를 맡기실 생각인가?'

그 때문이라면 서 여사가 충분히 바르르 떨며 절대 안 맡겠다고 하라고 강요할 목적으로 찾아올 수도 있었다.

서현은 시계를 본 뒤 아직 성하에게 아무런 연락이 없자 아빠에게 전화를 넣었다. 아무것도 모른 채 서 여사의 방문을 받으니 대충이라도 이유를 알고 있어야 했다.

〈서현아, 어쩐 일이냐?〉

딸이 먼저 전화를 한 게 무척이나 반가운지 최 회장의 목소리가 꽤나 밝았다.

"식사는 하셨어요?"

〈그럼. 지금 막 먹고 들어오는 길이야. 안 그래도 너한테 전화할 생각이었는데 잘됐구나.〉

"그러셨어요?"

〈그래, 저번에 내가 말했지? 네 생일 선물로 생각해 둔 게 있다고.〉

서현이 모르는 척 물었다.

"아, 네. 뭔데요?"

〈청담동 벤츠 매장 운영하는 조 소장이 아빠 후배인 건 알지? 방금도 조 소장이랑 같이 밥 먹으면서 얘기했는데 SUV 새 모델이 나왔다더라. 아빠가 네 선물로 한 대 뽑아줄까 하는데 같이 가서 볼래?〉

"차요?"

혹시나 했던 생각과는 다른 선물에 서현은 괜스레 웃음이 나올 것만 같았다. 그럼 고작 차 한 대 사주겠다는 걸로 파르르해서 따지러 온다는 건가?

〈SUV가 별로면 쿠페 스타일은 어떠냐? 날렵하니 예쁘게 생긴 놈도 전시되어 있던데, 뭐가 더 마음에 들어?〉

"지금 차도 괜찮은데요, 뭘."

〈그냥 아빠가 사주고 싶어서 그래. 언제 나올래? 말 나온 김에 오늘 오후에 시간 어때? 이쪽으로 올 수 있겠니?〉

오늘 오후라⋯⋯. 아빠를 먼저 만난 후 저녁에 서 여사를 만나면 어떻게 될까? 두 부녀만 따로 밖에서 만났다는 걸 알면 더 발끈하려나? 서현은 싱긋 웃으며 흔쾌히 동의했다.

"서너 시쯤이면 괜찮은데, 아빠는요?"

〈당연히 시간 내야지. 그럼 그때 보자꾸나.〉

"네."

간단히 답하고 서현이 끊어버릴 거라 생각했는지 최 회장이 급히 불렀다.

〈서현아!〉

"네?"

〈전화는 왜? 아빠한테 다른 할 얘기 있었던 거 아냐?〉

"그냥 안부 인사요."

〈그랬어? 우리 딸, 전화 줘서 고맙다.〉

"⋯⋯이따 뵈어요."

〈그래.〉

고맙다 말하는 아빠의 목소리가 한없이 다정하게 느껴지자 서현은 미간을 찡그리며 핸드폰을 내렸다. 익숙하지 않은 감정이 불쑥 치미는 것만 같았다. 오랫동안 갈라져 있던 틈 사이로 무언가 비집고 들어와 채워지려고 하는 기분.

아무래도 성하와의 벽이 허물어져서 그런지 다른 쪽 감정 상태도 말랑해져 버린 듯했다. 하지만 그쪽은 서현이 원하는 바가 아니었다. 걱정했던 새로운 사업체를 맡기는 것도 아니니 상황을 봐서 '오렌지 가든'만이라도 얼른 ㈜미림에서 독립시키는 게 나을 것 같았다.

서현이 숨을 내쉬며 의자를 밀고 일어날 때 그의 목소리가 들렸다.

"아버님?"

언제 왔는지 그가 문틀에 기대서서 그녀를 보고 있었다. 잔잔한 미소가 깃든 그의 얼굴에 서현의 굳어 있던 입매가 금방 부드럽게 풀렸다.

"왔어요?"

"점심시간이라 그런지 차들이 많아서 좀 늦었어."

"어제 잠도 제대로 못 자서 피곤할 텐데 분당까지 갔어요?"

걱정스레 말하는 서현의 손을 잡으며 그가 미소 지었다.

"만날 사람이 있었거든. 기다리느라 지루했지? 배고플 텐데 어서 나가자."

"아주 정신없이 지나서 배고픈지도 모르겠어요."

"왜? 일이 많았어?"

"아뇨. 그냥 이것저것 잡일들 때문에요."

서현은 어색하게 웃으며 백을 챙겨 그와 함께 사무실을 나섰다. 진주가 찾아온 일에 대해선 굳이 이야기하고 싶지 않았다. 그에게 진주라는 이름을 꺼내기도 싫을뿐더러 둘 사이의 대화 소재로 삼을 필요도 없었다.

가까운 일식집에서 초밥과 소바 종류로 간단히 식사를 마친 두 사람은 아이스커피를 한 잔씩 들고 차 안에 나란히 앉았다.

"분당엔 누굴 만나러 갔던 거예요?"

식사 도중엔 업무에 관한 다른 이야기를 하느라 미처 묻지 못했던 서현의 물음에 성하가 그녀를 찬찬히 바라보았다.

"……왜요? 내 얼굴에 뭐 묻었어요?"

뺨과 입술 언저리를 만지작거리는 서현의 손을 잡으며 그가 말했다.

"박형준을 만나고 온 거야."

"……?"

"아무래도 한 번은 만나서 확실히 선을 그어야겠다고 생각했거든. 당신을 못 믿어서가 아니라 다시는 당신 앞에 얼씬거리지 못하도록 내가 경고를 해야겠기에 찾아갔던 건데."

그리 말하던 그가 씩 미소를 짓더니 말을 이었다.

"당신한테 먼저 혼쭐이 났었나 봐?"

긴장된 표정으로 그의 말을 듣고 있던 서현이 눈을 깜빡였다.

"예?"

"당신이 한 말 잊지 않고 있다면서 다시는 연락도 않고 나타나지도 않겠다던데, 뭐라고 한 거야?"

"아, 그게……."

서현은 갑자기 얼굴이 달아오르는 느낌에 잠시 머뭇거리다 입을 열었다.

"실은 지난 금요일에 은정이 만날 때 형준 선배가 왔었어요."

금요일이라면? 서현이 친구와 생각보다 일찍 헤어진 뒤 전화로 그에게 사랑한다고 고백하던 날이다. 근데 그때 박형준을 만났다고?

성하의 궁금해하는 표정에 서현은 그날 있었던 일을 그에게 말해주었다. 형준이 했던, 남편에게 미안한 감정 생기려 하냐며 아직 사랑하는 마음이 남아 있느냐 지껄인 것부터 그녀가 그들에게 한 번만 더 귀찮게 하면 밟아버리겠다고 한 말까지 숨김없이 이야기했다. 솔직히 그런 거친 말을 했다는 게 조금 쑥스럽기도 했지만 사실대로 이야기하는 게 나을 거라 생각했다.

역시나 그는 상당히 놀란 듯 눈썹을 치켜 올린 채 그녀를 보고 있다.

"그래서 회사는 터치하지 말아달라고 한 거로군."

"그랬어요?"

어색하게 웃으며 서현이 머리를 매만지자 성하가 그녀의 얼굴을 감싸며 가까이 다가왔다.

"당신, 정말 박형준을 이용했던 것뿐이야? 아버님한테 벗어나려고?"

"그 당시엔⋯⋯ 정말 그랬어요. 내 발로 나가기 힘드니 차라리 쫓겨나는 게 더 나을 거라 생각했거든요. 그냥 다른 거 신경 쓰지 않고 집에서 나가기만 하면 좋겠다고만 생각할 때였으니까요. 해서 엄마 유산이든 뭐든 다 포기하겠다는 말도 아빠한테 했고요."

"그렇게 힘들었던 거야? 장모님, 당신 새어머니가 대체 당신을 어떻게 대했기에⋯⋯."

"이젠 괜찮아요."

자세한 사정은 몰라도 어쨌든 화가 치미는 듯 성하의 목소리에 힘이 실리자 서현이 그의 손을 잡으며 말했다.

"더 이상은 내게 뭐라 하던 신경 쓰지 않아도 되니까 아무 상관 없어요."

"아버님은? 장인어른께선 모르시나? 당신이 왜 그렇게 집을 나가려 했던 건지에 대해선 알아보지 않으신 거야?"

"그냥⋯⋯ 내가 집에서 살기 싫다고 했어요."

어깨를 가볍게 으쓱이던 서현이 그를 보며 미소 지었다.

"이런저런 이유 대가며 내 입장만 이해해 달라는 말도 하고 싶지 않았거든요. 아빠에게 말씀드려 봐야 결국 집에서 더 많이 부딪치는 건 새엄마 쪽이라 결국은 나한테 되돌아올 게 뻔했으니까요. 그냥 나 한 사람만 빠지면 된다고 생각했어요."

"젠장!"

서현이 힘들어할 때 그녀를 돌아보지 못한 자신에게 화가 나 성하는 잔뜩 찡그린 얼굴로 스스로를 탓했다.

"그러지 마요. 이젠 정말 괜찮으니까. 어린애도 아니고 결혼까지 했는데 새엄마 때문에 힘들 일이 뭐가 있겠어요. 당신하고도 이렇게 돼서 난 좋기만 한 걸요."

"앞으로는 무슨 일이든 나한테 얘기하고 기대. 누구도 당신 힘들게 하는 일 없도록 내가 다 처리하고 막아줄게."

"든든하네요. 고마워요."

서현이 방긋 웃자 성하도 미소를 지었다.

"그리고 그날 형준 선배 만난 일, 얘기 안 한 건 미안해요."

조심스런 서현의 말에 성하가 고개를 저었다.

"아냐. 그걸로 당신한테 사과받고 싶진 않아. 오히려 잘했다고 말해주고 싶은걸. 사실 난…… 얼마 전까지만 해도 당신이 그자를 얼마나 좋아했던 건지 궁금하기도 하면서 아직까지 질투 어린 감정도 남아 있었어."

"……질투요?"

그의 입에서 나온 뜻밖의 말에 서현이 눈을 동그랗게 떴다.

"음, 그 당시 그자가 떠난 뒤 한동안 힘들어했잖아. 그래서……."

"아뇨! 그땐 너무 어이가 없어서 그랬던 거지 마음 아파서 슬퍼하고 그런 건 아니었어요."

서현은 머리를 저며 그의 말을 잘랐다.

"오랜 기간 애인이랍시고 지낸 사이인데 그깟 돈 봉투에 쉽게 떨려난 걸 보니 어처구니없기도 했고, 그동안 아빠 곁을 떠나면 안 된다고 날 위한 척했던 말들이 다 돈 욕심 때문이었다는 걸 알게 되자 나 스스로가 한심스럽기도 했어요. 아빠는 날 생각해서 돈이라도 쥐어주고 떠나라 했을 테지만 그런 남자한테 돈을 줬다는 것도 화가 났거든요. 어차피 내가 집을 나오면 두말 않고 도망쳤을지도 모르는데 왜 돈까지 줘서⋯⋯."

"그 돈, 아버님이 주신 게 아냐."

"⋯⋯예?"

"당신한테서 떨어지는 조건으로 내가 준 거야. 어떻게든 당신 옆에서 쫓아버리고 싶었으니까."

생각지도 못한 성하의 말에 서현은 놀란 듯 두 눈을 크게 뜰 뿐 별다른 대꾸를 하지 못했다.

"당신이 알면 날 더 피하게 될까 봐 아버님이 주신 걸로 해달라고 부탁드린 거야. 물론 아버님은 괜한 짓을 했다고 뭐라고 하셨지만, 난 당신이 정말 그자와 야반도주라도 할까 봐 걱정이 앞섰거든. 어떤 방법을 쓰던 떨쳐 내고 싶었고, 그가 없어져야 당신이 조금이라도 날 돌아볼 거라 생각했어. 말했지? 결혼 전 이 여자 저 여자 섭외해 가며 파티에 동석한 것도 다 당신을 자극하기 위해서였다고. 어떤 반응이든 무관심보다는 낫다고 여겼으니까."

"당신⋯⋯ 정말 날 좋아하고 있었던 거네요."

낮게 중얼거리는 서현을 보며 성하가 살짝 미간을 찡그렸다.

"설마 안 믿었다는 거야?"

"아뇨, 믿어요."

서현이 미소를 지으며 그의 뺨에 손을 대었다.

"그러고 보면 우리 참 바보 같아요."

"당신이 아니라 내가 바보였던 거지. 제대로 표현할 줄도 모르고 뭐가 문제인지도 파악하지 못했으니 말이야."

"앞으론 나도 숨김없이 다 말할 테니까 당신도 내게 서운한 점이 있거나 고쳤으면 하는 일이 있으면 이야기해 줘요. 그리고 형준 선배도 이젠 우리와 전혀 상관없는 사람이라 생각하고 신경 쓰지 말구요."

서현의 말에 성하가 고개를 끄덕이며 뺨에 놓인 그녀의 손을 감쌌다.

"우리 사이에 다른 사람이 끼어들진 못할 테지만 어쨌든 내 딴엔 끝을 내고 싶었던 거야. 아까 말한 대로 사랑이든 아니든 당신이 오랫동안 곁에 머물게 한 남자라는 것만으로도 질투가 났으니까. 게다가 다시는 당신 앞에 나타나지 않겠다고 했으면서 귀국 후 뻔뻔스레 얼굴을 보이고, 아무렇지도 않게 생일 축하 메시지를 보냈다는 게 날 화나게 만들었어. 그래서 오늘 확실히 하려고 만나러 간 건데, 오늘도 날 떠보려고 하더군."

성하가 피식 웃음을 흘리자 서현이 궁금한 눈으로 그를 보았다.

"떠보다니요? 어떻게요?"

"우리 사이가 정말 좋아진 건지 의심스러웠나 봐. 행여 내가 또 당신한테서 떨어지라고 몇 푼 쥐어줄 거라 기대한 것 같았어."

"뭐라고요? 그런 나쁜……."

욕설이 절로 튀어나오려 하자 서현은 얼른 입을 다물었다. 그리고는 단호한 어조로 말했다.

"절대 그러지 말아요!"

"걱정 마. 이번만큼은 그 방법을 쓸 생각이 아니었으니까. 말이 안 먹힌다 싶으면 반 협박 식으로 경고장을 날릴까 했는데 이미 당신이 한 말 때문인지 금방 꼬리를 내리더군. 아마 더는 당신 앞에 나타날 생각은 안 할 거야."

성하는 서현의 어깨를 끌어당겨 안으며 머리에 입술을 가만히 눌렀다.

"이제 됐어."

흐뭇하게 속삭이는 그의 목소리에 서현은 진주와의 일이 걸렸다. 대화거리로 삼고 싶지 않았는데 모든 걸 이야기하기로 한 만큼 오늘 찾아온 일도 그에게 알려야 할 것 같았다.

"한 가지 더 할 얘기가 있는데……."

"응?"

성하가 살짝 머리를 떼고 쳐다보자 서현은 조금 전 진주가 사무실에 다녀간 얘기를 그에게 해주었다.

"오늘 저녁 동창 모임에서 당신이랑 따로 만날 거라고 하더라구요."

"난 참석하지 않을 생각이야. 어제 형진이에게도 그리 말했고. 진주가 당신한테까지 찾아올 거라곤 생각지도 못했는데…… 미안해."

"아뇨. 그쪽에서 당신 좋다고 달라붙는데 어쩌겠어요. 당신을 믿는 수밖에요. 대신 나도 가만있지만은 않았어요."

서현은 씩 웃고는 남의 남편 건들 생각 말고 지금 하는 일이나 열심히 하라고 했다는 말과 한 번만 더 기분 나쁘게 굴면 TV에 얼굴도 못 나오게 만들 거라는 협박까지 했다고 남김없이 말했다.

그러자 성하가 몇 차례 눈을 껌뻑거리며 서현을 가만히 응시하더니 빙그레 웃음을 보였다.

"역시 보통이 아냐. 그리 나오면 아무도 못 덤비겠는데? 사실대로 말해봐. 학교 다닐 때 짱이었지?"

"아니거든요! 난 얌전한 편이었어요."

"에이, 설마?"

"좋아요, 날 먼저 건들지만 않으면 아주 얌전히 굴었다고 해두죠."

"나 강성하는 앞으로 최서현 마나님을 절대 먼저 건들지 않겠다고 약속합니다."

그가 맹세하듯 한 손을 들어 보이며 장난스럽게 말하자 서현이 눈을 흘겼다.

"건들지 않겠다는 범주에 이런 것도 포함이에요?"

그러면서 서현이 그의 입술에 쪽 하니 입맞춤을 했다. 그러자 그가 씨익 입꼬리를 올리며 말했다.

"정정하지. 이런 건 제외. 대신 신경 건드리는 일은 하지 않겠다는 걸로."

그리곤 서현의 뺨을 양손으로 감싸며 진한 키스를 되돌려 주었다.

"흠, 그냥 당신이랑 계속 이렇게 있고 싶다."

서현도 물론 그러고 싶었다. 지난밤 제대로 잠을 못 자서 그런지 그의 품에 안겨 푹 쉬고 싶은 마음이 간절했지만 조금 전 서 여사가 비아냥거리던 말이 생각나 몸을 바로 세웠다.

"사장이랍시고 근무 시간 멋대로 조정한다는 소리 들으면 안 되잖아요. 모범을 보여야지."

"네, 알겠습니다."

그가 서현의 콧등을 살짝 건드며 씩 웃고는 덧붙었다.

"참, 오늘은 회의 때문에 퇴근이 좀 늦을 수도 있을 거야."

"그래요? 저도 8시 전에는 아마 힘들 거예요."

7시쯤 서 여사가 방문한다고 했으니 대충 그 정도 시간은 잡아야 할 듯했다.

"외근 나가는 거야?"

"아뇨, 사무실에서요."

"그래, 그럼 열심히 일하고 저녁때 보자구!"

성하가 호텔로 돌아간 뒤 서현은 아빠를 찾아뵈었다. 1년 전만 해도 서현이 근무했던 곳이라 ㈜미림의 본사 건물은 그녀에게도 익숙했다.

"어서 오너라."

최 회장은 서현에게 가까이 다가가 금방이라도 안을 것처럼 양손을 내밀었지만 서현이 깍듯한 태도로 허리를 숙여 인사하며 거리를 두었다.

"잘 지내셨어요?"

"그럼, 잘 지내고말고. 우리 이게 얼마만이냐? 아빠가 보고 싶지도 않던?"

최 회장은 아쉬움에 서현의 어깨를 두드리고는 앉으라며 자리를 권했다.

"자, 우선 시원한 거라도 한 잔 마시자."

"아뇨, 저 방금 커피 마시고 와서 아무 생각 없어요."

"그랬어?"

최 회장은 인터폰을 누르려다 말고 테이블 위의 카탈로그를 들었다.

"음, 그럼 이거 먼저 볼래? 앞쪽 이거랑 여기 이게 아빠 맘에 드는데, 넌 어떠냐? 앞에 건 매장에 전시되어 있으니까 바로 가서 볼 수 있어."

"네, 예쁘네요."

"그렇지? 아무래도 여자가 타기엔 튼튼한 게 제일이니까. 난 세단보다는 SUV가 나을 것 같아. 행여 사고가 나더라도……."

그러다 최 회장은 서현에게도 좋지 않은 기억을 떠올리게 하는 것 같아 말을 멈췄다. 쓸데없이 사고라는 말은 하지 않는 게 나았다.

"지금 보러 갈까?"

"차는 안 사주셔도 돼요. 괜한 낭비잖아요."

서현이 차분히 말하자 최 회장이 찬찬히 바라보았다.

"아빠가 매번 이렇게 물질적으로만 해주는 것 같아 싫지?"

"……!"

"서현아, 내가 어떻게 하면 좋겠니?"

"……갑자기 왜 이러세요?"

"새엄마가 아직도 밉니? 아직도 네 엄마 자리 빼앗은 사람이라고 생각하는 거야?"

"이런 얘기…… 하고 싶지 않아요."

"그럼 언제 할까? 네가 무슨 생각을 하는지, 뭐가 마음에 안 드는 건지 말을 해야 아빠가 알 게 아니냐? 매번 아빠가 얘기를 꺼낼 때마다 피하기만 하면 내가 뭘 해줄 수 있겠어?"

"차, 받을게요. 그냥 지금까지처럼 해주세요."

"서현아!"

"이미 다 지난 일이고 별로 말하고 싶지도 않아요. 새엄마요? 네, 좋아해 본 적 한 번도 없어요. 알고 계시잖아요. 그냥 무조건 싫어요."

"후……."

최 회장은 고개를 떨구고 깊게 숨을 내쉬었다. 서현은 그 모습에 아까처럼 뭉클한 기운이 번지는 것만 같았다. 울컥하고 솟구치는 느낌에 잔뜩 미간을 찌푸린 그녀는 말이 헛나가지 않도록 입술을 깨물었다. 새엄마가 날 어찌 대했는데 그걸 몰라주는 거냐고, 조금만 신경 써서 돌아봤다면 충분히 알 수 있었을 텐데 왜 알아봐 주지 않았던 거냐고, 아빠는 새로 들인 아내와 문젯거리를 만들고 싶지 않아 알면서도 모른 척했던 건 아니냐고, 그래서 용돈과 다른 것들로 보상해 줬던 게 아니냐고……. 하지만 이제 와서 이런 말을 해봐야 무슨 소용이겠는가! 괜히 서로 상처만 남길 수도 있는 일이니 그만두는 게 나았다.

"차는 아빠가 마음에 드는 걸로 골라주세요."

마음을 가다듬은 서현이 그렇게 말한 뒤 자리에서 일어나려 하자 최 회장이 붙들었다.

"할 얘기가 더 있으니 앉아라."

"말씀하세요."

"미림에서 새로운 카페 브랜드 준비 중이란 건 알고 있지?"

최 회장은 테이블 위에 있는 파일 하나를 펼치며 서현 앞에 내밀었다. 서현은 설마 하는 생각에 얼굴을 굳히며 파일과 아빠를 번갈아 보았다.

"오렌지 가든도 이제 정상 궤도에 오른 것 같은데 새로 하나 더 맡아보는 건 어떠냐? 모든 준비는 거의 마무리 단계니까 네가 최종적으로 점검하고 필요한 부분이라 생각되는 건 첨가하려무나."

"아빠, 전 그냥……."

"왜? 미림을 맡으려면 네가 배워야 될 게 아직도 산더미처럼 많은데 오렌지 가든에만 매달려 있을 셈이야?"

순간 서현은 귀를 의심할 수밖에 없었다.

"……여기 미림을…… 저한테 맡기시려고요?"

"당연한 걸 묻고 있어? 그럼 너 아니면 누가 미림을 맡아?"

"하지만……."

어떻게든 아빠 그늘에서, 미림에서 독립하려고 애써온 서현으로선 당황하지 않을 수 없었다. 그리고 이 사실을 서 여사가 알면 어떻게 나올지……. 설마 그래서?

"새엄마도 알고 있어요?"

"뭘?"

"아빠가 이 회사를, 미림을 저한테 맡기려 하신다는 거요. 말씀하셨어요?"

"무슨 말을 하고 말고 해? 당연한 거라 알고 있겠지."

"그럼 지금 말씀하신 거 저한테 처음 하시는 거예요?"

"허허, 내가 말을 하든 않든 누구나 다 아는 일 아냐? 내가 세운 회사, 내 딸한테 물려준다는데 누가 뭐라 그래?"

서현은 한숨을 푹 내쉬며 찡그린 눈으로 아빠를 보았다.

"해인이랑 영인이도 아빠 딸이잖아요."

"걔네들은 미림과는 별개지. 미림의 밑바탕이 네 외할아버지인 만큼 후계자는 너야."

#13

서현과 헤어져 호텔로 돌아온 성하에게 김 비서가 재깍 다가와 보고했다.

"이진주 씨께서 와 계십니다."

"진주?"

서현을 찾아가 말도 되지 않는 소리들을 지껄였다는 걸 알기에 성하의 표정이 절로 찌푸려졌다.

"네, 한 시간 전부터 와서 기다리시는 중입니다."

"그래, 알겠어."

"시원한 걸로 준비할까요?"

"아냐, 금방 갈 테니 신경 쓸 필요 없어. 일 보게."

"알겠습니다."

김 비서가 깍듯한 자세로 인사를 한 후 물러가자 성하는 굳은 얼굴로 사무실의 문을 열고 들어갔다.

"성하야!"

특유의 나긋나긋한 음성으로 그를 반기며 진주가 환한 미소를 지었다. 그에 반해 성하는 냉담한 표정으로 책상 쪽으로 가며 물었다.

"여기까지 무슨 일이야?"

"오늘 저녁 모임에 참석할 건지 궁금해서. 니가 안 가면 나도 굳이 가고 싶지 않거든."

"왜? 모처럼 네가 참석하면 애들이 다 좋아할 텐데."

"그래? 그럼 우리 같이 갈까?"

방긋 웃으며 그의 팔을 잡으려던 진주는 손을 들어 저지하는 그의 동작에 멈칫해야 했다.

"이런 식으로 다가오는 건 그만두라고 한 것 같은데?"

"성하야, 왜 그래? 네 와이프가 뭐라고 해? 혹시 너 지금 진짜로 와이프랑 점심 먹고 오는 길이니?"

"그게 왜? 서현이랑 언제 만나기라도 했어?"

모른 척 되묻는 성하에게 진주는 잠깐 그를 외면하는가 싶더니 조심스런 눈으로 다시 쳐다보았다. 부인을 '서현이'라 불렀다는 게 당황스러울 수밖에 없었다.

"혹시 나에 대해서 뭐라고 하던?"

"그게 무슨 말이야?"

성하의 무심한 얼굴에 진주는 어깨를 으쓱하며 안타까운 표정을 지어 보였다.

"아니이~ 잠깐 그쪽에 갈 일이 있어서 인사도 할 겸 갔었는데, 날 좀 오해하는 것 같더라구."

"지난번 일도 있고 하니 오해할 만하지. 걱정 마. 내가 너와는 친구 이상은 아니라고 분명하게 밝혀뒀으니까."

"응?"

성하의 말이 얼른 이해가 되지 않는지 진주가 눈썹을 치떴다.

"와이프한테…… 그런 말을 했어?"

"난 네가 여기까지 날 찾아온 게 도통 이해가 안 되는데? 대체 무슨 말이 하고 싶은 거지? 내가 널 지금껏 달리 대한 적이 있던 가?"

어느새 차가워진 성하의 말투에 진주가 믿을 수 없다는 듯 머리를 저었다.

"너희 부부, 정략결혼이잖아. 아무런 정도, 사랑도 없이 결혼한 거 아냐? 그래 놓고……."

"너한테 우리 부부 사이가 어떤지 구구절절 설명해 줘야 하나? 아, 한 가지는 확실히 말하지. 난 그 사람, 서현이 말고는 진심으로 누군가를 마음에 담아본 적이 없다는 거."

"뭐, 뭐라구?"

"앞으로 한 번만 더 내 아내를 찾아가 날 들먹이며 말도 안 되는 소리를 지껄인다면 각오해야 할 거야."

"서, 성하야! 네가 어떻게 나한테 이래? 내가 이 한강그룹을 위해 얼마나 이미지 관리를 해왔는데!"

진주는 붉은 입술을 바르르 떨며 금방이라도 눈물을 흘릴 것처

럼 말했다. 뭇 남성들의 가슴은 충분히 흔들고도 남을 만큼 애처
로운 얼굴이지만 성하에겐 가증스러워 보일 뿐이었다.

"그래서 내가 사적으로도 네게 다른 걸 제공해 주길 바라는 건
가? 미안하지만 난 그런 식의 스폰서 역할은 할 생각이 없는데?"

충격이라는 듯 잠시 아무 말도 못하던 진주가 한 발 더 가까이
다가왔다.

"왜? 왜 내게 관심이 없는 건데? 누구나 날 옆에 두길 원하는데
왜 넌 아니라는 거야? 왜? 와이프한테 약점 잡힌 거라도 있어? 그
여자가 나보다 잘난 게 뭔데!"

"너 지금 실수하는 거야. 말귀 못 알아듣는 사람처럼 왜 이래?
대체 어디까지 막나갈 생각이지? CF 모델 같은 거 얼마든지 갈아
치울 수 있다는 거 몰라?"

매서운 성하의 눈빛과 말에 진주는 주춤거리며 불안한 눈빛을
했다.

"……뭐?"

"마지막으로 경고하는데 한 번만 더 오늘 같은 불쾌함을 느끼
게 된다면 너, 우리 한강 모델뿐 아니라 다른 드라마나 영화 출연
도 힘들어질 거라는 거 명심해야 할 거야. 듣자 하니 요즘 드라마
판, 투자자 측에서 배우 섭외부터 힘을 쓴다던데, 한강 자회사뿐
만 아니라 우리와 연결된 회사들이 다 널 싫다 하면 어떻게 될까?
제작사에선 투자자 유치에 열 올리는데 투자자가 너 때문에 어렵
겠다고 하면 어떻게 될 것 같아?"

눈물을 글썽이던 진주의 얼굴이 이제는 창백하게 질리고 말았다.

"서, 설마 그럴 리가⋯⋯."

"알아들었으면 더 이상은 쓸데없는 데 시간 낭비하지 않겠지? 분명히 말하지만 이제부터 넌 내 친구도 아냐. 더 이상 내 앞에서 얼씬거리는 일 없었으면 한다. 사적인 전화, 이렇게 네 마음대로 사무실 찾아오는 일 모두 사절이야. 그만 나가."

차갑게 선을 긋는 성하의 일갈에 진주는 부들부들 떨며 넘어지지 않으려는 듯 책상 모서리를 짚었다.

'어떻게⋯⋯ 어떻게 이런⋯⋯! 나 이진주를 이토록 비참하게 만들어 버리다니! 강성하 너 정말!'

마음 같아선 손톱을 세우고 달려들고 싶었지만 절대 그럴 순 없었다. 최서현 그 여자가 도도한 자존심에 성하와 사이가 좋아진 척 굴며 콧대를 높인 거라 생각했건만⋯⋯. 이건 명백한 패배, 아니, 제대로 싸워보지도 못하고 나가떨어진 거나 진배없었다.

더듬거리는 손으로 백 안의 선글라스를 꺼낸 진주는 이를 악물고 성하에게서 돌아섰다.

사무실 의자에 앉은 서현은 등받이에 몸을 기댄 채 한 시간이 넘도록 창밖만을 응시하고 있었다. 생각지도 않았던, 너무도 뜻밖의 말을 들은 터라 서현의 머릿속은 복잡하기 이를 데 없었다.

'미림을 맡으라니⋯⋯.'

서현의 입에서 낮은 한숨이 새어 나왔다. 사실 아빠의 말에 기뺐다. 부담이 되기도 했지만 마음 깊은 곳에서 느껴지는 건 벅찬 기쁨이었다. 아빠의 모든 것이라 할 수 있는 미림을 오로지 서현에게 맡기겠다고, 그게 당연한 거라고 말씀해 주신 게 너무도 고마웠던 것이다.

하지만 서 여사가 남아 있었다. 분명 그 사실을 알면 가만있지 않을 터. 어쩌면 아빠의 이런 뜻을 눈치채고 서현을 찾아온다고 한 건지도 몰랐다. 슬슬 어두워지려는 걸 보니 서 여사가 약속했던 시각이 되어가는 듯했다.

서현은 의자를 밀치고 일어나 사무실 안을 가볍게 거닐었다. 괜히 두근거리는 가슴을 진정시킬 필요가 있었고, 서 여사가 어떻게 나오든 태연히 마주할 수 있는 준비를 해야 했다. 그때 노크도 없이 사무실 문이 벌컥 열리더니 서 여사가 안으로 들어섰다. 창가에 서 있던 서현은 눈살이 찌푸려지는 걸 참으며 몸을 돌렸다.

"오셨어요."

"그래, 시간 없으니까 이쪽으로 와서 앉아라."

마치 제집이라도 되는 양 서 여사는 먼저 소파에 앉으며 가방에서 무언가를 꺼냈다.

"자, 이거 보고 여기 사인해."

"이게 뭐죠?"

서현은 파일 덮개를 열고 맨 위에 '각서'라고 쓰인 걸 보고는 미간을 찡그리며 서 여사를 보았다.

"무슨 각서예요?"

"너 상당히 앙큼하더라?"

쯧쯧 하며 머리를 설레설레 흔든 서 여사가 눈초리를 세웠다.

"네 엄마가 남긴 재산이 상당하다며? 종로랑 명동에 빌딩도 있다며? 근데 그걸 혼자 다 꿀꺽했더라? 그럼 네 아빠 뭐니?"

"지금 무슨 말씀을 하시는 거예요?"

굳어진 서현의 얼굴을 못마땅한 표정으로 쳐다보며 서 여사는 목소리를 높였다.

"봐봐. 전혀 모르겠다는 듯 꽁무니 빼겠다는 거지? 엄연히 배우자가 있는데 그걸 미성년자이던 네가 몽땅 다 가져가는 게 말이 된다고 생각해? 대한민국이 어디 그런 나라야? 법적 보호자인 아빠를 두고 변호사가 관리를 해? 무슨 그런 개 같은 경우가 다 있어? 내가 지금 마음만 먹으면 네가 받기로 된 그 땅이랑 건물들 다 가져올 수도 있지만, 네 아빠 체면을 생각해서 참는 거니까 여기다가 군말 말고 사인해."

"이거 봐요! 우리 엄마 유산을 당신이 어떻게 맘대로 가져간다 만다 하는 거죠? 지금 내 앞에서 무슨 말을 하는지 알고 있기나 해요?"

"내 말을 내가 모른다는 거야? 너 요즘 날 만만하게 보는 경향이 있는데, 난 니 엄마야. 알아?"

"아뇨. 내 엄마가 아니라 내 아빠의 아내일 뿐이죠."

"무식하기는, 그게 그 말이지! 하여간 너랑은 말이 안 통해. 실랑이 벌이고 싶지 않으니까 여기 사인이나 하라고!"

"싫은데요."

"뭐? 이게 읽어보지도 않고 왜 이래?"

"보아하니 별 시답잖은 서류 하나 만들어온 것 같은데 그만둬요."

"그럼 니 엄마 재산까지 몽땅 털어먹고 니 아빠 것까지 탐내겠다는 거야?"

서 여사의 말에 서현의 미간에 더욱 깊은 주름이 파였다. 역시 아빠가 미림을 그녀에게 물려줄 거라는 걸 알고 온 듯했다.

"뭐라구요?"

"네 아빠 돌아가시면 그 재산 모두 포기하겠다는 각서야. 난 너한테 한 푼도 못 주니까 그리 알고 사인해. 엄마 재산 몽땅 털어먹었으면 됐지, 아빠 것까지 바라면 그건 너무 심한 욕심 아니니?"

"하! 지금 아빠 재산 포기 각서에 사인하라는 거예요? 그게 말이 돼요?"

"왜 말이 안 돼? 이건 네 아빠랑 평생을 산 내 권리야."

"그리 따지면 당신보다 내가 더 아빠랑 오래 살았는데요?"

무식하게 나오는 사람한텐 똑같이 나가는 게 상책이다. 무조건 제 입장만 고수하면서 목소리 높이면 장땡이라는 부류, 정말 피곤했다. 아빠는 어떻게 이런 여자가 좋다고 그리 일찍 재혼을 하신 건지…… 생각하면 할수록 부아가 치밀어 올랐다.

"야! 넌 결혼했잖아! 딸은 결혼하면 출가외인이란 말 몰라? 넌 아무런 권리도 없어! 그러니까 깨끗이 인정하고 사인하라고!"

"아무런 권리도 없다는 사람한테 왜 사인하라고 들이미시는 거죠? 내 권리는 내가 알아서 때 되면 챙길 테니까 신경 끄시죠?"

"이런 건방진 게……."

"그리고 지금 이러는 거 아빠도 알고 계시나요? 두 눈 뻔히 뜨고 살아 계신 아빠 유산 문제를 왜 당신이 나서서 왈가왈부하는 건지 이해가 안 가는데 전화해서 한번 여쭤볼까요?"

순간 서현은 철썩 하는 마찰음과 함께 왼쪽 뺨에 강한 통증을 느끼며 눈앞에서 별이 번쩍거리는 걸 느꼈다.

"이, 이년이 어디에서 전화를 하겠다는 거야? 그래, 해봐! 니 아빠가 내 말을 듣지 니 말을 들을 것 같아? 허구한 날 말썽만 피우고 지지리 말도 안 들어 처먹던 너 때문에 니 아빠가 얼마나 속을 태웠는데 니 말을 듣겠어?"

"그만하시죠!"

갑자기 들려온 성하의 목소리에 서 여사가 흠칫 놀랐고, 서현의 시선이 그쪽으로 향했다.

"가, 강 서방……."

"그렇게 불리고 싶지 않군요."

성하는 차갑게 말하며 테이블 위에 놓인 각서를 휙 집어 들었다. 그리고는 간단히 훑어본 뒤 좌악 찢어버렸다.

"이런 분이셨습니까? 아버님과 재혼 후 줄곧 서현이를 이리 대하셨던 겁니까? 겉으로는 안 그런 척, 남들 앞에선 반듯한 딸이라는 식으로 입바른 칭찬을 하시고 서현이한텐 그렇게 막말을 하셨던 겁니까?"

음산하게 울리는 성하의 음성에 서 여사는 입술을 바르르 떨더니 서현을 휙 돌아보았다.

"너 머리 좀 썼다? 내가 이리 나올 줄 알고 니 남편 불렀던 거니? 아, 그랬어? 강 서방도 애 여우 짓에 잠깐 넘어간 것 같은데 조심해. 속에 구미호 몇 마리는 숨겨뒀을 테니까. 참, 얘 예전에 사귄 애인 알지? 혹시 알아? 지금도 몰래 연락하고 지내는지 모르니까 잘 알아보는 게 좋을걸."

"별 걱정을 다 하십니다."

일부러 꺼낸 공격인데도 전혀 먹히지 않은 듯 성하가 피식 웃어 보이자 서 여사의 두 눈에 잔뜩 힘이 들어갔다.

"어쨌든 난 서현이한테 약속을 받아낼 거니까 확실히 말해. 니 아빠 재산 손대지 않겠다고. 아니면 사전 증여로 몽땅 해인이랑 영인이한테 주든지 내 앞으로 돌리든지 할 거니까 그리 알아."

"잘 모르시나 본데, 아버님이 증여를 하신다 한들 서현이도 엄연한 상속인이니 유류분청구권이 있다는 걸 알려 드려야겠네요."

"내가 그렇게 둘 것 같아? 애 아빠도 서현 엄마 유산 분에 대해 청구할 시기를 놓쳐서 지금 후회하고 있는데!"

"지금 뭔가 착각하고 계신 것 같은데요, 청구권은 이쪽에 있는데 그렇게 둘 것 같으냐는 말은 좀 우습지 않습니까? 서현이나 내가 어떤 사람인지 잘 모르시나 봅니다? 게다가 아버님께서 과연 서현일 두고 그렇게 하실 거라 생각하십니까? 아, 그래서 이따위 말도 안 되는 각서를 작성해서 포기하라고 하신 거군요? 행여나 모든 게 서현이에게 갈까 봐 불안해서요."

느긋한 성하의 말에 서 여사의 얼굴이 더욱 붉으락푸르락 변해 갔다.

"뭐, 뭐라고? 무슨 이런……."

"아빠가 엄마 유산을 청구하지 못한 걸 후회한다고요? 그런 거짓말에 내가 속을 것 같아요? 날 아직도 어린애라 생각하시는 것 같아 참 안타깝네요."

서현의 차분한 어조에 서 여사의 눈꼬리가 매섭게 올라갔다.

"이년이 정말······."

"한 번만 더 이 사람에게 함부로 말했다간 후회하게 될 겁니다."

위협하듯 소파의 등받이를 퍽 하고 내려친 성하 때문에 움찔 놀란 서 여사는 입을 뻐끔거리며 헛웃음을 터뜨렸다.

"하, 하, 정말······ 내가 어이가 없어서······."

"아무래도 아빠가 무슨 생각을 갖고 계신지 알려 드려야겠네요."

난데없는 서현의 말에 서 여사의 머리가 휙 돌아갔다.

"무슨 말이야? 너 아빠랑 따로 만난 적 있어? 언제?"

"좀 전 오후에 뵙고 왔어요."

"이런 여우 같은······."

서 여사는 입술을 비틀며 말하다 성하의 날카로운 눈빛에 흠칫하며 입을 다물었다.

"아빠 미림을 저한테 맡기시겠다네요. 해인이와 영인인 미림과는 별개라고까지 하시던데, 과연 걔네들한테 사전 증여를 해주실까요? 어차피 미성년이니 비과세 부분 정도로는 생각해 보시라고 알려 드릴까요?"

"뭐, 뭐, 뭐라고? 미림을 왜 너한테 맡겨? 그게 무슨 말도 안 되는 소리야!"

서 여사는 벌떡 자리에서 일어나며 소리쳤다.

"네년이 아빠한테 무슨 짓을 한 거지? 강 서방! 강 서방이 뒤에

서 조종한 거야? 이년한테 홀딱 넘어가서 그런 거냐구!"

성하는 이제껏 장모님으로 모셔온 서 여사의 탐욕스런 모습에 치가 떨렸다. 어떻게 이런 사람이 서현의 새엄마로 들어오게 된 건지 도무지 이해가 되지 않았다.

"그래, 어디 한번 해봐! 니가 미림을 가지면 나도 그 유류분청구 지 뭔지 하면 되거든! 해인이 영인이 몫까지 다 내가 챙겨서 뺏으면 되니까!"

"그래요, 아빠가 돌아가시게 되면 해보세요. 아, 혹시 모르니 아빠한테 이것도 알려 드려야겠네요. 당신이 청구권 행사를 위해 무슨 짓을 할지 모르니 조심하시라고요."

"아아악!"

서 여사는 치밀어 오르는 감정을 자제하지 못하고 비명과도 같은 소리를 지르더니 거칠게 발소리를 내며 사무실을 나가 버렸다. 쾅 하고 닫히는 문에 벽이 다 흔들릴 정도였다.

정적이 찾아오자 성하는 우두커니 앉아 있는 서현 옆에 다가가 앉으며 그녀를 가만히 안아주었다. 순간 울컥하고 솟구치는 감정에 서현의 눈에 눈물이 고였다. 지그시 입술을 깨문 채 서현은 그의 어깨에 기대어 벌떡거리는 가슴을 진정시켰다.

"아버님을 찾아뵈어야겠어. 당신을 이리 함부로 대하는 사람을 아내로 생각하고 계신다는 게 이해가 안 돼. 그 오랜 시간 당신에 게 했을 일을 생각하면……."

화를 꾹 눌러 참고 있다는 게 느껴지는 착 가라앉은 목소리다. 서현은 그의 등을 말없이 토닥이며 괜찮다는 마음을 전해주었다.

"아니, 저 사람이 내 장모라는 위치에 있다는 것도 용납이 안 되고 참을 수가 없어. 어떻게 당신을 때릴 수가 있지? 어디 봐. 얼굴은 괜찮아?"

성하는 서현의 뺨을 살피며 불그스름하게 나 있는 손자국을 자신의 손으로 감싸주었다.

"전에도 이런 적 있어?"

"그냥…… 머리 몇 대, 등 내려친 거 몇 번이요. 뺨은 처음이에요. 저도 좀 놀랐고요."

"미치겠군. 사무실 밖에서 그 여자 말을 듣자니 도저히 참을 수가 없어서 막 문을 열고 들어가려는데 이런 짓까지! 젠장, 나도 모르게 멱살을 잡아채서 던져 버리고 싶은 걸 겨우 참았어. 후, 근데 분이 풀리질 않아 미치겠다. 저 여자를 대체 어떻게 해야 하지? 아버님한테 당장 이혼하라고 하고 싶은데 그래도 되나?"

"……그래도 아빠한테는 잘해요."

"본인이 구미호를 여러 마리 키우나 보지."

성하의 격한 표현에 서현의 입매가 살짝 올라갔다.

"여긴 어떻게 왔어요? 회의 때문에 늦어질 수도 있다고 했잖아요."

"내가 요즘 정신을 딴 데 두고 사나 봐. 오늘이 아니라 내일이래."

"네?"

업무 스케줄을 헷갈려 하다니! 전혀 그답지 않은 일인지라 서현은 웃음을 터뜨리고 말았다.

"김 비서도 퇴근 준비하다가 황당해하더라고."

"얼마나 당황스러웠을까."

서현이 연신 쿡쿡거리며 웃자 성하가 얼굴을 가까이 하며 눈썹을 스윽 치켜 올려보았다.

"요즘 내 머릿속을 지배하는 건 내가 아니거든."

"아하, 그래서 주인님을 구하기 위해 이렇게 달려온 거예요?"

"흠, 틀린 건 아니지만, 이왕이면 못된 마녀 손아귀에서 아리따운 공주님을 구출해 낸 왕자님이라고 하는 게 어때?"

"네, 멋진 왕자님. 정말 당신이 짠, 하고 나타나서 너무 든든하고 좋았어요."

서현은 방긋 웃는 얼굴로 그의 목에 두 팔을 감으며 말을 이었다.

"이렇게 와줘서 고맙구요, 너무너무 사랑해요. 나 지금 정말 행복하고 기분 좋아요."

성하는 서현을 꼭 안아주며 부드러운 손길로 등을 쓸어주었다. 더 이상은 서현이 아프지 않도록, 상처받지 않도록, 언제든 마음 편히 기댈 수 있도록 그가 든든한 울타리가 되어줄 것이다.

압구정에서 방배동까지 몇 차례의 신호 위반도 불사하며 거칠게 차를 몰고 간 서 여사는 대문 앞에 차를 끼익 소리 나게 세웠다. 다른 생각 따윈 하나도 들지 않고 오직 미림을 몽땅 서현이에게 줄 거라 했다는 말만 귀에 맴돌고 있었다.

"여보!"

한 번도 크게 소리쳐 불러본 적 없는 최 회장을 지금은 앞뒤 생각 없이 날카로움을 가득 담아 찾았다.

"엄마 왔어?"

주방에서 뭘 먹고 있었는지 영인이 머리를 빠끔히 내밀었지만 지금 서 여사에겐 들리지 않았다. 대문에 들어설 때 주차장에 차가 세워진 걸 봤으니 분명 집에 있을 텐데 아무런 대답이 없자 서 여사는 안방 문을 세차게 열어젖혔다.

"여보!"

그때 욕실에서 물소리가 나는 게 들리자 그쪽으로 가서 벌컥 문을 열었다.

"앗! 깜짝이야!"

한창 샤워 중이던 최 회장이 놀라서 쳐다봤지만 서 여사는 다른 생각을 할 여유가 없었다.

"오늘 서현이 만났어요? 둘이 만나서 무슨 소릴 했어요?"

"갑자기 그게 무슨 말이야? 샤워 중인 거 안 보여? 문 닫아."

"말해봐요! 내가 지금껏 당신 비위 맞춰가며 어떻게 살았는데 내 생각은 눈곱만큼도 안 해요? 사람이 어떻게 그래?"

"뭐라?"

최 회장의 굵은 눈썹이 꿈틀 움직였다.

"비위를 맞춰?"

순간 서 여사는 아차 하며 한발 물러났다. 잠깐 이성을 놓고 있었다는 걸 깨닫고는 얼른 미소를 지었다.

"아뇨, 내 말은……."

"나갈 테니 기다려."

최 회장은 곧바로 물을 잠그고는 가운만 걸친 채 욕실을 나왔다. 그리고 영인이 무슨 일인가 싶은 얼굴로 안방을 내다보자 위층으로 올라가라 말하고는 문을 닫았다.

"여보, 난 그냥…… 서현이 생일 선물 못 준 게 미안해서 사무실에 들렀는데 개가 이상한 소릴 하잖아요."

눈에 미소까지 듬뿍 담아 말하며 서 여사는 최 회장의 가운 앞섶을 만지작거렸다. 하지만 최 회장은 여느 때와는 달리 서 여사의 손을 잡아 내리며 물었다.

"서현이 뭐라 했는데 내가 당신 생각을 눈곱만큼도 안 해준다는 거지? 당신, 이제껏 내 비위 맞춰가며 살았던 건가?"

"아깐 내가 잠깐, 그러니까 좀 욱한 감정이 치밀어 나도 모르게 그렇게 말했던 것뿐이지 정말 그랬다는 건 아니에요."

이제껏 남편을 살살 녹여오던 필살 애교 눈짓을 해 보였지만 최 회장의 굳은 얼굴은 간단히 풀리질 않았다.

"서현이 무슨 말을 했는데?"

"그게…… 당신 혹시 미림을 서현이한테 넘길 생각이에요?"

조심스레 묻는 서 여사를 보며 최 회장의 미간에 더욱 깊은 골이 파였다.

"서현이가 그래?"

"네, 당신이 회사를 몽땅 물려줄 거라 했다면서 우리 해인이, 영인이한테는 숟가락 얹을 생각도 하지 말라는 식으로 말하잖아요. 막말로 해인이, 영인이도 똑같은 당신 딸인데 지가 뭐라고 그딴 식으로 말해요?"

"미림은 서현이 거야."

간단히 답하는 최 회장을 보는 서 여사의 표정이 점점 매섭게 변해갔다.

"그게 무슨 소리예요? 왜 미림이 서현이 거예요?"

"왜라니? 당연한 소리를 묻고 그래? 내 말했지, 서현이 외조부가 아니었으면 지금의 미림은 없다고."

"투자를 얼마나 해줬든 이제껏 키우고 운영해 온 건 당신이잖아요! 이만큼 성장시켜 놓은 회사를 서현이한테만 몽땅 털어준다고요? 그게 말이 돼요? 그럼 우리 해인이, 영인이는요? 나는요? 우리한테는 대체 뭘 줄 건데요?"

"당신 지금…… 재산 때문에 이러는 거야?"

사나운 눈초리의 서 여사가 다소 충격이라는 듯 최 회장은 잠시 멍해졌다. 항시 살랑거리는 봄바람처럼 그를 대해오던 아내가 이처럼 표독스러운 얼굴을 보인 건 처음인 것이다.

"당신과 함께 살아온 내 재산이기도 하잖아요. 난 절대 양보 못해요! 미림뿐 아니라 이 집, 양평 별장, 강남 빌딩 모두 포기 못하니까 그리 알아요!"

"뭐라?"

"말 나온 김에 확실히 해요. 우리 해인이랑 영인이한텐 뭘 남겨줄 건데요? 서현이 갠 제 엄마 재산 모두 다 가져갔잖아요! 그 땅, 건물, 신탁! 그것만도 어딘데! 당신이 아무런 권리 요구도 하지 않아 내가 다 아까워 죽겠는데! 당신 재산까지 뭐 하러 주냐고요! 걔한테 회사를 주면 우리 애들은요? 왜 해인이, 영인이한테는 아무 말이 없어요? 이참에 당신 재산 우리 애들한테 증여해 줘요. 그래야 내가 안심이 될 것 같으니까."

"여보!"

최 회장이 버럭 소리쳤지만 서 여사도 이번만큼은 물러설 수 없었다. 서현이 그 계집애한테 몽땅 다 뺏길 순 없는 노릇이었다.

"나요, 스물여덟 꽃다운 나이에 딸까지 있는 당신하고 결혼했어요. 나 좋다는 남자가 한둘이 아니었다는 거 당신도 알죠? 그런 내가 당신과 결혼해서 지금까지 집안 살림 꾸려가며 내조해 줬는데 전처 딸만 생각하는 당신한테 화가 안 나게 생겼어요? 그러니까 내 앞으로 재산 명의를 돌리든 해인이, 영인이한테 증여를 하든 뭔가 조치를 취해달라구요!"

"내게 먼저 결혼하자 한 건 당신 아니었나?"

섬뜩하리만치 낮게 울리는 목소리에 서 여사가 흠칫했지만 최 회장은 두 눈에 힘을 주며 말을 이었다.

"서현 엄마 잃고 힘들어하는 날 위로해 주겠다고 다가온 건 당신이었어. 서현이와도 잘 지낼 수 있을 거라며 젊은 아가씨가 아무런 조건 없이 다가와 보듬어준 게 고마웠는데, 이젠 내가 당신 인생을 망친 것처럼 얘기하는 건가? 당신 좋다는 젊은 남자들 따라가지 않았던 게 이제 와서 후회가 되나?"

"아뇨, 난……."

"그래, 말 나온 김에 확실히 말해봐. 당신 나랑 결혼해서 지금까지 살아온 게 내 재산 때문이었나? 그것 때문에 내 비위 맞춰가며 살아왔다는 거야? 서현이가 제 엄마 재산 받은 걸 왜 당신이 아까워하는데? 명의를 바꿔달라? 애들에게 증여를 해라? 내가 지금껏 서현이만 생각했다?"

화가 난 최 회장의 목소리가 높아지자 서 여사도 지지 않으려는 듯 앙칼지게 대꾸했다.

"솔직히 영인이랑 해인이보다 서현일 더 챙긴 건 사실이잖아요? 뭔 일 있을 때마다 서현이, 서현이! 얼마나 지긋지긋했는데!"

"서현일 친딸처럼 아껴주겠다고 한 건 당신이었어! 그 말이 고마워서 함께 살자는 당신 말을 받아들였던 거고! 당신이 애들 유치원, 학교 행사에 아빠가 꼭 참석해야 된다고 하면 바쁜 시간 쪼개가며 해인이, 영인이 쫓아다녔지만 서현이한텐 한 번도 그래 본 적 없어! 근데도 내가 서현이만 생각했다고? 걔한테 해준 거라곤 용돈 챙겨준 것밖에 없는데! 아빠 노릇이라곤 그것 말곤 해준 게 없는 것 같아 항상 미안한데, 뭐라? 당신은 영인이, 해인이에게 해주는 것만큼 서현이한테 신경 쓴 적 있어?"

"아, 그러니까 아내가 필요한 게 아니라 서현일 키워줄 여자가 필요했던 거네요?"

"재혼 따위 생각 없는 내게 잘하겠다고 한 게 누구였지?"

"나도 처음엔 잘하려고 했어요! 근데 서현이 그 계집애가 날 엄마로 생각하지 않는데 나만 잘하면 뭐 해요? 여우 같은 그년이……"

순간 너무 말이 막나간다 싶었는지 서 여사가 입을 가렸다. 최 회장의 눈이 번득이며 서 여사에게 한 발 더 다가섰다.

345

"여우? 그년? 솔직한 걸 좋아하는 것 같으니 말해봐. 지금껏 서현일 그리 대했던 건가?"

"저, 저기요, 난 그냥……."

"그러고 보니 내게 서현이에 대해 좋게 말한 게 몇 번이나 되지? 처음엔 예쁘네요, 착하네요, 입에 발린 칭찬이라도 하더니만 해인이 낳고부터는 제대로 관심이나 보인 적 있나? 항상 서현이가 오늘은 무슨 짓을 했는지 아느냐는 투로 말하면서, 해인이가 가방 좀 만졌다고 짜증을 냈다, 학원을 가는 건지 놀다 오는 건지 모르겠다. 해인이, 영인이 보면서 서현이까지 챙기느라 힘들어서 투정 부리는 거라 생각했는데 투정이 아니었던 건가? 서현이가 정말 그렇게 미웠던 거야?"

"암요! 미울 수밖에요! 학교 다닐 때 지지리도 말 안 듣던 거 기억 안 나요? 내가 뭘 물으면 대답도 않고 당신한테만 이야기하고!"

"당신이 먼저 다가가 보듬어줬다면 그랬을까? 한번 얘기해 봐. 그동안 서현이랑 가까워지려고 노력한 적이 있어? 해인이, 영인이 살뜰히 챙기는 것처럼 서현이 일에 관심 가져본 적 있어?"

"내가 왜! 내가 왜 그래야 하는데요? 그년은 제멋대로 하는데 왜 내가 잘해줘야 해? 커갈수록 당신이 걔만 신경 쓰는 것도 성질 나는데 왜 내가 잘해줘야 하느냐구! 내가 당신이랑 결혼한 이유가 뭔데! 분명히 말하겠어요! 난 당신 아내로서의 권리 다 요구할 거야! 당신 죽으면 받게 될 재산에서 한 푼이라도 서현이한테 더 가면 가만 안 있을 거니까 그리 알아요!"

"나이 많은 애 딸린 홀아비랑 결혼한 이유가 결국은 재산이 탐나서였다는 거야?"

"내 젊음과 미모를 얻었으니 손해 본 건 아니잖아요? 그러니까 난 내 권리 포기 안 해요. 아니, 못해요. 최소 당신 재산 절반은 내 앞으로 당장 이전시켜 줘요."

새침하게 말하는 서 여사를 잡아먹을 듯 노려보던 최 회장이 한 자 한 자 씹어내듯 말했다.

"내일 당장 변호사 알아봐. 내 재산이 탐나면 위자료로 받아낼 수 있을 만큼 한번 청구해 봐!"

생각지도 않은 말에 서 여사가 깜짝 놀라 두 눈을 크게 떴다.

"지, 지금…… 나한테 이혼하자는…… 말이에요?"

"나한테 원하는 게 재산인 것 같으니 위자료만큼만 깨끗이 주고 끝내주지. 대신 터무니없는 요구는 할 수 없을 거란 것만 알아둬. 나 역시 두 손 놓고 있지만은 않을 테니까."

최 회장이 옷장 문을 벌컥 열고 옷을 꺼내자 서 여사가 그를 붙들었다.

"여, 여보! 여보! 나한테 왜 이래요? 나한테 이러면 안 되잖아요!"

"뭐가? 뭐가 안 된다는 거야? 재산 보고 결혼했다는 당신, 이제 더 이상 내 비위 맞춰가며 살 필요 없게 해준다는데 뭐가 안 된다는 거야?"

"미안해요. 내가 말실수한 거예요. 잘못했으니까 이러지 말아요. 네?"

서 여사는 정말 이혼이라도 당하게 될까 봐 두려움에 눈물을 흘리며 최 회장에게 매달렸다. 하지만 최 회장의 분노는 이미 극에 달한 상태였기에 서 여사의 애절한 눈물도 통하질 않았다.

"실수? 방금 내게 한 말을 실수라 하면 그만인 거야? 미림을 서현이에게 물려준다는 것 때문에 이 난리를 피워놓고 실수였다?"

"여보, 우리 다시 차근차근 이야기해 봐요. 네? 이렇게 화를 낼 게 아니라 찬찬히 생각해 보자구요. 난 당신 없으면 안 되는 거 알잖아요. 내가 당신을 얼마나 사랑하는지 알면서 이러면 난 어떡하라구요! 해인이, 영인이는 어떡하라구요!"

"그래, 당신 말대로 찬찬히 생각해 볼 테니까 당신도 그렇게 해. 해인이, 영인이, 아직 어린 애들까지 들먹여 가며 증여를 하라는 당신의 본심이 뭔지. 그래야 안심이 될 것 같다는 당신의 속셈이 뭔지 스스로 다시 한 번 생각해 보고 이야기하자고."

최 회장은 옷을 갈아입은 뒤 서 여사를 남겨둔 채 방문을 쾅 닫고 나가 버렸다.

침대에 털썩 주저앉은 서 여사의 얼굴이 차갑게 일그러졌다. 이 모든 게 서현이 그년 때문이었다.

#14

　홧김에 차 키를 들고 나오긴 했지만 최 회장은 막상 어디로 가야 할지 목적지를 잡을 수 없었다. 독한 술이 생각나 호텔로 갈까 했지만 고개를 젓고는 서현의 집 방향으로 핸들을 틀었다. 빌라 입구에 다다라 차를 멈춘 최 회장은 한숨을 푹 내쉬고는 잠시 망설이다 핸드폰을 꺼냈다.

　"나다."

　〈예, 이 시각에 어쩐 일이세요?〉

　서현의 음성에 담긴 조심스러움에 최 회장은 새엄마와 무슨 이야기를 어떻게 주고받았는지 대충 짐작할 수 있었다.

　"퇴근은 한 게냐? 강 서방도 들어왔고?"

　〈아뇨. 지금 같이 들어가는 길이에요.〉

　"아, 그래? 잠깐 얘기 좀 했으면 하는데…… 괜찮겠니?"

〈지금이요? 어, 아빠, 여기 오신 거예요?〉

서현의 말이 끝나자마자 성하의 차가 최 회장의 차 근처에 멈춰섰다. 최 회장이 밖을 내다보자 성하와 서현이 차에서 막 내리고 있다.

"아빠!"

서현이 다가오자 최 회장은 문을 열고 차에서 내렸다.

"이제 오는구나."

"오셨습니까?"

성하가 인사하자 최 회장이 고개를 끄덕이며 조금은 어색함이 깃든 미소를 지었다. 집안의 안 좋은 꼴에 대해 얘기하게 될 것 같아 성하가 함께 있는 게 아무래도 멋쩍을 수밖에 없었다.

"들어가요."

서현이 이끌자 최 회장이 손을 내저었다.

"아니다. 그냥 너랑 잠깐 얘기를 나눴으면 하고……."

"서현이 새어머니와 관련된 거라면 저도 드릴 말씀이 있습니다."

성하의 말에 최 회장이 흠칫 놀란 눈으로 돌아보았다. 장모님이나 어머님이란 호칭이 아니란 게 가장 먼저 귀에 들어오며 설마하는 듯 쳐다보았다.

"사실 내일이라도 아버님께 연락드리고 찾아뵐 생각이었습니다. 이왕 여기까지 오셨으니 들어가시지요."

"혹시 자네도……. 아닐세. 들어가지."

최 회장은 고개를 끄덕이며 다시 차에 올랐다. 서현이 최 회장의 차 조수석에 타며 성하에게 눈짓을 했다. 차 두 대가 주차장 안으로 들어서서 나란히 주차를 했다.

"새엄마가…… 아빠에게 뭐라고 하신 거죠?"

시동을 끄는 최 회장을 보며 서현이 조심스레 물었다. 이처럼 기운 없는 모습을 뵌 적이 언제인지 기억에도 없다.

"해인 엄마를 싫어한 게…… 엄마 자리를 빼앗았다는 것만은 아니었던 게지?"

"아빠……."

"후, 들어가서 얘기하자꾸나. 강 서방도 뭔가 아는 것 같으니 같이 이야기해야지."

"……네."

깊게 한숨을 내쉬며 차에서 내리는 아빠의 뒤를 따라 서현도 내렸다. 성하가 걱정 말라는 듯 서현을 바라본 뒤 엘리베이터 버튼을 눌렀다.

"오늘 널 찾아갔다고 하더구나. 생일 선물을 못해준 게 미안해서 들렀었다던데 그런 게냐?"

성하가 권한 소파에 앉자마자 최 회장은 질문부터 던졌다.

"그게……."

"그 사람이 널 어찌 생각하는지 다 알고 왔으니까 너도 사실대로 이야기해 봐. 이제껏 새엄마랑 사이가 좋지 않았던 게 뭣 때문인지 오늘은 말해보렴."

얼른 답을 하지 못하고 머뭇거리는 서현의 손을 잡아주며 성하가 나섰다.

"서현일 때리기까지 했다는 건 알고 계셨습니까?"

"뭐?"

생각도 못했다는 듯 최 회장의 눈썹이 꿈틀대며 바짝 좁혀졌다.

"널 때렸어?"

"아까도 서슴없이 따귀를 날리더군요. 입에 담지 못할 막말까지 해가며 말도 안 되는 협박을 하시던데 참 어처구니가 없었습니다. 그런 분일 거라곤 정말이지 상상도 못했거든요."

성하의 말에 아빠가 충격에 휩싸인 표정을 짓자 서현은 조심스레 말을 골랐다.

"어렸을 땐 그냥 제가 미웠던 것 같아요. 열두 살이나 된 딸이 갑자기 생겼으니까요."

"널 잘 돌봐주겠다고 했어. 엄마 잃은 너와 친구처럼 잘 지내겠다고! 그래서 그렇게 일찍 재혼을 했던 건데! 근데!"

서현의 말을 끊으며 버럭 소리치던 최 회장은 울컥 감정이 솟구치자 두 손을 꽉 움켜쥔 채 숨을 골랐다.

"그래, 다 내 탓이지. 그 사람, 결혼하고 바로 해인일 갖는 바람에 너한테 신경 못 써준다고 생각했으니까. 너한테 그리 잘해주지 않는 걸 알면서도 입덧 때문에 힘들어서 그렇거니, 몸이 무거워 그렇거니, 갓난아기 돌보느라 그렇거니……. 그냥 그렇게 받아들인 내 잘못이다. 다 내 잘못이야."

"아빠…… 이젠 저 괜찮아요."

서현은 아빠가 이렇게 힘든 모습을 보이는 게 모두 다 제 탓인 것만 같아 입술을 깨물었다. 하지만 성하는 그런 그녀를 대신해 모든 걸 밝히려는 듯 주저 없이 말했다.

"생일 선물을 못 줘서 미안한 게 아니라 아버님 재산 포기 각서에 사인하라고 찾아온 겁니다. 어머님 유산을 모두 가져갔으면서 아버님 재산까지 바라면 욕심이 너무 과한 거라며 포기하라고 하시더군요. 아무리 피 한 방울 섞이지 않았다지만 엄연히 엄마라는 사람이 어떻게 그런 말을 할 수 있는지 상식적으로 이해가 되지 않았습니다."

"……후, 역시…… 그랬군."

낮게 한숨을 내쉬며 최 회장은 천천히 말을 이었다.

"나와 결혼한 이유가 재산 때문이라더구나. 이제껏 내 비위 맞춰가며 살아온 아내로서 당연한 권리라면서 명의 이전을 해달라는데……. 후, 그래, 못해줄 건 없지. 부부라면 그 정도야 얼마든지 해줄 수 있는 거니까. 한데 이런 식으로는 아니지. 이렇게는 안 돼."

고개를 젓는 최 회장의 손등 위로 서현의 손이 겹쳐졌다.

"아빠……."

솔직한 심정으론 이혼하라고 말하고 싶었다. 하지만 아빠에게 그런 말을 쉽게 할 수는 없었다. 성하 역시 서 여사와 더 이상은 장모와 사위라는 관계로 있고 싶지 않았기에 과감히 이혼이란 말을 꺼내고 싶었지만 서현이 눈짓으로 말리는 바람에 입을 다물 수밖에 없었다. 그런 두 사람의 마음을 눈치채기라도 했는지 최 회장이 덤덤하게 말했다.

"해인 엄마한테 변호사 알아보라고 했다. 그놈의 재산, 요구할 수 있는 만큼 위자료로 청구하라 했으니 던져 주고 깨끗하게 갈라서는 게 낫겠구나. 이렇게 있다가는 너나 나한테 무슨 짓을 할지 모르니 그만둬야지."

"아빠, 하지만……."

놀란 서현이 뭐라 말하려 했지만 최 회장이 다시 말을 이었다.

"해인이랑 영인이는 내가 데리고 있을 거야. 다시는 애들과 접촉 못하게 막아야지. 암, 그렇게 해야지."

"하지만…… 영인인 이제 초등학교 6학년인데……."

"그런 엄마가 애들한테 무슨 본보기가 되겠어? 내게 이렇게까지 탐욕스러운 면을 보였다는 건 끝까지 가려고 작정한 게지."

"정말 이혼까지…… 가실 거예요?"

서현의 말에 최 회장이 눈살을 찌푸리며 물었다.

"넌 날 말리고 싶은 게냐? 널 그런 식으로 대한 여자를 계속 새엄마로 두고 싶어?"

"……아뇨……."

결국 서현은 시선을 내리며 조용히 말했다.

"이혼하셨으면 해요. 그런 여자가 아빠 부인으로 있는 거 싫어요."

그런 서현에게 용기를 주듯 성하가 손을 굳게 잡아주었다.

그때 최 회장의 핸드폰이 울렸다. 꺼내보니 영인이다. 최 회장은 굳은 표정으로 잠시 핸드폰을 보다가 전화를 받았다.

"그래, 영인……."

〈아빠! 어디야?〉

최 회장이 말을 꺼내기가 무섭게 영인이 불안한 목소리로 소리를 질러댔다.

〈엄마 계속 우는데 왜 그래? 아빠 어디 간 거야?〉

"금방 갈 거니까 방에 가 있어."

〈엄마랑 싸웠어? 엄마 왜 우는데? 막 소리 내면서 운단 말이야! 아앙!〉

그러면서 영인이도 울음을 터뜨렸다. 핸드폰 너머로 새어 나오는 영인의 울음소리는 서현과 성하에게도 들려왔다. 최 회장은 답답함이 몰려오는지 두 눈을 꾹 감은 채 깊은 숨을 몰아쉬었다. 서현은 최 회장의 어깨에 가만히 손을 얹으며 말했다.

"얼른 가보세요."

"……엄마는 괜찮으니까 넌 방에 올라가 있어. 아빠 지금 갈게."

최 회장은 자리에서 일어나며 서현과 성하에게 그만 가보겠다고 눈짓했다. 그때 영인이 울음 섞인 목소리로 말했다.

〈어엉! 엄마가 언니 학원 끝날 시간이라고, 엉엉, 아빠한테 데려오래. 어어엉!〉

그 말에 최 회장은 지그시 어금니를 깨물었다가 천천히 답했다.

"그래, 알았다."

그러곤 영인이 무슨 말을 하기도 전에 전화를 끊어버렸다. 최 회장은 다시금 한숨을 내쉬곤 서현에게 힘없는 미소를 보였다.

"간다. 쉬어라. 강 서방도 쉬게."

"아빠……."

서현은 현관에서 최 회장을 불렀다. 최 회장이 쳐다보자 미소를 보이며 입을 열었다.

"전 아빠한테 재산 받지 않아도 괜찮아요. 해인이랑 영인이에게 나눠주셔도 저 서운하거나 그러지 않아요."

"내가 알아서 하마."

최 회장은 굳은 얼굴로 고개를 끄덕이고는 그대로 현관문을 나섰다.

성하가 어깨를 감싸자 서현이 그를 돌아보았다.

"사람 마음이란 게…… 참 이상하죠? 그렇게 그 여자가 밉고 동생이란 애들도 마음에 안 들었는데……."

"……이해해."

"솔직한 심정으론 아빠가 이혼했으면 좋겠어요. 내게 한 걸 떠나서 아빠에게 대놓고 재산이 탐나서 이제껏 비위 맞추고 살아왔다는 식으로까지 했다는 건 정말 용서가 안 되니까요. 그래서 이혼하시라 말씀도 드린 거지만…… 영인인 아직 어린데다가…… 후, 나도 그 나이 때 엄마를 잃었잖아요. 난 그렇게 미워하고 혼내도 해인이나 영인인 정말 눈에 넣어도 아프지 않을 정도로 예뻐해 주거든요. 그런 엄마를 애들이랑 떼어놓는 것도 못할 짓이라는 생각도 드네요. 뭐가 현명한 선택인지…… 난 잘 모르겠어요."

"아버님이 결정하시겠지."

성하는 서현의 양어깨를 잡아 마주하며 말을 이었다.

"하지만 아버님 말씀처럼 아이들한테 올바른 본보기가 되지 못하는 엄마라면 오히려 독이 될 수도 있어. 내 자식만 귀하다는 식으로 타인을 배려하지 않는 사랑은 결국 아이들을 망치는 것이나 마찬가지니까."

서현 역시 그 말에는 동의했다. 서 여사의 끔찍할 정도의 이기적인 사랑법은 오히려 애들 주위에 친구들을 없애는 것과 같았다. 친구들과 말썽이 생겨도 항상 내 딸들이 옳다, 어디서 감히 덤비느냐는 식으로 구니 친구들이 따를 리가 없었다. 과연 그렇게 자란 아이들이 커서 제대로 된 인간관계를 맺고 사회생활을 해나갈 수 있을까?

그렇다고 엄마와 반 강제적으로 헤어지게 한다면 애들에게 더 안 좋은 영향을 끼칠 수도 있는 일. 서현은 아빠의 결정에 따를 뿐, 더 이상 자신이 나설 수는 없다는 걸 알았다.

아빠나 서 여사에게서 아무런 연락이 없는 상태로 이틀이 지났다. 아빠가 걱정되긴 했지만 서현은 섣불리 나서질 않고 있었다. 아빠에게 그녀의 입장은 충분히 밝혔으니 어떻게든 결정을 내리실 터였다. 그럼에도 아빠가 혼자서 너무 괴로워하시는 건 아닌지 염려가 되어 결국은 회사로 찾아가게 되었다.

"오셨어요? 미리 연락을 주시지 그러셨어요."

비서가 서현에게 미안한 얼굴로 말했다.

"회장님께서 몸이 좀 안 좋으시다고 일찍 들어가셨거든요."

"어디 편찮으세요?"

놀란 서현의 물음에 비서도 염려스러운 듯 머리를 갸웃거렸다.

"그냥 두통이 있으시다는데, 어지간히 편찮으신 걸로는 말씀을 안 하시는 회장님이 갑자기 그러셔서 저도 놀랐어요. 안색도 좀 안 좋으신 것 같고······."

"병원은요? 다녀오셨어요?"

"그 정도는 아니시라면서 집으로 간다고 하셨어요."

"그래요. 알겠어요."

서현은 비서에게 고개를 끄덕여 주고는 회사를 나와 방배동으로 향했다. 지금 가면 분명 서 여사와도 맞부딪치게 될 테지만 계속 모른 척할 수만은 없다는 생각이 들었다. 어찌 보면 자신의 존재로 인해 서 여사가 더욱 불안해하고 욕심을 내는 걸 테니 다 함께 모인 자리에서 같이 이야기를 하는 게 나을 수도 있었다.

서현이 방배동 집에 왔을 때 대문은 살짝 열린 채였고 주차장 안엔 아빠 차와 서 여사가 개인적으로 타고 다니는 차가 모두 주차되어 있었다. 대문을 닫은 후 계단을 올라 마당을 지나는데 현관문 또한 활짝 열린 상태이다. 서현의 발소리에 아주머니가 내다볼 법도 한데 아무도 나와 보질 않았다.

서현이 안으로 들어가 막 구두를 벗으려는데 날카로운 소리가 울렸다.

"정말 이러기예요?"

서 여사였다. 이어서 영인의 울음소리가 들려왔다.

"엄마아앙······."

복도 안쪽 아빠 서재에서 나오는 소리다. 서현은 굳은 표정으로 서재 문을 열었다.

책상 앞에 앉은 아빠와 그 옆에 선 서 여사와 영인이 보인다. 그들 역시 문이 열리는 소리에 눈을 돌리다 서현이 온 걸 보고는 제 각각 다양한 표정을 보였다.

뭐 하러 예까지 왔냐는 듯한 최 회장의 걱정스런 얼굴과 분노 수치를 상승시키는 중인 서 여사의 부릅뜬 눈, 그리고 훌쩍이며 울다가 불만이 가득한 표정으로 변하는 영인까지. 서현은 덤덤함 얼굴로 들어가 문을 닫으며 인사했다.

"저 왔어요."

"그래! 그래! 잘 왔다, 이년! 너 때문에 내가!"

"그만해!!"

당장 서현에게 달려들어 머리채를 휘어잡으려던 서 여사가 최 회장의 벼락과도 같은 고함에 멈칫했다. 그리곤 다시 최 회장에게 로 돌아서서 그 앞에 무릎 꿇다시피 하며 다리에 매달렸다.

"여보! 왜 애가 나한테 한 짓은 생각하지 않는 건데요! 왜 나만 잘못했다고 그래요!"

"서현 언니가 아빠 재산 모두 다 뺏어갈 거래요! 우리 앞길도 망 친다면서 엄마가 얼마나 뭐라고 했는데! 언니 때문이야! 언니 때 문에 아빠가 엄마랑 이혼한다고 하는 거라구!"

순진하다고 해야 할지……. 서현은 영인이 바락바락 대들 듯 소 리를 지르는 게 안쓰러워 걱정스레 아빠를 보았다. 이 모습을 보 는 아빠의 심정은 오죽할까. 역시나 최 회장은 영인을 침통한 표 정으로 쳐다보더니 가슴이 아리는지 손으로 움켜쥐었다.

"아빠!"

"여보!"

서현이 빠르게 다가갔지만 서 여사가 막아서며 최 회장을 끌어 안듯 감쌌다.

"어딜 넘보는 거야? 이 사람은 내 거야! 너한테는 한 푼도 안 줄 거야! 다 내 거라구!"

"이게 뭐 하는 짓이야!"

"그래요. 넘보지 않을게요. 그러니 그만해요."

조용한 서현의 목소리에 서 여사가 휙 고개를 들었고, 최 회장 도 두 눈을 크게 떴다.

"서현이 너 무슨 말을 하는 게야!"

"아뇨, 아빠. 내가 포기하면 되는 거잖아요. 사실 저…… 미림 에서 독립하고 싶었어요. 근데 아빠가 미림을 맡으래서 순간이나 마 욕심이 나긴 했어요. 하지만 이제……."

"그만! 미림은 네 거야! 오래전부터 난 그리 생각해 왔고 다른 누구에게도 줄 생각 없다! 그러니 아무 말 마라!"

"여봇!!"

서 여사는 이제 최 회장을 놓고 서현을 붙들었다. 그리고는 한 번도 보인 적 없는 다정한 미소를 보이며 달래듯 말했다.

"그래, 서현아. 너만 포기하면 되는 거야. 네 아빠랑 나 이렇게 싸워본 적 한 번도 없다는 거 알지? 너만 아빠 재산에 손 안 대겠 다고 약속하면 되는 거잖아. 응?"

"그만두지 못해?"

최 회장은 버럭 고함을 치고는 영인을 보았다.

"영인이 너 커서 뭐 되고 싶어? 아빠처럼 회사에서 늦게까지 일하고 여기저기 출장 다니면서 살 거야? 아빠 회사 책임지고 맡으라면 맡을 거야?"

"여보! 애한테 무슨 소릴 하는 거예요? 영인아, 한다고 해. 아빠처럼 회사에서 일 열심히 하겠다고 해."

주눅이 든 영인은 엄마, 아빠를 번갈아 보다가 어깨를 움츠리며 말했다.

"싫어. 난 일 안 해도 된다며? 난 회사 안 다닐 거야. 엄마가 그랬잖아. 아빠가 벌어다 준 돈으로 공주처럼 편히 살라고. 커서도 힘든 일 하지 말고 쇼핑 다니면서 예쁘게만 살랬잖아."

"이 기집애가!"

서 여사는 영인의 머리를 한 대 쥐어박더니 최 회장을 돌아보았다.

"이제 열세 살짜리한테 뭘 기대하고 그래요? 막말로 서현이 이것도 이맘때 어땠는지 기억 안 나요? 애도 그땐 당신 회사에서 일할 생각 요만큼도 없었을걸요? 아까도 그랬잖아요. 독립하고 싶었다고. 그랬지, 서현아?"

너무도 다정하게 '서현아' 라고 부르는 목소리가 서현의 귀엔 어느 때보다도 거슬렸지만 차분한 태도를 유지했다.

"그래요. 제가……."

"그만하래도!"

최 회장은 서현이 아무 말도 하지 못하게 책상을 쾅 내려치며 벌떡 일어섰다.

"분명히 말하마. 서현이 네가 미림 맡지 않겠다고 나오면 나도 미련 없다. 그냥 내 재산 모두 지금 당장 기부해 버리고 미림도 넘겨 버리마. 조각조각 나눠 팔면 달려들 업자들 수두룩할 게야!"

최 회장의 강경 발언에 서 여사의 두 눈이 겁에 질린 듯 동그랗 게 커졌다.

"여, 여, 여보…… 그럼, 그럼 우리는요? 그럼 우리는 어쩌라고요?"

"당신 눈에는 내가 돈주머니로만 보이지? 이혼 못하겠으면 그 냥 나랑 시골 내려가 밭이나 일구며 살 생각 해. 다 필요 없어! 건 물이라도 하나 챙기고 싶으면 지금 당장 깨끗이 갈라서!"

"그런 말이 어디 있어요! 싫어! 난 못해! 내가 여기까지 어떻게 왔는데!"

서 여사는 최 회장을 붙들고 고개를 마구 젓더니 다시금 애원조 로 말했다.

"여보, 제발, 네? 우리 이러지 말자구요. 내가 양보할게요. 미림 은 서현이 줘도 아무 말도 안 할 테니까 다른 것들은 남겨둬요. 네? 서현이도 넘보지 않겠다고 아까 그랬잖아요."

"아니, 이젠 내가 싫어. 차라리 빈털터리로 늙어 죽을 때까지 혼 자 살고 말지 당신하곤 같이 있고 싶지 않아. 됐어! 다 지긋지긋 해! 회사를 서현이에게 맡기면 해인이랑 영인이를 나 몰라라 하겠 어? 그림 좋다고 공부는 안 하고 그림만 그리는 해인이에겐 해인 이 길이 있고, 당신 말대로 아직 어린 영인이도 좀 더 크면 본인이 원하는 길을 찾겠지! 다 내 자식인데 내가 모른 척하겠냐고! 근데 회사 경영 좀 서현이에게 맡기겠다 한 걸로 이 난리를 피우는 당 신! 이젠 내가 싫어! 꼴도 보기 싫으니까 당장 나가!"

"아빠아……."

겁에 질린 영인이 울먹거리자 최 회장이 화난 어조로 소리쳤다.

"네 언니랑 결정해! 엄마를 따라가든 아빠랑 살든 니들 알아서해! 그리고 서현이 너도 확실히 말해! 미림 물려받을 거냐, 아님빠질 거냐? 이대로 투자 업체에 넘겨서 확 다 분해시켜 버릴까?"

서현은 새빨갛게 충혈된 아빠의 눈동자를 보며 입술을 깨물었다. 아빠는 지금 마음속으로 울고 계신 게 분명했다.

"모두 내일 저녁까지 입장 정리해서 이야기해. 끝! 다들 나가!"

모두 꼴도 보기 싫다든 듯 손을 내저으며 최 회장은 의자에 털썩 앉아 빙글 돌려 버렸다.

묵묵히 서재를 나온 서현은 현관 앞에서 갑자기 서 여사의 손아귀에 머리채를 잡혀 돌아서게 되었다.

"지금 뭐 하는…… 헉!"

순간 서현의 뺨에 서 여사가 손을 날렸다. 눈앞에 별이 반짝일정도로 세찬 손길에 서현의 몸이 휘청거렸다.

"나쁜 년! 독한 년! 못된 년! 넌 이 재산 포기해도 살 만하다 이거지? 니 엄마 거 있고 강 서방 있으니까 아무 문제 없다 이거지?지독한 년! 널 처음 본 순간부터 싫은 이유가 있었어!"

서현의 차가워진 눈길에도 아랑곳없이 서 여사는 분에 못 이겨소리쳤다.

"조끄만 게 웃는 얼굴로 인사하는 게 얼마나 가증스러웠는지알아? 뻔히 내 속 알면서 그랬던 거지? 니 엄마 죽고 나서 내가 금방 들어왔으니 내가 당연히 미웠겠지! 그런데도 아닌 척, 착한 척하며 안녕하세요, 인사를 해? 내가 그래서 널 미워한 거야! 너 솔직히 말해봐! 내가 니 아빠 재산 노리고 들어온 거 알고 있었지? 그래서 날 싫어하는 티 팍팍 냈던 거지?"

"아빠도 눈치 못 채신 걸 어린 내가 어떻게 알았겠어요? 지금껏 제 발 저린 것 때문에 날 그리 대한 거였어요?"

싸늘한 서현의 말에 서 여사의 손이 한 번 더 치켜 올라갔다.

놀란 영인이 손으로 얼굴을 가리며 꺅 하고 소리를 질렀다. 엄마의 이런 무서운 모습이 처음인 것이다. 하지만 아까처럼 뺨을 내려치는 소리는 들리지 않았다. 살짝 손가락을 치우며 보니 서현이 엄마의 손목을 붙들고 있다.

"아빠 말씀 들었죠? 내일 뵙도록 하죠."

서현은 서 여사의 손을 놓고는 영인을 잠깐 돌아봤다가 이내 고개를 돌렸다. 그리고 아무런 말 없이 방배동 집을 나섰다.

차를 몰아 서현은 서울을 벗어나 엄마를 모셔둔 추모공원으로 향했다. 눈물이 흘러 눈앞이 자꾸 흐려지는 통에 생각보다 오래 걸려 도착하게 되었다. 엄마를 안치해 둔 곳 앞에 무릎을 꿇은 채로 앉아 서현은 한동안 가만히 있었다.

"……아빠가 많이 힘들어하시네. 나 어떡할까?"

나직이 말을 꺼내는 서현의 볼 위로 또 한 줄기 눈물이 또르르 흘렀다.

"내가 그동안 못되게 군 거 맞지? 엄마가 보기에도 내가 아빠한테 나쁜 딸이었지? 그 여자가 날 미워해도…… 내가 싫어하지 않앗다면…… 내가 엄마하고 지냈던 것처럼 좋은 딸이 되려고 노력했다면…… 이런 일…… 없었을까?"

그리 읊조리던 서현은 두 눈을 꼭 감으며 고개를 저었다. 아니, 아니었다. 그 여자와는 결코 좋게 지낼 수가 없었을 것이다. 항상 너만 없었더라면 얼마나 좋았을까, 괜히 너 때문에 우리 딸들 앞길에 방해되면 어떡하니 하는 말을 서슴없이 하던 여자와 어떻게 잘 지낼 수가 있겠는가! 다시 십대 시절로 돌아간다 해도 서현은 그 여자를 받아들이지 못했을 터이다.

서현은 뺨의 눈물 자국을 손으로 닦아내며 낮은 숨을 내쉬었다.

"그래, 엄마……. 나 아빠가 원하시는 대로 그렇게 할게. 더 이상은 아빠 힘들게 하지 않고 말 잘 들을게."

퇴근 시간이 가까워 오자 성하는 서현에게 전화를 넣었지만 연결이 되질 않았다. 사무실로 해봐도 비서가 대표님은 오후에 내내 외부에 나가 계시다고 했다. 곧 퇴근할 거라면서 언제쯤 올 것 같으냐는 메시지를 보냈는데도 아무런 답변이 없다.

괜히 불안한 마음에 성하는 일을 마무리 짓고 서둘러 호텔을 나왔다. 막 차에 오르려는데 서현에게서 전화가 왔다. 안도감이 밀려오며 성하의 입매가 자연스레 미소를 그렸다.

"응, 어디야? 외근 나갔다며?"

〈네, 좀 늦을 것 같아요.〉

"……어딘데? 무슨 일 있어?"

〈아뇨. 엄마한테 왔는데 차가 많이 밀리네요.〉

"나한테 연락하지 그랬어. 시간 내서 같이 갔을 텐데."

〈……그냥요. 다음에 같이 와요.〉

성하는 서현의 목소리가 왠지 일부러 과장하는 것처럼 밝게 들려오자 눈살을 찡그렸다.

"당신, 왜 그래?"

〈아뇨. 괜찮아요. 운전 중이니까 끊을게요.〉

서현은 서둘러 말하고는 그대로 전화를 끊어버렸다. 갑작스레 돌아가신 어머니께 간 걸 보면 분명 방배동 쪽에서 일이 생긴 듯했다. 핸드폰을 다시 열고 아버님께 전화를 드리고 싶은 걸 참으며 성하는 뒤로 머리를 기댔다.

아버님이 그날 밤 그렇게 가신 뒤로 서현은 계속 걱정스런 마음을 안고 있었다. 그를 신경 쓰게 하지 않으려는 듯 겉으로는 내색하지 않았지만 잠도 제대로 이루지 못한다는 걸 모를 리가 없었다. 그런 그녀를 위해 그가 할 수 있는 거라곤 다 좋아질 거라는 작은 위로밖엔 없었다. 사위로서 아버님께 어떤 선택을 하시라 충고할 수도 없었고, 서현 역시 아버님을 위한 최선의 방법이 뭔지 망설이는 듯했다. 그러니 어머님이 더 생각이 난 걸 테지.

성하는 시동을 켜고 서현이 오고 있을 집으로 향했다. 오늘도 기댈 곳을 필요로 하는 그녀에게 그의 어깨를 내어주는 일이 최선일지도 몰랐다.

성하가 집에 도착한 뒤 한 시간 반이 지난 후에야 서현의 차가 진입로에 나타났다. 벤치에 앉아 그녀가 돌아오길 기다리던 성하가 몸을 일으키자 서현이 차를 세웠다. 전면 유리창으로 보이는 그녀의 얼굴은 꽤 눈물을 흘린 것처럼 부어 있었지만 그를 보며 손을 들고 웃음 지었다. 성하는 불쑥 치솟는 격한 마음을 가라앉히며 조수석에 올랐다.

"언제 올 줄 알고 기다리고 있어요? 저녁은요? 먹었어요?"

밝게 말하는 서현을 보며 성하는 기어를 잡고 있는 그녀의 손을 가볍게 감쌌다.

"같이 먹으려고 기다렸지. 배고프다. 얼른 들어가서 먹자."

"늦을 것 같다고 하니깐……."

서현은 살짝 얼굴을 붉히며 차를 주차장으로 넣었다.

아주머니가 저녁 식사로 준비해 둔 된장찌개로 성하가 간단히 상을 차렸지만 서현은 한두 숟갈을 뜨곤 넘기질 못했다. 숟가락을 놓는 서현을 보며 성하가 걱정스레 말했다.

"좀 더 먹어봐."

"별로 안 먹히네요."

어색한 웃음을 보인 서현이 물을 한 모금 들이켜자 성하가 찬찬히 물었다.

"오늘 아버님 뵀던 거야?"

"네, 걱정돼서 회사로 갔는데 몸이 안 좋으시다며 일찍 들어가셨더라구요. 해서 방배동으로 갔는데……."

서현은 말을 잠시 멈췄다가 다시 이었다.

"······내일 저녁에 방배동에 같이 가줄래요?"

"그래, 그럴게."

곧바로 답해주는 그에게 미소를 보인 서현은 머뭇거리다 입을 열었다.

"아빠가······ 재산 다 처분하시겠다는 말씀까지 하셨어요. 회사도 내가 안 맡겠다고 하면 분해시켜 팔아버릴 거라 하시고요. 내일까지 결정하라시네요."

서현의 말에 성하의 얼굴이 굳어졌다. 그렇게까지 말씀하셨다는 건······.

"이젠 다 필요 없다 하시면서 시골에 내려가 밭이나 갈겠다고 하시는데, 마음이 참······ 아프더라구요. 이제껏 아빠 마음 헤아려보려고 한 적이 한 번이나 있었나 싶으면서······ 참 못된 딸이었구나, 나만 생각하고 살았구나 싶어지는데······."

"그러지 마. 당신 역시 마음 편히 살아온 건 아니잖아. 당신이 그런 기색을 비치면 아버님은 아버님대로 당신에게 더욱 미안함을 느끼실 거야."

"아빠도 아까 가슴으로 우시는 것 같았어요."

서현이 고개를 떨구자 성하가 그녀의 옆자리로 가 앉으며 어깨를 감싸주었다.

"괜찮아지실 거야. 우리가 좀 더 잘해 드리면 돼. 내가 잘할게."

"고마워요."

서현은 그에게 머리를 기대며 말했다.

"당신이랑 이렇게 사이가 좋아지기 전에 이런 일이 터졌으면 아마 나…… 견디기 힘들었을지도 몰라요. 당신이랑 했던 거래 조건이나 우리의 사업적 관계도 이젠 다 필요 없다면서 모든 걸 포기하고 도망쳐 버렸을 거예요. 당신도 버리고 아빠도 버리고…….”

"그래도 내가 당신을 잡았을 거야. 알지? 내가 당신한테 얼마나 주의를 기울이고 있었는지. 분명 당신이 떠나기 전에 내가 먼저 붙잡았을 테고, 이렇게 당신을 안고 다 괜찮아질 거라 얘기했겠지. 그리고 우리 사이는 지금처럼 좋아졌을 거야.”

"피, 너무 자신만만한 거 아녜요?”

서현이 눈을 흘기자 성하의 입매가 부드럽게 올라갔다.

"세상 무서울 거 없는 나 강성하가 가장 자신 없어 하던 게 바로 당신이야. 하지만 이젠 아니거든.”

"왜요?”

"사랑하니까. 그리고 당신이 날 사랑한다는 걸 아니까.”

그의 대답에 서현이 고개를 살짝 옆으로 꺾으며 그에게 입을 맞추었다.

"고마워요.”

"음…….”

성하는 다정히 미소 지으며 서현의 입술 위에 다시 한 번 달콤한 키스를 남겼다.

#15

　여느 때보다 퇴근을 서두른 서현과 성하는 함께 방배동을 찾았다. 한껏 어질러진 집 안의 모습은 서 여사가 거친 행동을 했음을 알게 해주었다. 어제만 해도 엄마 옆에 붙어 있던 영인도 이젠 해인과 함께 저 멀리 아빠 쪽으로 가 있는 게 엄마를 무서워하는 듯 보였다.

　서 여사는 이 모든 것이 자신에게 일어났다는 게 아직도 믿어지지 않는지 오만상을 하고 있었다. 그러다 서현이 거실로 들어서자 벌떡 자리에서 일어나더니 성하를 보고 멈칫거렸다.

　"남편을 데려왔어? 왜? 어제도 나한테 맞았다고 일러바치기라도 한 거야? 아님, 백이 든든하다는 걸 자랑이라도 하려는 거야?"

　서 여사의 앙칼진 말에 성하의 눈이 날카롭게 빛났다. 하지만 서현이 괜찮다는 듯 그의 팔을 잡았다. 최 회장 역시 서 여사의 말에 표정을 굳혔다가 더는 대꾸하고 싶지 않다는 듯 서현에게 물었다.

"미림, 맡을 거냐?"

"네, 아빠. 아직은 부족하겠지만 더 열심히 배워서 잘 꾸려 나가 볼게요."

믿음직스런 대답이었는지 최 회장의 얼굴에 조금이나마 미소가 번졌다. 하지만 이내 다시 엄한 얼굴로 돌아가 해인이와 영인일 보았다.

"너희는 어떡할 거냐? 가족들 모인 자리에서 확실히 말해."

해인과 영인이 주저하며 서 여사를 봤다가 다시 최 회장 쪽으로 시선을 돌렸다.

"너희들 정말 엄마 버릴 거야? 엄마 없이 어떻게 살려고 그래?"

"아빠, 그냥 엄마랑 아빠랑 다 같이 살면……."

"이제껏 아빠가 한 말 허투루 들은 게야?"

해인의 머뭇거리는 말에 연신 고개를 끄덕이던 서 여사가 최 회장의 고함 소리에 움찔 놀라 눈을 치떴다.

"정말 해도 해도 너무하네요. 어떻게 18년을 함께 산 정을 그리도 쉽게 떨치려고 해요? 서현이에게 회사 줘도 아무 말 안 하겠다고 했잖아요! 어차피 해인이, 영인이한테도 당신이 따로 생각해 둔 것 있다 했잖아요. 그럼 나도 아무 불만 없는데 왜 자꾸 나만 내치려 해요!"

"이젠 당신이 싫어졌다 했을 텐데. 한 집 안에서 얼굴 부딪치며 부부로 살아가는 거 이젠 못해."

"여보오!"

서 여사가 절망적인 음성으로 최 회장을 부르며 무릎을 꿇었지만 소용없었다. 최 회장은 서 여사를 외면하며 어린 두 딸에게로 시선을 두었다.

"오늘까지 너희도 결정하라고 분명히 말했지. 어떡할 건지 해인이 먼저 말해봐."

"나, 난…… 아빠요……."

잔뜩 망설이다 해인이 나직이 말하자 서 여사가 벌떡 몸을 일으켰다.

"최해인!"

그 모습에 영인이 해인의 뒤로 숨으며 얼른 말했다.

"나도 아빠랑 살래요."

"영인이 너!"

"엄마, 그러지 마. 무섭단 말이야."

영인이 울음을 터뜨리자 최 회장이 아이들 앞으로 섰다.

"변호사 선임하고 연락해. 강남역 오피스텔 비워뒀으니 당분간은 거기에서 생활하면 될 거야. 대신 이 집엔 얼씬도 하지 마. 여긴 더 이상 당신 집 아니란 거 명심하도록 해. 그리고 당신이 원하던 대로 아이들 학교, 학원, 기사 딸린 차로 보낼 거니까 애들한테 접근할 생각도 하지 마. 오늘 애들 겁주고 위협하는 것만으로도 당신은 엄마 자격 없어."

"내가 왜 그랬는데! 당신이 날 그렇게 만들었잖아! 내 딸들이야! 내가 쟤들 엄만데 왜!!"

"그만하지 못해!"

"싫어! 싫다고! 왜 나한테만 그래? 내 권리 내가 요구한 게 뭐 그리 큰 잘못이라고 날 이리 대하냐고!"

"잘난 당신의 그 권리만큼 변호사와 상의해서 요구해 봐! 하지만 그것뿐이야! 더는 없어!"

큰 동작으로 손을 그으며 딱 잘라 말하는 최 회장을 분노에 찬 눈으로 바라보던 서 여사가 결국은 풀썩 주저앉더니 신세 한탄과 함께 통곡을 하기 시작했다. 그 모습을 보고 겁에 질린 해인과 영인이 최 회장의 등 뒤에 바짝 붙어 서서 도움을 청하듯 서현을 보았다. 서현 역시 서 여사가 언제 어떻게 나올지 몰라 성하의 팔을 꽉 잡고 있다가 아이들을 보고는 다가갔다.

"언니랑 방으로 가자."

그리고 성하를 돌아보며 말했다.

"아빠 곁에 있어줘요."

"그래, 걱정 마."

그가 고개를 끄덕이자 서현은 해인과 영인일 데리고 위층으로 올라갔다. 한 번도 서현에게 살가운 모습을 보인 적이 없는 아이들이지만 지금은 상황이 달랐다. 둘 다 서현을 의지하듯 손을 꼭 잡고 있고 엄마에게서 도망치는 듯 빠르게 계단을 올랐다.

친하게 지내지 못하던 세 자매가 처음으로 한군데 무릎을 맞대고 앉았다. 아직도 서현의 손을 잡고 있는 영인과 풀이 죽어 고개를 숙이고 있는 해인을 보며 서현이 조용히 입을 열었다.

"언니가 밉지?"

"그냥……."

해인이 어깨를 움츠리며 고개를 더 떨궜다.

"엄마가 언니랑 친해지지 말랬어. 그리고 언니가…… 엄마를 싫어하니까 우리도 언니가 싫었고……."

"그래……."

"근데…… 엄마가 저러니까 난 이렇게 무서운데…… 예전에 언니한테 소리 지르면서 화내던 거랑 똑같아. 그때 언니는 얼마나 무서웠을까? 그래서 엄마가 싫었던 거지?"

항상 두 딸에겐 오냐오냐 대하다가 서현이만 보면 화풀이를 하듯 못마땅한 기색만 내비치던 걸 해인은 기억했다. 그리고 아빠에겐 언니 혼낸 거 비밀로 하라고 했던 것도, 아빠 언니를 제일 예뻐하니까 혼낸 거 알면 우리에게 화내고 쫓아낼지도 모른다고까지 했었다.

어린 나이엔 엄마가 시키는 대로, 무조건 엄마는 우리 편이라는 우월감에 하라는 대로 했지만 열일곱이라는 나이가 되어선 나름 생각이란 것을 하게 되었다. 가끔 언니가 일을 잘하고 있다고 아빠가 칭찬하고 나면 엄마는 위층에 올라와 서현이 그 기집애가 니들 앞길을 망치고 있다며 투덜거리곤 했는데 어느 순간부터는 그 말이 좋게만 들리진 않았던 것이다. 그러다 결국은 이런 일까지 터지게 되고……. 해인은 괜히 눈물이 나자 숨을 죽였지만 흐느낌을 막을 수는 없었다.

"해인아……."

"미안해, 언니. 우리 엄마 때문에……."

"아냐, 괜찮아. 언닌 괜찮으니까 울지 마."

"히잉⋯⋯."

영인이까지 덩달아 훌쩍거리자 서현이 양팔로 두 아이를 안아주었다. 지금껏 돌아보지 못한 동생들을 이젠 따뜻한 눈으로 보아주고 싶었다.

절대 집에서 안 나가겠다고 버티던 서 여사도 완강한 최 회장을 꺾지 못하고 오피스텔로 나가 따로 생활하게 되었다. 해인이, 영인이는 끝까지 자기편이 되어줄 거라 생각했는데 그처럼 고함을 지르고 욕을 하는 모습에 두려움을 느꼈는지 서 여사와 눈도 잘 마주치지 않고 슬금슬금 피하기까지 한 것이다.

게다가 큰딸 해인이 '엄마가 너무 욕심을 부린 거잖아. 항상 언니 흉만 보고, 언닌 시집 잘 갔으니까 아빠 재산은 우리가 가져야 된다, 그러니까 아빠 말 잘 들어야 한다는 그런 소리, 이젠 듣기 싫어. 아빠는 아빤데 왜 눈치를 보며 잘 보이려고 애를 써야 한다는 거야? 아빤 그냥 우리 아빠야. 내가 뭘 하겠다 하면 열심히 해보라고 응원해 주고 도와주는 아빠라구!' 라고 해버리니 서 여사도 더는 버틸 수가 없었다. 온갖 정성 듬뿍 쏟으며 키운 딸에게 크게 한 대 얻어맞은 듯 서 여사는 망연자실한 표정으로 있다가 그대로 집을 나가게 되었다.

이혼 소송을 위한 변호사를 선임할 생각도 하지 않았고, 최 회장이 현재 거주하는 오피스텔과 잠실 아파트 한 채, 그리고 그 근처 상가 건물을 주겠다고 하자 별다른 말 없이 동의했다. 겨우 그딴 것만 받고 떨어질 줄 아느냐고 생떼를 부리지도 않았다. 대신 해인과 영인을 보고 싶을 땐 언제든 만나게 해달라고 요구했다. 하지만 최 회장 역시 한 번 마음먹은 걸 쉽게 바꾸는 사람이 아닌 지라 아이들에겐 접근 금지라고 엄포를 놓았다.

서 여사가 아무리 빌고 사정해도 꿈쩍 않던 최 회장이 서현의 청에 결국은 한발 뒤로 물러서 주었다. 그동안 엄마와의 돈독했던 정을 생각하면 어린 영인이 받을 상처가 너무 클 수도 있으니 아이들 입장에서 다시 한 번 고려해 달라고 한 것이다. 그렇게 아이들과 다시금 이야기를 나눈 뒤 최 회장은 아이들이 엄마를 보고 싶다고 하면 만나게 해주겠다고 약속했다. 어쨌든 아이들에게 다시 다가갈 기회를 얻은 서 여사는 우선은 그것만이라도 만족하기로 했다. 곧 있으면 해인이도 어른이 되니 아빠와 상관없이 얼마든지 만날 수 있을 거라 생각한 것이다.

최 회장의 이혼 소식은 조용히 퍼져 나갔고, 한 여사의 귀에도 들어가게 되었다.

"아빤 좀 어떠시니?"

서현과 함께 점심을 먹기 위해 방문한 한 여사의 물음에 서현이 연하게 미소를 지었다.

"처음엔 많이 힘들어하셨는데 이젠 괜찮으세요. 예전처럼 얼굴도 좋아지시고 회사도 매일 나오시고요."

그 난리가 난 뒤 어느덧 한 달이란 시간이 지났고 곧 있으면 추석이 다가오는 시점이다. 서현은 따로 나가 있던 사무실을 정리하고 본사 건물로 들어와 아빠 밑에서 본격적인 후계자 수업을 받는 중이었다.

"바쁠 테지만 너랑 성하가 자주 들여다보렴. 동생들이랑 같이 밥도 자주 먹구. 먼 거리도 아니잖니."

"네, 어머니. 고맙습니다."

장남이 처가 쪽 아들 노릇까지 하게 생겼지만 한 여사는 오히려 더 많이 신경 쓰라 조언했고, 서현은 그게 너무나 감사했다. 이런 시어머니의 따뜻함이 없었다면 아마 자신도 더 많이 힘들어하고 지쳤을 것이기에 더욱 고마움을 느꼈다.

"고맙긴, 너도 내 친딸이나 마찬가진데 성하라고 안 그렇겠니? 너희 집이랑 우리 집은 어차피 한 가족이야. 알지? 네 엄마랑 나, 친 자매 이상으로 가까웠다는 거."

"네…… 어머니가 계셔서 전 너무나 행복해요."

서현이 애교스런 미소를 듬뿍 지어 보이자 한 여사가 은근한 눈빛을 던지며 몸을 가까이 했다.

"나도 지금 너무 행복하고 좋은데 딱 하나가 부족해."

"예?"

"성하랑 열심히 하고 있는 거지?"

나직하게 묻는 한 여사를 차마 바로 보지 못하고 서현이 얼굴을 붉힌 채 고개를 숙였다.

"내가 좀 주책이지? 이런 걸 다 묻고 말이야. 그래도 어떡하니! 너희 둘 사이에 태어난 아기가 너무너무너무 궁금하고 보고 싶은 걸. 아, 미치겠다, 정말! 얼마나 예쁠까!"

"시, 실은…… 이번 달 생리가 아직 없긴 하네요."

"뭐? 정말이야?"

"근데요, 제가 원래 주기가 좀 길어서 더 기다려 봐야……."

"아냐! 바로 병원 가자! 얼른 일어나. 아니다. 천천히, 천천히 일어나렴."

한 여사는 생리가 없다는 말만으로도 어쩔 줄 몰라 하며 극성맞은 엄마처럼 서현의 팔을 부축해 카페를 나섰다. 그리고 곧바로 최고의 시설을 갖춘 여성전문병원으로 향했다.

〈나 10분 후 퇴근할 건데 당신은?〉

성하의 전화에 서현은 입이 자꾸 귀에 걸리듯 벌어지는 걸 참으며 말했다.

"아직 좀 더 남았는데…… 이쪽으로 와서 나 좀 기다려 줄래요?"

〈그럴까? 그럼 아버님 모시고 처제들이랑 같이 저녁 먹자. 내가 방배동 들러서 처제 태워서 갈게.〉

"아뇨. 아빠 해인이 학교에 무슨 설명회 있다고 가셨어요. 영인이도 학원 갔을 시간이구요. 밥은 내일 먹기로 해요."

〈그래? 그럼 오늘은 당신하고만 외식하고 들어갈까?〉

"네. 먹고 싶은 게 너무너무 많아요."

〈오, 별일이네, 먹고 싶다는 것도 있고? 오케이, 얼른 일 마무리해. 금방 갈게.〉

서현은 전화를 끊고 미소가 번진 입을 손으로 한 번 가렸다가 다시 납작한 아랫배에 대었다. 흐뭇한 미소가 그녀의 얼굴 위를 떠나지 않았다.

아기……. 이 안에 그와 나의 아기가 있다…….

이상하게 임신 사실을 안 순간부터 입덧 증상이 있었다. 그전까지는 아무렇지도 않았는데 병원에 들러 검사를 하고 '임신이네요. 축하드려요!' 하는 말을 들은 순간부터 괜히 괜찮던 속이 메슥거리고 아무렇지 않던 물 냄새도 비릿하게 느껴지는 듯했다.

서현이 서류 검토를 마무리하고 노트북을 끄는데 인기척이 느껴졌다. 고개를 들고 보니 그가 문틀에 기댄 채 그녀를 보고 있었다.

"언제 왔어요?"

"좀 전에."

"들어와서 앉지 왜 그러고 있어요?"

"당신 일하는 모습이 너무 멋져서 방해하고 싶지 않던걸."

싱긋 웃으며 그는 몸을 바로 세우고는 사무실 문을 닫고 서현에게 다가갔다. 그러자 서현도 미소를 띠며 그의 허리를 안고 고개를 들었다.

"안 멋질 때가 있긴 해요?"

"그러게. 아무 때고 이리 섹시하니 큰일이지 뭐야?"

그러면서 그는 입술을 내려 달콤한 키스를 해주었다.

"이젠 섹시하기까지?"

입술을 마주 댄 채 서현이 은근한 목소리로 묻자 그가 쿡쿡 웃음소리를 내더니 다시금 혀를 밀어 넣으며 깊게 키스했다. 삼킬 것처럼 격렬했다가 부드럽게 마무리한 그가 아쉬운 얼굴로 그녀를 내려다봤다.

"흠, 마음 같아선 당장 사랑을 나누고 싶지만 참아야겠지?"

"아무래도 여기선 좀 무리겠죠?"

서현이 닫힌 문을 힐끗 쳐다보며 고개를 끄덕이자 그가 그녀의 손을 힘차게 잡았다.

"좋아! 얼른 나가자구!"

차를 출발시킨 뒤 성하는 먹고 싶은 게 많다고 했던 서현의 말을 상기하며 물었다.

"뭐가 제일 먹고 싶은데? 전가복 잘하는 집 소개받았는데 거기 한 번 가볼까? 아니면 빌라 근처 새로 생긴 일식집에 가서 회 먹을까? 스테이크도 좋고 파스타도 좋으니 말만 해."

그런데 서현은 대답 대신 입을 앙다물며 인상을 찡그렸다. 그냥 음식 이름을 들었을 뿐인데 그 냄새들이 생각나며 구역질이 나올 것만 같았다.

"왜? 속이 안 좋아?"

막 회사 건물을 빠져나오던 참인 성하는 당황하며 급히 길가에 차를 세웠다.

"이상하네. 내내 괜찮았는데 갑자기 왜 이러지?"

"왜? 뭐 잘못 먹은 거 있어?"

"아뇨. 점심도 어머니 오셔서 함께 먹었는걸요. 이건 아무래도……."

"아무래도 뭐?"

"그 있잖아요. 괜히 막 헛구역질이 나면서 막 그런 거요."

서현이 생긋 웃으며 그를 보자 성하의 미간이 좁아졌다. 그리곤 조심스레 물었다.

"임신?"

활짝 웃으며 고개를 끄덕이는 서현의 모습에 성하의 눈과 입 모두가 크게 벌어졌다.

"정말? 정말 임신이야?"

"아까 어머니랑 같이 병원 가서 확인했어요."

성하는 서현을 확 끌어당기며 안으려 하다가 조심하며 가만히 껴안았다.

"고마워! 진짜 잘됐다! 나도 같이 갔으면 좋았을걸!"

"병원 갈 일 앞으로도 엄청 많거든요!"

"그래! 이제 무조건 나랑 가자구!"

"어머니도 같이 가자시던데요?"

"좋아, 껴드리지, 뭐. 크흐, 역시! 이렇게 단박에 임신이 된 걸 보면 당신이랑 나랑 궁합이 척척 맞는 거라니까."

싱글거리며 이야기하는 성하를 서현이 가늘어진 눈으로 흘겼다.

"에이, 단박은 아니죠. 그동안 우리가 한 횟수가 얼만데."

"어쨌든 우리가 첫 관계 하고 지금 한 달 반 정도밖에 안 지난 거잖아. 어, 그러고 보니……."

갑자기 걱정스런 표정이 되는 그를 보며 서현이 무슨 일인가 싶어 물었다.

"왜요?"

"우리 당분간은 조심해야 되는 건가? 혹시 의사가 하면 안 된대?"

"그런 걸 어떻게 물어요!"

서현이 그의 어깨를 툭 치자 성하가 심각하게 쳐다보며 다시 말했다.

"아주 조심히, 너무 깊이 넣지 말고 살살 하면……."

"이그!"

서현은 짓궂게 웃는 그를 행복한 얼굴로 바라보며 살짝 입술을 내밀었다.

"어쨌든 키스는 아무 문제 없을 거예요."

성하의 두 손이 서현의 얼굴을 부드럽게 감싸며 따뜻한 입맞춤을 해주었다.

"사랑해. Always……."

그는 서현이 좋아하는 본 조비의 Always 노랫말로 한 번 더 말했다.

"And I'll love you, Always."

＊

최 회장이 합의이혼 서류를 제출하고 이혼 숙려 기간인 3개월이 지났다. 다시 합칠 의사가 없었기에 그대로 이혼이 성립되었고, 법적으로도 완전히 남남이 되었다. 그동안 서 여사는 최 회장이 혹시나 마음을 돌리지는 않을까 기대도 했고, 은근히 서현에게도 연락을 취하며 임신 축하한다는 말과 함께 앞으로는 정말 잘 지냈으면 좋겠다며 아빠를 좀 설득해 주지 않겠냐고도 했다. 하지만 문제는 서현이 아닌 최 회장이었기에 아무런 변화 없이 그대로 이혼으로 끝나고 말았다.

서현의 아랫배도 이제 살짝 볼록한 티를 내었고, 유난스런 한 여사는 벌써부터 임부복을 사주고 싶어 안달이었다. 하지만 성하 역시 서현과 함께하길 원했기에 어머니가 따로 서현만 데리고 옷을 사러 가는 건 반대했다. 그래서 결국 11월 말 어느 토요일에 한 여사는 성하와 함께 디자이너 부티끄를 찾게 되었다.

"원피스가 제일 낫지. 편하고."

한 여사의 말에 성하가 매장을 둘러보며 말했다.

"겨울이라 추운데 계속 치마만 입을 순 없잖아요. 배가 나오면 바지는 입기 불편하려나?"

"임부용 레깅스도 많아요. 당연히 겨울용도 있고요."

직원이 웃으며 답하자 성하가 그것들 위주로 보여달라고 했다. 그에 한 여사가 쯧쯧 하며 한마디 더했다.

"어차피 원피스 아래 레깅스도 입는 거거든! 누가 원피스에 맨 다리 내놓고 다니게 할까 봐 그러니? 아휴, 서현이 너도 쟤랑 살기 좀 답답하지 않니?"

"혹시 아버님이 그러셨던 거 아니에요?"

서현이 장난스럽게 묻자 한 여사가 쿡쿡거렸다.

"그렇긴 해. 그나저나 입덧은 어때? 많이 가라앉았어? 이젠 뭐든 잘 먹어야 할 땐데.”

“네, 잘 먹고 있어요. 메슥거리지도 않고 막 당기는 중이에요. 특히나 족발…….”

“족발 좋지! 나도 윤하 가졌을 때 많이 먹었는데. 우리 족발 먹으러 갈까?”

“그럴까요? 근데…….”

서현이 성하를 흘낏 보자 한 여사가 손을 내저었다.

“쟤가 안 좋아하지? 물컹거려서 싫다고? 괜찮아. 내버려 둬. 원래 임신부 입맛이 먼저야. 얼른 옷 고르고 족발 먹으러 가자.”

“저도 족발 먹거든요. 안 좋아할 뿐이지.”

속닥거린 걸 들었는지 성하가 다가와 피식 웃으며 말했다.

“서현이 먹고 싶은 건 우리 아기가 먹고 싶은 거니까 나도 잘 먹을 생각입니다!”

“암, 그래야지! 사랑받는 남편의 첫째 조건이 임신한 부인 잘 챙겨주는 거거든. 그래야 나중에 너 구박받지 않는다?”

“아버님은 아주 잘해주셨나 봐요?”

“그럼. 성하 쟤가 내 뱃속에서 얼마나 까탈을 부렸는데! 입덧도 대신 해주고 완전 잘했지.”

그러자 성하가 서현에게 한마디 하라는 듯 팔꿈치로 툭 건드렸다. 하지만 서현이 모른 척 그를 쳐다보았다.

“왜요?”

“나도 엄청 잘해준다고 해야지.”

“어, 그런가요?”

"헐, 지금 내 생활의 중심이 당신인데?"

"그건 임신을 했든 안 했든 Always 아니에요?"

성하는 생긋 미소 지으며 속눈썹을 두어 차례 팔랑거리는 서현이 사랑스럽다는 듯 허리에 팔을 감으며 씨익 입술 끝을 올려 보였다.

"당연하지."

"흠! 여기 니들 사적 공간이 아니거든?"

한 여사가 주의를 줬지만 성하는 개의치 않고 서현의 이마에 쪽 입술도장을 찍었다. 남남처럼 데면데면 굴던 게 언제였나 싶을 정도로 저렇게 죽고 못 살 것처럼 사이가 좋아진 그들의 모습을 바라보는 한 여사의 얼굴엔 흐뭇함이 번져 있었다.

에필로그

"엄마, 세희 왔어요~"

이제 막 걸음을 떼기 시작한 세희의 손을 잡고 한 여사가 서현의 사무실로 들어섰다.

"오셨어요."

한창 퇴근 준비 중이던 서현이 활짝 웃는 얼굴로 두 사람을 반기며 책상을 돌아 나왔다.

"우리 세희 어서 와!"

서현이 조금 떨어진 곳에 쭈그려 앉으며 양팔을 벌리자 세희가 까르르 웃음소리를 내며 안겼다. 보드라운 볼에 꾹 입술을 누르며 서현은 딸의 통통한 몸을 안아 올렸다. 그리곤 죄송스러운 표정으로 한 여사에게 물었다.

"아침에 칭얼대던 건 금방 그쳤어요? 많이 힘드셨죠?"

"힘들기는. 할미 힘들지 않게 금방 방싯거리며 웃어줬는데."

한 여사는 세희의 손을 가만히 잡고 흔들다가 서현의 안색을 살폈다.

"그나저나 넌 좀 어떠니? 속 쓰린 건 나아졌어?"

"네, 소화가 안 돼서 불편했나 봐요."

"스트레스 조절 잘 하면서 적당히 해. 일보다는 사람 먼저, 건강이 최우선이란 거 잊지 말고."

"걱정 끼쳐 드려 죄송해요. 조심할게요."

서현의 팔을 두드리며 한 여사가 고개를 끄덕였다.

"그래, 네가 어련히 알아서 잘할까. 근데 성하는 왜 아직이야? 늦지 않겠어?"

"아까 출발했다니까 금방 올 거예요."

"그래, 축하한다 전해 드리고 잘 다녀와."

"네, 어머니."

최 회장의 생일을 맞아 가족들이 오랜만에 함께 1박 2일 일정으로 양평 별장에서 보내기로 했다. 고3으로 화실 다니랴, 공부하랴 얼굴 보기 힘들던 해인도 모의고사가 끝난 주라 이번 주말은 시험 걱정 없이 푹 쉴 거라 했고, 걸 그룹 오디션에 합격해 연습생으로 밤낮 없이 바쁘게 지내던 영인도 특별 휴가를 받아 신나하는 중이었다.

"언제 전시회 한 번 하셔야 하는 거 아니니? 완성 작품도 꽤 된다며?"

1년여 전부터 새로운 취미 생활로 목공예를 시작한 최 회장을 두고 하는 말이다.

"안 그래도 주위에서 많이들 권하셔서 고민 중이신가 봐요."

"워낙 손재주가 뛰어나신 분이잖니. 젊으셨을 때 요리 장식하신 것도 보면 정말 예술이었거든. 암튼 우리 나이에 뭔가에 몰두할 수 있다는 건 좋은 일인 것 같아. 참, 해인 엄마는 잘 지낸다니?"

"네, 지난달에 점포도 늘리셨다고 하더라고요."

이혼할 때 받은 잠실 상가 건물에 액세서리 매장을 오픈한 서여사는 초반엔 운영 미숙으로 부진을 면치 못하다가 최근에는 점차 매출을 늘려가고 있었다. 워낙 상권이 좋은 곳이기도 했고 본인이 관심 있어 하던 액세서리 분야인 만큼 잘해보고자 많은 노력을 기울인 덕이었다. 사실 해인이와 영인이에게 더 이상의 눈물바람은 통하지 않는다는 걸 깨달은 뒤 부끄럽지 않은 엄마의 모습을 되찾고 싶었기에 더욱 악착같이 매달린 때문이기도 했다.

"어쨌든 다들 잘 지내는 것 같아 다행이구나."

"네, 저희 없을 때 어머니도 아버님이랑 오붓하게 지내세요. 세희 보시느라 매일매일 정신없으셨잖아요."

"그게 낙이지. 너희가 들어와 줘서 우리가 얼마나 기뻐하는지 잘 알잖니."

세희가 태어난 후 6개월 동안은 모유 수유를 위해 잠시 일을 쉬고 육아만 하던 서현이 다시 출근을 하면서부터 부득이하게 평창동으로 옮기게 되었다. 한 여사가 세희를 책임지겠다고 했지만 아침저녁으로 아이를 데려다 주고 데려오는 시간이 낭비처럼 생각되어 성하와 상의 끝에 평창동으로 들어가기로 결정한 것이다. 처음엔 조심스럽기도 했지만 1, 2층으로 세대 분리를 해주셔서 그다지 불편한 점은 없었다. 오히려 시간이 지나면서 다행스럽고 편리한 점이 더 많았고, 이젠 서현이 분가는 절대 원치 않게 되었다.

"어머니께서 안 계셨으면 저 어쩔 뻔했나 몰라요."

어리광 부리듯 말하는 서현의 팔을 쓸어주며 한 여사가 미소 지었다.

"너 아니었으면 이리 예쁜 세희를 만날 수나 있었겠니? 우웅, 요 귀여운 것."

한 여사는 서현의 품에 납작 안겨 붙어 있는 세희의 볼을 톡톡 두드렸다.

"귀엽기만 하나요? 세상에 둘도 없는 사랑스러운 아이죠."

갑자기 들려온 성하의 음성에 한 여사가 풋 웃음을 터뜨리며 서현에게 눈을 찡긋했다.

"딸바보 등장이로구나."

"왔어요?"

서현이 웃으며 반기자 성하가 다가와 가볍게 입을 맞춘 뒤 세희를 받아 안았다.

"이제 아빠한테 오자."

"자, 자, 그만하고 차 막히기 전에 얼른 출발해. 사돈어른 기다리시겠다."

금요일 오후, 평소보다 좀 더 이른 시각에 사무실을 나선 서현과 성하는 한 여사께 인사를 한 후 양평으로 향했다.

차에 타면 곧바로 잠이 드는 세희는 뒷좌석 카시트에 앉아 몇 차례 발장난을 치더니 역시나 금방 잠에 빠져들었다.

"세희는? 자?"

장난치는 목소리가 들리지 않아서인지 운전 중이던 성하가 물었다.

"네, 푹 잠들었네요."

"거봐. 금방 잘 거니까 앞에 앉으랬잖아."

"왜요? 내 얼굴 보면서 가고 싶어요?"

서현이 몸을 살짝 앞으로 내밀며 은근하게 묻자 성하가 힐끗 돌아보더니 씩 미소 지었다.

"당연하지. 도착하려면 아직 멀었잖아. 잠깐 세울 테니까 앞으로 와."

그가 길가에 차를 세우자 서현은 곤히 잠든 세희를 살핀 후 조심히 자리를 옮겼다. 가볍게 닫히는 문소리에 세희가 약간 움찔하는 것 같았지만 이내 입술을 오므려 젖꼭지를 빠는 시늉을 한다.

"우리 세희는 참 배려심도 좋아. 그치?"

옆자리에 앉은 서현에게 성하는 눈을 한 번 찡긋해 보이고는 부드럽게 차를 출발시켰다.

"밤에도 잘 자고, 차에서도 잘 자고. 아빠 마음을 너무 잘 헤아리고 있다니까."

"어떤 마음을요?"

모른 척하고 되묻는 서현의 다리 위로 성하의 손이 올라왔다.

"엄마를 아빠가 독점하길 바라는 마음?"

"어, 운전에 집중해야 되는 거 아닌가요?"

서현은 치맛단 안으로 손가락을 슬며시 밀어 넣으며 허벅지를 쓰다듬는 그의 손을 제지하듯이 가볍게 잡았다.

"충분히 집중하고 있으니까 손 좀 놔주시죠?"

그가 불만스럽다는 표정으로 쳐다보더니 서현의 손을 잡으며 깍지를 끼었다. 그러자 서현이 연한 웃음을 터뜨리며 그의 손등에 입술을 눌렀다.

"오늘 밤 뭐까지라며 어제 충분히 하지 않았어요?"

"우리 사이에 충분히가 어디 있어? 난 항상 결핍 상태라구."

은밀하게 속삭이듯 말하며 이번엔 그가 서현의 손등과 손가락에 입을 맞췄다. 그러더니 씨익 웃으며 서현을 돌아보았다.

"오늘 밤이라고 못할 건 뭐야? 평창동 들어가면서부터 소리 죽이고 하는 건 이미 익숙해졌잖아?"

"평창동이랑은 다르죠. 양평 별장은 방도 나란히 붙어 있는데."

"처제들도 알 건 다 아는 나인데 뭐 어때? 엄연히 우린 부부라고."

"그래도 아직 미성년이거든요? 바로 옆방에 애들 두고 어떻게 그래요? 오늘은 좀 참아보시죠?"

"흐음, 그럼 내일 저녁은 우리 둘이 호텔에서 머물까?"

"세희는요?"

서현이 놀란 얼굴로 물었지만 그는 태연하게 답했다.

"어머니께 맡기면 되지."

"어떻게 그래요?"

"걱정 마, 분명 허락하실 테니까. 당신과 나의 원만한 부부생활을 위해서라면 3박 4일도 좋다 하실걸?"

"제발 어머니 앞에선 그런 식으로 말하지 좀 마요. 내가 얼마나 낯 뜨거운데."

"어쨌든 오케이지?"

"나야 뭐……."

서현이 수줍게 미소 짓자 마침 신호에 걸려 차를 멈춘 성하가 그녀의 얼굴을 끌어당기며 입술을 겹쳤다.

"사랑합니다, 부인."

서현네 가족이 별장에 도착했을 때 정원엔 이미 바비큐 파티를 위한 모든 게 세팅된 상태였다.

"어서 오게."

최 회장이 성하를 반기며 악수를 한 뒤 서현의 손을 잡고 아장아장 걸어오는 세희를 안아 올렸다.

"우리 공주, 할애비한테 오자."

일주일에 한 번 꼴로 얼굴을 익혀와서인지 세희는 낯설어하지 않고 최 회장에게 안겨 '할비~'라고 말했다.

"형부 왔어요?"

"어, 그래. 처제는 키가 더 자랐네? 살도 많이 빠졌는걸."

근 두어 달 만에 보는 영인은 꽤 달라진 모습이다.

"식사량 조절하며 매일같이 체력 단련 시킨대잖아요."

서현의 말에 영인이 배시시 웃으며 각선미를 드러내듯 포즈를 취해 보인다.

"데뷔하고 꿀벅지 소리 들으려면 열심히 준비해야죠."

"멤버는? 정해졌어?"

"아니, 아직. 올해 말까지 해보고 못 따라오는 애들은 탈락시킨다 하더라고. 멤버는 그 후에 결정한대."

"오디션 합격만으로는 다 된 게 아니구나?"

"멤버 결정된 뒤에도 1년 넘게 준비 기간을 또 가진다는데 못 견디는 애들 생길 것 같아."

"넌 끝까지 버틸 수 있겠어?"

"그럼! 이왕 시작한 거 할 수 있는 데까지 해봐야지."

"우리 영인이 다 컸네?"

서현이 살짝 머리를 흩트린 뒤 어깨를 안아주자 영인도 허리에 팔을 두르며 기댔다.

"해인인 아직이야?"

"진로 쌤이랑 상담하다가 좀 늦어졌나 봐."

"박 기사 아저씨가 데리러 간 거지?"

"응. 금방 올 거야. 아까 전화 왔거든."

"그래, 언니 옷 갈아입고 바로 나올게."

성하와 함께 안으로 들어간 서현은 갑자기 메스꺼움이 느껴지자 손으로 입을 틀어막았다.

"왜?"

깜짝 놀란 성하가 걱정스런 눈으로 서현을 살피자 서현은 눈살을 찌푸리며 주방 쪽을 보았다. 아주머니께서 김치를 썰고 계시고 렌지 위엔 뚝배기가 보글보글 끓고 있다.

뭐야? 설마?

지난달 생리일보다 사흘이 지나 있긴 하지만 보통 일주일 정도는 왔다 갔다 하기에 신경도 안 쓰고 있었는데 아무래도 낌새가 이상했다. 아침에도 속 쓰림 비슷한 증상이 나타났다 사라졌는데 진한 음식 냄새가 확 풍기자 곧바로 메스꺼움이 일었다는 건…….

"여보."

"어, 왜? 또 속 쓰린 거야? 점심땐 괜찮았다며?"

"그야 소화가 안 된 거라 생각하고 안 먹었으니까."

"점심을 굶었어?"

"그건 그거고, 이거 아무래도…….""

서현은 걱정스런 표정의 성하를 한쪽으로 데려간 뒤 미소가 보일락 말락 하는 얼굴로 마주 섰다.

"당신……."

무슨 일이냐고 물으려던 성하는 서현이 손을 잡고 아랫배에 갖다 대자 흠칫 놀라며 눈을 깜박였다.

"정말?"

"어쩌면?"

"병원 갈까?"

다급해진 성하의 손을 서현이 붙들며 고개를 저었다.

"아니. 내일, 내일 가도 돼요. 아픈 것도 아닌데 급할 게 뭐예요?"

"어, 그래? 그렇다면……."

"에이, 처음도 아니면서 왜 이리 당황하고 그래요?"

"그야 당신 힘들까 봐 그러지. 세희도 이제 돌 지났는데……."

"두 살 터울이면 딱 적당하지 않나?"

서현이 방긋 웃어 보이자 그제야 성하의 얼굴도 좀 편안해졌다. 그런 성하의 두 뺨에 손을 올리며 서현이 고개를 들었다.

"축하 키스!"

쪽 하고 서현의 입술이 와 닿자 성하가 허리를 안으며 좀 더 깊숙한 입맞춤을 선사했다.

"고맙고, 사랑해."

"응, 나도."

The End

작가 후기

　오래전부터 부부 사이의 이야기를 써보고 싶었습니다. 그것도 로맨스 소설의 단골 소재인 계약결혼을 다뤄보고 싶어 이 '사업적 관계'를 구상하게 되었습니다.

　처음 연재 시 남주인 성하는 독자님들한테 참 많은 미움을 받았던 것 같아요. 여주 입장 위주로 써 내려가며 약간은 나쁜 남자 이미지로 시작했던 게 원인이죠. 그동안 제 글에 등장한 남주가 다들 부드럽고 착한 이미지라고 해서 한 번쯤은 여주를 힘들게 하는 스타일을 그려볼까 했거든요. 물론 차차 여주를 위하는 마음을 드러낼 생각이었는데 독자님들 보시기엔 많이 부족했었나 봅니다.

　이번에 수정하면서 조금 보완하기는 했지만, 여주에 감정 이입을 강하게 하시는 독자님들은 여전히 나쁜 놈(?)이라는 반응을 보일 수도 있을 것 같네요.

　그래도 전 이번 글의 남주 강성하 군이 참 마음에 든답니다. 시니컬한

면과 다정한 면을 다 갖춘 매력적인 인물이라 생각하거든요. 제 자식이니 당연 예쁠 수밖에요~

서현에겐 꽤나 많은 아픔을 준 것 같아 초반에 안쓰러운 마음이 컸지만 후반으로 갈수록 행복해지는 모습을 보며 저도 즐거웠답니다. 돌아가신 엄마의 편지를 읽는 장면을 쓸 때는 저까지 눈시울을 적시며 아파했던 기억이 나네요.

제 큰딸도 아기 낳을 때 엄청 아프다니까 결혼도 않고 엄마랑 계속 살거라고 말하곤 하는데요, 아이를 키우는 입장에서 내 아이가 행복한 삶을 꾸려가는 모습을 지켜보고 싶은 게 모든 엄마들의 마음 아닐까요? 다행히 서현인 엄마가 원하는 대로 성하와 함께 행복해졌으니 저도 우리 아이들이 잘 자라서 좋은 사람 만나 멋진 가정을 꾸릴 수 있길 기도해야겠어요.

제가 생각하는 이상적인 부부상은 '배려'와 '이해'를 바탕으로 서로를 존중해 주는 관계랍니다. 나만 이해해 주길 바라지 않고 상대를 먼저 이해하고 배려한다면 다툴 일도 없고 상대가 싫어하는 단점은 저절로 고쳐지게 되거든요. 결혼 17년차를 맞이하며 저도 우리 부부 사이가 처음 신혼 때와는 많이 달라졌음을 느끼곤 합니다. 어린 나이에 결혼해서 힘들 때도 많았고 나만 바라봐 달라 투정부릴 때도 많았는데 이젠 그 시절도 함께 추억하며 웃게 되더군요.

성하와 서현이도 과거를 떠올리며 웃음 짓게 될 거예요. 그리고 좀 더 서로를 이해하고 사랑하는 마음을 키워갈 거라 믿어 의심치 않습니다.

부족한 원고 검토해 주시며 멋진 책으로 거듭날 수 있게 도와주신 청어람 편집팀에 감사 인사 먼저 드리구요, 제가 하는 일에 항상 응원으로 기를 살려주는 남편에게도 고맙고 사랑한다는 말을 전하고 싶네요.

이 글을 읽으신 모든 분들께도 감사 인사드리며 행복 만땅인 나날들만 이어지길 기원합니다.

Always~!

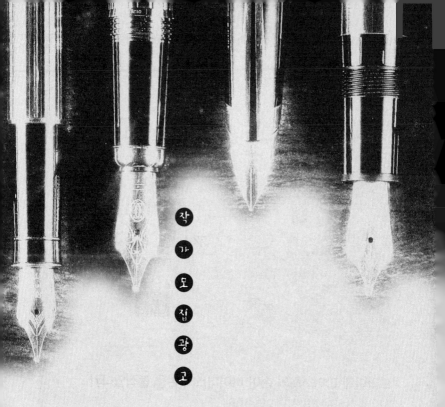

작

가

모

집

광

고